Maren Vivien Haase

FLY INTO MY SOUL

AF203899

MAREN VIVIEN HAASE

FLY INTO MY SOUL

MOVE DISTRICT BAND 3

Roman

blanvalet

Sollte diese Publikation Links auf Webseiten Dritter enthalten,
so übernehmen wir für deren Inhalte keine Haftung,
da wir uns diese nicht zu eigen machen, sondern lediglich auf
deren Stand zum Zeitpunkt der Erstveröffentlichung verweisen.

Penguin Random House Verlagsgruppe FSC® N001967

1. Auflage
Copyright © 2022 by Maren Vivien Haase
Dieses Werk wurde vermittelt
durch die Langenbuch & Weiß Literaturagentur.
© 2022 by Blanvalet
in der Penguin Random House Verlagsgruppe GmbH,
Neumarkter Str. 28, 81673 München
Redaktion: Melike Karamustafa
Umschlaggestaltung: Sandra Taufer, München
unter Verwendung von Motiven von Shutterstock.com
(wacomka, tomertu, Anna_Kim, Avesun, Jag_cz, Comaniciu Dan)
DN · Herstellung: sam
Satz: Uhl + Massopust, Aalen
Druck und Bindung: GGP Media GmbH, Pößneck
Printed in Germany
ISBN 978-3-7341-1004-7

www.blanvalet.de

Für alle,
die im Tanzen ihr Zuhause
gefunden haben

PLAYLIST

Fly – Nicki Minaj & Rihanna

Who You Are – Jessie J

Most Girls – Hailee Steinfeld

Lost In The Wild – Walk the Moon

Cut To The Feeling – Carly Rae Jepsen

Words As Weapons – Birdy

Falling Like The Stars – James Arthur

The Few Things – JP Saxe

New Romantics – Taylor Swift

Moment – Dagny

Damage – H.E.R.

I Saw Love – Forest Blakk

Somebody – Dagny

Dancing Under Red Skies – Dermot Kennedy

Electric – Alina Baraz feat. Khalid

Monster – Shawn Mendes & Justin Bieber

Grand Piano – Nicki Minaj

Should've Been Us – Tori Kelly

Truth Hurts – Lizzo

I Like Me Better – Lauv

KAPITEL 1

Vielleicht sollte ich einfach abhauen, in ein Taxi steigen und zurück auf die andere Seite des Landes fliegen. Jetzt gleich. Oder war es dafür schon zu spät?

In meinem Magen zog sich etwas zusammen. Alles in mir zog sich zusammen. Ich hatte zwar eine Weile Zeit gehabt, um mich auf diesen Moment vorzubereiten (genau genommen die letzten drei Jahre), aber da ich eine Meisterin im Verdrängen war, hatte ich den Gedanken immer wieder beiseitegeschoben und mich lieber mit anderen Dingen beschäftigt. Schöneren Dingen. Horrorfilmen mit Axtmördern beispielsweise.

Doch nun stand ich hier. In New York. Vor dem Move District. Meiner alten Tanzschule. Die karminrote Fassade mit den drei Stockwerken erinnerte an eine Art Lagerhaus. In den oberen Etagen waren Bleiglas-Sprossenfenster eingelassen; darunter, oberhalb der automatischen Glastür, prangte der Schriftzug. Das minimalistische *Move* und direkt darunter *District* in geschwungener Schreibschrift, beide Wörter in einem Kreis miteinander verbunden. Mittlerweile war auch noch der Zusatz *New*

York City hinzugekommen, der etwas oberhalb des Tanz-schulnamens zu finden war. In den hohen Fensterschei-ben, durch die ich in die Lobby sehen und ein paar Tän-zer auf den Sofas sitzen sehen konnte, reflektierten die warmen Sonnenstrahlen des Spätsommernachmittags und kitzelten mich in der Nase.

So gerne ich früher für die täglichen Trainings herge-kommen war, um anschließend stundenlang mit Freun-den abzuhängen, so sehr wünschte ich mir in diesem Augenblick, an einem anderen Ort zu sein. Egal wo. Ich wollte nur nicht dieses Gebäude betreten müssen, das ich zwar mit einigen der schönsten Momente meines Lebens, aber eben auch mit einigen ziemlich unange-nehmen Dingen verband, die mich bis heute nicht ganz losließen.

»Arghhh, das kann doch nicht so schwer sein«, brachte ich knurrend hervor und ballte die Hände zu Fäusten, während ich mein Gewicht von einem Bein aufs andere verlagerte.

Mein Herz trommelte gegen den Brustkorb, Hitze kroch mir den Hals hinauf. Ich versuchte, die sich anbah-nende Übelkeit zurückzudrängen, und ließ den Blick die Straße hinabwandern, um mich abzulenken. Breite Ge-bäudefronten, Shops und Restaurants, wohin das Auge reichte. Die Menschen hetzten an mir vorbei, beschäftigt mit ihren eigenen Problemen, auf dem Weg nach Hause oder zu ihrem nächsten Termin, während ich nach wie vor wie festgewachsen dastand.

Gestern hatte ich noch in meinem Apartment in Los Angeles Kaffee getrunken, und jetzt befand ich mich vor der Höhle der Löwen und wartete darauf, von den Raubtieren verschlungen zu werden. Okay, vielleicht nicht ganz so extrem. Aber mit ein bisschen Pech stimmte die Richtung. Die nächsten Wochen würden eine Herausforderung werden. Natürlich freute ich mich über die Chance, mit einer der erfolgreichsten Sportmarken überhaupt zusammenzuarbeiten und sogar das Gesicht für deren neue Kampagne zu sein, jedoch hatte mir niemand gesagt, dass ich dafür zurück an meine alte Tanzschule musste.

Warum habe ich nicht lauter protestiert?, dachte ich und schob mir eine goldbraune Strähne hinters Ohr. *Hätte ich Gina doch nur nicht davon erzählt, dass ich hier früher trainiert habe … Hätte, hätte, Fahrradkette.*

Auch wenn ich gesagt hatte, dass ich lieber in einer anderen Tanzschule trainieren wollte, hatte mich vor zwei Tagen ihre Nachricht erreicht, dass sie mir für die Zeit des Drehs genau hier Räumlichkeiten angemietet hatte. Gina arbeitete bei der Sportfirma, für deren Kampagne ich nach New York geflogen war, und kümmerte sich um organisatorische Dinge – unter anderem darum, ein Studio zu finden, in dem ich mich auf die Drehs vorbereiten und trainieren konnte. Die Choreos für die Kampagne standen bisher noch nicht, aber für das Choreografieren und das Training hatte ich glücklicherweise auch noch ein bisschen Zeit.

Ich hatte nicht die geringste Ahnung, wie meine alten Freunde reagieren würden, wenn wir uns im Move District über den Weg liefen. Einerseits freute ich mich darauf, Olivia, Adaline, Austin, Dax und die anderen wiederzusehen, andererseits bekam ich allein bei dem Gedanken daran weiche Knie. Nach dem Eklat mit Austin und Dax war ich ohne ein Wort des Abschieds abgehauen, hatte nicht zurückgesehen, nur nach vorn, und mich so auch von den anderen distanziert. Inzwischen wünschte ich mir sehr, mich endlich mit ihnen auszusprechen, ihnen meine Seite der Geschichte zu erklären. Drei Jahre waren vergangen. Drei Jahre, in denen ich mich weiterentwickelt und eingesehen hatte, dass man manchmal Gras über etwas wachsen lassen musste, bevor man den ersten Schritt wagte. Ich vermisste meine alten Freunde. Die Zeit mit ihnen. Und ich hoffte, dass sie das in manchen Momenten möglicherweise auch taten.

Meine Mundwinkel hoben sich, als ich durch die Scheibe ein bekanntes Gesicht ausmachte, auf das ich mich ohne Sorge vor einer negativen Reaktion gefreut hatte. Adaline. Auch wir hatten uns seit meinem Umzug nach L.A. nicht mehr gesehen. Zwar hatten wir Kontakt gehalten, uns regelmäßig über Facetime auf den neusten Stand gebracht, aber das war nicht das Gleiche. Ihre karamellfarbenen Ringellocken reichten ihr mittlerweile bis zur Brust, eine voluminöse Löwenmähne, die ihr hübsches Gesicht einrahmte.

Auf ihren Zügen breitete sich ein strahlendes Lächeln aus, als sich unsere Blicke begegneten. Wie von der Tarantel gestochen, sprang sie von dem dunkelgrauen Sofa auf, auf dem sie gesessen hatte, und sprintete zur Tür.

Ich kam ihr entgegen und lächelte sie breit an. Gott, hatte ich sie vermisst!

»Es ist so schön, dich zu sehen!«, sagte sie, als sie mich

mitten auf dem Bürgersteig in ihre Arme zog. Sofort stieg mir eine Wolke ihres typischen Vanille-Duftes in die Nase.

»Ich habe dich wahnsinnig vermisst.« Ich ließ sie los und grinste bis über beide Ohren.

»Endlich bist du wieder da. Glaub mir, in meinem Kopf habe ich schon eine lange Liste mit Dingen erstellt, die wir unternehmen müssen, solange du hier bist. Angefangen mit...«

»Einem Filmabend?«, vervollständigte ich ihren Satz, und als sie euphorisch nickte, musste ich kichern. »Jap. Geht mir auch so. Ich hoffe, mir bleibt neben den Drehs genug Zeit für alles andere, aber das kriegen wir schon hin. Ich freue mich unglaublich, wieder in New York zu sein.«

»Kein Wunder, ist ja auch die schönste Stadt der Welt! Mir hat dein hübsches Strahlen echt gefehlt.«

»Selber hübsch! Können wir bitte mal festhalten, dass du mit jedem unserer Videocalls – na ja, und jetzt unserem Treffen – immer toller aussiehst? Bald klopfen die Modelagenturen an.«

Zur Antwort schüttelte Adaline nur grinsend ihren Lockenkopf. »Du spinnst. Wie immer.«

»Sagt Beyoncés Doppelgängerin.« Ich lachte befreit; in ihrer Gegenwart fühlte ich mich gleich um einiges wohler.

»Wie sieht's aus, wollen wir rein?«

Sofort kehrte das mulmige Gefühl zurück, und ich warf einen raschen Blick zur Tür und wieder zu Adaline. »Meinst du ... Sind die anderen auch da?«

»Mackenzie, es sind drei Jahre vergangen. Mach dir keinen Kopf, in Ordnung?«

Ich nickte und fuhr mir durch die glatten goldbraunen Haare, die mir bis unter die Brust reichten. Alles in mir kribbelte. Dann atmete ich tief ein und aus. »Du hast recht. Die werden mich schon nicht teeren und federn.«

»Richtig! Und wenn doch, werfe ich mich wie ein Schutzschild vor dich. Außerdem habe ich Austin und Dax heute noch gar nicht gesehen. Keine Ahnung, wo die sich rumtreiben.«

Als ich Adaline die Namen der Jungs aussprechen hörte, zuckte ich kurz zusammen. Ja, es war viel Zeit vergangen. Und ja, Dax und ich hatten uns einvernehmlich getrennt. Trotzdem machte mich der Gedanke an unser erstes Aufeinandertreffen nervös. War Austin noch wütend auf mich, weil ich damals nach ihm mit seinem besten Freund zusammengekommen war? Würde er überhaupt mit mir sprechen? Von Adaline wusste ich, dass die beiden inzwischen glücklich mit ihren neuen Freundinnen waren, vielleicht würden sie mich also einfach in die Arme schließen und mir versichern, dass ich hier immer willkommen war? Na ja, Letzteres war wohl eher eine Wunschvorstellung. Aber träumen durfte man ja noch …

Adaline wandte sich beschwingt um, wobei ihr schwarzes T-Shirt, das ihr mindestens drei Nummern zu groß war, hin und her flatterte. Dazu trug sie eine kurze schwarze Radlerhose und ein Paar schwarze Sneakers. »Wie war dein Flug?«

Mit klopfendem Herzen folgte ich ihr zum Eingang

14

der Tanzschule. Nachdem ich gestern Abend das Apartment bezogen hatte, das mir für die Zeit in New York zur Verfügung gestellt wurde, hatte ich auf Instagram noch eine Story mit einem kleinen Update gepostet, dass ich gut angekommen sei. Im Anschluss war ich todmüde ins Bett gefallen und hatte bis zum späten Vormittag durchgeschlafen.

»Echt gut. Die haben mir sogar einen Platz in der Businessclass gebucht. Superverrückt.«

»Wow, megacool! Wie ein richtiger Star eben.«

»Immer den Ball flach halten, ein Star bin ich echt nicht«, entgegnete ich lachend.

Sie verzog den Mund zu einem schiefen Lächeln. »Ich will unbedingt dein Apartment sehen. In deiner Story gestern Abend dachte ich, ich fall vom Stuhl…«

Ich warf den Kopf in den Nacken und lachte. »Klar, du kannst vorbeikommen, wann immer du magst. Es ist echt… heftig. Direkt in Midtown, nahe des Bryant Park. Luxuriöser geht es kaum. Du kannst dir nicht vorstellen, wie ich gestern Abend geschaut habe, als ich angekommen bin.«

»Das schreit nach einer Pyjama-Party!«

»Unbedingt!«, entgegnete ich grinsend und schob mir meinen Rucksack ein Stück höher auf die Schulter, bevor ich hinter Adaline durch die Glastür trat.

Mein altes Zuhause.

Im Alter von sieben Jahren hatte ich in dieser Tanzschule mit Ballett, Jazz und wenig später auch mit Hip-Hop angefangen. Nach der Schule war ich täglich hier gewesen und hatte mir den verdammten Arsch abtrainiert, um an den Punkt zu kommen, an dem ich mich heute befand. Es hatte mich viel Schweiß und mindestens genauso viele Tränen gekostet, aber es hatte sich gelohnt. Und nun stand ich hier im Eingangsbereich und fühlte mich, als ob ich nie weg gewesen wäre. Na ja, und zugleich auch total fehl am Platz.

Alles sah noch so aus wie früher. Hell, modern und doch heimelig. An der linken Seite befand sich der Check-in-Bereich, hinter dem heute ein Kerl mit Afro saß, den ich nicht kannte. Dahinter an der Wand hingen die Regale mit den vielen Pokalen und Trophäen, die wir bei Wettbewerben und Meisterschaften gewonnen hatten; in den vergangenen Jahren waren offensichtlich noch einige hinzugekommen. Daneben Regale und Garderobenstangen mit den Merchandise-Produkten der Tanzschule: Shirts, Hoodies, Jogginghosen, Caps und sogar Socken und Rucksäcke. Früher hatte ich in diesen Klamotten gelebt und fast nichts anderes getragen. Mir fiel auf, dass sich die Schnitte und Prints verändert hatten; sie sahen total cool aus. Bevor ich zurück nach L.A. flog, musste ich mich auf jeden Fall mit der neuen Kollektion eindecken. Direkt neben dem Check-in befand sich eine Tür, die in den Teambereich führte. An den Wänden der lichtdurchfluteten Eingangshalle hingen Monitore, auf denen Tanzvideos ohne Ton liefen, während aus den Boxen, die in den Ecken unter der Decke angebracht waren, sanft Miguels »Adorn« scholl. Auf den dunkelgrauen Sofas und Sesseln saßen Tänzer und weitere an den kleinen Tischen, die in ihren Notizen herumkritzelten.

Ein Lächeln zupfte an meinen Mundwinkeln.

Genau wie damals.

Hinten rechts führte ein langer Flur zu den acht Trainingssälen, in denen ich, abgesehen von zu Hause, die meiste Zeit meines Lebens verbracht hatte.

»Mackenzie!« Ein Mädchen mit blondem Pferdeschwanz kam auf mich zugelaufen, wahrscheinlich um die fünfzehn Jahre jung. »Hey, kannst du… Können wir ein Foto machen?«

Selbst nach all der Zeit waren Situationen wie diese für mich immer noch total seltsam und zugleich eine Ehre. Gut, hier in der Tanzschule hingen einige Poster mit meinem Gesicht darauf, und durch meine Rolle in dem Tanzfilm und die Tatsache, dass ich mir in den letzten Jahren einen Namen in der Tanzszene gemacht hatte, musste ich irgendwie damit rechnen, dass ich erkannt wurde. Dennoch würde ich nie verstehen, warum fremde Leute ein Foto mit mir machen wollten. Ich war doch nur Mackenzie. Ein normaler Mensch, der mit einer Tüte Chips im Bett lag, Serien schaute, die heißen Kerle darin anhimmelte und sich danach darüber ärgerte, dass die ganze Matratze voller Krümel war.

»Hey! Klar, sehr gerne«, antwortete ich und lächelte das Mädchen an. »Wie heißt du?«

»Katie.« Ihre Augen leuchteten, als sie ihr Handy aus der Jackentasche zog und vor uns in die Luft hielt, um ein Selfie zu machen.

Ich bemerkte, wie ihre Hand zitterte. »Komm, ich mach das«, sagte ich und blinzelte sie freundlich an. Dann legte ich meinen freien Arm um sie und machte ein paar Fotos von uns. »Okay, und jetzt noch mit Grimasse, ja?«

Katie lachte und steckte mich damit an. Wir verzogen unsere Gesichter, und auf einmal wirkte sie schon viel entspannter.

Nach einer weiteren Bilderreihe gab ich ihr schließlich das Smartphone zurück.

»Danke! Voll cool, dass du hier bist. Wirst du auch Classes geben?«

Ich wollte gerade antworten, als Dan aus der Tür zum Teambereich trat und mir zuvorkam. »Klar macht sie das!«

Grinsend schüttelte ich den Kopf. »Na, wenn der Chef das sagt, muss es wohl so sein.«

»Ich freue mich schon. Dann muss ich unbedingt deinen Instagram-Account im Auge behalten, falls du was bekannt gibst«, sagte Katie und nickte begeistert. »Danke noch mal für das Foto.«

»Klar, total gerne. Schön, dass du Hallo gesagt hast. Hat mich echt gefreut. Wir sehen uns bestimmt bald wieder.« Ich schenkte ihr noch ein Lächeln, dann wandte sie sich ab und lief zu ihren Freunden, die auf dem Sofa saßen und uns neugierig beobachteten.

Mein Blick huschte durch den Eingangsbereich, und sofort fiel mir auf, dass jedes Augenpaar auf mich gerichtet war. Die meisten Gesichter kannte ich nicht, aber das würde sich bestimmt bald ändern.

»So viel zum Thema ›Ich bin kein Star‹«, sagte Adaline kichernd.

»Sei bloß still«, entgegnete ich lachend und boxte ihr leicht in den Bauch, bevor ich mich dem Chef des Move District zuwandte. »Dan, echt toll, dich wiederzusehen!«

Ich fiel dem braunhaarigen Kerl Anfang vierzig um den Hals. »Ich sag's dir, die Tanzschulen in L.A. können nicht mit deiner mithalten.«

Wir lösten uns voneinander, und ein breites Grinsen legte sich auf sein Gesicht. »Ich habe dich die ganze Zeit auf Instagram und YouTube verfolgt. Und der Tanzfilm … Da hast du echt abgeliefert. Hey, Adaline.«

Adaline nickte ihm kurz freundlich zu. »Hi.«

Wärme schoss mir in die Wangen. Sein Kompliment bedeutete mir viel, immerhin hatte meine Karriere hier bei ihm seinen Anfang genommen. »Das freut mich, danke. Geht's dir gut?«

»Alles beim Alten. Das mit den Classes war übrigens ernst gemeint. Ich kann dir noch einige Slots anbieten, du kannst dich voll und ganz austoben. Wir könnten ein paar tolle Sachen starten. Du könntest dich zum Beispiel mit ein paar Leuten zusammentun und Tanzvideos für Instagram drehen; ich kann dir unsere Kameraleute zur Verfügung stellen, die haben es echt drauf. Dann hast du Content für deinen Kanal. Und im Gegenzug machst du ein bisschen Werbung für uns. Das wär's doch, oder?«

»Ich muss meinen Zeitplan checken, aber es wäre echt cool, die eine oder andere Class zu unterrichten, und Videos drehe ich auch gerne«, entgegnete ich und nickte dankbar.

»So viele du willst. Schreib mir einfach, wann und welcher Saal, und ich trag dich ein. Hast du eigentlich schon unser neues Merchandise gesehen? Nimm dir gerne, was du haben willst, und poste darüber ein bisschen was auf

Instagram, wenn es dir gefällt. Das Zeug würde sich auf deinem Account sicher gut machen.«

Ich lachte. »Danke für das Angebot, aber ist echt kein Problem, das zu bezahlen. Dafür gebe ich gerne Geld aus.«

»Okay, überleg es dir einfach. Ich muss jetzt wieder ins Büro, aber wir setzen uns bald zusammen und planen ein paar Aktionen, ja? Das kann echt groß werden. Fühl dich wie zu Hause, Mackenzie.« Mit diesen Worten zwinkerte er mir noch mal zu und verzog sich mit schnellen Schritten nach hinten in die Büroräume.

»Der gute Dan, immer auf Werbung für seine Tanzschule aus«, murmelte Adaline.

»Ach, ist doch in Ordnung. Ich kann's ja verstehen. Immerhin habe ich bei ihm mit dem Tanzen angefangen; er war so was wie mein erster Mentor. Ich mache gerne ein bisschen Werbung für ihn.«

»Das freut ihn sicher. Lass dich nur nicht ausbeuten!«

»Nein, nein, keine Sorge. Aber sag mal, hat sich hier irgendwas verändert? Alles sieht noch genauso aus wie vor drei Jahren.« Neugierig ließ ich noch einmal den Blick durch den Raum wandern.

Adaline überlegte und zog dabei ihre dunklen Augenbrauen zusammen. »Nicht viel, aber wir können gerne mal 'ne Runde drehen, wenn du magst.«

»Unbedingt!«

»Deine Eltern und Jamie sind in L.A. geblieben, oder?«, fragte sie, als wir an den dunkelgrauen Sofas vorbei in den breiten Flur liefen, von dem aus rechts und links die Säle abgingen. Durch große Fenster neben den Türen konnte man in die Räume hineinsehen.

»Ja. Sie sind echt glücklich dort. Jamie ist jetzt auf der Highschool und gar nicht so begeistert davon, dass Mom an der gleichen Schule unterrichtet. Und Dad arbeitet nach wie vor im Vertrieb.«

»Jamie ist so groß geworden, krass. Schön, dass sich deine Familie in Los Angeles wohlfühlt.«

»Total. Ich bin immer noch sehr dankbar, dass sie den Schritt damals mit mir zusammen gemacht haben. Allein wäre ich, glaube ich, echt aufgeschmissen gewesen.«

Als mir mein Management vor gut drei Jahren ans Herz gelegt hatte, nach Los Angeles zu ziehen, um meine Karriere voranzutreiben, waren meine Eltern und mein kleiner Bruder mitgekommen. Sie wollten für mich da sein. Und ich war ihnen extrem dankbar dafür, denn den Gedanken, sie zu verlassen und womöglich nur noch ein paarmal im Jahr zu sehen, hatte ich damals kaum ertragen. Ich lebte in meinem eigenen Apartment und sie in ihrem, dennoch sahen wir uns normalerweise mehrmals die Woche.

»Dann hatte es doch echt etwas Gutes. Auch wenn ich mir natürlich wünschen würde, dass du nie wieder zurückmusst ...«

»Das dauert doch noch«, sagte ich und hakte mich bei ihr unter, während wir an einer Reihe Poster vorbeliefen. Auf ein paar von ihnen war ich sogar allein abgebildet, auf anderen in Gruppen; und dann gab es glücklicherweise auch sehr viele, auf denen ich gar nicht drauf war. »Lass uns die Zeit genießen, die wir haben, und nicht daran denken, dass ich irgendwann wieder nach L.A. muss, okay?«

Adaline nickte und bemühte sich um eine fröhliche Miene.

Ich warf einen Blick durch die Glasscheibe, an der wir gerade vorbeikamen. Ein paar Jugendliche tanzten eine Jazz-Choreo, während der Trainer durch den Saal rief, dass sie mehr Power geben sollten. Ein Fenster weiter fand das Training einer kleinen Gruppe statt, die gemeinsam ein Hip-Hop-Stück choreografierte.

»Irgendwie fühlt es sich gut an, wieder hier zu sein.«

Adaline lehnte ihren Kopf an meine Schulter und lächelte. »Das ist doch das Wichtigste.«

Nach ein paar Schritten blieben wir abrupt stehen, als direkt vor uns eine Tür aufschwang. Ein Kerl trat in den Flur, die Hände in den Hosentaschen vergraben und den Blick über die Schulter gerichtet, sodass er uns erst nicht sah. Doch in der nächsten Sekunde wandte er sich zu uns um, und ich blickte in zwei obsidianfarbene Augen. Das breite Grinsen verschwand von seinem Gesicht und machte Platz für Verwunderung.

Die kurz rasierten schwarzen Haare, dieser dunkle Blick…

»Dax! Oh… hey«, sagte ich und versuchte, mir nicht anmerken zu lassen, dass mir das Herz bis zum Hals pochte.

Er starrte mich an, blinzelte ein paarmal, dann öffnete er den Mund. »Hey… Ich hab schon gehört, dass du…«

»Gehen wir jetzt eigentlich noch 'nen Burger essen, oder was?«

Oh nein, oh nein, nein, nein.

Hinter Dax tauchte ein weiteres überaus bekanntes Gesicht in der Tür auf, das noch auf ein Handy schaute, dann aber den Blick hob und meinem begegnete. Verwuschelte hellbraune Haare, grüne Augen und ein verschmitztes Lächeln, wie es mir so bisher kein zweites Mal untergekommen war.

Oh Gott, das wird ja immer besser.

Ich hätte schwören können, dass mein Gesicht farblich mittlerweile einer saftigen Erdbeere glich, so heiß fühlte es sich an.

Bevor ich zu einer Begrüßung ansetzen konnte, tauchten hinter den beiden zwei Mädels auf. Eines mit hellblauen Haaren und niedlicher Stupsnase, das andere blond und mit buschigen dunklen Augenbrauen. Beide sahen mich erstaunt an.

Der Kiefer des Kerls mit dem nun nicht mehr ganz so verschmitzten Lächeln mahlte, als er einen Schritt näher trat.

Ich räusperte mich und blinzelte ihn an. »Hi, Austin.«

KAPITEL 2

»Mackenzie.« Austin legte den Kopf schief. Seine Lippen umspielte ein angedeutetes Lächeln, das ich nur zu gut von früher kannte. »Wir sind davon ausgegangen, dass du erst nächste Woche hier sein wirst.«

»Das Training beginnt erst am Montag, aber morgen findet schon die erste Besprechung beim Kunden statt«, entgegnete ich und spürte, wie mir dabei immer wärmer wurde. Nervös blickte ich zwischen ihm und Dax hin und her. Olivia und das blonde Mädchen, das Austins neue Freundin sein musste (Adaline hatte sie mir am Telefon beschrieben), hatten inzwischen zu den Jungs aufgeschlossen und starrten mich an.

»Hey, Olivia.« Ich verzog die Lippen zu einem Lächeln und hob die Hand, um ihr zuzuwinken.

Oh Gott, wieso winke ich ihr? Befinden wir uns etwa auf einem Kreuzfahrtschiff, das auf große Weltreise geht?

Hastig nahm ich die Hand herunter.

»Hey«, sagte sie und nickte mir zu. Ihr Blick huschte zwischen mir und den Jungs hin und her. »Schön, dich zu sehen!« Sie wirkte weder wütend noch abweisend.

Ich atmete erleichtert aus und knetete meine eiskalten Hände. »Finde ich auch.« Dann schaute ich zu dem anderen Mädchen. Austin war gerade dabei, den Arm um ihre Schultern zu legen, und sie rückte ein wenig näher an ihn heran; dabei musterte sie mich neugierig. »Hey, ich bin Mackenzie«, sagte ich und grinste, während ich ihr meine Hand hinhielt.

Sie ergriff sie und hob einen Mundwinkel. »Jade, hey.«

Ich hatte irgendwie angenommen, dass es mir einen Stich versetzen würde, Austin mit seiner neuen Freundin zu sehen. Allerdings sahen die beiden echt süß zusammen aus, und das mit uns war sowieso schon lange her – und ich über ihn hinweg.

Jade ließ meine Hand wieder los, und ich trat einen Schritt zurück.

»Bist du heute angekommen?« Dax verlagerte sein Gewicht von einem Bein aufs andere und kratzte sich ein wenig verlegen im Nacken, aber abgesehen von der leichten Nervosität, die er ausstrahlte, schien er kein Problem damit zu haben, dass ich wieder zurück war.

»Gestern Abend. Hey, es ist wirklich schön, euch nach der ganzen Zeit mal wieder zu sehen …«

Gerade als ich weitersprechen wollte, hörte ich Dans Stimme in meinem Rücken. »Seid ihr euch also direkt begegnet! Das große Wiedersehen, und ich bin live dabei.«

Oh, wow. Noch peinlicher konnte es heute vermutlich nicht mehr werden …

»Wie schön. Alte Freunde treffen aufeinander. Endlich seid ihr wieder vereint. Wie sieht's aus, Mackenzie könnte doch ein Video für ihren Instagram-Account mit euch aufnehmen? Selbstverständlich hier in der Tanzschule.« Dan lachte und kam neben uns zum Stehen. »Und immer Move District markieren, ja?«

Ich lächelte ihn gequält an und nickte. »Mal sehen, ich will niemandem die Zeit stehlen oder so. Keine Umstände wegen mir.«

»Ach, nimm dir die Räume, so oft und wann du willst. Austin, Adaline oder Olivia helfen dir bestimmt gerne mit den Sälen. Sie können im Notfall mit ihren Classes in einen der kleineren umziehen.«

Aus den Augenwinkeln nahm ich wahr, wie Austin und Olivia einen kurzen Blick tauschten, woraufhin mir ein wenig unbehaglich zumute wurde. »Nein, nein, alles gut. Echt gar kein Problem, ich gehe einfach in die Räume, die frei sind, dann muss niemand wegen mir auf sein Training verzichten oder in einen anderen Saal wechseln.«

Dan lachte erneut und klopfte Dax auf die Schulter. »Alles klar. Wende dich jederzeit an mich, Dax oder Austin, wenn wir was für dich tun können, nicht wahr, Jungs?«

Noch bevor einer der beiden etwas sagen konnte, entgegnete ich rasch: »Danke für das Angebot.«

Die Mienen der beiden Jungs verrieten, dass sie sich in der Situation unwohl fühlten. Adaline hatte mir zwar berichtet, dass Dax und Austin sich nach ihrem großen Streit damals nach Dax' Unfall vertragen hatten, und dem ersten Eindruck nach schien selbst Austin nicht mehr wütend auf mich zu sein, das hieß aber noch lange nicht, dass sie Interesse an einer erneuten Freundschaft mit mir hatten.

Als Dan wieder verschwunden war, nahm ich all meinen Mut zusammen. »Adaline hat mir schon erzählt, dass ihr die Leitung der Tanzschule übernehmt. Total cool.«

»Ja«, entgegnete Dax und nickte. »Eine tolle Chance.«

»Ähm... « Mein Herz trommelte gegen meinen Brustkorb. Auch wenn das Aufeinandertreffen angenehmer lief, als ich befürchtet hatte, konnte ich meine Nervosität einfach nicht abstellen. »Kann ich mir vorstellen. Und solange ihr es nicht verbockt... Also nicht, dass ihr das tun werdet, aber... Ähm... Ich...«

Oh Gott, Mackenzie, was tust du hier? Halt die Klappe, halt einfach die Klappe und versuch nicht, lustig zu sein.

»Ach, wie auch immer, das wird super«, bemühte ich mich, aus dem Fettnäpfchen zu retten, doch ich hatte das Gefühl, dass es dafür bereits zu spät war.

Ohrenbetäubende Stille.

Jap, zu spät.

Während Dax betreten auf den Boden sah und leicht nickte, huschten Olivias und Jades Blicke zu Austin, der seine Wangen aufblähte, die Luft entweichen ließ und die Stirn runzelte.

Ich versuchte, Ruhe zu bewahren, spielte an den silbernen Ringen an meinen Fingern herum und presste die Lippen aufeinander.

»Wollen wir langsam los?«, wandte sich Dax an Austin und die Mädels, bevor er mir einen Wimpernschlag lang in die Augen sah. Ein kurzer Moment, der dafür sorgte, dass ich mich an unsere gemeinsame Zeit erinnerte. Die Zeit, in der es uns beiden verdammt beschissen gegangen war und wir versucht hatten, uns gegenseitig aus unseren Löchern zu helfen. Nur leider war dieser Versuch gehörig in die Hose gegangen... Dann schaute er Olivia an und nahm ihre Hand.

Adaline hatte mir berichtet, dass es Dax inzwischen viel besser ging als noch vor ein paar Monaten, und ich freute mich für ihn. Ich wusste genau, wie er damals nach seinem Unfall gegen seine inneren Dämonen angekämpft und immer wieder verloren hatte.

Während mir Austin noch mal zunickte, lächelten mich die beiden Mädels verhalten an. Vermutlich wollten sie sich nicht einmischen. Jade kannte mich ja nicht mal. Daher hoffte ich irgendwie darauf, dass Olivia unsere frühere Freundschaft nur verdrängt und nicht komplett vergessen hatte. Ich lächelte sie an, und im nächsten Augenblick bogen sie schon um die Ecke.

»Wow. Das war...«

»Ziemlich seltsam«, vervollständigte ich Adalines Satz und schluckte.

»Ach, Quatsch! Ein wenig vielleicht, aber nach all den Jahren ist das ja ganz normal. Und wie du siehst, war keiner sauer auf dich – genau wie ich es prophezeit habe.« Sie zwinkerte mir zu und legte mir einen Arm um die Schultern.

»Ich wünsche mir einfach nur, dass wir beim nächsten Wiedersehen nicht so verkrampft miteinander reden und es lockerer zwischen uns ist«, sagte ich mit einem gequälten Lächeln.

»Das wird schon, glaub mir.«

Ich nickte. »Hoffen wir's.«

Am darauffolgenden Morgen machte ich mich auf den Weg zum ersten Meeting mit Blanks.

Das Firmengebäude der Sportmarke, für die ich nach New York gekommen war, befand sich nur unweit meines Apartments in Midtown. Ich freute mich auf die Zusammenarbeit, da die Gespräche am Telefon vielversprechend geklungen hatten. Außerdem fühlte ich mich geehrt, dass ihre Wahl auf mich gefallen war. Normalerweise suchten sich Firmen wie Blanks typische Fitness-Influencer aus. Ich postete auf meinen Kanälen dagegen mehr Tanzvideos und kleine Einblicke in meinen Alltag. Ich versuchte, nicht zu viel Privates zu zeigen, da ich auch noch ein Leben außerhalb der sozialen Medien haben wollte; die Leute mussten nicht jedes kleine Detail über mich wissen. Mein Management hängte sich echt rein und hatte mir in der Vergangenheit schon viele tolle Zusammenarbeiten mit großartigen Firmen ermöglicht, und dafür war ich wirklich dankbar. Sie verhalfen mir zu der Karriere, die man sich als Content Creator nur wünschen konnte, und im Gegenzug versuchte ich, meinen Job jeden Tag aufs Neue so zu machen, dass jeder zufrieden war.

Eine Weile, nachdem mich mein Management unter Vertrag genommen hatte, war mir erst so richtig bewusst geworden, dass das, was man auf Instagram zeigte, in den seltensten Fällen viel mit dem echten Leben gemein hatte. Aber so lief es nun mal, und irgendwie war das doch sowieso ein offenes Geheimnis. Manchmal fühlte ich mich dabei ein wenig wie Hannah Montana. Auf der einen Seite eine vermeintlich perfekte Mackenzie für die Öffentlichkeit, die immer lächelte und sich in ihrem Job professionell verhielt, und auf der anderen Seite eine andere Mackenzie, die in ihrer Freizeit mit unordentlichen Haaren und viel lieber in schlabbrigen Jogginghosen statt hautenger Fitnesskleidung herumlief.

Während ich in der hellen Lobby auf einem der nachtblauen Sofas saß und darauf wartete, dass mich jemand abholte, scrollte ich durch meine Mails und beantwortete ein paar Nachrichten, die in den letzten Minuten hereingeflattert waren. Immer wieder kamen Leute in Businesskleidung durch die große Drehtür und liefen zum Empfang, hinter dem eine Dame mit Headset stand. Ihre Schritte hallten auf dem Marmorboden. An den Wänden hingen riesige Bilderrahmen mit Plakaten der letzten Kampagnen. Wenn ich mir vorstellte, dass womöglich auch mal eins von mir hier hängen würde, füllte sich mein Herz mit Stolz. Ich freute mich auf die Kooperation und war gespannt, mit wem ich in den nächsten Wochen zusammenarbeiten würde.

Rasch hörte ich noch eine Nachricht auf meiner Mailbox ab, die von meiner Managerin Tracy stammte. »Hey, Schätzchen, ruf mich doch später zurück. Ich habe einen neuen Kooperationspartner für dich an Land gezogen. Noch will ich nicht zu viel verraten, aber ein kleiner Hinweis: Danach strahlen deine Zähne mit den Sternen um die Wette.« Sie lachte. »Alles klar, wir reden später, bis dann.«

Ich nahm das Handy vom Ohr und tippte eine kurze Antwort, dass ich mich nach dem Meeting bei ihr melden würde. Auch wenn sie mir oft tolle Kooperationspartner vermittelte, gefielen mir nicht alle. Hoffentlich bestand sie nicht auf dieses Zeug, mit dem man vielleicht künstlich die Zähne aufhellte, das gleichzeitig jedoch echt schädlich war. Aber darum würde ich mich später kümmern.

»Mackenzie! Guten Morgen, wir haben miteinander telefoniert«, rief eine Frau mit Pausbacken und blondem Bob, die gerade aus einem der drei Fahrstühle gestiegen war und nun auf mich zukam. Sie war etwas kleiner als ich; mit meinen gut ein Meter siebzig überragte ich sie bestimmt um einen ganzen Kopf. »Amanda Robbins. Aber bitte nenn mich Amanda.«

»Ah, schön, dich kennenzulernen. Freut mich!« Rasch stand ich auf, gab ihr zur Begrüßung die Hand und schob mein Smartphone in meine schwarze Tasche. Dann folgte ich ihr in einen der Fahrstühle.

Amandas Lächeln war herzlich und wirkte ehrlich.

»Die anderen sind schon im Konferenzraum. Bist du denn gut in New York angekommen? Gefällt dir das Apartment?« Sie betätigte einen der oberen Knöpfe, woraufhin sich die silbernen Türen des Aufzugs schlossen.

»Ja, danke, die Wohnung ist wunderschön! Ich glaube, das wird eine echt tolle Zeit.«

»Schön, wenn es dir dort gefällt. Fühl dich ganz wie zu Hause. Die anderen freuen sich auch schon sehr darauf, deine Bekanntschaft zu machen.«

Ich strich die Ballonärmel meiner hellblauen Bluse

glatt, die ich zu einer eng anliegenden schwarzen Stoffhose kombiniert hatte. Zum Glück gab es im Apartment einen Steamer. Wie ein aufgescheuchtes Huhn hatte ich alle Schränke durchforstet, bis ich ihn endlich gefunden hatte.

Als wir die dreiundzwanzigste Etage erreichten, öffneten sich die Türen des Fahrstuhls mit einem leisen *Pling*. Amanda lief voraus und zückte ihren Mitarbeiterausweis, um den Bürobereich hinter einer verglasten Tür betreten zu können. Die Tür schwang auf, und wir durchquerten den breiten Flur, an dessen weißen Wänden weitere Kampagnen-Poster hingen.

»Okay, hier geht's rein«, sagte Amanda.

Ich straffte die Schultern und folgte ihr in den Konferenzraum, der sich hinter der hellgrauen Tür verbarg. Er musste sicherlich um die siebzig Quadratmeter groß sein; mit dem langen weißen Tisch und den silbernen Metallstühlen wirkte er ziemlich minimalistisch – wie frisch aus einer Interior-Design-Zeitschrift, die sich auf skandinavische Einrichtung spezialisiert hatte. Rund um den Tisch saßen einige Leute an Laptops und Tablets, vor ihnen standen Getränke und Teller mit frischem Obst.

Ich lächelte freundlich in die Runde und setzte mich auf einen der freien Stühle neben Amanda. »Guten Morgen.«

»Mackenzie, darf ich dir alle vorstellen?« Als ich nickte, fuhr sie direkt fort. »Hier haben wir zum einen unsere Regisseurin, die sicherstellt, dass alle Videos, die wir mit dir aufnehmen, unseren Erwartungen entsprechen. Mia Sanchez.«

Eine Frau, ungefähr Mitte vierzig mit schwarzem Dutt und Brille auf der Nase, nickte mir zu und lächelte. »Freut mich.«

»Mich auch.«

»Daneben unser freier Kameramann, Brody Turner. Ihm wird noch ein Assistent zur Seite stehen.«

Unwillkürlich blickte ich in ein Paar meerblaue Augen, das mich unter dichten dunklen Wimpern misstrauisch musterte. Brody musste in meinem Alter sein, vielleicht ein oder zwei Jahre älter. Seine kräftigen dunkelbraunen Augenbrauen hatten die gleiche Farbe wie sein Dreitagebart und das dichte Haar. An den Seiten war es etwas kürzer als oben, und es stand ein wenig verwuschelt in alle Richtungen ab. Das dunkelgrün karierte Hemd, das er bis zu den Ellenbogen zurückgeschoben hatte, offenbarte seine athletischen Unterarme. Er hatte es aufgeknöpft, sodass sein weißes T-Shirt darunter zu sehen war.

Brody lächelte nicht. Ganz im... *Gegenteil?* Auf mich wirkte er verschlossen und ernst. Skepsis lag in seinem Blick, als wir uns erneut direkt anschauten, trotzdem konnte ich nicht wegsehen. Im Bruchteil einer Sekunde schossen Blitze durch meinen Körper. Die Luft fühlte sich auf einmal wie elektrisch geladen an. Ich blinzelte ihn an und biss mir unmerklich auf die Lippe.

»Hi.« Mehr sagte er nicht.

Ich lächelte. »Freut mich.«

Daraufhin erntete ich ein Nicken. Kein Lächeln. Nicht mal ein Mundwinkel zuckte für eine Millisekunde nach oben. Nichts. Stattdessen bedachte er mich mit einem intensiven Blick, bevor er sich wieder abwandte und auf seinem Stuhl zurücklehnte. Seltsam. Vielleicht war er heute einfach nur mit dem falschen Fuß aufgestanden.

»Gut, dann sitzen hier noch Josh Graham, der sich um dein Make-up und deine Haare kümmern wird, und Liza Hill, die während des Drehs für die Outfits zuständig ist.«

Ein rothaariger Typ um die dreißig mit Paillettenjacke und falschen Wimpern sowie eine Frau mit hellblonder Pixie-Frisur und riesigen Kreolen strahlten mich an.

Ich musste grinsen und fühlte mich bei ihnen sofort gut aufgehoben. »Hey, freut mich!«

»Mich auch«, entgegnete Liza, und Josh fügte hinzu: »Ist das deine Naturhaarfarbe? Wow!«

Rasch fuhr ich mir durch die glatten goldbraunen Haare und legte sie mir lächelnd über die Schulter. »Ja, das ist meine echte Haarfarbe. Danke! Ich mag deine Jacke.«

Ein breites Grinsen stahl sich auf sein Gesicht.

»Gut, und mich kennst du ja bereits, Amanda Robbins, Leiterin der Kampagne.«

Ich holte tief Luft. »Es freut mich wahnsinnig, hier zu sein und dieses Projekt mit euch umsetzen zu können. Es ist mir wirklich eine Ehre.«

»Wir freuen uns auch schon sehr auf die Arbeit mit dir, Mackenzie. Ich würde sagen, wir sprechen noch mal kurz alles durch. Das meiste hatten wir ja bereits am Telefon geklärt, aber mir war es wichtig, dass du unser Team vor dem ersten Dreh kennenlernst«, sagte Amanda und vertiefte sich für einen Moment in ihren Laptop.

Währenddessen ließ ich den Blick noch einmal von Gesicht zu Gesicht huschen und blieb an den grünblauen Augen hängen, die mich wieder skeptisch musterten. Ich verzog meine Lippen zu einem Lächeln, doch Brody behielt seinen reservierten Gesichtsausdruck bei, ohne die geringste Regung zu zeigen. Moment… Verengte er seine Augen jetzt sogar etwas? Irritiert beobachtete ich ihn. Auch wenn er verschlossen wirkte, nicht arrogant, aber ernst, konnte ich nicht leugnen, dass er ein hübsches Gesicht hatte. Kantig. Mit einem Lächeln hätte er allerdings noch besser ausgesehen.

»Die verschiedenen Dreh-Locations stehen fest, wir werden nächste Woche Mittwoch am Times Square beginnen.«

Ich nickte. »Das wäre dann für…«

»I feel connected«, vervollständigte sie meinen Satz. »Da dort viele Leute sein werden, passt das unseres Erachtens sehr gut.«

Die Kampagne lief unter dem Motto »Through dancing I feel connected«, »fearless« und der letzte Begriff würde »free« sein. Passend zu jedem Gefühl gab es verschiedene Locations, an denen ich in der neuen Kollektion von Blanks tanzen sollte, während das Kamerateam mich filmte.

»Hört sich gut an. Um die Choreo kümmere ich mich in den nächsten Tagen. Wollt ihr sie vorab sehen?«

Amanda schüttelte den Kopf. »Da vertrauen wir dir voll und ganz. Schick uns gerne eine Info, sobald du was hast, damit wir wissen, was uns erwartet, aber du wirst das sicher toll machen. Wir haben uns nicht grundlos für dich entschieden, ich hoffe, das weißt du.«

Ein Lächeln umspielte meine Lippen. »Ja, das hattest

du bei unserem ersten Telefonat erwähnt. Und ich freue mich wirklich darüber, die erste Tänzerin zu sein, die eure Marke repräsentieren darf.«

»Es wurde höchste Zeit, wenn du mich fragst. Tanzen verbindet doch«, entgegnete sie euphorisch. »Egal, woher du kommst, wie du aussiehst oder wie gut du bist…«

»Es spielt keine Rolle«, vervollständigte ich ihren Satz und schlug erschrocken eine Hand vor den Mund. »Oh, tut mir leid, ich wollte dich nicht unterbrechen.«

Sie winkte ab. »Nein, nein, schon gut. Fahr ruhig fort!«

Erleichtert, sie nicht verärgert zu haben, atmete ich aus. Immerhin saß eine der mächtigsten Frauen dieser Firma vor mir.

»Du brauchst dafür kein sperriges Equipment«, fuhr ich fort. »Und du musst auch nicht gut sein, denn letzten Endes kann wirklich jeder Mensch tanzen und damit seine eigene Geschichte erzählen. Sich damit ausdrücken. Und jeder versteht es, auch wenn er oder sie eine ganz andere Sprache spricht als du.«

»Und genau *deshalb* sitzt du hier.«

Vor Vorfreude bekam ich eine Gänsehaut. »Das wird eine tolle Zeit.«

»Da bin ich mir sicher«, entgegnete sie und lehnte sich zurück. »Mittwochmorgen trefft ihr euch alle hier und werdet dann gemeinsam zum Times Square fahren. Ich bin froh, dass ich dir so ein kompetentes Team an die Seite stellen kann.«

Wieder sah ich mich in der Runde um. Während das restliche Team mich mindestens genauso freundlich angrinste wie ich sie, blieb es bei einer Ausnahme. Diese

Ausnahme saß regungslos auf seinem Stuhl, kritzelte auf seinem Tablet herum und warf mir über den Tisch hinweg immer wieder kurze Blicke zu.

Moment ... Verdreht er da gerade die Augen?

Ich war mir nicht sicher, ob Brody mich verunsichern wollte, einfach nur keinen Bock hatte oder heute schlecht gelaunt war. In einem geschäftlichen Meeting konnte er doch nicht einfach die Augen verdrehen. Er hatte es unauffällig gemacht und wahrscheinlich auch nicht beabsichtigt, dass es jemand merkte. Ha! Da hatte er die Rechnung ohne mich gemacht.

Als ich nicht mehr wegsah, legte er den Kopf schief und zog die Augenbrauen zusammen, sagte jedoch nichts. Nach ein paar Sekunden wandte er sich wieder seinem Tablet zu, auf dem er sich weiter Notizen machte.

Während sich die anderen noch austauschten, fiel mir ein, dass ich noch gar keine Behind-the-scenes-Aufnahme vom Meeting für meine Story gemacht hatte. Teil meines Deals mit Blanks war es, dass ich auch immer wieder Einblicke in den Entstehungsprozess der Kampagne auf Instagram postete. Daher war ich mir sicher, dass die anderen kein Problem damit haben würden, wenn ich rasch mein Handy zückte und ein paar Selfies und Fotos vom Raum machte, um sie zu einem späteren Zeitpunkt zu veröffentlichen. Natürlich achtete ich darauf, dass niemand von den anwesenden Leuten auf meinen Bildern zu sehen war.

Nachdem ich die Fotos gemacht und kurz durchgeschaut hatte, verstaute ich das Handy zufrieden in meiner Tasche.

Als ich aufsah, blieb mein Blick an dem unsympathischen Kameramann hängen, der tatsächlich schon wieder die Augen verdrehte. Was war denn bitte bei dem los? Als ich ihn mit schief gelegtem Kopf anstarrte, hob er lediglich eine Augenbraue und schnaubte verächtlich.

Ich hatte kein Problem damit, wenn mich Leute nicht mochten. Es jedem recht zu machen war so gut wie unmöglich. Allerdings wollte ich nicht, dass die Zusammenarbeit unter einem schlechten Stern stand, immerhin machte er die Aufnahmen und kümmerte sich bestimmt auch um den Schnitt. Wenn man das Gefühl hatte, dass der Typ, der hinter der Kamera stand, keinen Bock auf einen hatte, verunsicherte das, und zwar sehr. Klar, ich würde mich zusammenreißen und das Beste daraus machen, aber es gab optimalere Ausgangsbedingungen für eine erfolgreiche Zusammenarbeit.

Als Brody dann auch noch direkt nach dem Meeting, ohne auch nur einen Ton von sich zu geben, schnell aus dem Raum verschwand, fragte ich mich ernsthaft, ob er ein Problem mit mir persönlich hatte. Oder war er einfach nur ein verschlossener Kerl, der keinen Bock auf seinen Job hatte?

KAPITEL 3

Jeden Morgen nach dem Aufwachen schnappte ich mir mein Handy, scrollte durch Mails und Instagram, beantwortete Nachrichten und checkte meine Horoskop-App. Viele hielten das vielleicht für Quatsch, glaubten nicht an Sterne und das Universum, was ich auch vollkommen akzeptierte. Für mich funktionierte es allerdings, und ich mochte es, frühmorgens zu schauen, wie mein Tag wohl werden würde. Selbst wenn mir prophezeit wurde, dass er in die Hose gehen würde, ließ ich ihn mir nicht vermiesen und nahm das stattdessen als Ansporn, mich besonders reinzuhängen und die Sterne zu überlisten. Denn auch die lagen mal falsch.

Es war zwar bereits kurz nach neun, das ganze Loft jedoch stockduster, da ich am vergangenen Abend die Jalousien heruntergelassen hatte. Einzig und allein mein grelles Handydisplay durchbrach die Dunkelheit. Langsam schälte ich mich aus dem Bett, warf mir eine graue Sweatjacke über und stiefelte um das gepolsterte Gestell herum, um den Knopf an der Wand zu betätigen und Licht ins Apartment zu lassen.

Heute würde ein guter Tag werden. Nach dem Frühstück wollte ich mir Gedanken zur ersten Choreografie für den Dreh am Times Square machen und später noch ein paar neue Tanzclips in meine Story posten.

Als die Jalousien nach oben fuhren und es sofort hell im Raum wurde, grinste ich zufrieden angesichts der Weite, die sich vor mir ausbreitete. Ich konnte es immer noch nicht fassen, dass mir Blanks ein Loft zur Verfügung gestellt hatte, das sich, nur so am Rande, im zwanzigsten Stockwerk befand. Es war riesig, wie ein U geschnitten, und nach außen beinahe komplett verglast mit Scheiben, die von der Decke bis zum Boden reichten. Die gesamte Wohnung – die bis auf das Bad aus einem einzigen Raum bestand – war mit hellem Parkett ausgelegt; hier und da gab es ein paar cremefarbene Teppiche. Na ja, genau genommen, waren es zwei Räume. Das Schlafzimmer und den offenen Wohnbereich teilte eine Glastrennwand mit schwarzem Gitterrahmen, wie man es oft auf Pinterest sah.

Ich schlüpfte in die flauschigen Socken mit den vielen kleinen Füchsen, die Sonnenbrillen auf ihren Nasen trugen, schnappte mir mein Handy und verband es per Bluetooth mit den Lautsprechern, die überall in der Wohnung eingebaut waren. Dann startete ich »Modern Loneliness« von Lauv und trat den Weg in die Küche an, vorbei an den Sofas und Sesseln und dem riesigen Fernseher (darauf musste ich demnächst unbedingt ein paar Filme schauen). Der offene Kochbereich war weiß mit goldenen Akzenten und schmalen Regalen aus hellem Holz; davor erstreckte sich eine Kücheninsel mit Barhockern. Außerdem gab es einen weißen Esstisch mit passenden Stühlen, von dem aus man einen umwerfenden Ausblick auf die Skyline von Manhattan genoss. Das gesamte Apartment war schlicht und minimalistisch gehalten, schon luxuriös, aber trotzdem noch so, dass man sich wohlfühlte und nicht das Gefühl hatte, in einem kalten, charakterlosen Glaskasten zu sitzen. Auch wenn meine Wohnung in Los Angeles ganz anders aussah, eher dunkle Erdtöne und weniger Weiß, würde ich mich hier in den nächsten Wochen zu Hause fühlen.

Rasch ließ ich mir einen doppelten Cappuccino mit Hafermilch aus der Kaffeemaschine; vorher streute ich etwas Zimt in die Tasse, dessen Duft sich mit dem Kaffeearoma vermischte und meine Nase umspielte.

Mmmh, lecker!

Während der Kaffee dampfend in die beige Blanks-Tasse lief, tänzelte ich zur Musik hin und her, um wach zu werden. Dann schnappte ich mir den Cappuccino, machte es mir auf einem der gepolsterten Hocker an der Seite der Kücheninsel bequem, klappte meinen Laptop auf und überflog meinen Posteingang.

»Oh, oh. Mal sehen…« Ich stöhnte leise auf, weil ich genau wusste, dass mich nun ein Haufen Arbeit erwartete; ich kümmerte mich viel lieber um die kreative Arbeit, die Videos und Fotos, statt ellenlange Antworten zu tippen. Aber das gehörte nun mal auch dazu.

Als Erstes öffnete ich eine Mail meines Managements, die eigentlich nur aus einer Liste mit Firmen bestand, die mit mir eine Kooperation auf Instagram eingehen wollten. Einige coole Marken, die ich mochte und mit denen ich mir eine Zusammenarbeit gut vorstellen konnte, waren dabei. Klar, zum Tanzen passten die meisten nicht allzu gut, aber mittlerweile war mein Account eine Mischung aus Themen wie Tanzen, Fitness, Ernährung und Pflegeprodukten. Mein Management hatte mir geraten, mich breiter aufzustellen, und das war ja nun nicht unbedingt verwerflich, solange ich hinter den Marken stand, diese keine schlechten Werte vermittelten und ich sie weiterempfehlen konnte. Ich war meinem Management dankbar, dass es mir immer wieder so tolle Zusammenarbeiten ermöglichte. Diese Liste hier sah gut aus. Einiges an Fitness-Food und Gesichtscremes, die ich zuvor schon benutzt und selbst für gut befunden hatte. Besser als dieser komische Zahnaufheller, den Tracy gestern auf meiner Mailbox angedeutet hatte. Ich war nicht mehr dazu gekommen, sie zurückzurufen, daher musste ich das später noch nachholen.

Ich öffnete eine neue Mail und begann eine Nachricht an meine Managerin zu tippen.

Hey, Tracy, hoffe, dir geht's gut. Ich schaue das die Tage mal genauer durch. Ich denke, der Shop mit den Sport-Snacks und die Avocado-Gesichtscreme wären super. Was meinst du dazu? Danke fürs Schicken!

Dann setzte ich noch ein paar Grüße darunter, schickte die Mail ab und zückte mein Handy. Rasch öffnete ich Instagram, machte ein Foto von meiner Cappuccino-Zimt-Mischung und postete es mit einem »Guten Morgen!« in meine Story. Anschließend sperrte ich den Bildschirm wieder, legte das Smartphone beiseite und nahm einen großen Schluck aus meiner Tasse.

Niemals hätte ich damals, als ich nach L.A. gezogen war, gedacht, dass ich irgendwann mit Social Media meinen Lebensunterhalt verdienen könnte. Angefangen hatte alles mit ganz normalen Tanzvideos von Classes im Move District, Workshops oder Auftritten, bis meine Followerzahl irgendwann superschnell gewachsen war und ich, auf den Wunsch meiner Abonnenten hin, auch mehr von meinem Alltag gezeigt hatte. Ich hatte immer mehr Lust bekommen, noch mehr zu teilen, und dann irgendwann jeden Tag Videos und Fotos aus dem Tanzsaal und meinem Leben gepostet, bis eines Tages mein jetziges Management aus L.A. auf mich zugekommen war. Ich sei ihnen aufgefallen, und sie sähen großes Potenzial in mir; ihrer Meinung nach stünde mir eine große Zukunft bevor, da ich die Ausstrahlung eines *Stars* hätte. Erst hatte ich darüber gelacht, doch bei meinem ersten Telefonat mit Tracy war ich ins Träumen gekommen. Alles hatte sich so vielversprechend angehört, und das Team war wirklich nett gewesen, sodass ich nicht lange gezögert und einen Vertrag mit ihnen unterschrieben hatte. Als dann die ganze Austin-Dax-Sache passiert war und ich mich unglaublich allein gefühlt hatte, hatte mir mein Management empfohlen, nach L.A. zu ziehen, um meine Karriere gezielt voranzutreiben. Da mich hier nichts mehr gehalten hatte, war ich nur wenige Wochen später in ein Flugzeug gestiegen und auf die andere Seite des Landes gezogen. Und jetzt... jetzt war ich wieder hier.

Das Klingeln meines Smartphones riss mich aus meinen Gedanken. Ich räusperte mich, dann tippte ich auf das grüne Symbol, um das Gespräch entgegenzunehmen.

»Hey, Tracy. Ich wollte dich sowieso noch zurückrufen.«

»Liebes, hallo. Die Kooperationen mit den Snacks und der Creme gehen klar. Ich hatte schon im Voraus mit den Firmen gesprochen, sie schicken dir die Produkte. Post und Story für die Snacks nächste Woche Donnerstag und die Gesichtscreme dann die Woche drauf am Mittwoch. Das Briefing leite ich dir auch gleich weiter, dann kannst du dich Montag an die Produktion der Inhalte machen, mir schicken, und ich lasse das dann absegnen.«

»Okay, gerne. Könnten wir es auch um ein paar Tage verschieben? Ich glaube, Montag wird es eng bei mir«, entgegnete ich und trommelte mit den Fingern auf der Arbeitsfläche herum.

»Nein, die Daten stehen. Das kriegst du schon hin. Ich weiß doch, dass du mich nicht enttäuschst.«

Ich überlegte. »In Ordnung, ich schaffe das schon.«

»Sag ich doch. Die Kunden werden deinen Content sicher lieben. Und in den nächsten Tagen schaust du dir dann auch noch die zweite Liste mit Partnern durch, die ich dir gerade vor einer Minute hinterhergeschickt habe, ja? Die Firma mit den Zahnaufhellern hat auch großes Interesse geäußert.«

In den letzten Jahren hatte es sich eingebürgert, dass mir Tracy allerhand Kooperationen zuspielte und ich sie in den meisten Fällen annahm. Ein paar Firmen auf dieser Liste sagten mir allerdings nicht zu, und ich wünschte mir irgendwie, dass Tracy mir gar nicht erst solche Kooperationen vorschlug, da ich mich jedes Mal rechtfertigen musste, wenn ich eine von ihnen nicht annehmen wollte. Auf Dauer war das ziemlich unangenehm, weil ich es meinem Management recht machen wollte. Immerhin waren sie es, die damals an mich geglaubt hatten.

»Ich versuche, es bis Mittwoch zu schaffen. Mit Blanks habe ich jetzt einiges zu tun und ...«

»Ach, das machst du schon, ich glaube an dich«, sagte sie lachend. »Die angebotenen Honorare sind echt gut. Ich habe dir meine Favoriten markiert und die Verträge bereits fertig gemacht.«

»Okay, ich guck mir die Liste an«, sagte ich und öffnete währenddessen das Dokument. Ich scrollte schnell die Seite herunter, um mir einen Überblick zu verschaffen. »Du hast echt viel darauf markiert. Vielleicht können wir, solange ich in New York bin, eher weniger neue Deals eingehen? Ich würde die Zeit hier auch ganz gerne ein bisschen mit meinen Freunden und in der Tanzschule verbringen.«

Tracy seufzte, und ich hörte, wie sie während unseres Gesprächs auf ihrer Tastatur herumhämmerte. »Mackenzie, weniger Deals bedeutet auch weniger Geld. Ich bin dafür, dass wir mindestens genauso viele wie sonst pro Monat annehmen. Überleg mal, wenn du jetzt hart arbeitest, kannst du die Kohle ansparen; und desto mehr Kunden du hast, desto größer ist die Chance, dass ein paar davon auch langfristig mit dir kooperieren wollen.«

Ich zögerte und fuhr mir durchs Haar, während ich

die Liste wieder schloss und meinen Laptop zuklappte. »Vielleicht sind ein paar gute Produkte dabei … Ich seh mir mal an, was du markiert hast und …«

»Genau! Und schau doch auch mal, ob du dich nicht mit ein paar anderen Influencern aus New York connecten kannst, um euch gegenseitig zu markieren und deine Reichweite zu steigern. Das wäre super – so könnten wir deine Preise wieder etwas erhöhen.«

»Mit Influencern habe ich hier nicht so viel zu tun, allerdings mit ein paar anderen Tänzern. Die haben nicht so viele Follower, aber …«

»Schau aber bitte, dass das nicht überhandnimmt und du dich eher an die reichweitenstarken Leute hältst, ja?« Bevor ich etwas erwidern konnte, fuhr sie schon fort. »Ach, ich bekomme gerade einen Anruf rein. Wir hatten ja alles geklärt. Ich höre dann in den nächsten Tagen von dir. Hab einen schönen Tag, Süße, Küsschen.«

»Bye, Tracy, danke, du auch!« Ich legte auf und widmete mich wieder meinem Kaffee.

Inzwischen hatte ich mich daran gewöhnt, dass mein Management die grundlegenden Angelegenheiten in geschäftlicher Hinsicht für mich regelte. Mir war bewusst, dass es ihnen nicht nur darum ging, mich als Marke aufzubauen und meine Karriere zu pushen, sondern auch darum, Geld mit mir zu verdienen. Doch solange ich nicht schlecht behandelt wurde, hatte ich keinen Grund, mich zu beschweren. Ganz im Gegenteil. Hätte Tracy damals nicht an mich geglaubt, hätte ich zum Beispiel nie die Rolle in dem Tanzfilm bekommen. Sie wollte nur mein Bestes. Daran hielt ich fest.

Rund um die Uhr lief Musik. Das war in meinem Leben schon immer so gewesen und hatte sich nur noch verstärkt, seit ich mich nach der Highschool komplett dem Tanzen gewidmet hatte. Wenn ich nicht gerade trainierte, tänzelte ich durch die Wohnung und freestylte zur Musik. So auch an diesem Nachmittag.

Der nächste Song meiner Playlist begann, »Karma« von Mahalia, und sofort fühlte ich, wie er meinen Körper mitriss. Ich grinste breit, während ich mein Smartphone auf der Kommode vor der Fensterfront an die Scheibe lehnte und die Kamera öffnete. Das Hellblau des wolkenlosen Himmels stellte die perfekte Lichtquelle für eine kleine Videosession dar. Schnell lockerte ich meine glatten Haare auf und blickte im Display in meine haselnussbraunen Augen. Durch das dauerhaft sonnige Wetter in L.A. war meine Haut noch leicht gebräunt, und ein paar Sommersprossen tanzten auf meiner schmalen Nase.

Erst machte ich ein paar Selfies, um zusätzlichen Content für einen späteren Zeitpunkt zu haben. Auch wenn Instagram eigentlich dafür stand, unmittelbare Aufnahmen zu posten, war es kein Geheimnis, dass die meisten ihre Fotos und Videos vorproduzierten, um einen Vorrat an gutem Material zu haben. Anschließend drehte ich die Musik etwas auf, startete die Videoaufnahme und lief ein paar Schritte rückwärts, sodass ich bis zu den Knien auf dem Video zu sehen war. Dann ließ ich meinen Körper das tun, was er wollte. Ich dachte nicht weiter darüber nach, bewegte mich zu den Beats, Lyrics, dem Rhythmus und den Sounds. Ganz entspannt freestylte ich, ließ den Song durch meine Glieder fließen und mich darin fallen. Wenn ich tanzte, fühlte ich mich von allem befreit. Sorgen und Probleme hörten auf zu existierten, bis der Song endete.

Ich tanzte noch ein wenig durch den Wohnbereich des Lofts, stoppte nach ein paar weiteren Liedern die Aufnahme auf dem Handy und legte es weg, um Teile des Videos später noch in meine Instagram-Story zu posten.

Ich warf einen Blick auf die Uhr und beschloss, ein wenig frische Luft zu schnappen. Nachdem ich den Tag bisher mit dem Beantworten von Mails und Nachrichten, Herumgetanze, Storys produzieren und Videoschnitt verbracht hatte, musste ich dringend vor die Tür. Außerdem wollte ich mir etwas zu essen besorgen, mein Magen knurrte schon seit ein paar Stunden.

Ich schlüpfte in meine schwarze Jeans, zog mir ein türkisfarbenes Cordhemd über das weiße Shirt und band meine Haare zu einem lockeren Pferdeschwanz, dann verließ ich mein Apartment.

Es hatte schon begonnen zu dämmern, Menschenmengen hasteten auf dem Bürgersteig an mir vorbei, während Taxen um die nächste Ecke jagten. Kurz überlegte ich, ob ich mir einen Hot Dog am Stand direkt vor meiner Nase kaufen sollte, entschied mich dann aber anders und lief in die Richtung, die mich früher oder später zum Madison Square Park führen würde. Vielleicht holte ich mir einfach eine dieser leckeren Salat-Bowls mit Kichererbsen und Avocado und dem ganzen anderen gesunden Kram. Ein paar Vitamine schadeten nicht, nachdem ich mir mittags beinahe eine ganze Tafel

Schokolade reingepfiffen hatte, da ich bisher nicht zum Einkaufen gekommen war.

Auf meinem Account hatten Fast Food und Süßigkeiten nichts verloren. Das hatte ich sehr schnell lernen müssen. Tracy hatte mir von Anfang an eingebläut, dass ich ein gewisses Image verkörperte, zu dem es nicht passte, dass ich mich ungesund ernährte. Die perfekte Instagram-Mackenzie postete Gemüse und Obst. Fitness statt Schokoriegel. Das war meine Marke, mein Job. Sportlich zu sein und gesund zu leben, zu jeder Tages- und Nachtzeit, und selbst wenn meine Laune noch so schlecht war.

Die frische Luft tat mir gut, und das strahlende, laute New York noch viel mehr. Die Hektik und die Menschen, die mir das Gefühl gaben, nie allein zu sein. Auch wenn mir das nicht unbedingt half. Obwohl mir auf Social Media über zwei Millionen Menschen folgten und ich immer Leute um mich hatte, fühlte ich mich auf eine seltsame Weise verlassen. Nicht allein, aber einsam. Dass ich zurück in meiner Lieblingsstadt, in meiner eigentlichen Heimat war, ließ in mir den Gedanken aufkeimen, dass es nun besser werden würde. Dass ich hier wieder zu mir und hoffentlich auch zu meinen Freunden zurückfinden und erfahren würde, wer ich eigentlich war. Irgendwie war es ein seltsames Gefühl, zurück in New York, zurück im Move District, zu sein. In L.A. hatte ich andere Menschen um mich gehabt und mich auf meine Karriere konzentriert, sodass mir gar keine andere Wahl geblieben war, als den Gedanken an diese Stadt zu verdrängen. Doch manchmal half es nicht, Dinge zu verdrängen. Früher oder später holten sie dich ein und warfen dich meilenweit zurück. Ich war dankbar, dass ich Adaline hatte, und vielleicht konnte ich ja auch beim Dreh neue Leute kennenlernen, aber dennoch war das nicht das Gleiche. Ich fühlte mich in der Stadt, in der ich aufgewachsen war, fremd. Irgendwie musste ich das wieder geradebiegen. Austin und ich hatten uns damals einvernehmlich getrennt, somit musste ich mich für nichts schämen oder mir leidtun. Und doch war da dieses mulmige Gefühl in meinem Magen, das mich einfach nicht losließ. Ich war damals vor meinen Problemen davongerannt und hatte all die Freundschaften hinter mir lassen wollen, um einen Neuanfang zu wagen. Aber insgeheim wünschte ich mir, dass es irgendwann wieder so werden würde wie früher. Schon jetzt, als ich die New Yorker Spätsommerluft einatmete, spürte ich, dass ich mich anders fühlte als in den vergangenen Jahren in L.A. Etwas hatte gefehlt, ohne dass ich bisher hätte benennen können, was. New York? Meine Freunde? Eine Karriere abseits von Instagram? Keine Ahnung. Aber hier in dieser Stadt war ich auf dem besten Weg herauszufinden, was der Grund für all das sein musste.

Meine Brust zog sich zusammen, als ich daran dachte, wie schön es damals gewesen war. Die Nächte in der Tanzschule, in denen wir durchtrainiert oder nur geredet und herumgealbert hatten. Die unzähligen Abende mit alten Videos und Fotos oder unsere Partys und Filmabende, die immer abwechselnd bei einem von uns stattgefunden hatten. Oder die Auftritte, Meisterschaften,

Battles und Classes, die ich gemeinsam mit der Clique erlebt hatte. Ich wollte diese Momente zurück, denn inzwischen waren das nur noch Erinnerungen, die mich zugleich glücklich und traurig stimmten. Und irgendwie hatte ich Angst, dass sie immer weiter verblassten, bis sie eines Tages in so weite Ferne gerückt sein würden, dass ich gar nicht mehr wusste, wie sie sich angefühlt hatten.

Ich spazierte noch ein paar Minuten an Schaufenstern, Restaurants und kleinen Geschäften vorbei, bis ich beschloss, bei einem Bowl-Laden ein paar Blocks weiter einzukehren, den ich früher schon gerne besucht hatte. Dort hatten sie die leckersten Soßen überhaupt. Ich hoffte, dass es ihn noch gab, und freute mich jetzt schon auf mein Abendessen. Mit den Händen in den Taschen bog ich in eine Seitenstraße, um eine Abkürzung zu nehmen. Bunte Bars und Restaurants säumten das dunkle Grau der Straße und luden dazu ein, es sich dort mit seinen Freunden gemütlich zu machen. So wie auch diese eine Bar, in der wir damals oft Zeit verbracht hatten und vor der ich nun stehen blieb.

Durch die große Scheibe sah ich an einem der Tische eine Gruppe von Menschen sitzen, die miteinander lachten, sich zuprosteten und ganz offensichtlich eine gute Zeit zusammen verbrachten. Neben Olivia und Dax hockten um den runden Tisch Adaline, Jade, Austin, Vincent, Jules und Brennan. Es war seltsam, sie so anzustarren, auch wenn sie mich noch nicht entdeckt hatten. Ich biss mir auf der Innenseite meiner Wange herum und überlegte, einfach hineinzugehen und Hallo zu sagen. Doch allein der Gedanke machte mich total nervös. Vielleicht war es für so ein zwangloses Zusammensein noch zu früh. Vielleicht musste ich ihnen und auch mir noch etwas Zeit geben. Ich sollte weiterlaufen und nicht darüber nachdenken. Wenn sie mich hier sahen, wie ich sie wie im Zoo angaffte, würde das sicher…

Oh.

Adaline sah zum Fenster, und unsere Blicke trafen sich.

Zum Glück war es nur sie und nicht…

Okay, Mist. Jap. Schon hatte ich auch die Aufmerksamkeit der anderen auf mich gezogen. Alle starrten mich an. Wow, war das unangenehm. Ich verzog die Mundwinkel zu einem schiefen Lächeln und nickte ihnen zu, was die ganze Situation aber nicht viel besser machte. Während Adaline mich angrinste und mir zuwinkte, stahl sich ein betretener Ausdruck auf die Gesichter der anderen. Sie wechselten Blicke, guckten dann erneut zu mir, ein paar lächelten, während Austin rasch woanders hinsah.

Hitze schoss mir in die Wangen. Was sollte ich jetzt tun? Gott, war das peinlich. Stehen bleiben? Aber wieso? Das brachte doch nichts, bis auf die Tatsache, dass ich vor lauter Unwohlsein schon mein Gesicht verzog, als ob ich in eine frische Zitrone gebissen hätte. Oh Mackenzie… Da half nur eins: Beine in die Hand nehmen und ab die Post!

Ich war erst ein paar Schritte gelaufen, als ich hinter mir meinen Namen hörte. »Kenz! Hey, warte!« Adaline war aus der Bar auf den Bürgersteig getreten.

Ich kehrte um und ging langsam auf sie zu. So wie sie strahlte, konnte ich nur lächeln.

»Hey, na, alles klar bei euch?«

»Ja, total. Magst du nicht reinkommen?«

Während ich überlegte, warf ich einen weiteren Blick durch die Scheibe zu Dax, Austin und den anderen. Sie unterhielten sich, sahen jedoch hin und wieder zu uns herüber.

»Echt nett, dass du fragst, aber ich glaube, das würde einfach nur seltsam werden.«

»Komm schon, die anderen haben keinen Grund, dich zu hassen oder so was. Du bist ihnen ja schon in der Tanzschule begegnet, und es war kein Problem. Die freuen sich bestimmt.«

»Ich halte das für keine so gute Idee. Das Ganze wäre mir trotzdem super unangenehm. Den anderen bestimmt auch.« Ich seufzte und schüttelte leicht den Kopf. »Ist echt lieb von dir, aber ganz ehrlich? Ich will es nicht noch seltsamer machen, als es sowieso schon ist. Vielleicht in den nächsten Tagen, aber ich glaube, heute ist noch zu früh. Lass mich erst mal richtig ankommen; dann bin ich bald mal wieder bei so einem Abend dabei.«

»Manchmal ist es besser, das Pflaster direkt abzureißen und nicht allzu lange zu warten.«

»Aber nicht heute. Ihr habt einen schönen Abend, da will ich nicht stören und ihn euch verderben, weißt du? Ist wirklich okay, mach dir keine Gedanken.«

Sie legte den Kopf schief und schaute mich mitleidig an. »Ach Mann. Das ist doch blöd.«

»Ist wirklich in Ordnung. Vielleicht brauchen wir alle erst mal ein bisschen Zeit, um uns an die Situation zu gewöhnen, dass ich wieder da bin. Dann läuft so ein

Abend bestimmt auch besser, als wenn das jetzt so überstürzt stattfindet.«

»Du hast recht. Aber tust du mir dann einen Gefallen?«

»Jeden, den du willst«, entgegnete ich und rang mir ein Lächeln ab.

»Komm Montag in meine Class. Da können wir uns alle wiedersehen und im Anschluss abhängen.«

Ich überlegte kurz. »Klar, mach ich. Wann ist die denn? Übermorgen bin ich sowieso in der Tanzschule, um die Choreo für den Dreh am Mittwoch vorzubereiten.«

»Perfekt! Um sieben. Ich würde mich echt freuen.«

»Jap, das kriege ich hin. Ich wollte so ab zwölf trainieren, dann passt das echt gut.«

Adaline kam ein paar Schritte auf mich zu und drückte mich. »Bis Montag. Und zerbrich dir nicht den Kopf über die anderen. Die haben echt kein Problem mit dir, auch wenn du das denkst.«

Ich nickte. »Gib mir noch ein wenig Zeit.«

»Ich bin da, wenn du reden willst, okay?«

»Danke. Jetzt geh wieder rein, die warten sicher auf dich.«

Sie grinste mich noch mal kurz an, dann betrat sie die Bar.

Erneut wanderte mein Blick durch die Scheibe zum Tisch meiner ehemaligen Freunde. Sie lachten miteinander, und Adaline klinkte sich direkt in das Gespräch ein.

Ich unterdrückte ein Seufzen, vergrub die Hände in den Taschen meines Hemdes und lief los.

KAPITEL 4

Es fühlte sich genau wie damals an. Als ob ich nie weg gewesen wäre. Die Musik durch diese Lautsprecher zu hören und meine Bewegungen im Spiegel zu verfolgen machte mich glücklich. Sechs Stunden trainierte ich bereits in diesem Saal, abzüglich einer kurzen Pause. Die Choreo für den ersten Blanks-Clip stand mittlerweile, und ich war sie nun schon so oft durchgegangen, dass der Dreh am Mittwoch kommen konnte. Mia, der Regisseurin, hatte ich bereits ein Video geschickt, woraufhin sie mir begeisterte Smileys und ein tanzendes Pferde-GIF zurückgeschickt hatte. Gott, war ich froh, dass sie mir bei der tänzerischen Gestaltung vertrauten. So was gab es nicht oft. Meist wollten die Firmen einem alles bis ins kleinste Detail vorgeben und immer ihren Kopf durchsetzen, doch bei Mia Sanchez war das anders. Ich fühlte mich sehr wohl mit der Zusammenarbeit und freute mich umso mehr auf die kommenden Wochen. Morgen würde ich noch mal alle Schritte durchgehen, dann konnte der Dreh kommen.

Inzwischen war es nach sechs, die Spiegel vor mir

waren leicht beschlagen, und das hellblaue Shirt klebte an meinem Oberkörper, als ob ich damit eine Runde schwimmen gewesen wäre. Meine Kraft ließ langsam nach. Auch wenn ich in den vergangenen Stunden nicht jedes Mal komplett ausgetanzt, also volle Power gegeben hatte, genehmigte ich mir noch eine Pause, bis Adalines Class um sieben startete. Die durfte ich nicht verpassen. Ich hatte es ihr versprochen, und zudem freute ich mich total darauf, meine Freundin in Action zu erleben. Als ich weggezogen war, war sie noch keine Trainerin gewesen, ich hatte sie also noch nie unterrichten sehen, aber ich war mir sicher, dass es toll werden würde.

Ich tänzelte zu meinem Laptop und stellte die Musik leiser. Mein Blick flog zur Scheibe zum Flur, wo ein paar jüngere Mädels standen und mich neugierig beobachteten. Als sie merkten, dass ich sie entdeckt hatte, wandten sie sich verlegen ab und suchten das Weite.

Grinsend nahm ich einen großen Schluck aus meiner Wasserflasche. Diese Scheiben in den Trainingssälen waren eine ziemlich coole Sache für Zuschauer von außen; doch wenn man die Person war, die schweißtriefend im Raum stand, fühlte man sich manchmal wie ein Tier im Zoo. Normalerweise hatte ich kein Problem damit, wenn mir Leute beim Trainieren zusahen, immerhin war das mein Job, aber in manchen Momenten, wenn ich nicht vorankam oder einen schlechten Tag hatte, wollte ich nicht, dass über meine Leistung geurteilt wurde. Viel zu oft schon hatte ich blöde Kommentare unter irgendwelchen Tanzvideos lesen müssen, die ich an manchen Tagen deutlich schlechter wegsteckte als an anderen.

*Verstehe nicht, wieso Mackenzie so gehyped
wird. So gut ist sie echt nicht.*

*Heute Nacht in meinem Schlafzimmer. Da kann
sie so für mich tanzen haha …*

Mackenzie? Die tanzt so billig!

Ich wusste, dass ich keine schlechte Tänzerin war. Trotzdem verletzten mich solche Sprüche, kratzten an meinem Selbstbewusstsein, und ich begann mir die Dinge
vorzustellen, die mit Sicherheit auch außerhalb der So-
cial-Media-Kanäle hinter meinem Rücken geredet wurden. In der Öffentlichkeit zu stehen war nicht immer so
einfach, wie es vielleicht nach außen hin schien.

Doch heute war ein guter Tag. Ich räusperte mich,
wischte die negativen Gedanken weg und packte meine
Sachen zusammen. Dann verließ ich den Saal.

Nachdem ich mich in der Umkleide frisch gemacht
und mich umgezogen hatte, band ich mein zerzaustes
Haar zu einem hohen Pferdeschwanz. Das hellblaue
Shirt hatte ich gegen ein lockeres rotes T-Shirt einge-
tauscht, das etwas oberhalb meiner Taille endete, dazu
trug ich meine schwarze Jogginghose und die weißen
Sneakers. Dann schlüpfte ich mit einem Arm durch den
Träger des Rucksacks, nahm meine Flasche und machte
mich auf den Weg nach vorn in die Lobby.

Schon vom Flur aus konnte ich Adalines Ringellocken auf- und abspringen sehen. Sie saß mit dem
Rücken zu mir auf einem der Sofas, neben ihr Olivia

und gegenüber auf einem der Sessel Sienna, die gerade lauthals lachte.

Gerade als Sienna mich sah und lächelnd eine Hand hob, um mir zu winken, drehte sich Adaline zu mir um. »Mackenzie, hey, setz dich zu uns!«, rief sie mir zu und strahlte bis über beide Ohren, als ich mich der Sitzecke näherte und neben dem Sofa stehen blieb.

Ich lächelte die drei Freundinnen verhalten an. Immerhin hatte ich bisher noch nicht so wirklich mit Olivia oder Sienna gesprochen und keine Ahnung, ob es möglicherweise seltsam werden würde. »Hey, alles klar?«

»Immer doch«, entgegnete Adaline und nickte in Richtung des freien Sessels neben Sienna.

Mein Blick huschte zu Olivia. Sie saß seitlich auf dem Sofa, den Kopf in eine Hand gestützt, den Ellenbogen auf die Lehne gestemmt. Ein Lächeln zupfte an ihren Mundwinkeln. »Hey, alles klar?«

Ich ließ mich auf den Sessel sinken und zog die Beine an. »Hey! Jap. Und bei euch?«

»Ich bin schon ganz gespannt, dich gleich in Action zu sehen.« Olivia grinste mich an. »Du kommst doch in Adalines Class, oder?«

Ich erwiderte ihr Lächeln und nickte. »Auf jeden Fall! Ich freu mich schon den ganzen Tag darauf.«

Zwei Jungs und ein Mädel, etwas jünger als wir, traten durch die Eingangstür. Aus den Augenwinkeln sah ich, wie sie mich anstarrten, also guckte ich zu ihnen und lächelte, woraufhin sie ertappt die Augen aufrissen und wegsahen. Als ich den Blick anschließend durch den Raum wandern ließ, fiel mir auf, dass mich noch ein paar andere Tänzer ziemlich unverhohlen musterten. Doch die meisten Anwesenden waren in ihre Handys oder Gespräche vertieft, während im Hintergrund leise »Therefore I Am« von Billie Eilish lief.

»Du hast den ganzen Tag trainiert, oder?« Sienna lehnte sich zurück und kaute auf einem Kaugummi herum. Ihre mahagonifarbenen Haare fielen ihr in Wellen über die Schultern und ein paar Strähnen ihres Ponys in die Stirn, und sie musterte mich neugierig, aber nicht abweisend aus ihren grünen Augen.

»Seit zwölf ungefähr.«

»Dann bist du nicht zu ausgepowert für meine Class?«

»Quatsch! Klar komme ich, Adaline. Das darf ich doch nicht verpassen.«

»Yay! Sehr cool! Die Choreo wird dir sicher gefallen.«

»Auf welches Lied ist sie denn?«

»Ha – lass dich überraschen!« Hämisch grinsend zwinkerte sie mir zu, und ich schüttelte schmunzelnd den Kopf.

»Pff, uns hat sie auch nichts verraten, diese … Stümperin«, sagte Sienna und verzog gespielt enttäuscht ihr Gesicht, sodass Olivia und ich lachen mussten.

Mit jeder Sekunde, die ich mit den Mädels zusammensaß, verflüchtigte sich mein mulmiges Gefühl mehr und mehr. Es war absolut nicht seltsam, mit ihnen abzuhängen, obwohl ich damals so sang- und klanglos nach L.A. abgedampft war.

»Richtig cooler Job, den du auf der Tour mit Lyla Sage gemacht hast. Ihr wart die letzten Monate unterwegs, oder?«

Olivia strahlte mich an. »Danke! Ja, drei Monate insgesamt. Es war total krass.«

»Ich war beim Konzert in L.A. Das Solo hast du echt gekillt. Total gut«, gab ich lächelnd zurück.

Vor einem Monat hatte ich Olivia als Backgroundtänzerin von Lyla erlebt, die eine der derzeit angesagtesten und vielversprechendsten RnB-Künstlerinnen unserer Generation war. Auch wenn wir zu dem Zeitpunkt keinen Kontakt gehabt hatten, war ich irgendwie stolz auf Olivia gewesen. Sie hatte sich ihren Traum erfüllt, ihr Ziel erreicht und dabei so heiß ausgesehen, dass die Bühne förmlich gebrannt hatte.

Olivia richtete sich ein Stück auf, und ein warmer Ausdruck legte sich auf ihre Züge. »Cool, dass du da warst. Hättest du mir mal geschrieben, dann hätten wir uns vielleicht treffen können. Aber danke für dein Kompliment... Es hat auch echt Spaß gemacht. War super anstrengend, aber eine tolle Zeit.«

Ich grinste. »Oh, das glaube ich. Die Show hat Ruby choreografiert, oder?«

»Nein, ähm... das war Dax«, sagte sie und biss sich auf die Lippe.

Oh... Oh Mist.

Tief in meinem Gedächtnis kramte ich ein Gespräch hervor, das Adaline und ich vor ein paar Monaten geführt hatten und das ich irgendwie verdrängt oder vergessen haben musste. Ich spürte, wie mir Hitze in die Wangen schoss und mein Herz schneller schlug.

»Oh ja, stimmt. Genau. Ganz vergessen.« Ich schüttelte den Kopf. »Hat er auf jeden Fall gut gemacht.«

»Mach dich locker, Mackenzie.« Olivia winkte lachend ab. »Was ist denn los? Du wirkst ein bisschen nervös. Alles in Ordnung?«

»Ja. Nein. Es… Es fühlt sich einfach noch ein wenig komisch an, hier zu sein und wie früher wieder mit euch abzuhängen, und das nach allem, was passiert ist.«

»Zwischen uns ist alles gut, okay? Niemand ist dir böse.«

Ich atmete erleichtert aus und entspannte mich wieder. »Okay… Na ja, ich fand die Show jedenfalls echt toll.«

»Freut mich. Und Dax sicher auch.« Sie zwinkerte mir noch mal zu, und ich musste kichern.

»Wollen wir schon mal nach hinten? Der Raum müsste seit…« Adaline linste prüfend auf die Wanduhr. »Fünf Minuten frei sein.«

»Gute Idee.« Ich nickte, und wir erhoben uns, um den Weg zu einem der hinteren Tanzsäle anzutreten.

Nachdem wir unsere Rucksäcke am Rand des Raumes abgestellt hatten und wenig später die anderen Tänzerinnen und Tänzer dazugekommen waren, startete Adaline mit dem Aufwärmen.

Die meisten Leute, die an der Class teilnahmen, schienen mich zu kennen und scheuten sich auch nicht, mir das zu zeigen. Blicke von rechts und links. Selfies. Getuschel. Da der Fokus während des Unterrichts auf Adaline liegen sollte und ich nicht noch mehr Aufmerksamkeit auf mich ziehen wollte, suchte ich mir eine Lücke möglichst weit hinten, wo ich zudem mehr Platz zum Tanzen hatte. Olivia und Sienna standen vorn in der ersten Reihe mit perfekter Sicht in den Spiegel.

Die Schritte, mit denen wir uns aufwärmten, ließen alte Erinnerungen aufkommen. Viele Basics, Slides und Grooves, um den Körper aufzulockern. Wir federten in den Knien, ließen die Brust kreisen und sprangen über Kreuz und wieder auf. Natürlich durften auch Adalines Lieblingsmoves nicht fehlen: *Steve Martin*, *Rambo*, *Shamrock* und *Bart Simpson*. Nach nur wenigen Sekunden zauberte mir diese Class ein Dauergrinsen aufs Gesicht, das mich beim gesamten Aufwärmen, den Kraftübungen und beim Stretching nicht mehr losließ.

»Okay, Leute, schön, dass ihr heute da seid!« rief Adaline, während sie beschwingt zu ihrem Laptop hüpfte, um die Musik herunterzudrehen. »Trinkt mal alle einen Schluck, dann können wir gleich mit der Choreo beginnen.«

Sneakers quietschten über das helle Parkett, und überall war lautes Atmen zu hören. Ich nahm ebenfalls einen Schluck aus meiner Wasserflasche, dann deponierte ich sie auf dem Boden am Rand des Raumes neben meinem Rucksack und steuerte wieder meinen Platz auf der Tanzfläche an.

»Ich würde die Choreo heute gerne komplett durchziehen, was zeitlich eigentlich zu schaffen sein sollte.« Adaline stellte sich vor den Spiegel und begann damit, uns die ersten Schritte zu zeigen. Viel Fußarbeit, kleine Sprünge und schnelle Steps kombiniert mit dezenten Armbewegungen. Während wir die ersten paar Achten mehrere Male durchgingen, sollte sich die vordere Front auf den Boden setzen und die Choreo nur andeuten, sodass wir weiter hinten alles sehen konnten.

Ich rätselte, was für ein Song es wohl sein würde ...
Irgendwie tippte ich auf etwas Poppiges, das gute Laune
machte. So fühlten sich zumindest die Bewegungen und
Kontraste zwischen hoch und tief, klein und groß an.

»Ich würde sagen, jetzt probieren wir das Ganze auf
Musik«, sagte Adaline, und wenig später dröhnten die
ersten Beats von Hailee Steinfelds »Most Girls« aus allen
Ecken.

Mein Herz vollführte einen kleinen Hüpfer, denn ich
liebte alles, was es von Hailee Steinfeld zu hören oder
sehen gab. Ich musste grinsen und fing an, mich im
Rhythmus der Musik zu bewegen, fühlte mich in den
Song und konnte es gar nicht erwarten, bis die Choreo
startete.

Gegen Ende des ersten Chorus fing Adaline an einzu-
zählen. »Und fünf, sechs, sieben, acht ...«

Beim ersten Tanzen deutete jeder die Schritte an, um
abzuchecken, auf welche Lyrics, Sounds und Beats sie
fallen würden. Ich konnte mich nur schwer zurückhalten, nicht direkt volle Power zu geben, so sehr machte
allein schon das Markieren – also das Andeuten – Spaß.
Als der Song zum zweiten Mal abgespielt wurde und
ich mir bei den Moves relativ sicher war, stand für mich
fest, dass ich austanzen wollte, nein ... *musste*. Gegen
alles andere hätte mein Körper rebelliert. Der Part der
Choreo ging los, und ich fühlte die Musik bis in die letzte
Faser meines Körpers. Tanzte für mich und für niemand
anderen. Hier hinten musste ich keine Person beeindru-
cken, konnte mich auf mich konzentrieren und mich im
Rausch der Musik, im Fluss der Bewegungen, gehen las-

sen. Ich hielt mich an Adalines Schritte, tanzte sie jedoch in meinem Style, verpasste dem Ganzen meine eigene Note und kam aus dem Grinsen gar nicht mehr heraus. So viel Spaß hatte ich lange nicht mehr gehabt, und das machte mich glücklich, aber irgendwie nagte es auch an mir. Die Freiheit, die ich hier verspürte, war etwas, das mir in den letzten Jahren entglitten war. Zumindest kam es mir in diesem Moment, während ich hier im Kurs stand und das tat, wofür mein Herz eigentlich schlug, so vor.

Nachdem wir die Choreo ein paarmal getanzt hatten, drehte Adaline die Lautstärke etwas herunter. »Richtig gut gemacht, People! Ah, wie ich sehe, steht da auch schon Tony vor der Scheibe.« Euphorie lag in ihrer Stimme, als sie dem dunkelhaarigen Kerl aufgeregt zuwinkte und ihm mit einer raschen Handbewegung bedeutete, dass er eintreten sollte.

Mit einer Kamera und einem Gimbal bewaffnet, kam Tony, der schon fürs Move District gearbeitet hatte, bevor ich nach L.A. gezogen war, und sich um alles Technische kümmerte, in den Saal, während wir noch einen Schluck tranken. Da es sich um eine Master Class handelte, konnte man davon ausgehen, dass am Ende ein Video gefilmt wurde, das auf den Social-Media-Seiten des Move District, aber auch Adalines gepostet werden würde. Instagram war die beste Plattform, um als Tänzerin auf sich aufmerksam zu machen und sich coole Jobs und Auditions zu sichern.

»Alles klar, bei den Durchgängen habe ich mir ein paar Leute rausgepickt, die ich gerne auf dem Video hätte.

Ihr habt echt alle super getanzt, aber ich würde es ganz gerne zusammen mit Olivia, Sienna, Vincent und Brennan filmen. Ihr anderen verteilt euch am besten rund um die Tanzfläche.«

Die fünf positionierten sich auf der Fläche. Adaline hinten in der Mitte, rechts und links von ihr Olivia und Sienna und in den beiden Lücken vor ihnen Vincent und Brennan. Ich freute mich schon darauf, sie tanzen zu sehen, und war auch nicht traurig darüber, nicht ausgewählt worden zu sein. Lieber versuchte ich, aus ihrer Performance etwas für mich mitzunehmen und sie für ihre Leistung zu feiern.

Tony ging in Position, und die Choreo fing an. Man merkte der gesamten Gruppe an, dass jeder von ihnen Spaß hatte und alles gab. Ich war stolz, so tolle Tänzerinnen und Tänzer zu kennen und mit ihnen in einem Raum trainieren zu dürfen. Nachdem sie die letzten Steps getanzt hatten, fingen wir alle an, zu applaudieren und zu pfeifen. Das Lächeln auf meinem Gesicht wurde immer breiter. Adaline war zu so einer guten Tänzerin geworden, ich freute mich unfassbar für sie und die anderen.

»Danke, Leute«, rief sie außer Atem. »Okay, bevor ihr alle geht, müsst ihr euch noch eine weitere Person ansehen, die ich darum bitten würde, ein Solo zu tanzen. Mackenzie? Auf die Fläche mit dir.«

Alle Blicke richteten sich auf mich. Motivierendes Geschrei und Anfeuerungen drangen von allen Seiten an meine Ohren.

Ich blickte von einem Gesicht ins nächste. Ein Kribbeln wanderte über meine verschwitzte Haut, während ich durch ein paar Lücken zwischen den anderen durchschlüpfte und schließlich in der Mitte des Raumes stehen blieb.

»Achtet mal bitte darauf, *wie* Mackenzie tanzt. Wie sie die Musik verkörpert und wie viel Energie sie in die Schritte legt. Es ist mir sowieso eine Ehre, dass dieses heftige Girl meine Class besucht. Immerhin hat sie das erreicht, was viele von uns sich wünschen, und wenn ihr mich fragt, macht sie das alles unglaublich gut.« Adalines Lippen umspielte ein Lächeln, und sie blinzelte mir zu. »Nehmt euch ein Beispiel an ihr. Jeder und jede von euch. Sie killt den Scheiß so hart, dass ich meine eigenen Skills infrage stelle.«

Ich war heilfroh, dass ich aufgrund des Trainings sowieso schon eine rote Birne hatte, denn bei Adalines Worten (die meiner Meinung nach viel zu dick aufgetragen waren, aber hey, so war sie eben) war mein Gesicht ungefähr so heiß geworden wie eine frische Ofenkartoffel. Auch wenn Adaline ihre Worte lieb gemeint hatte, überkam mich Unbehagen. Ich freute mich über ihr Kompliment, hoffte aber auch, dass niemand dachte, dass ich mich in den Vordergrund drängen wollte. Schließlich war ich ja, wie alle anderen, nur hier, um eine Class zu besuchen und etwas zu lernen.

Während der Refrain lief, freestylte ich und achtete dabei auf die Beats, die Lyrics und die Anfeuerungsrufe der anderen – hier und da meinte ich, zwischen all den Stimmen auch die von Olivia und Sienna ausmachen zu können. Dann ging es los, und ich gab alles, was ich konnte. Hielt den Blickkontakt zu den Leuten direkt vor mir, grinste sie an und tanzte für sie und für mich. Spaß zu haben war in diesem Moment das Wichtigste. Ich fühlte den Song. Jede Zeile, jeden Sound und die Gute-Laune-Stimmung, die sich auf meinem Gesicht abzeichnete. Ich machte Schritte über Kreuz, bouncte in die Knie und sprang auf, um mich zu drehen und wenig später harte Akzente zwischen die Wellenbewegungen zu setzen. Mit ein paar Slides bewegte ich mich geschmeidig zur Seite und wieder zurück. Und dann war es so schnell vorbei, wie es angefangen hatte. Ich freestylte noch ein bisschen, bis Adaline nach und nach die Musik leiser drehte und durch den Applaus und die Rufe der Menschen hindurch das Wort ergriff.

»Wie heftig du bist, Mackenzie ... Ciao, ich bin raus. Kannst du meine Class übernehmen? Ich weiß echt nicht, was ich hier noch mache«, sagte sie gespielt ernst und brachte mich damit zum Lachen.

»Ach Quatsch, sei doch still. Die Choreo ist der absolute Hammer«, entgegnete ich und klatschte. »Danke, dass wir sie von dir lernen durften.«

Die anderen stimmten in meinen Applaus ein, und Adaline kam zu mir gesprintet, um mich zu umarmen.

Immer noch breit grinsend löste ich mich von ihr und ließ sie ein paar abschließende Worte an die Gruppe richten.

»Danke, dass ihr da wart. Wir sehen uns nächste Woche. Da gibt es dann vermutlich ein bisschen mehr Gangster-Shit, alles klar?«

Die anderen verabschiedeten sich von Adaline, während ich im Stechschritt zu meiner Flasche eilte und ein paar Schlucke trank. Anschließend packte ich meine Sachen in den Rucksack und steuerte dann das DJ-Pult an, hinter dem Adaline stand und sich von einem Typen verabschiedete.

»Die Choreo hat echt Spaß gemacht. Du hast in den letzten Jahren einen totalen Sprung gemacht. Megagut. Ich versuche, demnächst noch mal zu kommen«, sagte ich.

Adaline lächelte mich an und klappte ihren Laptop zu. »Das freut mich so sehr. Soll ich dir später das Video schicken? Also von deinem Solo, meine ich.«

»Klar, gerne, dann kann ich es auf Instagram posten, danke!«

»Mach ich! Dan freut es bestimmt, der will doch sowieso, dass du so viel Werbung wie möglich für ihn machst«, sagte sie lachend. »Und ich freue mich natürlich auch.«

Ich musste grinsen. »Der gute Dan. Aber wer kann es ihm verübeln? Hey, sag mal, wir wollten doch jetzt abhängen, oder? Steht unsere Verabredung noch? Ein bisschen chillen und reden?«

Adaline verzog das Gesicht zu einem diabolischen Grinsen. »Ich habe andere Pläne für uns beide.«

»Ach ja? Dann hau mal raus.«

»Wir sind mit den anderen aus der Clique verabredet. Vorn in der Lobby. So wie früher. Keine Widerrede.«

Mein Herz rutschte mir in die Hose. Ich hatte angenommen, dass wir zu zweit sein würden. »Ich will mich nicht aufdrängen oder dazwischenfunken; wie gesagt, braucht es vielleicht noch ein wenig Zeit. Kann ja auch sein, dass Austin sauer ist oder Jade mich als seine Ex gar nicht erst sehen will.«

»Hä, wieso sollte denn irgendjemand sauer sein? So ein Quatsch. Du hast niemandem was getan, also kneif die Arschbacken zusammen und häng mit uns ab, okay?«

»Es soll einfach nicht komisch werden. Und ich glaube irgendwie, dass es das werden würde… Aber ist kein Problem, wir können unser Date verschieben.«

»Nichts da, du bleibst bei uns«, kam es plötzlich von der Seite, und ich fuhr herum. Olivia und Sienna hatten den Raum offensichtlich noch nicht verlassen. Wie peinlich!

Ich winkte ab. »Ist schon okay.«

Sienna sah mich gespielt streng an. »Es ist erst okay, wenn du mit uns abhängst. Du musst uns unbedingt ganz viel von L.A. erzählen.«

»Wir wollen alle Details!« Olivia nickte zur Bestätigung, und als sie bemerkte, wie ich trotzdem nervös von einem Bein aufs andere trat, fügte sie schnell hinzu: »Mach dir keinen Kopf, Mackenzie. Wirklich nicht. Wir würden uns freuen, wenn du bleibst.«

Ich überlegte. Da musste ich jetzt wohl durch. Wenn ich meine Freundschaften zurückwollte, musste ich langsam was dafür tun, anstatt die Begegnungen vor mir herzuschieben. Die Mädels hatten mir ja bereits versichert, dass sie kein Problem mit mir hatten. Vielleicht ging es den Jungs ähnlich. Positiv bleiben, Mackenzie! Olivia, Sienna und Adaline wollten mich dabeihaben, und Vincent und Brennan waren vor der Class auch kurz auf mich zugekommen, um mir Hallo zu sagen.

»Mädels? Kommt ihr?« Vincent und Brennan streckten die Köpfe durch die Tür, woraufhin die Blicke der Mädels wieder voller Erwarten zu mir huschten.

Ich straffte die Schultern. »Alles klar, dann bleibe ich noch ein bisschen.«

»Juhu«, quiekte Adaline und legte mir einen Arm um die Schultern, um mich zum Ausgang zu führen.

»Aber wenn es komisch wird, bin ich schneller wieder weg, als du Taco sagen kannst«, flüsterte ich Adaline noch schnell zu.

Sie winkte ab. »Das wird super.«

Gemeinsam folgten wir den Jungs durch den Flur. So kurz Brennans blonde Haare mittlerweile waren, so lang waren die von Vincent über die Jahre geworden; sie reichten ihm bis zu den Schultern, und durch das dunkle Braun und die Tattoos wirkte er ein bisschen wie eine nicht ganz so breite Version des Aquaman.

In der Lobby fiel mein Blick zuerst auf Dax, der auf einem der Sessel in einer Sitzecke fläzte und über etwas lachte, das Jade gerade gesagt hatte. Sie saß auf dem breiten Sofa, die Beine über Austins Schoß gelegt und mit dem Rücken gegen die Armlehne gelehnt. Lachend krümmte sie sich und boxte ihren Freund gegen den Oberarm, der daraufhin nur entschuldigend die Hände hob.

Im nächsten Augenblick schoss Olivia an uns vorbei, drückte Dax einen Kuss auf die Lippen und quetschte sich dann zu ihm auf den Sessel.

»Mmh lecker, eine verschwitzte Olivia ist alles, was ich mir gerade gewünscht habe.«

»Backen halten, sonst zieh ich dir eins über die Rübe«, entgegnete Olivia trocken und kicherte, als Dax ihr grinsend einen Kuss gab und den Arm um sie legte.

»Schaut mal, wen wir noch überreden konnten hierzubleiben«, rief Brennan in die Runde und warf sich auf einen der Sessel.

Ich hob einen Mundwinkel zu einem schiefen Lächeln und setzte mich mit den Mädels auf das Sofa. »Hey.«

Während Jade mich aufmunternd anlächelte und Dax mich mit einem freundlichen »Hey, Mackenzie« begrüßte, bemerkte ich, wie Austin sich leicht anspannte, bevor er mir zunickte.

Augen zu und durch. Das wird schon, feuerte ich mich innerlich an und atmete tief durch.

Während sich Vincent verabschiedete, um nach Hause zu seiner Freundin Jules zu fahren, blieb mein Blick wieder an Austin hängen. Sollte ich ihn ansprechen? Ignorieren? So tun, als ob nichts gewesen wäre? Ich hatte nicht die geringste Ahnung ...

»Du bist für Werbedrehs hier, oder? Dan meinte was in der Richtung«, hörte ich Dax fragen, und als ich mich ihm zuwandte, sah ich, dass er mich interessiert musterte.

»Genau. Es ist eine Marke für Sportklamotten, aber ich darf noch nicht wirklich viel darüber sagen. Diese Woche findet der erste Dreh statt. Ich bin schon wahnsinnig gespannt, wie es wird.«

»Klingt cool«, warf Jade ein. »Das muss echt aufregend sein.«

»Total. Solche Kampagnen sind jedes Mal aufs Neue ein Erlebnis.«

»Wo wohnst du denn, solange du in New York bist?«
Dax wickelte sich eine von Olivias blauen Strähnen immer wieder um seinen Finger, während er mich beobachtete.

»Die Firma hat mir ein ziemlich cooles Apartment in Midtown zur Verfügung gestellt. Mit tollem Ausblick und in so einer Art Loft-Style.«

»Bestimmt so ähnlich wie bei dir, Dax«, sagte Olivia, und ich reckte fragend das Kinn.

»Ich habe mittlerweile eine Wohnung in Harlem und kann bis nach Jersey schauen. Mit Balkon und allem Drum und Dran.«

»Spätestens wenn wir wieder mal einen entspannten Abend bei dir machen, wird Mackenzie es sowieso sehen.« Olivia zwinkerte mir zu. »Oder?«

War das eine Einladung zurück in die Clique? Ich war mir nicht ganz sicher und wollte mein Glück nicht überstrapazieren, daher nickte ich nur und sagte: »Ja, vielleicht. Wenn... Wenn das auch sicher für alle in Ordnung geht.«

Dax schnaubte amüsiert. »Na klar.«

Ich schenkte ihm ein dankbares Lächeln, und als ich merkte, dass auch die anderen zustimmten – sogar Jade vermittelte mir das Gefühl, willkommen zu sein –, konnte ich nicht anders, als breit zu grinsen.

Einzig Austin sagte nichts. Er nickte zwar und wirkte nicht wirklich unfreundlich, aber mehr nicht. Auch den restlichen Abend über gab er selten etwas von sich, antwortete zwar auf Fragen, und hin und wieder tauschten wir einen Blick, aber es blieb verkrampft. Wie ich es geahnt hatte. Doch die Tatsache, dass die anderen mich so herzlich aufnahmen, stimmte mich optimistisch, dass auch Austin und ich früher oder später wieder entspannter miteinander würden umgehen können. Vielleicht brauchte jeder von uns einfach noch etwas Zeit, um mit der Situation klarzukommen, den jeweils anderen wieder um sich zu haben. Zumindest hoffte ich das.

KAPITEL 5

»Stell dich dort vorn auf die ... hmm, mehr oder weniger freie Fläche ... Ja, genau, noch ein paar Schritte nach hinten«, wies mich Brody an. Er zog kritisch die Augenbrauen zusammen, während ich zwei Meter rückwärts lief und dabei nach allen Seiten Ausschau hielt, um niemanden über den Haufen zu rennen.

Umgeben von hellen Leuchtreklamen, Menschenmassen und lautem Gehupe versuchte ich, so professionell wie möglich zu bleiben, obwohl ich mir ständig genervte Blicke von Passanten einhandelte, die mich vermutlich für eine Touristin hielten, die für ein Urlaubsfoto posierte.

Da es beim ersten Dreh um das Motto »Through dancing I feel connected« ging, lag als Location der Times Square mit seiner Hektik und all den Menschen, die dort unterwegs waren, sehr nahe. Gerade stolzierte ein Kerl, der als Dino verkleidet war, an uns vorbei und tanzte dabei zu einem Lady-Gaga-Song, der aus dem Lautsprecher drang, den er auf seiner Schulter trug. In dieser Stadt war zu jeder Tages- und Nachtzeit etwas los.

Das Gefühl, nie allein zu sein und dauernd neue Leute zu treffen, die außergewöhnliche Lebensgeschichten zu erzählen hatten, spannende Geschichten, die nicht endeten, bis der Morgen begann und jeder zurück in den Alltag verschwand – das war für mich New York.

Vor zwei Stunden hatten wir uns bei Blanks im Firmengebäude getroffen, noch ein paar Outfitchecks hinter uns gebracht und waren im Anschluss hierhergekommen, um mit dem Dreh zu starten. Die dunkelgraue Sportleggings mit den fliederfarbenen Applikationen und das dazu passende lockere Tanktop im gleichen Farbton schmiegten sich an meinen Körper. Liza, die darauf achten sollte, dass das Outfit gut in Szene gesetzt wurde, hatte mir zudem noch ein paar helle lila Sneakers herausgelegt, und Josh mit der Paillettenjacke (die er tatsächlich wieder trug, bestimmt war sie sein Markenzeichen) hatte mir leichte Wellen in die Haare gedreht. Das Make-up war dezent gehalten, da Sport und Natürlichkeit im Vordergrund stehen sollten. Was mir nur recht war, da ich mich auch im Alltag selten bis gar nicht schminkte. Hier und da ein bisschen Wimperntusche und Rouge, aber in der Regel fühlte ich mich am wohlsten, wenn ich nichts auf dem Gesicht hatte. Beim Tanzen störte Make-up sowieso; nach ein paar Stunden schweißtreibendem Training sah man damit wie eine fleckige Kuh aus, die sich im Dreck gesuhlt hatte.

»Passt das so?«, rief ich Brody zu, der ein riesiges Metallgestell, eine Art Gimbal, trug, worauf die Kamera montiert war, und das Display checkte. Wie beim letzten Mal standen seine dunkelbraunen, fast schwarzen

Haare etwas ab, es schien zu seinem Look zu gehören. Er trug eine helle Jeans, dazu ein Paar weiße Sneakers und einen beigen Sweater, den er an den Unterarmen etwas zurückgeschoben hatte.

Sein Assistent, Alfred, stand mit einer weiteren Kamera neben ihm, um gleich ein paar Aufnahmen aus einer anderen Perspektive zu machen. Als er sich mir vorhin vorgestellt hatte, hatte ich ein Lachen unterdrücken müssen. Die längeren blonden Haare, die er zu einem Pferdeschwanz gebunden trug, und das Piercing in seiner hellen Augenbraue sahen definitiv nicht nach einem Alfred aus. Andererseits, wie sah ein Alfred denn überhaupt aus? Ich musste bei dem Namen immer an den Butler von Bruce Wayne denken, aber vielleicht lag das auch daran, dass ich eine Schwäche für Superheldenfilme hatte und besonders für Batman.

»Von mir aus können wir starten, wie sieht's bei dir aus, Mia?« Brodys Stimme war angenehm tief und weich, mit Sicherheit hätte er auch einen guten Job als Hörbuchsprecher gemacht. Oder als Gutenachtgeschichten-Vorleser. Unwillkürlich stellte ich mir vor, wie er abends neben mir im Bett lag und …

Wow, Mackenzie! Woher kommt das denn?

Ich schüttelte den Kopf. Keine Ahnung, was mit mir los war. Zumal wir bisher nicht besonders viel gesprochen hatten. Er hatte sich in der Kommunikation mit mir größtenteils auf ein Nicken, Brummen oder einzelne Wörter beschränkt. Wenn er mit Alfred oder der Regisseurin redete, wirkte er dagegen fast schon gesprächig. Seltsamer Kerl. Vielleicht war er einfach nur schüchtern.

Obwohl er mit seinen breiten Schultern und der aufrechten Haltung rein optisch eher selbstbewusst und von sich überzeugt wirkte. Nicht im arroganten Sinne, sondern auf eine heiße Art und Weise. Ich konnte nicht leugnen, dass ich ihn attraktiv fand.

»Alles klar, hier im Monitor sieht es auch gut aus«, entgegnete Mia, die hinter einem kleinen Bildschirm stand, auf den die Aufnahme aus der Kamera direkt übertragen wurde.

Ich brachte mich in Position, atmete tief durch und versuchte, mich nicht von all den Menschen um mich herum beirren zu lassen.

Brody ging etwas in die Knie, was nicht sonderlich bequem aussah, vor allem, wenn man bedachte, dass dieses Metallgestell und die Kamera locker zehn Kilo wiegen mussten. Dann ertönte Musik aus einem Lautsprecher, eine Art Song wie die von Sleeping at Last, nur ohne Gesang. Später würden noch Sätze von mir zur Kampagne darübergelegt werden.

Gerade als ich anfangen wollte, die ersten Schritte zu tanzen, rief Liza plötzlich: »Halt, stopp! Mackenzie, dein Outfit…«

Verdutzt sah ich an mir herunter. Das Shirt hatte sich etwas verdreht. Schnell zupfte ich es zurecht und strich es glatt. »So in Ordnung?«

Im nächsten Augenblick eilte Liza zu mir. »Jetzt hängt es hinten etwas seltsam da. Warte, ich mach das.« Ihre Hände waren plötzlich überall und versuchten, das Outfit so schön wie möglich zu drapieren. Wobei ich mich fragte, was das sollte… während des Tanzens würde es sowieso hin und her fliegen und nicht an Ort und Stelle bleiben. Aber egal, ich hielt meinen Mund und ließ sie ihren Job machen, immerhin wollte ich einen guten Eindruck hinterlassen.

»Ach, warte, dann pudere ich dich direkt noch mal ab und checke deine Haare«, flötete Josh und kam mit einem Pinsel, der gefühlt die Größe meines Gesichts hatte, auf mich zu.

Ich kannte diesen Perfektionismus schon von anderen Drehs und hatte mich mittlerweile daran gewöhnt, auch wenn ich manchmal etwas ungeduldig war. Ich versuchte, ein Kichern zu unterdrücken. Vielleicht rasierte ich mir für den nächsten Dreh einfach eine Glatze... Wobei, dann musste sicher jemand dafür sorgen, dass sie perfekt glänzte. Oder abgepudert war? Vermutlich klebte mir dann noch jemand Glitzer drauf oder sonst irgendwas, was unpraktisch war und kratzte.

Mir entfuhr ein amüsiertes Schnauben, und Liza und Josh sahen mich verwirrt an.

»Sorry«, murmelte ich und schlüpfte wieder zurück in die Rolle der professionellen Mackenzie.

Durch die Lücke zwischen den beiden hindurch konnte ich Brody ausmachen, der sich aufrichtete und den Kopf in den Nacken legte. Als er wieder nach vorn sah, schüttelte er leicht den Kopf und verdrehte genervt die Augen.

Oh Mann. Entweder war der Typ wahnsinnig ungeduldig oder ein Vollarsch. Oder jemand hatte ihm heute Morgen koffeinfreien Kaffee vorgesetzt – im Übrigen die unnötigste Erfindung der Welt, wenn man mich fragte.

»Seid ihr bald fertig?«, rief er.

»Sofort«, entgegneten Josh und Liza zur selben Zeit und grinsten sich an, dann traten sie ein paar Schritte zurück, begutachteten mich noch mal von oben bis unten und nickten zufrieden.

»Ich glaube, wir können weitermachen«, sagte ich und brachte mich erneut in Position.

Liza und Josh verschwanden hinter der Kamera, und Brody bereitete mit kritischem Gesicht die Aufnahme vor.

Nur wenige Momente später setzte der Song ein. Ich schloss einen Herzschlag lang die Augen, dann öffnete ich sie wieder und fing an, die Schritte zu tanzen, die ich choreografiert hatte. Ich versuchte, alles von mir in die Bewegungen zu legen. Meine Seele zu offenbaren und Verletzlichkeit zu zeigen. Die Musik zu fühlen und ihr meine eigene Note hinzuzufügen. Hier und da einen Move spontan abzuändern, wenn mein Körper etwas anderes tun wollte. Meiner Intuition nachzugeben war mir früher immer schwergefallen, doch mittlerweile fühlte ich mich dabei stark. Frei und losgelöst. Mit großen Bewegungen drehte ich mich über die Fläche und holte tief Luft, um, als das Tempo der Musik anzog, mich ihr anzupassen und mit schnellen Schritten die Instrumente zu vertanzen. Ich sprang, ging in die Knie und richtete mich mit flüssigen Bewegungen wieder auf, breitete die Arme aus und fühlte mich schwerelos.

Die Musik wurde leiser. Ich tanzte noch ein paar letzte improvisierte Bewegungen, bis ich stehen blieb. Mein Brustkorb hob und senkte sich rasch.

»Gleich noch mal«, rief Mia begeistert und schob ihre Brille, die ein Stück auf ihrer Nase heruntergerutscht war, wieder nach oben.

Ich nickte und sah zu Brody. In meinem Körper kribbelte es, als ich bemerkte, dass er mich beobachtete. Ein paar Sekunden lang konnte ich meinen Blick nicht von seinen meerblauen Augen lösen, aus denen er mich misstrauisch musterte und die zugleich so ehrlich wirkten.

Er blinzelte, dann zog er wieder kritisch die buschigen Brauen zusammen und konzentrierte sich auf irgendeine Einstellung an seiner Kamera. »Beim nächsten Mal dann ohne in die Kamera zu gucken, auch wenn dir das vielleicht schwerfällt ... So als Influencerin, meine ich.«

Mir klappte der Kiefer herunter. Was sollte das denn heißen? Als ob ich den ganzen Tag nur damit zubrachte, dämlich in eine Linse zu grinsen. Am liebsten hätte ich ihm einen Schuh gegen den Kopf geworfen, doch da ich meinen Job gut und vor allem so professionell wie möglich machen wollte, riss ich mich zusammen.

»Alles klar. War ein Versehen und passiert nicht wieder.«

»Bestens. Dann kann's losgehen«, murmelte er und hob herausfordernd eine Braue.

So ein überheblicher Depp.

Vielleicht war er doch arroganter, als ich bisher angenommen hatte. Jap. Mit großer Sicherheit sogar.

»Noch nicht, Moment«, kam es plötzlich von Josh. »Die Haare. Die Haare!«

Ich fuhr mir schnell durch meine Wellen, um sie zu ordnen. »So?«

»Oh Gott, nein, du machst es nur noch schlimmer, ich regle das.« Nicht mal drei Sekunden später fummelte Josh erneut an meinen Haaren herum, und Liza kümmerte sich um irgendwelche Falten, die mein Oberteil warf, und die Leggings, die etwas verrutscht war.

Geduldig wartete ich, während die beiden ihrer Arbeit nachkamen. »Kann ich denn noch was anders oder besser machen? Irgendwelche Bewegungen, um das Outfit besser in Szene zu setzen?«

»Du machst alles super«, sagte Liza und wandte sich dann über die Schulter den anderen zu. »Oder was meint ihr?«

»Mackenzie sieht toll aus, wie immer«, rief uns Mia zu.

Aus den Augenwinkeln beobachtete ich, wie Brody genervt aufstöhnte und schon wieder die Augen verdrehte. »Ja, ganz toll. Können wir hier jetzt mal weitermachen, oder tritt sie gleich noch bei einem Schönheitswettbewerb an?«

Was sollte das? Immerhin konnte es ja nicht das erste Mal sein, dass er so eine Kampagne filmte. Der Kerl war einfach nur unsympathisch. Dass er dabei verboten gut aussah, reichte leider nicht aus.

»Sofort«, trällerte Josh und puderte noch mal über meine Stirn.

Brody checkte ein paar Einstellungen, dann zuckte er zusammen, lief zu Mia und wechselte kurz einige Worte mit ihr. Sie nickte ein paarmal, woraufhin er sein Smartphone aus der Hosentasche zog und jemanden anrief. Das Gespräch dauerte nicht lange, maximal eine

Minute, dann verstaute er das Handy wieder und widmete sich der Kamera.

Nachdem Liza und Josh ihre Arbeit erledigt hatten, konnte der Dreh weitergehen. Wir filmten die Sequenz noch einige Male aus verschiedenen Perspektiven, und irgendwann zählte ich nicht mehr mit, wie oft ich das Stück schon getanzt hatte. Oder wie oft meine Haare falsch lagen oder Schweißtropfen weggepudert werden mussten und mir Liza und Josh zu Hilfe eilten. Oder wie oft Brody genervt seufzte.

Als wir nach einer Weile eine kleine Pause einlegten, zückte ich schnell mein Smartphone und machte einige Aufnahmen für meine Story, bevor ich das noch vergaß. Ich grinste ins Display, drückte auf den Auslöser und machte ein paar Selfies, um sie für einen späteren Zeitpunkt abzuspeichern, wenn ich bekannt geben durfte, dass ich das neue Werbegesicht für Blanks war. Ich scrollte durch die Bilder, war noch nicht zufrieden und versuchte mich an weiteren Fotos und einem kurzen Video von mir. Einige Minuten später hatte ich ein paar Aufnahmen, mit denen ich glücklich war, also sperrte ich mein Smartphone wieder und ließ es in meinen Rucksack gleiten. Dann nahm ich einen Schluck aus meiner Trinkflasche und biss in einen Fitnessriegel, den ich mir am Morgen eingepackt hatte. Die Firma von der Kooperationsliste hatte mir ein riesiges Paket zukommen lassen, das einem Jahresvorrat glich, doch bevor ich davon etwas auf Instagram zeigte, wollte ich mich ausgiebig durch das ganze Sortiment probieren. Ich schluckte den Bissen hinunter. Der mit Pfirsichgeschmack war schon mal lecker.

Während sich Mia, Josh und Liza unterhielten und Alfred etwas am Gimbal montierte, sah ich aus den Augenwinkeln, wie Brody einige Meter von mir entfernt in seinem Rucksack herumkramte.

»Ganz schön aufwendig so ein Werbedreh, oder?«, wagte ich einen vorsichtigen Versuch, ein Gespräch in Gang zu bringen. Vielleicht war er ja gar nicht so übel, wenn man ihn erst mal besser kennenlernte.

»Hab die auch schon kürzer erlebt. Hauptsache, dein kleines Handy-Fotoshooting verlängert nicht die Drehzeit«, entgegnete er herablassend und mit einem kurzen Seitenblick auf mich, bevor er sich wieder aufrichtete und ein Objektiv aus seinem Rucksack zog.

Professionell bleiben, Mackenzie, das hier ist dein Job.

»Keine Sorge, ich stehle dir schon nicht deine Zeit.«

Er rümpfte die Nase, ohne mich anzusehen. »Hoffen wir's mal.«

Ich wollte gerade etwas zurückfeuern, biss mir jedoch in letzter Sekunde auf die Zunge. Der Kerl konnte nur beten, mir nicht außerhalb des Drehs zu begegnen, wo ich ihm meine Meinung sagen konnte, ohne zu befürchten, dass es sich auf meinen Job auswirkte. Stattdessen versuchte ich, das Thema auf etwas Unverfänglicheres zu lenken.

»Machst du das hauptberuflich, oder studierst du noch?«

»Hauptberuflich. Hab die Uni vor ein paar Monaten beendet.«

»Hast du das hier studiert?«

»Jap.«

»Klingt toll. Macht bestimmt Spaß, oder? Filme

produzieren, meine ich. Das ist doch echt eine coole Sache.«

Er zog die Brauen zusammen, nickte und wandte dann den Blick ab. »Dieses kommerzielle Zeug ist nichts für immer.«

»Verstehe… Du bist nicht sonderlich gesprächig, oder?« Ich stemmte die Hände in die Taille und grinste ihn herausfordernd an.

»Bei den richtigen Leuten schon.«

Autsch.

Das Grinsen auf meinem Gesicht verflüchtigte sich. Keine Ahnung, was für ein Problem er mit mir hatte, aber jetzt hatte er bei mir definitiv verkackt. »Okay, gut, dann hätten wir das auch geklärt.«

Er öffnete die Lippen, als wollte er etwas sagen, schloss sie dann jedoch wieder und wandte sich ab.

»Hey!«, erklang in diesem Moment eine bekannte Stimme hinter mir.

Bevor mein Gehirn richtig schaltete, drehten Brody und ich uns zeitgleich um, und als ich sah, wer da schnurstracks auf uns zugetänzelt kam, blinzelte ich die besagte Person verwirrt an.

»Olivia?«

Sie sah mich überrascht an und strich sich ein paar hellblaue Strähnen aus der Stirn. »Mackenzie? Was machst du denn hier? Ist das der…«

»Was machst *du* hier?«

Brody trat ein Stück näher. »Sie bringt mir ein paar Ersatzakkus.«

Olivia holte die kleinen schwarzen Batterien aus ihrem

Rucksack hervor. »Du bist so vergesslich, dass ich dir irgendwann noch deine To-do-Liste an die Finger tackere.«

»Danke, dass du so schnell kommen konntest. Dafür koche ich heute Abend Pasta, in Ordnung?«

»Klar, aber hau ordentlich Nudeln in den Topf, Dax wollte auch vorbeikommen.«

»Alles klar, bis später«, entgegnete Brody, nahm ihr die Akkus aus der Hand und eilte zu seiner Kamera, um sie auszutauschen.

Die ganze Zeit hatte ich vollkommen perplex danebengestanden und ihnen zugehört, weil ich mir einfach nicht erklären konnte, woher die beiden sich kannten. Tanzte Brody auch?

»Woher kennt ihr euch?«, fragte ich Olivia, nachdem Brody außer Hörweite war.

»Brody ist mein Mitbewohner.«

»Ach sooo… Was ist mit Kelly?«

»Die ist schon vor längerer Zeit ausgezogen. Und dann habe ich durch einen Aushang im Café Brody gefunden.«

Ich nickte. »Cool.«

»Du bist also für Blanks in New York?«

»Jap, aber behalte es bitte für dich, das soll noch nicht an die große Glocke gehängt werden.«

Da die Videos, Fotos und das ganze Drumherum erst in ein paar Monaten veröffentlicht wurden, mussten alle Beteiligten Stillschweigen bewahren. Ich hatte zwar posten dürfen, dass ich mich für eine Kooperation in New York befand; aber dass ich mit Blanks zusammenarbeitete, musste noch geheim bleiben. Zumindest so weit es die Umstände zuließen. Falls uns Leute hier beobachteten und fix kombinierten, wüssten sie ja auch davon.

»Kein Problem, ich behalte das für mich.«

»Danke, Olivia.« Ich schenkte ihr ein Lächeln.

»Gut, ich gehe dann mal. Wir sehen uns«, sagte sie schnell und rief dann noch mal in Brodys Richtung. »Bis später, Brody. Ich freu mich auf deine Nudel... äh, Nudeln.« Sie zwinkerte ihm zu, und er quittierte es mit einem amüsierten Kopfschütteln.

Der Kerl kann ja sogar nett sein...

Einen kurzen Moment später war Olivia schon wieder in einer Gruppe Menschen verschwunden.

Brody war immer noch mit seiner Kamera zugange. Tausend Gedanken rasten durch meinen Kopf, während ich ihn verstohlen musterte. Wenn Olivia mit Brody zusammenwohnte und er womöglich sogar Teil der Clique war, dann wusste er bestimmt auch, wer ich war. Vielleicht war es übertrieben zu denken, dass sich die anderen in meiner Abwesenheit überhaupt mit mir beschäftigt hatten, aber es konnte trotzdem gut sein, dass sie in seiner Gegenwart über mich geredet hatten. Und das passte wiederum zu seinem Verhalten mir gegenüber. Er hatte vielleicht mitbekommen, was damals passiert war, kannte damit aber nur die Sicht von Austin und nicht meine. Ich verstand zwar, dass er dadurch vielleicht Vorurteile mir gegenüber hatte, aber ich hatte es langsam satt, dass sich so ein blöder Kerl einfach ein Bild von mir strickte, ohne mich zu kennen. Ohne mir vorher je begegnet zu sein. Das würde ich auf keinen

Fall so stehen lassen. Irgendwann würde er dann schon kapieren, dass ich keine böse Hexe war, sondern nur ein Mensch mit einer Geschichte, die erzählt werden wollte.

KAPITEL 6

»Ich verrate dir jetzt ein Geheimnis: Vor zwei Jahren habe ich bei einem Burrito-Wettessen den zweiten Platz gemacht.« Ich biss in meinen Taco und nickte zufrieden.

»Hast du nicht.«

»Klar. Und hätte der Kerl, der gewonnen hat, keinen so riesigen Mund gehabt, hätte ich ihn locker in die Tasche gesteckt. Der hat die so mir nichts, dir nichts heruntergewürgt. Wie eine Schlange, ich sag's dir.«

Adaline hob die Augenbrauen. »Ich bin beeindruckt. Und was war der Preis?«

»Ein Gutschein für das Burrito-Restaurant. Nur blöd, dass ich die danach nicht mehr sehen, geschweige denn essen konnte.« Ich lachte und lehnte mich auf dem Sofa zurück.

»Ach, deshalb hast du dir Tacos bestellt. Ich hab mich schon gewundert, weil du Burritos früher so gerne mochtest«, entgegnete Adaline und schälte ihren Burrito aus der Papierverpackung.

»Das war eine echt harte Zeit... über die ich nicht gerne rede. Die Abgründe meines Lebens. Das Ende meiner Burrito-Karriere.« Ich setzte einen gespielt traurigen Ausdruck auf und schüttelte leicht den Kopf. Worauf Adaline in schallendes Gelächter ausbrach. Kurz darauf konnte ich mich auch nicht mehr zusammenreißen und lachte, bis ich Bauchschmerzen hatte und mir mein angeknabberter Taco fast aus der Hand fiel.

Nach dem Dreh am Times Square hatte ich mich wahnsinnig auf diesen entspannten Abend mit Adaline gefreut. Der perfekte Abschluss eines anstrengenden Tages: sich mit einer Freundin auf die Couch werfen, quatschen und mindestens genauso viel lachen. Vor einer halben Stunde hatte sie vor der Tür gestanden, und nach einer Führung durch das Apartment hatte uns der Lieferdienst auch schon unser Essen gebracht, das ich kurz zuvor bestellt hatte.

»Ich entdecke immer wieder neue Seiten an dir, West. Ein Glück, dass du zurück bist.«

Ich grinste. »Jap, finde ich auch gut. Auch wenn es leider nur auf Zeit ist.«

»Zeit, die wir nutzen müssen! Zumindest dann, wenn du nicht arbeiten musst.« Sie kniff prüfend die Augen zusammen. »Und jetzt erzähl mir gefälligst vom Dreh heute, sonst slap ich dich mit meinem Burrito.«

Mir entfuhr ein amüsiertes Glucksen. »Der Dreh. Gute Frage. Er war … interessant.«

»Interessant? Wie gesagt, der Burrito wartet nur darauf, zum Einsatz zu kommen.« Sie hob ihn an und wedelte damit hin und her.

Ich seufzte, dann schob ich mir das letzte Stück meines Tacos in den Mund. Nachdem ich etwas getrunken hatte, lehnte ich mich gemütlich zurück. »Einerseits war es echt cool. Vor der Kamera zu stehen, zu tanzen und zu performen, das ist mein Ding, glaube ich. Es macht so unglaublich viel Spaß.«

»Die Aufmerksamkeit?«

»Nein, die brauche ich eigentlich gar nicht. Ich meine das Tanzen und alles, was ich dabei fühle und rauslassen kann. Das gibt mir viel mehr als tausend Kooperationen mit irgendwelchen Firmen.«

Adaline schmunzelte. »Wie toll, ich bin so gespannt, das Ergebnis zu sehen. Das wird dann als Werbespot und auf irgendwelchen Billboards gezeigt? Wow. Das ist so cool.«

»Genau, ich kann es selbst noch gar nicht fassen.« Ich kicherte und wackelte auf dem Sofa vor Freude hin und her. »Vielleicht ja sogar am Times Square, wer weiß.«

»Ich stelle mich dann davor, mache ein Selfie und schick es dir, wenn du wieder in L. A. bist.«

»Ich freue mich jetzt schon!« Ich nahm einen Schluck von meinem Wasser und stellte es wieder auf dem Couchtisch vor uns ab. Hinter den hohen Fensterscheiben glitzerten die hellen Lichter der umliegenden Hochhäuser, und im Hintergrund lief eine Playlist mit langsamen RnB-Songs.

»Und wie war es sonst? Du meintest ja gerade ›einerseits‹… war irgendwas nicht so cool?«, fragte sie und verdrückte den letzten Rest ihres Burritos.

Ich wiegte den Kopf hin und her. »Das Team – der *Großteil* des Teams – ist nett, wir verstehen uns gut. Aber da ist ein Kerl…«

»Ein Kerl?«

»Witzige Geschichte.« Ich hielt inne. »So witzig ist sie eigentlich gar nicht, aber wenn man länger drüber nachdenkt...«

»Mackenzie!«

»Okay, okay.« Ich hob beschwichtigend die Hände. »Der Kameramann, der so in unserem Alter ist, hat beim ersten Meeting und beim Dreh ziemlich genervt gewirkt. Irgendwie abweisend, und als ob er nicht den geringsten Bock auf den Job hat. Oder auf mich. Keine Ahnung. Zu den anderen war er nämlich ganz nett. Als ich versucht habe, ein Gespräch mit ihm anzufangen, war er superunfreundlich. Hat die Augen verdreht und sich wie ein arroganter Volldepp aufgeführt, der sich für was Besseres hält.«

Dummerweise war Brody dennoch das Erste, was mir in den Sinn kam, wenn ich an den Dreh dachte. Auch wenn er ein Arsch war, hatten seine Blicke etwas in mir ausgelöst. Ich konnte es noch nicht richtig zuordnen, möglicherweise war ich auch einfach nur verwirrt...

»Vielleicht ist er auf deine schicken Sportklamotten neidisch.«

Ich lachte auf. »Ganz bestimmt. Ach, ich weiß auch nicht. Er wirkt echt wie ein kompletter Vollidiot, obwohl ich zuerst noch davon ausgegangen bin, dass er nur einen schlechten Tag oder *Tage* hatte, bis...«

»Aha, jetzt wird's spannend.«

»Bis auf einmal Olivia am Set aufgetaucht ist. Offenbar ist er ihr Mitbewohner.«

Adaline klappte der Kiefer herunter. »Brody.«

»Richtig.«

»Denkst du, Olivia hat Brody von dir erzählt?«

Ich überlegte kurz. »Keine Ahnung, ehrlich gesagt. Kann schon sein, immerhin ist sie jetzt mit Dax zusammen, und vielleicht kam da das Thema mal auf. Über mich zu lästern traue ich ihr allerdings nicht wirklich zu. Klar, sie kann sehr aufbrausend sein, aber schlecht hinter dem Rücken von anderen reden? Da müsste sie sich ganz schön verändert haben.«

»Niemals hat sie das getan. Warum auch? Sie hat keinen Grund, wütend auf dich zu sein; und genau das hat sie dir in den letzten Tagen ja auch signalisiert, oder? Alle waren nett zu dir.«

»Stimmt schon. Gott sei Dank habt ihr mich dazu überredet, Montag noch zu bleiben.«

»Hab ich doch gesagt: Mach dir nicht so viele Gedanken!«

Ich schenkte ihr ein dankbares Lächeln. »Und was Brody betrifft... Ich will mich professionell verhalten und meinen Job gut machen, aber dieser Kerl macht es mir echt schwer. Am liebsten würde ich ihm mal meine Meinung sagen oder ihn fragen, was für ein Problem er mir hat. Immerhin kennen wir uns gar nicht.«

»Warum machst du's nicht?«

»So was kann ich mir nicht erlauben, Adaline. Vielleicht irgendwann mal, wenn die Kampagne durch ist. Aber jetzt wäre es definitiv unangebracht.«

»Also ich kenne Brody auch nur flüchtig. Manchmal saß er beim Essen in der WG dabei oder so, aber er gehört nicht zur Clique. Eigentlich hat er immer einen netten Eindruck gemacht. Keine Ahnung, was sein Problem ist. Und ich glaube auch nicht, dass Austin irgendwann am Rande mal was Blödes über dich gesagt hat.«

Ich nickte, dann stand ich auf und lief zur Kücheninsel, um eine weitere Flasche Wasser aus dem Kühlschrank zu holen. »Die ganze Situation mit Austin ist immer noch etwas unangenehm. Besser. Aber trotzdem seltsam. Ich hoffe, dass er mich nicht hasst oder so.« Mit einer großen Flasche in der Hand kam ich zurück zum Sofa, füllte unsere Gläser auf und ließ mich wieder neben Adaline auf die Couch sinken.

»Er hasst dich nicht, Mackenzie. Ihr habt euch damals im Einverständnis getrennt. Er war vielleicht irritiert oder sogar enttäuscht, dass du so schnell mit einem anderen Mann zusammengekommen bist und dann auch noch ausgerechnet mit seinem besten Freund. Aber wenn ich das richtig verstanden habe, war es vor allem Dax, auf den er sauer war«, erwiderte sie.

»Wenn du meinst…«

»Lass mich dich was fragen, okay? Und versprich mir, ehrlich zu sein.« Adaline kniff die Augen zusammen, und ich nickte. »Du hast sicher keine Gefühle mehr für die Jungs? Ich würde es verstehen und dich garantiert nicht dafür verurteilen… Ich würde es nur gerne wissen.«

Ich sah sie ein paar Sekunden an, dann verzog ich einen meiner Mundwinkel zu einem leichten Schmunzeln. »Ich werde immer ehrlich sein, Adaline. Zu dir und zu jedem anderen auch. Und ich kann dir versichern, dass ich keine Gefühle mehr für Austin oder Dax habe.

Ich freue mich, dass sie beide jemand Neues haben und glücklich sind. Das sind sie doch, oder?«

»Jap. Das sind sie.«

»Gut.« Ein Lächeln umspielte meine Lippen. »Das ist das Wichtigste.«

»Du und Austin, ihr solltet vielleicht mal miteinander sprechen. Irgendwann. Es ist so viel Zeit vergangen, und ich glaube, es ist nur komisch, weil es ungewohnt ist. Mehr nicht. Bevor du in ein paar Wochen wieder in das glamouröse L.A.-Leben abzischst, wäre es doch schön, wenn ihr euch mal so richtig aussprechen würdet.«

»Auf jeden Fall. Das ist eine gute Idee.« Ich grinste sie an. »Und so glamourös ist mein Leben in L.A. übrigens echt nicht, glaub mir.«

»Wir können gerne tauschen. Du übernimmst meine Babysitter-Jobs und die Stelle im Klamottenladen samt meiner Identitätskrise, und ich gehe für dich nach Hollywood. Wie wär's?«

»Ich lass es mir durch den Kopf gehen. Klingt auf jeden Fall verlockend.«

»Super, ich bin jederzeit bereit. Und wie geht's jetzt weiter? Freitag ist deine Class, oder?«

Dan war noch mal auf mich zugekommen mit der Bitte, eine Master Class zu geben. Da ich wahnsinnig gerne unterrichtete – auch in L.A. hatte ich ein paar feste Kurse –, wollte ich das natürlich unbedingt tun. Direkt nach meiner Zusage hatte er angefangen, damit zu werben und jedem davon zu erzählen. Irgendwie echt süß, wenn man bedachte, dass ich meine ersten Schritte damals von ihm gelernt hatte. Vielleicht konnte ich ja die ein oder andere Class in seiner neuen Tanzschule geben, die er nächstes Jahr an der Westküste aufbauen wollte. Austin und Dax würden dann das Move District hier in New York übernehmen. Möglicherweise konnte ich Dan irgendwann in den nächsten Jahren ja auch bei der Leitung unter die Arme greifen.

»Freitagabend, genau. Ich freue mich schon total, muss aber noch ein Lied raussuchen und die Choreo machen. Wie immer auf den letzten Drücker...« Ich lachte. »Du kannst mir bei der Songauswahl helfen.«

Ihre Miene hellte sich auf. »Unbedingt. Die Leute werden die Class stürmen, nur um ein Selfie mit dir zu machen.«

Ich grinste. »Die sollen dann aber bitte auch mittanzen.«

»Aber hallo. Apropos Selfie, wir brauchen neue Fotos zusammen. Die letzten sind über drei Jahre alt.«

Lachend zückte ich mein Handy. »Da hast du recht. Ist links immer noch deine Schokoladenseite?«

»Na klar, Baby!«

Rasch rückten wir etwas zusammen. Ich fuhr mir durch meine glatten goldbraunen Haare und legte sie mir über die Schulter, dann schossen wir ein paar Fotos mit der Frontkamera. Wir sahen sie schnell durch und entdeckten einige, die uns gefielen.

»Die sind echt süß geworden. Darf ich davon eins auf Instagram posten?«

»Nur zu«, entgegnete Adaline und lehnte sich wieder auf dem Sofa zurück.

Innerhalb von wenigen Sekunden hatte ich das Foto

veröffentlicht und mein Handy wieder zur Seite gelegt. »So was habe ich echt vermisst. Zusammensitzen, quatschen, beknackte Selfies machen...«

Auf Adalines Gesicht erschien ein ernster Ausdruck, während sie an ihren Kreolen herumspielte. »Stimmt, du meintest ja schon am Telefon, dass du in L.A. nicht so viele Freundschaften geschlossen hast. An der Situation hat sich nichts geändert, oder?«

Ich seufzte. »Nee, nicht wirklich. Mittlerweile fällt es mir schwer, mich auf neue Leute einzulassen, weil ich in L.A. einige schlechte Erfahrungen gemacht und eigentlich nur zwei wirklich gute Freundinnen gefunden habe. Sobald die Leute mitbekommen, was ich beruflich mache, wollen sie sich leider viel zu oft nur mit mir anfreunden, um irgendeinen Nutzen daraus zu ziehen. Am Anfang war ich total naiv, inzwischen bin ich eher direkt skeptisch, wenn jemand unbedingt mit mir befreundet sein möchte, weißt du? Klar, ich bin dankbar für alles, was ich erreicht habe, aber es hat eben nicht nur seine guten Seiten.«

Adaline nickte ernst und presste ihre roten Lippen aufeinander.

»Ich bin immer offen und gehe gerne auf neue Leute zu, will viele kennenlernen, aber manchmal weiß ich echt nicht mehr, wem ich trauen kann. Das war alles so anders, als ich noch hier war und keine Werbung für Gesichtsmasken gemacht habe.« Ich lachte. »Wie gesagt, ich bin unglaublich dankbar für meine Karriere, aber manchmal vermisse ich mein altes Leben. Nur zu tanzen. Das merke ich gerade jetzt, wo ich wieder hier bin.«

»Ich kann mir vorstellen, dass es schwer ist. Aber ich glaube, je länger du in dem Business bist, desto besser kannst du zwischen den falschen und den ehrlichen Menschen unterscheiden, oder nicht?«

»Jap, das wird mit der Zeit. Aber hey – ich hab euch. Ein paar neue Leute wären super, andererseits bist du ja auch«, ich hielt inne und kicherte, »ganz in Ordnung.«

Sie riss die Augen auf. »Ganz in Ordnung? Ich glaube, du hast da eine falsche Wahrnehmung. Ich bin mit Abstand der coolste Mensch auf dieser Welt.«

»Und auch noch der bescheidenste.« Ich konnte mein Lachen nicht mehr unterdrücken, und Adaline streckte mir die Zunge raus.

»Vielleicht taut Brody ja bald auf, der ist eigentlich echt cool«, entgegnete sie, holte aus ihrer Tasche eine Packung Cookies und reichte mir einen.

Ich biss ein Stück ab und grunzte glücklich, als die Schokosplitter in meinem Mund schmolzen. »Wer weiß. Möglicherweise rede ich noch mal mit ihm. Der zweite Drehtag ist nächste Woche Freitag, aber vielleicht steht vorher noch ein Meeting an. Am Montag, glaube ich, da warte ich noch auf eine Info.«

»Er wird sicher auch noch ein Fan von dir. Ich verstehe sowieso nicht, wie man dich nicht mögen kann. Du kannst keiner Fliege was zuleide tun.«

»Wir ignorieren einfach die Tatsache, dass ich diverse Spinnen auf dem Gewissen habe, oder?«

»Das sind Spinnen, die zählen nicht.«

Ich grinste und biss noch ein Stück vom Cookie ab. »Sag das bloß nicht Peter Parker.«

KAPITEL 7

Nach dem Abend mit Adaline hatte ich den gestrigen Tag zum größten Teil im Tanzsaal verbracht und für mich trainiert. Ich hatte mir zwar schon Gedanken darüber gemacht, wie die nächste Choreo für den Dreh in einer Woche aussehen könnte, aber ich wollte erst das Meeting am Montag abwarten, in dem wir alles durchsprechen würden. Stattdessen hatte ich mich den ganzen Tag um neue Videos und Storys für meinen Instagram-Account gekümmert und die Choreo für meine Class am heutigen Freitag vorbereitet.

Ich unterrichtete wirklich gerne, vor allem Master Classes. Das war das höchste Schwierigkeitslevel, also konnte ich meiner Kreativität freien Lauf lassen und musste nicht noch extra darauf achten, dass die Choreo auch für Mittelstufentänzer oder Anfänger geeignet war. Klar, ich gab mein Wissen auch gerne an Beginner weiter, aber in den Kursen für Fortgeschrittene konnte ich die Schritte schneller unterrichten und somit auch mehr Choreo durchziehen. Und im besten Fall waren dann sogar Leute im Raum, die tänzerisch krasser waren als ich und die Bewegungen so vertanzten, dass ich mich fragte, was ich hier gerade tat.

Meine Class begann um sieben, das hieß, dass ich noch zwanzig Minuten Zeit hatte. Ich lief die breite Seitenstraße entlang, die von Geschäften und Restaurants gesäumt wurde. Vermutlich hupten auf der Hauptstraße etliche Autos um die Wette, doch ich hörte sie nicht, blendete alles aus und konzentrierte mich auf die Musik in meinen Ohren. In Zeiten, in denen ich aufgeregt war oder mich nicht gut fühlte, hatte ich mir in den letzten Jahren angewöhnt, Lieder von meiner Lieblingsplaylist zu hören – die allerdings nicht einfach aus irgendwelchen Gute-Laune-Songs, sondern aus Erinnerungen bestand. Jedes Lied stand für einen Moment, an den ich immer wieder zurückdenken wollte, und wenn ich die Songs hörte, kamen sofort die Gefühle hoch, die ich zum jeweiligen Zeitpunkt empfunden hatte. Glück. Freude. Positive Aufregung. Liebe. Alles, was mich glücklich machte, war auf dieser Playlist zu finden. Lieder aus meinen Lieblingsshows, mit denen wir Meisterschaften gewonnen hatten. Eins, das mich an einen Familienausflug ins Disneyland erinnerte. Oder ein anderes, bei dem ich an ein Training mit den anderen aus der Clique denken musste, bei dem wir die Nacht durchtrainiert und vor lauter Müdigkeit alles – wirklich alles – witzig gefunden hatten. Der letzte Song, den ich vor Monaten hinzugefügt hatte und mit einem Abend am Venice Beach mit meiner L.A.-Freundin Indigo verband, war »Next to you« von Chris Brown und Justin Bieber. Gerade setzte »My Love« von Justin Timberlake und T.I. ein, das mich an eine meiner Lieblingsclasses im Move District erinnerte. Damals hätte ich niemals gedacht, dass ich jetzt an diesem Punkt in meinem Leben stehen würde, und nur zu gern hätte ich der Teenager-Mackenzie gut zugeredet und ihr gesagt, dass sie die Selbstzweifel über Bord werfen und nur sie selbst sein solle.

Mit großen Schritten näherte ich mich der Tanzschule und trat durch die automatisierte Glastür in den Eingangsbereich.

Dan stand gerade vor einem der Bildschirme und programmierte ihn so, dass nur Tanzvideos von mir abgespielt wurden, die er von meinem YouTube-Kanal heruntergeladen hatte. Am Check-in tummelten sich einige Tänzerinnen und Tänzer, deren Blicke zu mir huschten, als ich weiter in den Raum trat. Ich grüßte sie freundlich, winkte und lief an ihnen vorbei zu Dan. Sein braunes Haar war sorgsam nach hinten gegelt, und wie immer trug er ein schwarzes Shirt mit dem Logo der Tanzschule, dazu eine graue Jeans.

»Mackenzie, schön, dass du da bist. Wie du siehst, ist volles Haus, die Plätze sind alle weg.« Er begrüßte mich mit einer kurzen Umarmung, dann wies er auf all die Menschen, die in der Lobby auf Sofas, Sesseln und an den Tischen saßen. Obwohl der Eingangsbereich recht weitläufig war, kam ich mir beobachtet vor, so als ob alle unserem Gespräch lauschten und die Augen nicht von uns abwenden konnten.

Ich lächelte in die Runde und hob kurz die Hand, dann wandte ich mich wieder Dan zu. »Total cool, dass so viel los ist. Ich freu mich richtig auf die Class.«

»Willst du im Teambereich noch ein bisschen warten, bis es losgeht? Soll ich dir etwas zu trinken besorgen, oder kann ich dir sonst was Gutes tun?«

»Ach, alles gut, danke. Ich würde schon mal hinten in den Saal gehen und mich vorbereiten. Ginge das? Oder trainiert dort noch jemand?«

Er nickte euphorisch. »Klar, kannst direkt nach hinten in die Drei. Du weißt ja, wo alles ist. Bevor es losgeht, komme ich dann noch mal vorbei.«

»Alles klar«, entgegnete ich und machte mich auf den Weg zum Tanzsaal. Doch noch bevor ich die Lobby verlassen und in den angrenzenden Flur treten konnte, hörte ich ein leises Flüstern hinter mir.

»Hey, Mackenzie… Können wir vielleicht, also… Können wir ein Foto machen?«

Ich drehte mich um. Eine Gruppe von Mädels und Jungs, sie mussten um die vierzehn sein, stand vor mir, und ich musste lächeln. »Na klar.«

Nacheinander machte ich ein paar Selfies und unterhielt mich kurz mit ihnen über die anstehende Class, bis ich merkte, dass mir die Zeit weglief und ich schleunigst alles vorbereiten musste. Ich verabschiedete mich schnell, dann lief ich schnurstracks den Flur entlang zur Tür mit der großen *3* darauf.

Ich trat ein, und sofort erfüllte mich innere Ruhe. Die Tür fiel hinter mir ins Schloss, während ich nach vorn zur Anlage lief, wo, wie in jedem Tanzsaal im Move District, ein DJ-Pult stand, auf dem man seinen Laptop oder ein Tablet abstellen konnte.

Es war wirklich lange her, seit ich zum letzten Mal

hier unterrichtet hatte. Das musste einige Wochen bevor ich nach Los Angeles aufgebrochen war, gewesen sein. Umso schöner fühlte es sich jetzt an, meinen Laptop aufzubauen, eines der Lieder meiner Class-Playlist laufen zu lassen und die Lautsprecher aufzudrehen. Mir entfuhr ein freudiges Quieken, als ich »Watermelon Sugar« von Harry Styles startete und die gute Laune des Songs sofort auf mich übersprang. Rasch schälte ich mich aus der schwarzen Sweatjacke, die ich vorhin zu meinem gleichfarbigen XXL-Shirt und der grauen Jogginghose kombiniert hatte, und fuhr mir durch die glatten Haare, um sie etwas aufzulockern. Mit ein paar Schritten stand ich vor dem Spiegel und ging noch ein paarmal die Choreo durch, sah dabei jedoch, dass mir durch die Scheibe vom Flur aus ein paar neugierige Blicke zugeworfen wurden. Immer mehr Leute versammelten sich dort und warteten, bis ich ihnen ein Zeichen gab, dass sie reinkommen durften.

Während die ersten Tänzerinnen und Tänzer den Saal betraten und ihre Taschen und Rucksäcke an den Seiten ablegten, drehte ich die Musik etwas leiser und nahm einen großen Schluck aus meiner Wasserflasche. Mit jeder Minute füllte sich der Saal mehr und mehr. Wenn ich daran dachte, dass die Choreo zu siebzig Prozent aus großen Bewegungen und Schritten bestand, musste ich etwas schmunzeln. Platztechnisch konnte es echt eng werden – im wahrsten Sinne des Wortes.

Ich scrollte durch meine Playlist und checkte noch mal, ob die Lieder zum Aufwärmen in der richtigen Reihenfolge gespeichert waren, als neben mir ein karamellfarbener Lockenschopf auftauchte.

»Hey, alles klar?«, fragte Adaline, und wir umarmten uns kurz.

»Hi«, entgegnete ich und grinste sie breit an. »Immer doch.« Ich ließ den Blick auf der Suche nach weiteren vertrauten Gesichtern durch den Raum gleiten und entdeckte Olivia, Sienna, Brennan, Jade und... Austin, die gerade ihre Sachen abstellten.

»Ich habe ein paar Leute mitgebracht. Dax, Vincent und die anderen hatten leider keine Zeit, aber sie meinten, dass sie sich schon auf deine hoffentlich nächste Class freuen.«

Ein warmes Gefühl stieg in mir auf, und ich musste grinsen. »Das freut mich so sehr, Adaline, das kannst du dir gar nicht vorstellen.«

»Und wenn du happy bist, sind wir es auch«, entgegnete sie strahlend und zog ihren rosa Hoodie aus, unter dem ein roter Sport-BH zum Vorschein kam. Dazu trug sie eine schwarze Jogginghose, die sie in der Taille geschnürt hatte.

»Ich hätte echt nicht damit gerechnet, dass Austin kommt.«

Das hatte ich wirklich nicht. Ich hätte durchaus verstanden, wenn er es seltsam gefunden hätte, an meiner Class teilzunehmen.

»Ein Schritt in die richtige Richtung.«

Ich nickte. »Absolut.«

Als ich aufsah, begegnete ich Austins Blick. Er lächelte mir freundlich zu und hob die Hand, um mir zu winken. Zwar wirkte er, für Austin-Verhältnisse, noch etwas zurückhaltend, aber kein bisschen wütend.

Rasch schenkte ich ihm ein strahlendes Grinsen und hob mein Kinn, um ihm zuzunicken.

Im nächsten Moment öffnete sich die Tür, und Dan trat ein. Er begrüßte ein paar Leute und steuerte dann im Stechschritt direkt auf uns zu – ein breites Lächeln im Gesicht und die Schultern gestrafft. »Kann's losgehen?«

»Klar, ich drehe nur schnell die Musik noch etwas leiser«, entgegnete ich und sauste mit meinen Fingern über das Touchpad meines Laptops. Dann nickte ich Dan zu, woraufhin er in die Mitte vor die Spiegelfront trat und zweimal laut in die Hände klatschte.

»Hallo an alle!« Er blickte sich um, und sein Grinsen wurde noch breiter. »Bevor unser Star übernimmt, wollte ich noch kurz was mitteilen …«

Unser Star? Oh Gott, wie unangenehm …

»Mackenzie hat damals, vor fünfzehn Jahren, hier im Move District angefangen zu tanzen. Ich erinnere mich noch daran, als ob es gestern gewesen wäre. Umso stolzer macht es mich, sie nun wieder hier in meiner Tanzschule begrüßen zu dürfen. Ihr kennt sie alle, ein Ausnahmetalent der Sonderklasse, immer strahlend … hell wie ein Stern, na ja … wie ein Star es nun mal ist.«

Ein paar mitleidige Lacher ertönten, doch ich wollte nur im Boden versinken. Ich freute mich über Dans nette Worte, aber er übertrieb nun mal gerne ein wenig. Aus den Augenwinkeln sah ich, wie Adalines Mundwinkel verräterisch zuckten.

»Mehrere Millionen Menschen folgen ihr auf Instagram. Sie staubt in Hollywood eine Filmrolle nach der anderen ab.«

Genau genommen, war es eine einzige Rolle gewesen, aber ich ließ ihm seinen Spaß und versuchte, mir mit einem kleinen Lächeln nicht anmerken zu lassen, wie unangenehm mir die Situation war.

»Workshops rund um die Welt. Plakate mit ihrem Gesicht darauf. Man munkelt, sie hatte auch schon Verabredungen mit Leonardo DiCaprio, Harry Styles und Tom Holland.«

Ach du Scheiße...

Ich riss die Augen auf und räusperte mich, woraufhin mir Dan einen Blick zuwarf und mich anstrahlte. Mit keinem dieser Typen hatte ich jemals ein Date oder überhaupt Kontakt gehabt. Woher zum Teufel nahm er diese unsinnigen Informationen?

»Nun ja, aber mal abgesehen davon, ist Mackenzie gerade *der* Star am Tanzhimmel. Und deshalb freue ich mich sehr, dass sie sich trotz ihres vollen Terminplans Zeit nimmt, im Move District zu unterrichten. Falls ihr Videos auf Instagram postet, markiert gerne das Move District und natürlich auch Mackenzie.« Er lachte, und ich wünschte mir, dass dieser peinliche Moment ganz schnell vorüberging. »Vor Kurzem noch in L.A., davor für Workshops und Kooperationen in Europa und Asien... Und jetzt ist sie hier in New York, exklusiv im Move District, live und in Farbe, nur für euch. Mackenzie West!«

Um die sechzig bis siebzig Leute fingen an zu klatschen, während ich auf Dan zulief und, bei ihm angekommen, in die Runde lächelte. »Danke für die nette Ansprache, Dan. Wobei ich leider sagen muss, dass ich bisher weder ein Date mit Leo noch mit Harry oder Tom hatte. Vielleicht melden sie sich ja noch, wenn du ein gutes Wort für mich einlegst.«

Dan zwinkerte mir zu und nickte.

»Es freut mich total, dass so viele von euch gekommen sind. Das hier ist eine Master Class, deshalb kann die Choreo für den ein oder anderen vielleicht etwas schwieriger sein, aber ich glaube, ihr werdet alle gut mitkommen. Der Fokus liegt vor allem auf dem Flow, also lasst euch in der Musik fallen und habt Spaß, das ist nämlich das Wichtigste! Dann machen wir uns doch direkt warm, anschließend ein kurzes Stretching, und los geht's mit der Choreo, okay?«

Darauf ertönten begeisterte Rufe und Klatschen.

Dan verabschiedete sich und verließ den Raum, sodass ich von weiteren Peinlichkeiten hoffentlich erst mal verschont bleiben würde.

Die Jungs und Mädels verteilten sich gleichmäßig, sodass alle etwas mehr Platz hatten. Später würde ich die Reihen sowieso noch durchwechseln, um jedem mal einen Blick in den Spiegel zu ermöglichen.

Mit ein paar Klicks drehte ich die Musik lauter und startete mit dem Aufwärmen. Der ganze Raum war knallvoll, doch das hielt uns nicht davon ab, bereits bei den ersten Bewegungen so viel Spaß zu haben, dass ich aus dem Grinsen nicht mehr herauskam. Mit jedem weiteren Slide, Bounce und Jump verwandelte sich die Class in eine Art Party, und genau das war es, was mich glücklich machte. Andere Menschen dazu zu bringen, sich gut zu fühlen. Es ging mir in meinen Classes um die Stimmung und nicht darum, jede Bewegung bis ins Kleinste zu perfektionieren so wie auf meinen Social-Media-Accounts.

Nach dem Warm-up und dem Stretching machten wir zwei Minuten Trinkpause, dann fing ich an, die ersten Takte und Achter zu unterrichten und eine Weile später das Lied anzuspielen. Ich zögerte den Moment etwas hinaus, da ich genau wusste, wie spannend es war, den Song in einer Class zum ersten Mal zu hören. Davor waren es nur Schritte, die man lernte, doch wenn die Musik zu spielen begann, verschmolz alles zu einer Einheit. Wenn die Leute den Song nicht mochten, fiel es ihnen oft schwerer, ihn zu fühlen und dabei Spaß zu haben, daher hoffte ich, dass er den meisten gefiel.

»Seid ihr bereit?«, fragte ich und grinste. Als zustimmende Rufe folgten, klickte ich auf Play und starrte erwartungsvoll von einem Gesicht ins nächste.

Nach nur wenigen Sekunden hellten sich die ersten Mienen derjenigen auf, die das Lied erkannten. Ich hatte mich für »Stupid Love« von Lady Gaga entschieden, das momentan zu meinen Lieblingssongs gehörte. Als die Strophe begann, sah ich, wie die Augen mancher Tänzerinnen und Tänzer zu funkeln anfingen. Sie bewegten sich im Flow der Musik und freestylten, fühlten sich in die Beats, die Lyrics und die Stimmung

Nach dem Refrain drehte ich die Musik etwas leiser. »Alles klar, gibt es jemanden, der den Song *nicht* kennt?« Ich musste lachen, als niemand im Raum die Hand hob. »Perfekt, ich zeige euch die Choreo einmal, dann probieren wir sie gemeinsam. Entspannt euch und habt Spaß!«

Knapp drei Stunden später ließ ich mich nach einer heißen Dusche komplett fertig ins Bett fallen. Ich hatte die Class genossen. Die Stimmung war der Hammer gewesen. Ein warmes Gefühl breitete sich in mir aus, als ich daran dachte, wie schön es gewesen war, wieder in meiner alten Tanzschule zu unterrichten. Auch wenn die Zeit in New York ein Ablaufdatum hatte, genoss ich hier jede Sekunde. Oder vielleicht gerade deswegen. Am Ende der Stunde hatte ich mir noch ein paar Leute für ein Video herausgepickt, das ich jetzt gleich noch auf Instagram posten wollte. In der U-Bahn, auf dem Weg zu meinem Apartment, hatte ich es schon auf dem Smartphone geschnitten.

Ich kuschelte mich unter meine fluffige weiße Decke und schaltete den Fernseher an der gegenüberliegenden Wand an, um mich nebenbei von *Teen Wolf* berieseln zu lassen. Dann schnappte ich mir mein Handy und öffnete Instagram.

Sofort begrüßten mich Hunderte Benachrichtigungen. Ich scrollte rasch durch ein paar Nachrichten und beantwortete einige, der Rest musste bis morgen warten. Heute war ich zu nichts mehr zu gebrauchen, außer vielleicht einem Bären Konkurrenz in Sachen Winterschlaf zu machen. Ich lud das Video aus der Class in die App und dachte kurz nach, was für einen Text ich daruntersetzen könnte. Keine dreißig Sekunden später sausten meine Finger über das Display und tippten eine Beschreibung. *Back in New York City.* Dazu markierte ich alle Tänzerinnen und Tänzer und das Move District (Dan würde mir vermutlich beim nächsten Mal, wenn wir uns sahen, einen Thron errichten) und fügte Informationen zu Song und Künstlerin hinzu.

Kaum dass ich den Post veröffentlicht hatte, wurde ich von Likes und Kommentaren überschüttet. Doch bevor ich sie durchsah, wollte ich meine Verlinkungen und Story-Markierungen checken. So viele Leute hatten heute Fotos mit mir gemacht, und ich hatte mit ihnen tolle Gespräche geführt. Ich versah jedes Foto, auf dem ich abgebildet war, mit einem Like und kommentierte es. Dann beantwortete ich die restlichen Storys und atmete durch. Eine halbe Stunde war vergangen. Unter meinem Video häuften sich begeisterte Kommentare von Leuten weltweit. Gerade als ich auf ein paar weitere antworten wollte, ploppte oben am Bildschirmrand eine Nachricht auf. Drew, ein Tänzer aus Los Angeles, den ich dort kennengelernt und in ein paar Kursen getroffen hatte, hatte auf meine Story geantwortet. Neugierig tippte ich auf seinen Namen.

Du bist in New York? Wir müssen uns sehen! Bin gerade mit Kendra Hills auf Tour, nächste Woche Donnerstag findet ihr Konzert in NY statt.

Ich überflog die Zeilen und tippte schnell eine Antwort.

Ah, wie cool! Müssen wir unbedingt! Hast du Zeit?

Drew war ziemlich cool, etwas zu sehr von sich überzeugt, aber dennoch ein netter Kerl. Während ich auf seine Nachricht wartete, checkte ich erneut die Benachrichtigungen zu meinem Video. Ganz oben in der Liste erschien plötzlich Austins Name. Mir klappte der Kiefer herunter, als ich sah, dass er mein Video mit einem Like versehen hatte. Klar, es war nur ein Doppeltippen auf den Bildschirm, aber trotzdem freute es mich. Besonders weil ich dadurch das Gefühl bekam, dass die Aussicht auf eine erneute Freundschaft vielleicht nicht komplett hoffnungslos war.

Leider nicht wirklich haha ... Aber ich kann dich für das Konzert auf die VIP-Liste setzen lassen, dann hast du Zugang zu dem Bereich direkt vor der Bühne, und wir können uns vor dem Konzert kurz sehen. Lust?

Aufgeregt ließ ich meine Finger über die Tasten huschen.

Total! Danke, das wäre megacool. Kann ich noch eine Person mitbringen?

Adaline stand auf die RnB-Sängerin Kendra Hills, daher würde es sie sicher sehr freuen, auf das Konzert zu gehen und als Sahnehäubchen auch noch einen Platz direkt vor der Bühne zu haben.

Auf jeden Fall. Ich lass dich auf die Liste setzen und schick dir dann die Tage noch ein paar Infos. Cool, dass es klappt!

Ich sendete ihm noch eine Antwort, dass ich mich freute, dann legte ich mein Handy auf den Nachttisch und rollte mich auf die Seite. Die *Teen-Wolf*-Clique war dem Nogitsune dicht auf den Fersen, während meine Lider immer schwerer wurden. Oh Mann, die dritte Staffel dieser Serie hatte es echt in sich und beinhaltete mit Abstand meine Lieblingsepisoden. Nichtsdestotrotz konnte mich selbst Stiles Stilinski nicht davon abhalten, langsam in den Schlaf zu driften.

KAPITEL 8

»Großartig, dann sehen wir uns Freitag zum Dreh.« Mia Sanchez, unsere Regisseurin, nickte einmal freundlich, dann klappte sie ihren Laptop zu und stand auf, um den Raum zu verlassen und zu ihrem nächsten Termin zu eilen.

Das Meeting im Firmengebäude von Blanks hatte ungefähr eine Stunde gedauert. Wir hatten über den ersten Dreh am Times Square gesprochen und was wir beim zweiten besser machen konnten. Mias Ansicht nach hatte ich alles richtig gemacht und sollte mich weiterhin darauf konzentrieren, die Outfits richtig in Szene zu setzen. Über die Schritte würde ich mir in den nächsten Tagen Gedanken machen. Ich hatte sowieso geplant, direkt morgen am frühen Mittag in der Tanzschule zu stehen, um ein paar Stunden zu trainieren.

Nachdem Mia den Raum verlassen hatte, wandten sich auch Josh, Liza und Brody zum Gehen. Ich tat es ihnen gleich und erhob mich, packte noch schnell meine Sachen zusammen und verstaute sie in meiner Tasche. Kaum hatte ich sie auf die Schulter geschoben, waren die anderen bereits aus dem Raum verschwunden. Nur Alfred war noch da. Er zog sich gerade die Jeansjacke über und grinste mich an. Seine hellblonden Haare trug er heute zu einem Pferdeschwanz gebunden, aus dem sich im Laufe der Besprechung einzelne Haarsträhnen gelöst hatten, die sein blasses Gesicht einrahmten.

»Und, macht dir die Arbeit mit uns Spaß?«, fragte er freundlich, als ich um den Tisch auf ihn zugelaufen kam.

»Total, es ist echt cool, dass ich so viele Freiheiten habe, was die Choreos betrifft. Das ist nicht immer so, aber bei euch ...« Ich machte eine Pause und lächelte. »Bei euch fühlt man sich wohl.«

»Super, das hört man doch gerne. Und, was steht heute noch auf dem Programm? Irgendwelche krassen Partys in Manhattan?«

Ich lachte auf. »Ich bin nicht wirklich eine Partygängerin. Manchmal vielleicht, aber nur, wenn es mit den richtigen Leuten ist. Ich hole mir gleich noch was zu essen, und dann geht's mit Proviant auf die Couch, um einen Film zu schauen. Oder zwei. Und was machst du noch?«

»Wir wollten ins Kino und *Empty Night* gucken, der soll echt gut sein«, entgegnete er, als wir in den Flur traten und kurz stehen blieben.

»Oh, echt? Da spielt eine Freundin von mir mit, den will ich auch noch schauen. Sag mir unbedingt, wie er dir gefallen hat!«

»Ach, krass. Wie heißt sie denn? Aber nicht die Hauptrolle, oder?«

»Indigo James. Nein, leider nicht, sie hat eine Nebenrolle bekommen. Aber so wie ich sie kenne, zieht sie mit ihrer Ausstrahlung trotzdem die ganze Aufmerksamkeit auf sich.«

»Von ihr hab ich bisher noch nicht wirklich was gehört, aber wenn du das sagst, muss es wohl stimmen.« Alfred überlegte kurz. »Wenn du den Film sowieso schauen willst, komm doch mit. Hast du Lust?«

Ich strahlte ihn begeistert an. »Klar! Das heißt, nur wenn es wirklich kein Problem ist. Ich will nicht dazwischenfunken, falls du verabredet bist. Aber ansonsten total gerne.«

Alfred winkte ab. »Ach, Brody wird schon nichts dagegen haben …«

Genau in diesem Moment kam Brody um die Ecke gelaufen. Als er mich neben Alfred stehen sah, verdüsterte sich sein Blick, und ihm entfuhr ein genervtes Seufzen. Seine dunkelbraunen Haare wirkten so voluminös, dass ich mich fragte, wie sie sich wohl anfühlten, wenn man die Finger darin vergrub. Eine schwarze Jeans umspielte locker seine Beine, dazu trug er Sneakers und über dem karierten Hemd einen schwarzen Sweater, sodass nur oben und unten etwas von seinem Hemd herausguckte. Vermutlich hatte er sich in den letzten Tagen nicht rasiert, sein Dreitagebart sah etwas fülliger aus als beim Dreh am Times Square, und irgendwie gefiel er mir so. Er hatte dieselbe dunkle Farbe wie seine geschwungenen Augenbrauen, die sein Gesicht perfekt einrahmten, und die dichten Wimpern.

Er schaute erst Alfred an, dann fixierte er mich erneut mit seinen blaugrünen Augen. »Wogegen werde ich nichts haben?«

»Dass Mackenzie mit ins Kino kommt. Sie wollte sich den Film sowieso angucken, weil ihre Freundin mitspielt«, klärte Alfred ihn auf und stützte sich mit dem Ellenbogen an Brodys Schulter ab.

»Also nur, wenn es in Ordnung ist.« Ich lächelte ihn schief an. »Immerhin will ich euer Date nicht crashen.«

»Date?« Alfred fing schallend an zu lachen, und auch an Brodys Mundwinkeln zupfte ein kleines Schmunzeln, das er zu unterdrücken versuchte. »Ich mag diesen Kerl ja meist echt gerne, aber leider ist er gar nicht mein Typ. Du dagegen schon eher.«

»Wow, echt smooth, Alfred«, fügte Brody hinzu und hob eine Augenbraue.

Ich schnaubte belustigt. Für den Bruchteil einer Sekunde trafen sich unsere Blicke, und ich hatte das Gefühl, dass sich hinter der verschlossenen Fassade etwas versteckte. Etwas, das das komplette Gegenteil von dem sein könnte, was er mir zeigte.

»Ähm, ich fasse das jetzt mal als Kompliment auf.« Ich musste schmunzeln, dann blickte ich auf die Uhr meines Smartphones und wieder zu Brody, dessen Miene sich erneut verschlossen hatte.

»Okay, können wir dann los?« Alfred schaute Brody fragend an. »Oder hast du was gegen unsere hübsche Begleitung?«

Brody zuckte mit den Schultern. »Ist mir egal, solange sie nicht während des Films alle fünf Minuten etwas in ihre Instagram-Story postet und dabei so laut ist, dass man kein Wort mehr versteht.«

»Netter hätte man es nicht formulieren können«, entgegnete Alfred grinsend, woraufhin Brody genervt die Augen verdrehte.

»Wenn du ein Problem mit mir hast, sag es einfach, dann können wir eine Lösung finden.« Ich legte herausfordernd den Kopf schief, fing Brodys Blick auf und ließ ihn nicht mehr los. Er sollte ruhig merken, dass mir die Sticheleien aufgefallen waren.

Seine Lippen öffneten sich leicht, als ob er etwas sagen wollte. Dann schloss er sie wieder und fuhr sich mit seiner großen Hand durch die dunklen Haare, während er mich musterte.

Es fühlte sich an, als ob Millionen von Ameisen über meine Haut krabbelten, doch ich ließ mich davon nicht aus dem Konzept bringen. Stattdessen stemmte ich die Hände in die Taille und erwiderte unverhohlen seinen Blick.

»Ich habe kein Problem – weder mit dir noch damit, dass du mitkommst.«

»Brody hat es nicht so mit Instagram, der lebt noch hinterm Mond«, flüsterte Alfred hinter vorgehaltener Hand.

»Ach so?« Fragend sah ich erst Alfred dann Brody an, der nur genervt den Kopf schüttelte.

»Der steht da nicht so drauf.«

Noch bevor ich das weiter kommentieren konnte, schaltete sich Brody ein. »Gehen wir dann?«

Ich kniff die Augen zusammen. Irgendwie war der Kerl superkomisch. Dass er kein Problem mit mir hatte, nahm ich ihm auf jeden Fall nicht ab. Mochte er mich nicht, weil ich mit Social Media mein Geld verdiente? Aber das sagte doch eigentlich nichts darüber aus, was für ein Mensch ich war. Oder lag es doch an den Dingen, die er womöglich über Austin und mich aufgeschnappt hatte? In jedem Fall hatte er nicht alle Tassen im Schrank, und am liebsten wollte ich seine Türen öffnen, die verbliebenen Tassen herausholen und ihm gegen die Rübe feuern – oder so ähnlich.

Auf dem Weg aus dem Firmengebäude lief Brody hinter Alfred und mir her und gab keinen Ton von sich, während wir uns über den Film unterhielten. Erst als wir draußen auf der Straße waren, klinkte er sich in unser Gespräch ein.

»Wollen wir uns noch was zu essen holen?«

»Gute Idee«, entgegnete ich. »Ich hab auf jeden Fall Hunger.«

Brody warf einen Blick auf sein Handy. »Das Kino ist ja zum Glück nicht weit von hier. Auf dem Weg dorthin gibt's eine Salatbar, da finden wir bestimmt was.«

»Gerne. Aber ohne Tomaten, die finde ich ganz übel.«

»Tomaten sind doch super«, sagte Alfred und schüttelte ungläubig den Kopf.

Ich schnaubte. »Damit könnt ihr mich jagen. Diese seltsame Konsistenz... Das Leben ist zu kurz für Tomaten und schlechten Sex.«

Oh Gott...

Ich riss die Augen auf und schlug mir die Hände vor den Mund. Manchmal hatte ich nicht unter Kontrolle, was aus meinem Mund kam, es sprudelte einfach so aus mir heraus. Hitze kroch mir den Hals hinauf, und ich hätte schwören können, dass meine Wangen die Farbe eines Feuerlöschers angenommen hatten.

Alfred grölte, während Brody neben mir leicht grinsend den Kopf schüttelte. Dann warf er mir einen Blick von der Seite zu, den ich mit einem entschuldigenden Lächeln quittierte. Sofort verhärteten sich seine Züge wieder.

»Das ist definitiv gut zu wissen«, entgegnete Alfred. »Wird notiert.«

»Nicht, wenn du sowieso nie in den Genuss kommen wirst, so wie du dich hier aufführst«, feuerte Brody trocken in Richtung seines Freundes.

Erstaunt über die lockere Bemerkung lachte ich auf. Es steckte offensichtlich doch ein kleiner Witzbold in dem unfreundlichen Kerl.

Rasch blickte er mich an. Während ich immer noch grinste und den Kopf schüttelte, blieb seine Miene ernst, dann sah er wieder nach vorn zu Alfred.

»Hey, ausgeschlossen ist das aber nicht«, entgegnete dieser beleidigt.

»Darf ich auch noch mitreden, oder plant ihr das jetzt ohne mich?«

»Wir sollten das Thema beenden, sonst sage ich noch irgendetwas, das ich später, wenn ich weinend im Bett liege, bereue«, murmelte Alfred.

Kurz darauf erreichten wir das kleine Restaurant, das Brody vorgeschlagen hatte. Wir holten uns Gemüse-Wraps und Salat und setzten uns in eine der gepolsterten Nischen, Alfred neben mir und Brody uns gegenüber.

Der gesamte Laden glich einer Art Diner. Retromöbel in Rot und Blau, allerdings kombiniert mit einem hellen Fliesenboden und einer minimalistischen Bar aus Silber und Glas. An den Wänden hingen Nummernschilder aus den verschiedenen Bundesstaaten, aber auch Schwarz-Weiß-Fotografien moderner Architektur. Eine Mischung aus Vintage und Modern. Anders, aber echt cool.

»Wie lange bleibst du eigentlich in New York?«, fragte Alfred und biss genüsslich in seinen Wrap.

»Bis wir mit allem durch sind, also bis Anfang November, schätze ich. Dann muss ich zurück nach L.A.«

Bei dem Gedanken an den Tag meines Abflugs zog sich etwas in mir schmerzhaft zusammen. Schnell verscheuchte ich den Gedanken und entfernte die Tomaten aus meinem Salat.

»Klingt ja begeistert«, warf Brody ein und biss von seinem Wrap ab.

Ich zuckte mit den Schultern. »Ich mag New York. Immerhin bin ich hier aufgewachsen.«

»Und warum gehst du dann wieder nach L.A. zurück?«

»Mein Management will mich dahaben. Die sagen, das ist besser für meine Karriere und so. Außerdem sind meine Eltern und mein jüngerer Bruder extra für mich hingezogen. Manchmal muss man in den sauren Apfel beißen. Ganz so schlimm ist es dort ja auch nicht.«

Als ich hochsah, trafen sich Brodys und mein Blick. Für einen Herzschlag hielt ich die Luft an, dann entspannte ich mich wieder und verzog einen Mundwinkel zu einem schiefen Lächeln.

Verwundert zog er seine Augenbrauen zusammen, vermutlich weil sich meine Begeisterung für mein Zuhause in Grenzen hielt, dann wandte er sich wieder seinem Wrap zu und biss kopfschüttelnd davon ab.

»Seid ihr beide von hier?«

Alfred nickte. »Ich studiere an der Filmhochschule, Brody ist seit ein paar Monaten fertig.«

»Da habt ihr euch kennengelernt?«

»Genau«, entgegnete Brody. »Ursprünglich bin ich aus Connecticut, aber nach der Highschool hergezogen, um zu studieren. Meine kleine Schwester wohnt mittlerweile auch in New York. Sie geht hier zur Uni.«

»Schön, dass du so zumindest einen Teil deiner Familie um dich hast.«

Ein paar Minuten später hatten wir den letzten Bissen hinuntergeschluckt und machten uns auf den Weg zum Kino. Dort besorgten wir uns Tickets für den Film, Popcorn und Getränke und warteten anschließend vor dem Kinosaal, bis man uns reinlassen würde.

»Kennst du noch mehr Schauspieler außer deiner Freundin, die in diesem Film mitspielt?«, fragte Alfred und schob sich eine Handvoll Popcorn in den Mund.

»Ich war auf ein paar Premieren und Events, zu denen auch einige Schauspieler eingeladen waren; und durch den Tanzfilm, in dem ich eine Rolle hatte, habe ich auch ein paar Leute aus der Branche kennengelernt.«

»Willst du jetzt als Schauspielerin durchstarten? Machen das nicht viele von euch Influencern – erst Follower sammeln und die dann als Sprungbrett ins Showbusiness nutzen?« Brody lehnte sich mit dem Rücken gegen die Wand und senkte den Blick auf mich.

Als ich zu ihm hochsah, tauchte ich geradewegs im Meer seiner Augen ab. In meinem Brustkorb regte sich etwas. Meine Worte blieben mir im Hals stecken, bis ich mich losriss und ein paarmal blinzelte. Die Bissigkeit hinter seinem Kommentar war mir nicht entgangen, aber da sich das hier immer noch ein wenig wie ein Job anfühlte – vermutlich weil ich beide Jungs nur vom Dreh kannte –, hielt ich mich mit einer passenden Antwort zurück.

»Nein, nein. Kann schon sein, dass ein paar Leute mit Reichweite das so machen, aber ich nicht. Es hat Spaß gemacht; aber wenn wir mal ehrlich sind, kann ein Känguru besser schauspielern als ich.« Ich lachte und zuckte mit den Schultern. »Ich überlasse das lieber den Profis.«

Brody schnaubte. »Du könntest es lernen, wenn dein Herz daran hängt.«

»Tut es aber nicht. Und halbherzig nur für die Kohle und das Ansehen will ich das nicht machen.«

Ich glaubte, ein überraschtes Flackern in Brodys Augen auszumachen, doch im nächsten Moment war es bereits wieder verflogen.

Irgendetwas hatte dieser Kerl an sich, das mich neugierig machte, doch im nächsten Moment wurde ich von zwei Mädels abgelenkt, die plötzlich neben mir standen. Sie mussten ungefähr dreizehn Jahre alt sein. Die eine mit einem unordentlichen blonden Dutt und Sommersprossen, die andere mit kurzen schwarzen Haaren und einer riesigen Brille auf der Nase.

»Du bist doch Mackenzie, oder?« Verlegen trat die Blonde von einem Bein aufs andere, während ihre Freundin das Smartphone in der Hand hin und her drehte.

»Jap, da seid ihr richtig.« Ich lächelte sie an. »Wie heißt ihr denn?«

121

»Katie«, entgegnete die mit der Brille, und ihre Freundin sagte: »Bridget.«

»Coole Namen. Welchen Film wollt ihr euch denn ansehen?«

Die beiden konnten den Blick nicht von mir abwenden, starrten mich gebannt an, während ich zwischen ihnen hin und her wechselte und erneut lächeln musste.

»*Empty Night*«, sagte Bridget, dann tauschte sie einen raschen Blick mit Katie.

»Meinst du, wir können ein Foto machen?«

»Aber klar doch, voll gerne. Kommt her, ich stell mich in die Mitte, ja?«

Ein Lächeln huschte über ihre Gesichter, als sie aufgeregt nickten und sich neben mir platzierten. Ich legte die Arme um sie und grinste in Katies Handylinse, woraufhin sie ein paar Fotos schoss. Ihre Hand zitterte etwas, und als wir die Bilder kurz darauf ansahen, bemerkte ich, dass die meisten davon verwackelt waren.

»Sollen wir noch ein paar machen?«, fragte ich.

»Nein, nein, wir wollen nicht weiter stören, du bist doch bestimmt verabredet.«

»Ach Quatsch, kein Problem.« Ich wandte mich Alfred und Brody zu. »Hey, Jungs, kann einer von euch ein paar Fotos von uns machen?«

Bridget und Katie kicherten, als ich wieder meine Arme um sie legte und Alfred nickend das Handy entgegennahm, während Brody weiter an der Wand lehnte und uns misstrauisch beäugte.

Alfred betätigte ein paarmal den Auslöser, dann lächelte er zufrieden und gab dem Mädchen das Handy zurück. »Ich hab einfach ein paar gemacht, dann habt ihr eine Auswahl.«

»Danke«, entgegneten sie und sahen die Bilder aufgeregt durch.

»Schickt mir die Fotos gerne auf Instagram oder markiert mich, dann check ich mal eure Accounts ab, in Ordnung?«

Ihre Augen leuchteten. »Auf jeden Fall! Danke, Mackenzie. Du siehst in echt noch viel schöner aus als auf deinen Fotos und in den Videos.«

Ich musste grinsen. »Ihr seid echt Zucker. Danke! Vielleicht laufen wir uns ja noch mal über den Weg. Tanzt ihr auch?«

Bridget schüttelte den Kopf. »Nein, wir wollen aber vielleicht damit anfangen. Du hast uns auf die Idee gebracht.«

Mein Herz machte einen Satz. »Oh, echt? Wie cool, das würde mich freuen. Ich kann euch nur empfehlen, damit anzufangen. Mein Leben hat es verändert... Es ist einfach schön, ein Hobby zu haben, in dem man sich zu Hause fühlt und richtig aufblüht.«

»Ja, das wollen wir auch«, sagte das sommersprossige Mädchen und strahlte bis über beide Ohren. Katie nickte euphorisch.

Dann bedankten sie sich erneut bei mir und Alfred, und zur Verabschiedung umarmte ich sie noch mal, bevor sie wieder zurück zu ihren Freunden liefen.

Ich wandte mich den Jungs zu.

Während Alfred munter Popcorn naschte, begegnete ich Brodys Blick. Er starrte mich an, seine vollen Lippen waren leicht geöffnet, und er schüttelte ungläubig den Kopf. »Du warst echt höflich zu den beiden.«

»Klar, warum denn nicht?«

»Hätte ja sein können, dass es dich nervt, einfach so angequatscht zu werden. So als Star hat man schon ein schweres Leben. Immer gut aussehen, falls man Selfies mit Fans machen muss.« Gerade beim letzten Satz hatte seine Stimme vor Sarkasmus getrieft, doch ich lachte nur.

»Was? Nee! Mich freut es immer, wenn Leute auf mich zukommen. Dann lerne ich auch mal die Menschen kennen, die sich hinter der Follower-Zahl verbergen.«

»Das sehen bestimmt nicht alle berühmten Leute so.«

»Ich würde mich jetzt nicht gerade als besonders berühmt bezeichnen«, tat ich belustigt ab. »Aber ja, es gibt echt einige, die das stört. Mich aber nicht. Ist doch schön. Und zumindest für mich selbstverständlich.«

»Das zeigt, dass du eine ziemlich coole Socke bist«, nuschelte Alfred und stopfte sich erneut eine Handvoll Popcorn in den Mund.

Grinsend zuckte ich mit den Schultern, dann sah ich noch mal zu Brody, dessen Züge mittlerweile etwas weicher geworden waren und der mein Grinsen mit einem angedeuteten Lächeln quittierte. Es wirkte ehrlich; dennoch lag da auf seinem Gesicht dieser skeptische Ausdruck.

Auch wenn ich nicht genau wusste, was er von mir hielt, klammerte ich mich an dieses kleine Lächeln, das mein Herz ein bisschen schneller schlagen ließ. Den Kerl würde ich sicher noch aus der Reserve locken, da war ich mir sicher.

KAPITEL 9

Schon von Weitem konnte ich die Menschenmassen erkennen, die den Eingang des Madison Square Garden belagerten. Je weiter vorn man in der Warteschlange stand, desto bessere Stehplätze würde man ergattern können. Tausende Leute drängten sich dicht aneinander, sodass der Anfang und das Ende der Schlange nicht auszumachen waren.

»Zum Glück müssen wir da nicht anstehen«, kicherte Adaline und hakte sich bei mir unter, während wir die Hauptstraße entlang in Richtung der Konzerthalle liefen. »Danke noch mal, dass du mich mitnimmst.«

»Ist doch klar! Immerhin weiß ich, wie du die Musik von Kendra Hills feierst.«

»Das wird richtig gut! Jetzt müssen wir nur noch herausfinden, wo wir genau hinmüssen.«

Ich lachte. »Kann sich nur um Stunden handeln, bis wir den Backstage-Eingang finden. Gut, dass wir so früh dran sind.«

Je näher wir dem riesigen verglasten Gebäude kamen, desto mehr freute ich mich auf diesen Abend. Laute

Musik, tanzen und Adaline als Begleitung – die perfekte Mischung für eine große Portion Spaß.

Mit jedem Schritt an den Schaufenstern und grauen Fassaden entlang eilten mehr Menschen an uns vorbei, um noch einen guten Platz in der Schlange zu ergattern. Ich zog die dunkelgrüne Hemdjacke, die ich über ein beiges Shirt und zu meiner hellen Boyfriendjeans und den beigen Sneakers kombiniert hatte, etwas enger und fischte mein Handy aus der Tasche. »Also Drew meinte, einmal um das ganze Gebäude herum und dann irgendwo an der Seite.«

»Sehr aufschlussreich.«

»Für diese ausführliche Wegbeschreibung zieh ich ihm später mein nicht vorhandenes Ticket über die Rübe.«

Adaline schnaubte. »Wir werden es schon finden.«

Mittlerweile liefen wir dicht an der riesigen Menschenmenge vorbei. Ein paar der Konzertgäste erkannten mich, und wir hielten kurz an, um Fotos mit ihnen zu machen. Dann ging es weiter auf die Suche nach dem Backstage-Eingang. Irgendwo musste er ja sein.

»He, schau mal, wer da steht«, sagte Adaline plötzlich und verlangsamte ihre Schritte. Unauffällig deutete sie mit ihrem Kopf in Richtung eines Typen und eines Mädels.

Ich blieb abrupt stehen.

»Brody«, murmelte ich und merkte, wie ich leicht zu lächeln begann. Im nächsten Moment schüttelte ich jedoch den Kopf, um das Lächeln zu vertreiben; immerhin hatte sich der Typ mir gegenüber bisher wie ein eingebildeter Vollarsch verhalten. Er trug eine Jeans, dazu ein dunkelrotes College-Shirt, Sneakers und eine helle Jeansjacke. Seine verwuschelten dunklen Haare schimmerten im Licht der vorbeifahrenden Autos und der Leuchtreklamen, während er seinen Arm locker um die Schultern des Mädchens gelegt hatte.

Ich schluckte und blinzelte ein paarmal. Sie war wirklich hübsch, ungefähr in unserem Alter, vielleicht zwei oder drei Jahre jünger, und hatte volles hellbraunes Haar, das ihr bis zur Taille reichte. Ihre kantigen Kieferknochen bildeten einen interessanten Kontrast zu ihren Pausbacken. So wie er den Arm um sie gelegt hatte und mit ihr lachte, konnte es gut sein, dass sie seine Freundin war. Aber selbst wenn, warum interessierte mich das überhaupt?

»Witzig, dass er auch zum Konzert geht. Mit seiner … Freundin?« Adaline musterte die beiden skeptisch.

Ich musste schmunzeln. »Komm, wir sagen kurz Hallo. Immerhin war ich Anfang der Woche noch mit ihm und Alfred im Kino; es wäre komisch, wenn ich ihn jetzt nicht mal begrüße.«

Montagabend mit den beiden Jungs war echt cool gewesen. Es hatte Spaß gemacht, rauszukommen und mal etwas anderes zu erleben als das Training und die Arbeit. Und jetzt, wo Brody zwischen Tausenden Menschen stand, nur ein paar Meter von uns entfernt, kam mir das wie ein Wink des Schicksals vor. Wie hoch war bitte die Wahrscheinlichkeit, hier jemanden zu treffen, den man kannte?

Ein paar Sekunden später blieben wir vor Brody und der Frau stehen.

»So sieht man sich wieder«, sagte ich, und als sein Kopf herumfuhr und sich unsere Blicke trafen, lächelte ich.

Langsam nahm er den Arm von den Schultern seiner Freundin und schaute entgeistert zwischen Adaline und mir hin und her. »Hi, ihr… Äh, ihr kennt euch?«

Ich musste über seine offensichtliche Verwirrung grinsen. »Jap. Olivia, die anderen aus der Clique und ich haben früher alle zusammen im Move District getanzt.« Ich hielt dem Mädchen mit den Pausbacken meine Hand hin. »Hey, ich bin übrigens Mackenzie. Ihr geht also auch zum Konzert?«

»Elodie, freut mich«, entgegnete sie freundlich und schüttelte meine Hand. »Ja, wir haben allerdings nur Karten für Sitzplätze in der letzten Reihe bekommen. Na ja, besser als gar keine.«

»Und ich bin Adaline.«

»Wollt ihr euch zu uns in die Schlange stellen? Ich glaube, das Ende ist ganz weit dort hinten.« Elodie wies mit dem Finger in die entgegengesetzte Richtung und schaute sich um.

»Echt nett, danke, aber wir müssen zu einem Eingang auf der anderen Seite.«

Adaline verdrehte die Augen und stieß mich mit dem Ellenbogen an. »Mackenzie hat ihre Connections spielen lassen, und jetzt dürfen wir in diesen abgesperrten VIP-Bereich direkt vor der Bühne.«

Hitze stieg mir in die Wangen.

Während Elodie die Augen aufriss und ihr Kiefer herunterklappte, zog Brody skeptisch die Augenbrauen zusammen und stöhnte leise auf.

Ich zog die Schultern hoch, fühlte mich mit einem Schlag unwohl. Natürlich war ich Adaline nicht böse, dass sie einfach so herausposaunte, dass wir ganz spezielle Tickets hatten; immerhin war es kein Geheimnis. Allerdings behielt ich so was meist für mich, um nicht angeberisch zu wirken. Ich kannte viele Leute, die vor allem auf ihren diversen Social-Media-Kanälen damit hausieren gingen, wie toll ihr Leben doch war und was für Vorteile sie aufgrund ihres jeweiligen Status hatten. Und auch wenn sie es vielleicht nicht so meinten, fassten es einige Menschen als Prahlerei auf. Normalerweise war mir nicht wichtig, was Leute von mir dachten, aber ich wollte niemandem Anlass geben, mir den typischen Influencer-Stempel aufzudrücken und mir damit Überheblichkeit, Arroganz und Selbstverliebtheit zu unterstellen – und das obwohl wirklich viele Influencer dieses Klischee überhaupt nicht bedienten und echt bodenständig waren.

»Wie cool ist das denn?« Elodie schüttelte ungläubig den Kopf.

Meine Mundwinkel hoben sich. »Ja, ist tatsächlich ganz praktisch, hier und da jemanden zu kennen«, gab ich zu. Dann huschte mein Blick zu Brody, der die Hände in seinen Jackentaschen vergraben hatte und mich so intensiv musterte, dass sich sein Blick regelrecht in mich zu bohren schien.

Ich fragte mich, was er wohl gerade dachte. Auch wenn er eher herablassend und arrogant wirkte, konnte ich das Kribbeln, das durch meinen Körper wanderte, nicht unterdrücken. Offensichtlich war mir ganz und gar nicht egal, was er von mir hielt.

»Na dann, viel Spaß«, sagte er und nickte. »Wir sehen uns beim Dreh.«

Ich überlegte kurz, doch Adaline verabschiedete sich bereits und zog mich ein paar Schritte weiter. »So, und jetzt auf zum Backstage-Eingang!«

»Warte kurz«, sagte ich und hielt sie am Arm fest. »Lass mich nur schnell was abchecken, ja?«

Im nächsten Moment hatte ich mein Handy aus der Tasche gezogen und eine Telefonnummer angetippt. Nachdem ich mit Drew geschrieben und er uns auf die Liste gesetzt hatte, war das Management von Kendra Hills mit mir in Kontakt getreten. Sie hatten mir geschrieben, dass sie sich freuten, dass ich kommen würde, und ich mich melden sollte, falls ich noch irgendwelche Wünsche hätte. Im Gegenzug erwarteten sie ein paar Instagram-Storys vom Konzert. Da ich die sowieso geplant hatte, war das kein Problem für mich. Solche Deals gab es öfter; sie gehörten zu den Vorteilen meiner Reichweite dazu. Bei Events wurde ich in der Regel sogar dafür bezahlt, eine Art Gage, doch hier beim Konzert hatte ich so was überhaupt nicht erwartet, ich war einfach nur froh darüber, die Show sehen zu dürfen.

Am anderen Ende der Leitung meldete sich eine Frau.

»Hey, hier ist Mackenzie West, wir hatten vor ein paar Tagen telefoniert.«

»Ach, Mackenzie, ja klar, was gibt's? Seid ihr schon bei Drew?«

»Wir sind auf dem Weg, aber ich hätte spontan doch noch eine kleine Frage ... oder wohl eher eine Bitte.«

»Schieß los.«

»Gerade stehe ich mit einer weiteren Person auf der Liste, richtig?« Ich holte tief Luft. »Wäre es möglich, dass ich noch zwei Leute mitbringe? Wenn alles voll ist, ist das natürlich kein Problem, ich wollte nur mal fragen. Vielleicht kann man da ja was machen.«

Ich hörte ein Rascheln. »Gib mir 'ne Sekunde… Mhm… Moment… Okay, bist du noch dran?«

»Jap.«

»Du hast echt Glück, das geht klar. Ich schreib dich mit drei Leuten auf die Liste.«

»Aaah, wie cool! Tausend Dank, echt, das ist superlieb von euch. Dafür mache ich noch ein paar Extrastorys«, entgegnete ich und grinste bis über beide Ohren. Dann verabschiedete ich mich und verstaute mein Smartphone in der Tasche.

»Warum genau hast du das jetzt gemacht?«, fragte Adaline und lachte ungläubig.

»Wieso denn nicht?« Ich zuckte mit den Schultern. »Die beiden freuen sich bestimmt, und wenn ich schon Vorteile habe, dann sollten auch noch andere Leute davon profitieren, oder meinst du nicht?«

»Das ist löblich, Sweetie, und hat mit Sicherheit überhaupt nichts damit zu tun, wie du Brody die ganze Zeit angegrinst hast.«

»Niemals.« Jetzt musste ich auch lachen. »Na ja, aber so wie es aussieht, hat er ja sowieso eine Freundin. Da will ich nicht dazwischenfunken. Außerdem könnte ich niemals mit jemandem zusammen sein, der sich so überheblich verhält. Ne, ne.«

»Das mit der Freundin werden wir noch herausfinden. Und das andere lass ich mal unkommentiert.«

Ich schnaubte belustigt, dann hakte ich mich wieder bei ihr unter, und wir liefen die paar Meter zurück zu Brody und Elodie. Sie waren in der Schlange ein Stück vorgerückt, aber trotzdem nicht besonders weit gekommen.

Als wir neben ihnen stehen blieben, musste ich sofort lächeln. »Hey, wollt ihr vielleicht mit uns kommen?«

Brody zog skeptisch die Augenbrauen zusammen, doch bevor er etwas sagen konnte, sprudelte Elodie heraus: »Meinst du, mit euch nach hinten? Backstage? Erste Reihe? Nein, oder?«

»Ich darf noch zwei weitere Leute mitbringen. Habt ihr Lust?«

»Ja!«

»Warte mal«, entgegnete Brody und fuhr sich über seinen Bart. »Das können wir nicht von dir erwarten. Danke für das Angebot, aber ich halte das für keine gute Idee.«

»Brody, hast du gesoffen? Lass uns mitgehen, komm schon!« Als Elodie ihn an den Schultern packte und schüttelte, fingen Adaline und ich an zu lachen.

Brody überlegte. Dabei huschte sein Blick für einen Moment zu meinen Augen.

Mir blieb die Luft weg. Alles in mir zog sich zusammen. Doch als ich daran dachte, dass das Mädchen womöglich seine Freundin war, verspürte ich einen leichten Stich in der Brust.

»Okay, wenn du unbedingt willst und das für Mackenzie in Ordnung geht«, brummte er und zuckte mit den Schultern. »Dann können wir von mir aus mitgehen. Wenn es sein muss.«

»Yes! Danke, großer Bruder.«

Großer Bruder? Gut, damit hatten wir die Sache wohl geklärt. Elodie war nicht Brodys Freundin, sondern seine Schwester, von der er am Montag sogar noch erzählt hatte. Sie wohnte und studierte hier in der Nähe. Auch wenn sie sich nicht besonders ähnlich sahen, ergab das zumindest einen Sinn. Aber änderte das etwas? Sah ich Brody jetzt anders? In meinem Kopf schwirrten viel zu viele Gedanken umher.

»Danke nicht mir, sondern Mackenzie.« Dann nickte er mir über den Kopf seiner Schwester hinweg zu.

»Kein Thema«, entgegnete ich, als Elodie mir überschwänglich um den Hals fiel.

Da wir mit dem ganzen Hin und Her ein wenig die Zeit vertrödelt hatten, mussten wir uns nun beeilen, um rechtzeitig zum Treffpunkt mit Drew zu kommen. An der Absperrung zum Backstagebereich nannte ich dem Mitarbeiter unsere Namen. Er sah im System nach und ließ uns nach kurzer Zeit eintreten.

Ein paar Meter vor uns befand sich eine dunkle Stahltür, vor der ich Drew stehen sah, der, aufgeregt winkend, auf mich zugelaufen kam. Seine blonden Haare hatte er nach hinten gegelt; er trug einen grauen Jogginganzug und um den Hals ein Band mit einem Anhänger, auf dem das Wort *Crew* zu lesen war.

»Schön, dich zu sehen«, sagte ich und schloss ihn in die Arme. »Das hier sind Adaline, Elodie und Brody.«

»Toll, dass es geklappt hat!« Drew begrüßte alle, dann forderte er uns auf, ihm zu folgen.

Wir durchquerten eine riesige Halle, die wie eine Tiefgarage wirkte und durch eine Tür mit einem langen Flur verbunden war. Weiße Wände, graue Böden, grelles Licht – wohin das Auge auch reichte, alles sah gleich aus. Überall Türen und weitere Flure, die sich kreuzten. Ein wahres Labyrinth, wenn man sich nicht auskannte. Mit meinem Orientierungssinn wäre ich hier allein komplett aufgeschmissen gewesen. Dauernd hetzten Leute von der Produktion an uns vorbei, in Räume hinein und wieder heraus, in ihre Headsets murmelnd und mit angespannten Gesichtszügen.

Nach ein paar Minuten, in denen Drew uns etwas über das Tourset und die Proben erzählt hatte, führte er uns in eine Halle, in der ein Büfett mit Essen und Getränken aufgebaut war. Davor standen einige Tische und Stühle, auf denen bereits ein paar Mitarbeiter saßen, aßen und sich unterhielten.

»Alles klar, ich muss wieder nach hinten und mich vorbereiten. Kurz vor der Show hole ich euch und bringe euch nach vorn zur Bühne, okay? Solange könnt ihr hier einfach chillen und was essen. Bis später!« Dann spurtete er davon.

Mit ein paar schnellen Schritten standen wir am Büfett, holten uns ein paar Snacks und ließen uns an einem der leeren Tische nieder. Adaline neben mir, Brody und Elodie uns gegenüber. Ich nahm einen Schluck Wasser und biss dann von einem Karamell-Schokoriegel ab. Adaline und Elodie unterhielten sich über ihre Lieblingssongs von Kendra Hills, während Brody sich zurücklehnte und mich nachdenklich ansah.

»Heute den Salat gegen Schokolade getauscht?« Seine rechte Augenbraue zuckte herausfordernd nach oben.

»Sieht ganz danach aus.«

»Dabei dachte ich, Fitness-Influencerinnen ernähren sich nur von Grünzeug und Chia-Samen.«

»Und ich dachte, überhebliche Kameramänner drehen Hollywoodfilme und keine glatt gebügelten Werbespots... mit Influencerinnen.« Ich fixierte ihn und biss noch mal von meinem Schokoriegel ab. Was er konnte, konnte ich schon lange. Wären wir am Set gewesen, hätte ich mich zurückgehalten, um professionell zu bleiben, doch das hier war kein Set, es hatte nichts mit meiner Arbeit zu tun. Hier und jetzt konnte ich sagen, was ich dachte, ohne mich zurücknehmen zu müssen.

Brodys Lippen öffneten sich ein Stück, er gab keinen Ton von sich, starrte mich nur entgeistert an.

Eins zu null für mich.

Ich konnte ihm ansehen, dass er über meine Worte nachdachte und vielleicht nach einer passenden Antwort in den Tiefen seines Hirns suchte. Mal sehen, ob ihm was Gutes einfiel oder ob er einfach nur aufs Neue meinen Job verteufeln würde.

Einige Augenblicke später atmete er mit einem Seufzen aus. Die Arroganz, die sich zuvor noch in seinem Gesicht gespiegelt hatte, war einem weicheren Ausdruck gewichen. »Sorry... Das war... Mein Spruch war bescheuert.«

Er entschuldigte sich? Das war ja mal was ganz Neues.

»Schon okay. Immerhin bin ich nichts anderes von dir gewohnt.«

»Was?« Elodie bedachte Brody mit einem vorwurfsvollen Blick. »Mackenzie ist supernett, Brody, wehe du bist noch mal fies zu ihr. Nur wegen ihr sitzen wir gerade im Backstagebereich.«

Ich schnaubte belustigt, während Brody die Arme vor der Brust verschränkte und einen beinahe trotzigen Gesichtsausdruck aufsetzte. »Okay, okay, hab's kapiert«, entgegnete er zerknirscht und fuhr sich mit einer Hand über den Nacken. Er sah mich an. »Tut mir leid, wenn ich beim Dreh ein bisschen übers Ziel hinausgeschossen bin.«

Und noch eine Entschuldigung? Was zur …?

Ich musterte ihn misstrauisch, doch es wirkte, als ob er es ehrlich meinte. Vielleicht hatte es ja was gebracht, ihm den Spiegel vorzuhalten und aufzuzeigen, dass er sich wie ein hirnverbrannter Vollpfosten benommen hatte.

»Keine Angst, so was verdirbt mir nicht die Laune. Der Dreh hat trotzdem Spaß gemacht.«

»Gut. Wir haben ja auch noch ein paar vor uns, bei denen wir uns nicht an die Gurgel gehen sollten.« Ein kleines Lächeln zupfte an seinen Mundwinkeln.

»Wird kein Problem sein, solange wir uns professionell verhalten, denke ich.«

Er nickte und faltete seine Hände, legte sie auf dem Tisch ab, als er sich nach vorn lehnte. »Darin bist du ja geübt. Im Ja und Amen sagen, meine ich.«

»Na ja, mir ist nun mal wichtig, den Job perfekt zu machen und einen guten Eindruck zu hinterlassen. Das ist meine Karriere, für die ich alles geben will, um niemanden zu enttäuschen. Blanks bezahlt mich gut, und dafür tu ich eben, was von mir erwartet wird.«

»Also ist das nichts Besonderes für dich, sondern auch nur einer von deinen vielen glamourösen Aufträgen, die dich reich machen und bei denen du schön in die Kamera lächelst?«

»Nö, wenn es nach dir geht, soll ich ja gar nicht in die Kamera schauen«, spielte ich auf seinen Kommentar vom Dreh an und zuckte schmunzelnd mit den Schultern.

Brody verdrehte die Augen. Doch dieses Mal wirkte die Geste nicht so überheblich, wie sie es bisher immer getan hatte, sondern eher amüsiert. Fast schon belustigt. »Gut aufgepasst.«

»Abgesehen davon, ist das eine echte Chance für mich und eben nicht nur irgendeine Kooperation, bei der ich wie ein Dummchen in die Linse grinsen muss. Es ist einfach schön, dass es in erster Linie um mich als Tänzerin geht. Nicht um das ganze Fitnesszeug, sondern um meine Leidenschaft. Es fühlt sich gut an, dafür gebucht zu werden und das zu tun, wofür mein Herz schlägt.«

»War das sonst nicht der Fall?«

»Nicht wirklich. Anfangs, vor ein paar Jahren, vielleicht, aber irgendwann habe ich dann eher diese ganze Fitness-Beauty-Richtung eingeschlagen, und niemand hat sich mehr fürs Tanzen interessiert. Manche meiner Kooperationspartner hatten nicht mal eine Ahnung, dass ich eigentlich Tänzerin bin. Gut, dadurch habe ich auch die Chance auf tolle Zusammenarbeiten bekommen, ich will mich also nicht beschweren. Nur merke ich jetzt, wo ich so viel Spaß bei der Arbeit und auch in der Tanzschule habe, dass mich dieses Leben, das ich führe, immer mehr vom Tanzen wegführt. Na ja, und deshalb ist diese Kampagne was Besonderes für mich.«

Eigentlich hatte ich Brody gar nicht so viel erzählen wollen, immerhin kannten wir uns nicht richtig. Aber er schien auf einmal richtig aufzutauen und interessiert, und ich wollte ehrlich sein.

»Verstehe«, murmelte er. »Dann ist es nachvollziehbar, dass dir das alles so wichtig ist.«

»Dir ja offenbar nicht ganz so, oder?« Ich grinste.

»Doch, doch. Werbedrehs sind vielleicht nicht das, was ich mir für mein Leben vorgestellt hatte, aber ich stehe ja noch ganz am Anfang. Und außerdem muss ich zugeben, dass es hin und wieder auch Spaß macht.«

»Ach, echt?«

»Aber verrate es nicht meinen ehemaligen Uni-Dozenten.«

Ich lachte, woraufhin auch er ein Lächeln nicht unterdrücken konnte.

»In der Uni war Brody einer der Besten in seinem Jahrgang«, schaltete sich Elodie ein und warf ihrem Bruder einen Seitenblick zu. »Seine Kurzfilme waren besonders gut.«

»So habe ich dich eingeschätzt, Turner«, grunzte Adaline amüsiert und zwinkerte ihm zu.

»Wow«, entgegnete ich und nickte anerkennend. »Dann muss es ja fast eine Qual sein, solche Werbevideos zu drehen. Noch dazu mit einer stumpfsinnigen Fitness-Influencerin. Ist mir ein Rätsel, wie du das durchhältst.«

»Ganz genau! Nein, Spaß beiseite, die Produktion ist echt cool. Herausfordernd. Allein schon die Aufnahmen mit Bewegung, und dass die Outfits gut in Szene gesetzt werden. Ich lerne viel dazu, was ich sowieso immer gut finde. Irgendwie glaube ich, dass ich ein kleiner Learnaholic bin. Ich bin schon fast süchtig danach, neue Sachen zu lernen, und das tu ich bei dem Projekt definitiv.«

Von Minute zu Minute wirkte Brody sympathischer, auch wenn ich dem Braten noch nicht ganz traute. Aber es machte Spaß, sich mit ihm zu unterhalten.

»Dann bin ich mal gespannt, wie die nächsten Drehs werden und vor allem wie die Aufnahmen aussehen.«

»Das werden die besten Videos sein, die dir in deinem Leben unterkommen«, entgegnete er gespielt ernst und entlockte mir damit ein Schmunzeln.

»Hey, sagt mal, habt ihr alle Schokoriegel weggefuttert?«, kam es von Adaline, und ich zuckte ertappt zusammen.

»Möglicherweise.«

»Und wenn Elodie nicht aufpasst, esse ich ihren Vorrat auch noch weg«, sagte Brody grinsend.

»Wehe!« Sie boxte ihren Bruder gegen die Schulter, woraufhin dieser seine Arme um sie legte und ihr einen Kuss auf die Schläfe drückte.

Wir alberten noch eine Weile herum, bis uns Drew schließlich abholte und durch weitere Gänge bis in die Konzerthalle führte.

Es war so voll, dass ich nahezu keinen freien Platz mehr entdecken konnte, überall kreischten Menschen, und im Hintergrund spielte ein DJ Hip-Hop. Auf eine

Vorband wurde heute anscheinend verzichtet, dafür würde Kendra Hills schon in etwa zwanzig Minuten die Show eröffnen.

»Alles klar, hier lang und der Absperrung nach. Dort vorn könnt ihr euch dann überall aufhalten«, sagte Drew mit leicht gestresstem Unterton.

»Vielen, vielen Dank, Drew. Ich freu mich schon auf das Konzert und dich da oben zu sehen.« Ich nickte mit dem Kopf in Richtung Bühne, dann drückte ich ihn noch mal, bevor er wieder verschwand.

Brody, Adaline und Elodie folgten mir an der Absperrung entlang in den Bereich direkt vor der Bühne, der für uns und noch einige andere Leute vorgesehen war.

»Oh Gott, ich kann es nicht fassen«, murmelte Elodie und stellte sich ganz nach vorn an das Gitter, während sich Brody ein paar Meter hinter sie an die Absperrung lehnte und die Arme vor der Brust verschränkte.

Mein Blick huschte noch mal zu ihm, bevor ich mich umdrehte, mein Handy zückte und ein paar Aufnahmen von Adaline und mir machte, wie wir zur Musik hin und her tänzelten, um es dann in meine Story zu posten.

Nicht mal eine halbe Stunde später eröffnete Kendra die Show und performte einen Song nach dem anderen, während ich aus dem Grinsen gar nicht mehr herauskam. Ich postete immer wieder ein paar Ausschnitte des Konzerts in meine Instagram-Story und markierte Kendra und ihr Management darin. Die meiste Zeit musste ich allerdings tanzen, da führte kein Weg dran vorbei. Die Musik floss durch meine Glieder, ich konnte gar nicht stillstehen, musste mich die ganze Zeit bewegen, bis mir feine Schweißtropfen an der Schläfe hinunterrannen. Adaline ging es nicht anders. Wir fühlten die Songs, sangen unsere Lieblingsstellen mit und feierten zusammen diesen wunderschönen Abend, der wohl eins meiner Highlights aus der Zeit in New York sein würde. Elodie kam aus dem Staunen gar nicht mehr raus, sie tanzte manchmal mit uns, dann stand sie wieder vorn am Bühnenrand, um Kendra so nahe wie möglich zu kommen.

Alle paar Songs linste ich über die Schulter, um zu sehen, was Brody gerade machte. Die meiste Zeit stand er da, schaute sich die Show an und nickte mit dem Kopf im Takt der Musik. Doch in den Momenten, in denen er bemerkte, dass meine Aufmerksamkeit auf ihm lag, veränderte sich etwas in seinen Augen. Immer, wenn sich unsere Blicke trafen, zuckten Blitze durch meinen Körper.

Dann war das Konzert zu Ende, und wir standen wieder draußen auf dem Bürgersteig. Menschenmassen marschierten an uns vorbei auf direktem Weg zur Subway oder zum nächsten Taxi und grölten dazu Songs von Kendra.

Mittlerweile war es später Abend. Normalerweise hätte ich mich auf dem schnellsten Weg in mein Bett begeben, doch das Hoch des Konzerts, die Woge des Glücks und all die Emotionen, die mich in den letzten drei Stunden übermannt hatten, ließen mich nicht los. Ich wollte nicht, dass dieser Abend endete. Nicht jetzt. Nicht hier.

Während wir ein paar Schritte die Straße entlangschlenderten, vergrub ich die Hände in den Taschen meiner Hemdjacke und überlegte. Elodie und Adaline sangen einen der Songs und kicherten, und neben mir lief Brody, der über die Gesangskünste seiner Schwester schmunzeln musste.

»Hey, Leute, auf einer Skala von eins bis zehn, wie müde seid ihr?«, rief ich plötzlich und blieb stehen, woraufhin die anderen sich umdrehten.

»Eine solide Vier. Nicht mehr«, sagte Adaline, und Elodie entgegnete: »Maximal sechs, tendenziell eher eine Fünf.«

»Und du?«, wandte ich mich an Brody.

Er überlegte kurz. »Sechs.«

»Sehr gut«, sagte ich und setzte mein nicht vorhandenes Pokerface auf. »Ich habe da nämlich eine Idee.«

KAPITEL 10

»Hey, Adaline, siehst du den älteren Mann dort mit der Mütze?« Ich deutete mit einem Nicken zur nächsten Ecke der 7th Avenue, die ein paar Meter vor uns lag. »Wenn ich du wäre ...«

»Untersteh dich, West!« Adaline funkelte mich an.

»... dann würde ich jetzt zu dem Kerl hingehen, mir eine der Tulpen schnappen, die er im Arm hält, sie zwischen meine Zähne klemmen und mit ihm eine Runde Tango tanzen.«

Adaline entfuhr ein Ächzen. »Aber nur, wenn du für die musikalische Untermalung sorgst.«

Glucksend legte ich ihr eine Hand auf die Schulter. »Das mache ich *wirklich* gerne.«

»Was wird das denn?«, fragte Elodie mit verwirrtem Gesichtsausdruck, und auch Brody sah irritiert zwischen Adaline und mir hin und her.

»Lasst euch überraschen.«

Während wir an den Gebäudefassaden entlangliefen und den Leuten auswichen, die uns entgegenkamen, scrollte ich durch die Musik-App meines Handys und suchte ein klassisches Tango-Lied. Adaline fluchte die ganze Zeit über leise vor sich hin und schüttelte den Kopf.

Langsam, aber sicher näherten wir uns unserem Ziel oder eher: Adaline ihrer Beute. Ein kleiner älterer Mann mit dunkelblauer Mütze und brauner Jacke stand etwa fünf Meter entfernt von uns, einen Strauß Tulpen unter den Arm geklemmt, und wippte zur Musik, die aus den Lautsprechern der Bar drang, die hinter ihm die Türen geöffnet hatte.

»Ich bring dich um«, zischte Adaline und versuchte, ihr Grinsen zu unterdrücken, dann straffte sie die Schultern und schüttelte ihre Glieder noch mal aus, bevor sie sich an den Mann heranpirschte.

Wir folgten ihr langsam, und ich wartete nur darauf, dass sie mir ein Zeichen gab, die Musik zu starten. Etwas fies war die Aufgabe schon, aber hey, sie konnte es nicht im Ansatz mit denen aufnehmen, die wir uns früher gestellt hatten. Als ich an meinen Sprint auf dem Kassierband eines Supermarkts denken musste, entfuhr mir ein amüsiertes Grunzen.

Brody und Elodie standen neben mir, beide nach wie vor sichtlich verwirrt, während Adaline im nächsten Moment den Kerl von der Seite ansprach. Ich konnte nur Wortfetzen wie »Tanz Ihres Lebens«, »Tango-Weltmeisterin« und »eine Nacht, die Sie nie vergessen werden« aufschnappen und spürte, wie mein Körper vor unterdrücktem Lachen bebte.

Der Mann nickte überrumpelt.

Dann schnappte sich Adaline eine der Tulpen, klemmte

sie zwischen ihre Zähne und wandte sich noch mal zu mir um. Mit einem Zwinkern signalisierte sie mir, dass sie bereit für die heiße Tanznummer war, und ich drückte auf Play. Rasch drehte ich die Lautstärke auf und trat ein paar Schritte näher an sie heran, als schon das Bandoneon ertönte.

Ganz selbstbewusst hielt Adaline ihre Hände in die Höhe, und der Mann legte seine Blumen auf dem Sicherungskasten neben sich ab. Dann ging er mit meiner Freundin in Tanzposition. Soweit ich wusste, hatte Adaline in ihrem Leben noch nie einen Tango aufs Parkett gelegt, weshalb das, was wir hier zu sehen bekamen, umso witziger war. Komplett überfordert, folgte der Mann mit der Mütze ihrer Führung, während Adaline wie eine Stierkämpferin über den Bürgersteig marschierte. Die Passanten um uns herum blieben stehen und grölten, feuerten die beiden an und pfiffen.

Jetzt konnte ich mich nicht mehr zusammenreißen. Lachen brach aus mir heraus, bis Tränen meine Wangen hinunterliefen. Elodie klatschte vergnügt in die Hände und gluckste, und Brody grinste breit.

Als Adaline mit ihrer Performance fertig war und die Tulpe völlig zerstört auf dem Boden vor sich hin vegetierte, verbeugte sie sich zu allen Seiten, während die umstehenden Menschen applaudierten. Ihr Tanzpartner grinste und winkte ab. Und nur wenige Momente später verabschiedete sich Adaline mit einem tiefen Knicks von ihm und kam dann strahlend zurück zu uns gelaufen.

»Ich bin beeindruckt«, sagte ich und verstaute mein

Handy in der Tasche. »Ohne Witz, ich hab dir die Tango-Weltmeisterin richtig abgekauft.«

Adaline lachte außer Atem. »Das hoffe ich doch. Wer ist jetzt dran?«

»Wow, halt mal…« Brody hob abwehrend die Hände. »Erst mal will ich wissen, was genau das für eine Aktion war.«

»Das erzählen wir euch auf dem Weg«, entgegnete Adaline und setzte sich in Bewegung.

Wir folgten ihr.

»Auf dem Weg? Wohin?«

»Zur besten Nacht deines Lebens.« Ich grinste ihn an, und er schüttelte ungläubig den Kopf, wobei seine Lippen ein kleines Lächeln umspielte. Davon wollte ich mehr sehen. Mehr von den Lachfältchen rund um seine Augen und von der lockeren Art, die hin und wieder zwischen den Rissen seiner verschlossenen Fassade aufblitzte.

Elodie hakte sich bei Brody unter. »Jetzt bin ich echt neugierig.«

»Früher, als ich noch in New York gewohnt hab, haben wir das Spiel ganz oft gespielt: Wenn ich du wäre, würde ich jetzt… zum Beispiel einen Lapdance für die Statue da vorn tanzen«, klärte ich die beiden auf. »Da ich gerade Adaline eine Aufgabe zugewiesen habe, darf sie mir im Anschluss keine stellen, höchstens später am Abend mal, sonst schaukelt sich das zu schnell zu krass hoch, glaubt mir. Nichts ist übler als die teuflische Rache, die man während des Spiels nehmen will.« Mir entfuhr ein Lachen. »Na ja, und wenn man die Aufgabe verweigert,

146

dann verliert man. Und das will niemand. Ihr müsst unbedingt mitspielen.«

Brody runzelte nachdenklich die Stirn. »Und was muss der Verlierer machen? Gibt ja nicht so viel, was schlimmer sein könnte, als eure hirnverbrannten Aufgaben zu befolgen.«

»Hey, du wirst sehen, wenn wir jetzt weitermachen, wird es superwitzig. Lass dich einfach darauf ein. Wir spielen nur um die Ehre… und manchmal vielleicht noch darum, wer den nächsten Drink ausgibt.«

»Wer gibt mir eine Aufgabe?«, fragte Elodie.

»Das kann ich machen. Ich hab auch schon eine Idee, aber dafür brauchen wir Gras.« Als Brody und Elodie Adaline verwirrt ansahen, fügte sie hinzu: »Um Gottes willen, ich meine eine Wiese, Rasen, dieses grüne Zeug, das die Kühe fressen.«

»Wir könnten die paar Stationen zum Central Park fahren«, schlug ich vor, und die anderen willigten ein.

Knapp zwanzig Minuten später, Elodie hatte sich auf dem Weg noch eine Pizza geholt, enterten wir den Central Park, der um diese Uhrzeit viel ruhiger war als tagsüber. Nur vereinzelt begegneten uns Menschen, während wir die Steinstatuen, Bänke und Denkmäler passierten, vorbei an hohen Bäumen, die das Grün des Parks vom Grau der Stadt abschirmten.

Elodie mümmelte fröhlich ihre Pizza, bis Adaline plötzlich mit dem Finger nach vorn zeigte. »Elodie, wenn ich du wäre, dann würde ich jetzt da auf die Wiese sprinten und eine Gymnastik-Kür abliefern, mit der du die Olympiade gewinnen könntest.«

»Oh.« Elodie ließ ihr Pizzastück zurück in den Karton sinken. »Ich war in Sport auf der Highschool eine echte Niete und hab mich immer krank gestellt. Außerdem ist mein Magen jetzt voll. Aber was sein muss, muss sein. Brody, halt mal.« Mit diesen Worten drückte sie ihrem Bruder den Pizzakarton in die Hand, band sich ihre hellbraunen Haare zu einem Zopf und hüpfte zur Wiese, die verlassen vor uns lag.

Brody schüttelte amüsiert den Kopf und folgte mit uns zusammen seiner Schwester, die bereits drauf und dran war, einen Flickflack zu probieren.

»Wenn ich mir das Genick breche, seid ihr schuld.«

Wir lachten, als sie schließlich anfing, einen Sprung nach dem anderen zu vollführen, Purzelbäume zu schlagen und wie ein kleiner Käfer über die Wiese zu kullern. Als Nächstes brach sie sich einen Zweig von einem Busch ab und fuchtelte wild damit in der Luft herum, verwendete ihn wie bei einer Art Bändertanz und steigerte sich immer weiter in ihre Rolle als Olympiasiegerin hinein.

Adaline kreischte vor lauter Begeisterung und rannte zu ihr aufs Gras.

»Und jetzt bist du dran«, forderte ich Brody auf.

»Was? Ne, ne, ne.«

»Komm schon, das wird witzig!«

»Ich pass lieber auf, dass sich nicht wirklich jemand das Genick bricht. Im Notfall kann ich dann noch den Krankenwagen rufen, während ihr hier den nächsten Regentanz aufführt.«

Ich lachte, und unsere Blicke trafen sich. Er hielt meinen fest, bis mein Herz immer schneller gegen meinen Brustkorb trommelte.

»Dann gib du mir wenigstens eine Aufgabe.«

»Lass mal. Das wäre unfair, ich spiele doch gar nicht mit.«

Alles, was ich wollte, war, diesen Kerl aus der Reserve zu locken. Hinter diese Mauer aus Verschlossenheit zu blicken, wo etwas verborgen lag, da war ich mir sicher. Lebensfreude. Der Wille, sich zum Deppen zu machen und darüber zu lachen. Das waren doch die Momente, an die man zurückdachte, wenn man mit siebzig in einem Schaukelstuhl saß und seinen Enkeln von der wilden Zeit erzählte, die hinter einem lag.

»Dann übernehme ich das«, rief Elodie, und ich fuhr herum, als sie atemlos auf uns zugelaufen kam. »Wenn ich du wäre, Mackenzie, dann würde ich wie ein kleines Kätzchen da vorn aus der Fontäne des Steinbrunnens trinken.«

»Wow, das ist echt eklig.« Adaline lachte hämisch. »Aber für den Tango, den ich tanzen musste, kann sie das ruhig mal machen.«

»Okay, okay, nichts leichter als das«, entgegnete ich und zwinkerte Elodie zu.

Der Brunnen war zum Glück nicht besonders groß, sodass ich nicht hineinsteigen musste; stattdessen konnte ich mich am Rand abstützen und so den Wasserstrahl erreichen. Ich strich die Haare über meine Schultern nach hinten und verdrängte den Ekel, der in mir aufstieg. Es hätte mich nicht gewundert, wenn ich morgen mit Magenproblemen aufwachte. Aber da musste ich jetzt durch und in den sauren Apfel – na ja, wohl eher in den hoffentlich sauberen (haha, dass ich nicht lachte) Wasserstrahl – beißen. Augen zu und durch. Ich stützte mich am rauen Stein ab und schlürfte wie ein kleines Kätzchen das Wasser, das eiskalt aus der Fontäne schoss. Wenige Sekunden später zog ich mich wieder zurück und wischte mit dem Ärmel meiner Jacke über meinen Mund. Es schüttelte mich. Irgendwie hatte es nach einer Mischung aus verrottetem Obst, Laub und toten Menschen geschmeckt. Nicht, dass ich schon mal an einer Leiche geleckt hatte. Aber so stellte ich mir das definitiv vor.

»Und war's lecker?«, fragte Brody mit einem leichten Grinsen auf den Lippen, als ich zurück zur Gruppe kam.

»Klar, ausgezeichnet.« Ich spitzte die Lippen, schaute nachdenklich in die Luft und tat so, als ob ich einen Wein verkostete. »Guter Jahrgang, modrig im Abgang. Nur zu empfehlen.«

»Hast auch so ausgesehen, als ob du es genießt«, bemerkte Adaline mit einem amüsierten Schnauben. »Und was machen wir jetzt?«

Wir spazierten langsam weiter.

»Ich bin ja dafür, dass mein großer Bruder sich auch mal beteiligt.«

»Gute Idee«, entgegnete Adaline, doch Brody brummte nur ein »Später vielleicht«.

»Es ist in Ordnung, wenn du nicht mitmachen willst«, sagte ich und blieb stehen. Sein Blick huschte über mein Gesicht und blieb an meinen Augen hängen. Ich legte den Kopf schief. »Aber weißt du was, es wird dir echt viel Spaß machen, *mir* eins reinzuwürgen. Also los, überleg dir was für mich. Egal, was.«

Seine Augen verdunkelten sich, während er überlegte. Ich beobachtete ihn, jede seiner Bewegungen und jeden seiner Atemzüge, bis er endlich etwas sagte. »Na schön. Wenn du darauf bestehst, will ich dich nicht enttäuschen.«

»Natürlich nicht.« Ich funkelte ihn frech an.

»Mackenzie, wenn ich du wäre…« Ohne mit der Wimper zu zucken oder das Gesicht zu verziehen, starrte er mich herausfordernd an. »Dann würde ich jetzt ein Foto mit Elodies Pizza machen, es auf Instagram posten und dazu schreiben, dass du von morgens bis abends das und nichts anderes isst.«

Tracy würde bestimmt nicht begeistert sein, aber um es Brody zu zeigen, nahm ich das in Kauf. Rasch holte ich mein Handy aus der Tasche und hielt es ihm hin. »Machst du das Foto, oder soll ich die Mädels fragen?«

Er schmunzelte. »Ich mach das.« Dann nahm er das Handy entgegen und gab mir im Tausch den Pizzakarton.

»Fitness-Influencerin auf Abwegen«, kommentierte Adaline lachend und schaute mir zu, als ich auf einer Holzbank unter einer Laterne Platz nahm und den Karton neben mich legte.

Rasch schnappte ich mir eins der fettigen Stücke und biss ab. »Okay, jetzt bin ich gestärkt, kann losgehen!«

Brody öffnete die Kamera-App und schoss ein paar Fotos, während ich mit dem Stück posierte, grinste und genüsslich hineinbiss.

Nach zwei, drei Minuten war das Bild im Kasten, und Brody händigte mir mein Smartphone wieder aus. Ich scrollte durch die Fotos und suchte eines heraus, das ich schnell mit meinem liebsten Farbfilter versah und ein wenig aufhellte, bevor ich Instagram öffnete, um es zu posten. Ich überlegte kurz, dann tippte ich drauflos. Nach einigen Minuten war das Werk vollbracht.

»Wer das Geheimnis ewiger Jugend und Schönheit kennen will: Pizza«, las ich meine Beschreibung vor und versuchte, dabei ernst zu bleiben. »Jeden Tag mindestens drei davon. Morgens eine mit viel Nuss-Nugat-Creme und Marshmallows, mittags mit jeder Käsesorte, die sich finden lässt, und abends knallt ihr eine ordentliche Ladung Gemüse drauf. Glaubt mir, jahrelange Erfahrung! Ich ernähre mich von nichts anderem, und manchmal esse ich sogar noch eine zusätzlich zum Dessert. Jetzt ist es raus, Shoutout an alle Pizzabäcker dieser Welt! #pizzaismyboyfriend #beautysecret #nocheesenomackenzie«

Ich blickte vom Display auf. Elodie und Adaline krümmten sich bereits vor Lachen, während Brody mich mit offenem Mund anstarrte. Damit hatte er wohl nicht gerechnet.

»Passt das so, Chef?«

Er räusperte sich. »Ich hätte es nicht besser machen können. Kann raus.«

Zufrieden nickte ich, dann tippte ich auf das kleine Symbol in der Ecke, und zwei Sekunden später waren Foto und Text in meinem Instagram-Feed zu finden. »Erledigt.«

Auf Brodys Gesicht regte sich etwas. Wo eben noch Undurchsichtigkeit vorgeherrscht hatte, fing seine Fassade jetzt an zu bröckeln, und zum Vorschein kam ein Ausdruck, der mir Hitze durch die Glieder schickte. Selbst im Dunkel der Nacht konnte ich das Glitzern in seinen Augen erkennen, das mir entgegenfunkelte.

»Und wann bekomme ich meine Aufgabe?«

Entgeistert glotzte ich ihn an. »Wie, du willst jetzt doch?«

»Dein Kampfgeist hat mich motiviert.« Er zuckte mit den Schultern und fuhr sich mit einer Hand durchs Haar und über den Bart. »Na los, was soll ich machen?«

Ich schüttelte den Kopf. »Du hast mir eine gestellt, laut der offiziellen Verordnung des obersten Gerichtshofs darf ich dir also keine Gegenaufgabe stellen.«

»Wir können gerne eine Ausnahme machen«, schaltete sich Adaline ein und zwinkerte mir zu. »Wir wissen von nichts, wenn ihr es nicht weitersagt, oder Elodie?«

»Meine Lippen sind versiegelt.«

»Na dann«, sagte Brody und hob herausfordernd das Kinn. »Was hast du zu bieten, Mackenzie West, Fitness-Influencerin auf Abwegen?«

Was war denn in den gefahren? Ungläubig schüttelte ich den Kopf, auch wenn ich mich insgeheim über seinen Sinneswandel freute.

»Lass mich überlegen.« Dann hatte ich einen Geistesblitz, doch ich versuchte, mein Pokerface zu wahren. »Brody, wenn ich du wäre, dann würde ich dort auf den Baum klettern und wie Tarzan höchstpersönlich herumschreien.«

Er fuhr sich mit beiden Händen übers Gesicht. »Oh Mann, was mache ich hier eigentlich?« Dann lief er los zu einem der Bäume mit vielen breiten Ästen, von denen einige nur knapp einen Meter über dem Boden hingen. Falls er herunterfiel, würde er sich also zumindest nicht das Genick brechen.

Während Brody den Stamm hochkletterte, hüpfte Elodie in seine Richtung; Adaline und ich folgten ihnen.

Es war absolut absurd. Der arrogante Kameramann, der plötzlich zu Tarzan mutierte? Ich konnte noch nicht richtig glauben, dass Brody das gerade wirklich durchzog, nachdem er sonst immer so ernst wirkte.

»Er guckt dich ganz schön oft an«, flüsterte Adaline.

»Meinst du?« In meinem Magen flatterte etwas.

»Könnte meine Lieblingssneakers darauf verwetten, dass er auf dich steht.«

Ich grinste. »Keine Ahnung, wir werden sehen.«

Im nächsten Augenblick erklang ein tiefer, durchdringender Schrei. Brody saß auf einem der Äste und jodelte, wie Tarzan es nicht besser gekonnt hätte; bis das Krakelen in ein Lachen überging.

»Reicht das?«

Bevor ich ihm antworten konnte, kam mir Adaline zuvor: »Nein, bitte noch mal.« Und als er erneut anfing zu schreien, sagte sie schnell: »Wenn ich du wäre, Mackenzie, würde ich jetzt zu ihm auf den Baum klettern und seine Jane spielen.«

»Das meinst du nicht ernst.« Mir entfuhr ein gequältes Stöhnen. »Irgendwann kommst du in die Hölle, das weißt du hoffentlich.«

»Dank mir später«, sagte sie lachend, als ich die Augen verdrehte und die paar Schritte zum Baum lief.

Der Ast, auf dem Brody saß, befand sich glücklicherweise nicht allzu weit oben. Die trockene Rinde kratzte an meiner Haut, als ich mich mit einigen Griffen nach oben hangelte und mich neben ihn setzte.

Ich ließ die Beine baumeln, während ich mir einen Zweig aus dem Haar pfriemelte, der sich dort verfangen hatte. Hier oben war es noch viel ruhiger; nur hier und dort hörte ich etwas knacken, von dem ich hoffte, dass es nicht der Ast war, auf dem wir saßen.

»Was machst du denn hier?«

»Adalines Aufgabe für mich.«

Brody musste schmunzeln und richtete den Blick nach unten. »Hoffentlich springen die beiden nicht auch noch auf den Ast, sonst liegen wir ganz schnell da unten auf dem Boden.«

Ich lachte. »Netter Tarzan-Ruf übrigens. Besser als das Original.«

»Danke, ich hab mein Bestes gegeben.«

»War nicht zu überhören.« Ich hob fragend eine Braue. »Woher kam der plötzliche Sinneswandel?«

Er zuckte mit den Schultern, und ich verlagerte mein Gewicht ein wenig, um ihm näher zu sein. Unwillkürlich umspielte neben der holzigen Note des Baumes und der Blätter auch sein typischer Duft meine Nase. Wie ein Urlaub am Meer, den man so schnell nicht mehr vergaß.

»Nachdem ich gesehen habe, wie viel Spaß ihr habt, wollte ich nicht länger der Spielverderber sein.«

»Gute Entscheidung«, sagte ich lachend.

»Hey, kommt ihr mal wieder runter, oder wollt ihr euch dort im Baum ein Nest bauen und Eier legen?«, scholl Adalines Stimme plötzlich in unsere Richtung, und ich zuckte zusammen.

Brody schmunzelte. »Sind schon auf dem Weg.« Dann warf er mir einen Blick zu, und ich hielt ihn fest. »Hat mich gefreut, mir mit dir einen Ast zu teilen, Mackenzie West.«

Ich lächelte, wollte gerade noch etwas erwidern, doch da war Brody schon vom Ast gesprungen und auf der Wiese gelandet. Gerne hätte ich mich noch länger allein mit ihm unterhalten, aber das musste ich wohl auf einen späteren Zeitpunkt verschieben.

Rasch folgte ich ihm, um gemeinsam mit ihm, Adaline und Elodie die Nacht ausklingen zu lassen. Eine Nacht, die ich so schnell nicht vergessen würde.

KAPITEL 11

»Normalerweise ist hier um diese Zeit immer echt viel los, aber für die nächsten zwei bis drei Stunden gehört die Aussicht nur uns.« Mia klopfte mir ermutigend auf die Schulter, bevor sie durch die gläserne Drehtür nach draußen trat.

Ich wusste nicht, ob ich weinen oder lachen sollte. Meine Knie zitterten, und mein Bauch rebellierte. Unter normalen Umständen hätten mich keine zehn Pferde auf die Aussichtsplattform *Edge* des 30 Hudson Yards gebracht. Schon seit meiner Kindheit hatte ich unglaubliche Höhenangst. Keine Ahnung, wieso, aber sie war nun mal da. Was für eine Ironie, dass der heutige Dreh mit Blanks auf einer 336 Meter hohen Freiluftplattform stattfand und unter dem Motto »Through dancing I feel fearless« stand. Furchtlos würde ich gleich wohl nicht mehr sein. In letzter Minute war der Dreh noch hierher verlegt und ich vor vollendete Tatsachen gestellt worden. Eigentlich wäre die Location eine andere gewesen, wo ich kein Problem mit der Höhe gehabt hätte, aber das hier … das brachte mich von einer Sekunde auf

157

die andere an meine Grenzen. Beziehungsweise würde ich im Laufe des Tages vermutlich weit über diese hinauswachsen müssen. Aber das gehörte zu meinem Job. Ich musste mich zusammenreißen und das Beste daraus machen. Verdrängung half doch irgendwie immer, oder? Zumindest hoffte ich es.

Ich trat nervös von einem Bein aufs andere und vergrub die Hände in der Bauchtasche des schwarzen Kapuzensweaters, den ich über einer dunkelroten Sportleggings trug. Mir wurde immer schlechter, während das Team bereits draußen war, um alles für den Dreh vorzubereiten.

Augen zu und durch, dachte ich und atmete möglichst kontrolliert aus, um mich zu beruhigen.

So schlimm kann es nicht werden. Ich bin ja nicht in Lebensgefahr oder muss mich vom Gebäude abseilen.

Mit Beinen wie aus Pudding und einem Herzen, das fast explodierte, betätigte ich die schmale Drehtür aus Glas und trat vorsichtig auf die graue Steinplattform. Ein Schwall kühle Luft schlug mir entgegen und wirbelte meine geglätteten Haare auf.

Wow.

Auch wenn ich nicht so gut mit Höhe klarkam, musste ich zugeben, dass das hier einfach nur unglaublich war. Die ganze Plattform war wie ein großes Dreieck geformt, das vor mir mit seiner spitzen Außenkante geradewegs in den Himmel zu ragen schien. Hier, vom Westen Manhattans aus, konnte man durch die dicken Glasscheiben über den Hudson River bis nach New Jersey schauen. Irgendwo hatte ich mal gelesen, dass man bis zu hundertzwanzig Kilometer weit blicken konnte. Wolkenkratzer, wohin das Auge reichte. Der Financial District, Manhattan, die Brooklyn Bridge, das One World Trade Center. Komplette Reizüberflutung. Ich wusste gar nicht, wohin ich zuerst gucken sollte. Je weiter ich von den Scheiben entfernt war, desto besser, obwohl die nicht mal das größte Problem darstellten. In meinem Apartment hatte ich schließlich auch überall Fenster, die vom Boden bis zur Decke reichten, und solange ich nicht direkt davor stand, war auch alles in Ordnung. Allerdings gab es hier zu allem anderen Übel einen kleinen Glasboden, der sich in der Mitte der Plattform befand, genau dort, wo ich die nächsten zwei Stunden meine Choreo tanzen und dabei gefilmt werden sollte. Auf *Glas*. Okay, es war vermutlich ziemlich dick, aber dennoch… auf *Glas*! Im hundertsten Stock. Neunundneunzig Etagen unter mir. Freier Fall auf Wolkenkratzer, die mich aufspießen würden, wenn ich durch den Boden brach.

Ich schüttelte mich, um den Gedanken an einen Mackenzie-Schaschlik-Spieß aus dem Kopf zu bekommen. Nein, nein, nein, darüber würde ich jetzt nicht nachdenken.

Ich zog die Schultern hoch und lief ein paar Schritte auf die anderen zu. Während Mia hinter einem Monitor stand und mit Josh und Liza sprach, stellten Brody und Alfred ihre Kameras ein. Der Wind wirbelte Brodys dunkle Haare durcheinander, und durch die kühle Luft hatte er leicht gerötete Wangen.

»Alles in Ordnung? Du bist ein bisschen blass. Josh, da muss mehr Bronzer her!«, wandte sich die Regisseurin mir zu, als ich bei ihnen ankam. In ihrem Dutt steckten heute Holzspieße, die mich an chinesische Essstäbchen erinnerten, aber durch ihren eleganten Anzug wirkte trotzdem alles stimmig.

»Klar, mir geht's gut.« Mit einer raschen Handbewegung winkte ich ab und versuchte, nicht auf den Glasboden zu schauen, der ein paar Meter von uns entfernt lag. Die helle Nachmittagssonne blendete mich etwas. Beim Meeting hatten wir besprochen, dass wir gegen Nachmittag anfangen und bis in den Sonnenuntergang hinein filmen wollten. Dann würden wir verschiedene Aufnahmen haben, und Brody konnte im Schnitt schauen, welches Licht am besten passte.

Nach dem gestrigen Abend im Central Park mit Elodie und Adaline hatten Brody und ich uns heute bei Blanks wiedergesehen, wo sich die ganze Crew getroffen hatte, um gemeinsam an den Drehort zu fahren. Da er die meiste Zeit mit Alfred und ich mit Mia gesprochen hatte, hatten wir noch kein einziges Wort miteinander wechseln können. Was sich bald ändern würde, denn in diesem Moment kam er zusammen mit Alfred auf uns zu. Unter der hellen Jeansjacke trug er einen grauen Sweater und dazu eine schwarze Jeans und Vans in derselben Farbe.

»Mackenzie, kannst du mal kommen? Wir wollen ein paar Einstellungen ausprobieren.«

Ich stellte meinen schwarzen Rucksack neben Mias Sachen ab und lief zu den Jungs. Mit jedem Schritt wurde mir mulmiger zumute. »Wohin soll ich?«

Alfred bastelte noch am Gimbal herum, während

Brody mir einen Platz auf dem Glasboden zeigte, wo ich mich hinstellen sollte.

Mein Herz pochte immer schneller, und ich versteifte mich. Dennoch zwang ich mich zu einem Lächeln.

»In die Mitte, bitte«, sagte Brody, ohne den Blick vom Display seiner Kamera zu lösen, als ich am Rand der Glasfläche stehen blieb.

Reiß dich zusammen, du schaffst das, feuerte ich mich stumm selbst an und setzte langsam einen Fuß vor den anderen, bis ich schließlich im Zentrum des Glasdreiecks stand. Einen Teufel würde ich tun und jetzt nach unten blicken.

Fokus auf die Kamera, Mackenzie!

»Okay, super, kannst du mal ein paar Schritte durchgehen?« Er blickte von dem kleinen Bildschirm auf und hob erwartungsvoll die Augenbrauen.

Ich straffte meine Schultern, dann deutete ich vorsichtig die Choreo an, die ich in den vergangenen Tagen zusammengestellt hatte.

»Von mir aus können wir loslegen«, rief Brody Mia zu, als er mit seinen Einstellungen fertig war.

Mein Herz raste. Gleich würde es losgehen. Ich trat vom Glasboden und fühlte mich für die nächsten Minuten zumindest ein bisschen sicherer. Da ich mich zuvor schon etwas aufgewärmt hatte, sprang ich jetzt nur ein paarmal auf und ab und stretchte noch mal kurz meine Muskeln, damit ich mich nicht verletzte. Anschließend checkten Liza und Josh Haare, Make-up und Outfit, bis sie, zufrieden nickend, zur Seite traten.

Und dann ging es los.

Die ersten paar Durchgänge waren Müll. Das konnte ich definitiv besser, doch ich bekam einfach nicht aus dem Kopf, wo ich mich gerade befand. Ich musste funktionieren und meinen Job machen. Also kniff ich die Arschbacken zusammen und versuchte, das Nichts unter mir auszublenden. Die Schritte zu tanzen konnte mich aber auch nicht ablenken.

»Mackenzie, alles in Ordnung? Was ist denn heute los mit dir?«, kam es von Mia.

Mit klopfendem Herzen winkte ich ab. »Al... Alles gut!«

»Okay, dann noch ein Durchgang, bitte.«

Vor lauter Angst musste ich mich regelrecht dazu zwingen, mich zu bewegen. Mein ganzer Körper fühlte sich starr und verkrampft an, trotzdem ließ ich mir nichts anmerken. Na ja, ich versuchte es zumindest. Immerhin wollte ich meine schwache Leistung nicht mit meiner Höhenangst rechtfertigen, sondern alles geben. Auch wenn mir das von Minute zu Minute schwerer fiel. Mit jeder Pause, in der ich den Blick zufällig gen Boden wandte, wurde mir übler. Meine Beine zitterten. Als ich dann auch noch mitten in einer Schrittfolge den Fehler machte, nach unten zu sehen, war es gelaufen. Von einer Sekunde auf die nächste drehte sich alles. Mir wurde schwindelig. Blut rauschte in meinen Ohren. Bis ich plötzlich Brodys Stimme hörte.

»Können wir kurz eine Pause machen? Ich müsste für die nächsten Aufnahmen was mit Mackenzie besprechen.«

»Aber nur kurz, wir haben nicht mehr allzu viel Zeit, bis die Sonne untergegangen ist.«

Aus den Augenwinkeln sah ich, wie sich die anderen ein Stück entfernten, also trat ich mit wackeligen Beinen vorsichtig vom Glas und stützte mich auf meinen Oberschenkeln ab. Ich schloss die Augen und versuchte, die Übelkeit zu verdrängen, die in mir aufstieg. Mit jeder Sekunde wurde das Rauschen schwächer, doch gut ging es mir noch lange nicht. Auf die anderen wirkte ich vermutlich nur ausgepowert. Nach all den Durchgängen auch kein Wunder.

»Wasser?«, hörte ich eine tiefe Stimme neben mir.

Ich öffnete flatternd die Augen und richtete mich vorsichtig auf. Dann nahm ich die Flasche entgegen, die Brody mir hinhielt, und trank ein paar große Schlucke. Die kalte Flüssigkeit rann meine Kehle hinunter und half zumindest etwas gegen die Übelkeit.

»Danke.« Selbst meine Stimme zitterte. Ich räusperte mich und versuchte, nicht zu hektisch ein- und auszuatmen.

»Geht's dir gut?« Brody furchte die Stirn. »Oder ist das nur die Anstrengung? Ein paarmal musst du noch ran.«

»Mir war nur etwas schwindelig, aber jetzt ist es schon besser.«

»Passiert dir das häufiger?«

Ich seufzte und biss mir auf die Lippe. »Ich habe ein bisschen Höhenangst, das ist alles.«

»Definiere ›ein bisschen‹.«

»Ziemlich starke Höhenangst. Dieser Boden, der ist … der ist echt die Hölle. Aber sag den anderen nichts, ich will das hier einfach nur hinter mich bringen und einen guten Job machen. Kein Grund zur Beunruhigung.«

Sorge zeichnete sich auf seinen kantigen Zügen ab, während er die Hände in die Hüften stemmte. »Na ja, wenn du uns hier aus den Latschen kippst und so blass aussiehst wie Dracula, ist es gar nicht mal so einfach, nicht beunruhigt zu sein.«

Ich rang mir ein Lächeln ab. »Wie gesagt, passt schon. Wir ziehen das jetzt noch durch, und dann halte ich mich bis auf Weiteres von solchen Aussichtsplattformen fern.«

»Erst mal solltest du langsamer atmen und nicht wie kurz nach einem Marathonlauf.«

Erst jetzt merkte ich, dass ich offenbar kurz vor dem Hyperventilieren stand. Ich fixierte einen Punkt in der Luft und versuchte, meine Atmung unter Kontrolle zu bringen. Was mir absolut misslang.

Verdammte Höhenangst!

»Okay, wow, ganz ruhig«, sagte Brody und legte mir eine Hand auf die Schulter. »Immer mit der Ruhe. Dir passiert nichts, klar? Also ganz langsam, siehst du, so ...« Zur Veranschaulichung atmete er gleichmäßig ein und aus und blickte mir dabei fest in die Augen.

Ich tat es ihm vorsichtig nach.

»Besser?«

»Ein wenig. Aber es fühlt sich immer noch alles ganz taub an, und, ehrlich gesagt, hoffe ich, dass der Dreh bald vorbei ist. Ich weiß nicht, wie lange ich es noch auf dieser Glasfläche aushalte.« Ich seufzte. »Aber egal, ich krieg das hin. Ich muss mich nur zusammenreißen und darf mir nichts anmerken lassen.«

Brody legte den Kopf schief. »Und wie genau stellst du dir das vor?«

»Ich weiß es nicht. Ich muss da einfach durch, schätze ich.«

»Pass auf, guck mich mal an«, sagte er leise, aber bestimmt, und ich suchte seinen Blick. Seine Augen halfen mir, zur Ruhe zu kommen. Der warme Ausdruck, der darin lag, ließ mich daran glauben, dass alles gut werden würde. »Wenn du nur zu mir schaust, nur zur Kamera, dich nicht auf den Boden unter dir konzentrierst, sondern auf mich, dann schaffst du das.«

»Aber ich dachte, ich soll nicht in die Kamera ...«

»Ach, vergiss das. Manchmal wirft man Pläne über den Haufen. Deine Gesundheit geht vor. Am liebsten würde ich den Dreh gleich abbrechen, aber uns fehlen leider noch ein paar Aufnahmen.« Er schenkte mir ein Lächeln, das in meiner Brust etwas flattern ließ. »Okay?«

»Okay. Das könnte funktionieren.«

»Das *wird* funktionieren, vertrau mir.« Ohne meinen Blick loszulassen, nahm er mir die Flasche wieder aus der Hand und reichte sie Alfred, der sie wegstellte, während ich zurück auf die Glasfläche trat.

Der Dreh ging weiter. Ich dachte nicht darüber nach, worauf ich gerade tanzte. Stattdessen sah ich die ganze Zeit nur zu Brody. In seine blaugrünen Augen und die Hoffnung, die darin lag. Ich versuchte, alles auszublenden, was sonst um mich herum oder unter mir passierte.

Nach einer weiteren halben Stunde nickten sich alle bestätigend zu, und ich atmete erleichtert aus, als Brody mir zuzwinkerte und den Daumen reckte.

Völlig benebelt, war ich einfach nur froh, diesen Dreh hinter mir zu haben. Doch meine Beine fühlten sich immer noch an wie frisch gekochter Pudding, und auch die Übelkeit kehrte zurück, als ich neben mir auf den Boden blickte. Gerade als ich das Gefühl hatte, mein Brustkorb würde zerspringen, spürte ich eine Hand an meiner Taille.

»Hier geht's lang«, flüsterte Brody und schob mich langsam in die andere Richtung, weg vom Glasboden und der Tiefe unter meinen Füßen. Er strahlte eine unfassbare Wärme aus, die ich in den Tagen, seit ich ihn kannte, noch nie an ihm bemerkt hatte.

»Danke, Brody. Das hättest du echt nicht tun müssen.«

»Ich weiß. Aber ich hab's gerne getan.«

Am liebsten hätte ich mich in diesem Moment an ihn geschmiegt, um Halt zu suchen und zu finden. Doch alles, was ich tat, war, vorsichtig einen Fuß vor den anderen zu setzen, bis wir bei Liza und Josh ankamen. Sie packten gerade ihre Utensilien zusammen und unterhielten sich über eine Party, die am Wochenende stattgefunden hatte. Als sie zu mir sahen, löste Brody seine Hand von meiner Seite, lächelte mir noch mal zu und lief davon.

»Guter Dreh«, sagte Liza und spielte an ihren riesigen Kreolen herum. »Wenn du magst, kannst du das Outfit direkt anlassen. Du bekommst sowieso jedes Set mindestens einmal für dich, und du meintest ja, dass du nicht mehr mit uns zurück ins Büro fährst, oder?«

»Okay, dann behalte ich es an. Nee, ich komme nicht mehr mit, das Apartment liegt nur ein paar Straßen entfernt, und ihr müsst in die ganz andere Richtung. Ich laufe einfach die paar Minuten.«

»Perfekt!«

Auch wenn ich bereits die letzten Stunden an der frischen Luft verbracht hatte, würde mir der kleine Spaziergang nach Hause guttun. Zumal er nicht in luftigen Höhen stattfinden würde...

Ich nickte freundlich, dann lief ich rüber zu meinem Rucksack. Mit leicht zitternden Fingern griff ich hinein, angelte nach meinem Handy und checkte schnell, was ich in den letzten Stunden verpasst hatte.

Einige Nachrichten von Adaline, meinen Eltern und Benachrichtigungen aus Apps. Dazwischen elf unbeantwortete Anrufe meiner Managerin. Bereits heute Morgen hatte sie versucht, mich zu erreichen, doch ich hatte wegen des Trainings und Drehs keine Zeit gehabt, mit ihr zu sprechen.

Ehe ich das Smartphone wieder sperren und in meiner Tasche verstauen konnte, fing es wie wild an zu vibrieren. Vor Schreck ließ ich es fast fallen, fing es aber in letzter Sekunde noch ab, bevor es auf den Boden knallen konnte.

Tracy. Da der Dreh vorbei war, konnte ich den Anruf genauso gut gleich entgegennehmen.

Ich tippte auf das grüne Symbol und hielt mir den Hörer ans Ohr.

»Hey, Tracy, alles klar?«

»Mackenzie, endlich erreiche ich dich!«

»Sorry, ich war heute Morgen trainieren, und gerade hatte ich noch den Dreh mit Blanks. Was gibt's?«

»Was es gibt? Das fragst du nicht ernsthaft, oder?«

Ich schluckte und sah mich um. Alfred, Liza und Josh

verabschiedeten sich mit einem Nicken. Ich hob kurz die Hand, um zurückzuwinken, und lief ein paar Schritte am Gebäude entlang, um außer Hörweite der anderen zu sein. »Was ist los?«

»Was war das für eine Aktion mit deinem komischen Pizza-Posting gestern? Ist dir eigentlich bewusst, was das für deine Karriere heißt?«, fuhr sie mich an.

»Das war ganz spontan, Tracy. Ich hatte Spaß und habe ein Bild dazu gepostet. Das gehört zu meinem Leben. Wo ist das Problem?«

»Na, das kann ich dir sagen, Schätzchen.« Ihre Stimme troff vor Überheblichkeit, und mir drehte sich erneut der Magen um – diesmal hatte die Übelkeit allerdings nichts mit meiner Höhenangst zu tun. »Du bist verdammt noch mal Fitness-Influencerin. Denkst du, du kannst dieses Scheiß-Fast-Food posten und dann noch davon ausgehen, dass eine Sportmarke mit dir kooperieren will? Du weißt doch, dass ungesundes Essen auf deinem Account tabu ist.«

»Beruhig dich, es ist nur eine Pizza, die keinem was zuleide tut…«

»Spar dir deine dämlichen Witze. Lösch das auf dem schnellsten Weg, sonst tu ich es.«

Ich biss auf der Innenseite meiner Wange herum. »Ja… ähm ja, okay, ich gucke, dass ich den Post später rausnehme.«

»Es steht noch die Kooperation mit dem Abnehm-Shake aus; ich muss mich jetzt richtig ins Zeug legen, damit die nach dieser Aktion keinen Rückzieher machen.«

»Ein Abnehm-Shake? Dein Ernst?«

»Klar, die zahlen super.«

Ich straffte die Schultern und holte tief Luft. Bisher hatten mir die Jobs, die Tracy für mich herausgesucht hatte, in der Regel gefallen beziehungsweise war nichts dabei gewesen, was ich wirklich ablehnte. Aber ich wollte keine Werbung für etwas machen, das ich nicht unterstützte. »Ich will das nicht machen, und ich will auch keinen Menschen dazu bringen, sein Aussehen oder Gewicht infrage zu stellen. Jeder ist schön, so wie er oder sie ...«

»Bla bla bla, Body Positivity und der ganze Mist, kennen wir bereits. Wach bitte auf, Mackenzie. Der Deal ist super. Für dich würden dabei hunderttausend Dollar rausspringen.«

»Und wenn sie mir eine Million bieten, meine Antwort bleibt Nein. Ich könnte das niemals verantworten.«

Mein Management hatte mir immer tolle Chancen geboten, doch das hier ging definitiv zu weit. Produkte zum Abnehmen hatten absolut nichts mit meiner Leidenschaft zu tun und genauso wenig mit den Werten, die ich vertrat. Immerhin nahm ich mit meinem Account durchaus Einfluss auf jüngere Menschen, die nicht wussten, dass ich hier nur einen Job machte, eine Rolle spielte. Womöglich kauften die meinetwegen dann tatsächlich solchen Mist. Nein, da würde ich nicht mitmachen.

»Denk doch mal an deine Karriere, Schätzchen. Wenn du anfängst, solche Angebote abzulehnen, stehst du bald vor dem Aus. Das war's dann mit den hübschen Gagen, und irgendwann wird gar nichts mehr rumkommen. Und deine Tanzerei wird dir auch nicht viel bringen, wenn kein Hahn mehr nach dir kräht. Wer will schon gefallene und verbrauchte Influencer-Sternchen täglich am Hungertuch nagen sehen? Absolute Irrelevanz von heute auf morgen, so sieht deine Zukunft aus, wenn du dich weiter so anstellst.«

Ich ballte meine freie Hand zur Faust, immer fester, und spürte, wie sich meine Fingernägel in meine Handfläche bohrten. »Ich will das aber nicht machen.«

»Es geht doch nicht nur darum, was du willst – das Leben ist kein Wunschkonzert«, sagte sie mit einem zynischen Lachen. »Du musst mir vertrauen, dass wir als dein Management die richtigen Deals für dich an Land ziehen, und dich an die Regeln halten. Bisher war das nie ein Problem. Ohne uns wäre der top Deal mit Blanks niemals zustande gekommen; beziehungsweise hätten die dir nicht mal die Hälfte der Kohle gezahlt.«

»Tracy … Geld ist nicht alles, okay? Wenn ich eine Pizza statt eines Abnehm-Shakes posten will, dann ist das mein gutes Recht.«

Ich fuhr mir mit der flachen Hand übers Gesicht und ließ mich langsam an der Wand entlang auf den Boden sinken. Aus den Augenwinkeln sah ich, wie Brody ein paar Meter von mir entfernt stand und an der Kamera herumspielte; dennoch konnte ich erkennen, dass er mein Gespräch mit halbem Ohr belauschte. Er hatte die Augenbrauen zusammengezogen und die Lippen aufeinandergepresst. Wie viel hatte er gehört?

»Dein gutes Recht? In unserem Vertrag ist aber ein bisschen was anderes festgehalten. Mackenzie, es ist wirklich wichtig, dass du dich an unsere Absprachen hältst. Wir stecken viel Arbeit und Energie in deinen Markenaufbau; das kannst du nicht aus einer Laune heraus mit einem spontanen Posting von einer Minute auf die andere kaputtmachen. Wir hätten im Gegenteil jedes Recht, ernste Konsequenzen aus dieser Aktion zu ziehen… Ich sag's nur.«

»Komm schon, Tracy, das ist doch wohl ein Witz. Manche Kooperationen will ich einfach nicht machen. Ich bin ein Mensch, keine Maschine.«

»Wenn du noch mehr Pizza isst, bist du wirklich keine Maschine mehr, da hast du recht. Zumindest nicht in sportlicher Hinsicht…«

Mir klappte der Kiefer herunter. War das ihr Ernst? Durch meinen Kopf schossen Tausende Gedanken. Ich wollte das nicht tun. Es fühlte sich falsch an. Mehr als das.

»Also, noch mal ganz deutlich: Hör auf, so eine kindische Scheiße zu posten, sonst könntest du noch richtig Ärger bekommen, Mäuschen. Wir können auch ganz andere Saiten aufziehen. Wenn das so weitergeht, bleibt uns nichts anderes übrig, als dein Image wieder geradezurücken, damit du für den Abnehm-Shake werben kannst. Vielleicht verkuppeln wir dich endlich mal mit einem unserer anderen Influencer, der sich an unsere Abmachungen hält und schon mit der Firma kooperiert hat. Chad beispielsweise…«

Wütend erinnerte ich mich an die unzähligen Gespräche, in denen mir Tracy Chad, den sie ebenfalls managte, bereits hatte aufschwatzen wollen. Wirklich große Lust hatte ich nie auf die Aktion gehabt, auch wenn ich ihr das bisher vielleicht nicht so klar gesagt hatte. Sie war regelrecht darauf versessen, uns zusammenzubringen, um größere Deals an Land zu ziehen. Firmen kooperierten gerne mit Influencer-Pärchen, das war kein Geheimnis.

»Ich hab dir schon tausendmal gesagt, dass der super zu dir passen würde, Mackenzie. Lass es dir durch den Kopf gehen und melde dich gerne, falls du Fragen hast. Bis dahin mache ich die Verträge fertig.« Mit diesen Worten legte sie auf.

Ich konnte nicht fassen, was sie mir gerade alles an den Kopf geworfen hatte. So hatte ich Tracy noch nie erlebt. Sonst war sie immer nett und verständnisvoll gewesen (zumindest in den meisten Fällen), doch das gerade machte mich nur noch sprachlos. Wie konnte sie nur so fies sein? Ich hatte ihr vertraut, aber nach dieser Aktion war ich mir nicht mehr sicher, ob das so eine gute Idee war.

So blass ich vorhin gewesen war, so feuerrot schätzte ich meine Gesichtsfarbe nun ein. Wut brodelte in mir. Ich stellte meine Beine auf, stützte die Ellenbogen gegen die Knie, fuhr mir mit den Händen übers Gesicht und verharrte in dieser Position ein paar Minuten, bis ich Schritte hörte.

»Bist du okay?«

Alles an mir fühlte sich schwer an, trotzdem schaffte ich es irgendwie, meinen Kopf anzuheben und müde nach oben zu blinzeln. »Ja. Nein. Wie man's nimmt.«

Brody seufzte, dann ließ er sich vor mir auf die Knie sinken. »Hast du Anschiss wegen der Pizza bekommen? Hat sich zumindest so angehört.«

Ich nickte. »Meine Managerin hat mir einen Vortrag darüber gehalten, kein Fast Food zu posten … Stattdessen soll ich Werbung für Abnehm-Produkte machen. Das kann sie allerdings vergessen, die hat doch einen Schaden!«

»Tut mir echt leid. Verdammt, und ich bin schuld daran.«

»Blödsinn. Es war meine Entscheidung, das Bild zu posten. Und ganz ehrlich, ich verstehe nicht, warum sie so einen Aufriss deswegen macht. Es ist nur eine Pizza.«

»Hätte ich dir die Aufgabe nicht gestellt, hättest du es nicht gepostet.«

»Red nicht so einen Quatsch. Ich bin schließlich keine zwölf mehr und kann selbst entscheiden, was ich für richtig und was für falsch halte. Also spar dir das.«

»In Ordnung.« Er heftete seinen Blick auf mich und gab mir das Gefühl, dass er mich ernst nahm. »Das lässt sich doch sicher irgendwie wieder einrenken. Es gibt immer eine Lösung. Für jedes Problem.«

»Ich weiß es nicht. Ich weiß nur, dass ich nicht weiter über Tracy – das ist meine Managerin – nachdenken will. Genauso wenig wie über die Tatsache, dass wir uns immer noch 336 Meter über dem Boden befinden.«

Brody musterte mich prüfend, bis er sich erhob und mir eine Hand hinstreckte. Auf seinen Lippen lag ein Lächeln. »Na komm. Das kriegen wir hin.«

KAPITEL 12

»Hast du Hunger?« Mit den Händen in den Taschen seiner Jeansjacke, den schwarzen Rucksack auf dem Rücken, lief Brody neben mir den Bürgersteig entlang. Das Hupen von Autos hallte, gemischt mit Musik, die aus einigen Läden und Restaurants drang, durch die Luft.

Ich überlegte. Mir war immer noch ein wenig flau. Teils von der Höhe, teils vom Telefonat mit Tracy. »Nicht so richtig.«

»Der kommt schon noch«, sagte Brody. »Wir können doch in weiser Voraussicht jetzt schon mal was holen und dann später essen, wenn du Hunger hast. Du hast doch sicher eine Mikrowelle, oder?«

»Eine Mikrowelle?« Ich stutzte.

»Na, ich bring dich nach Hause, was dachtest du denn?«

Unsere Blicke trafen sich, und ich zog unhörbar die Luft ein. »Du musst das aber nicht tun, weil du dir die Schuld für die Pizza-Aktion gibst.«

Er schüttelte amüsiert den Kopf. »Schon okay, daran

liegt's nicht. Nicht nur. Immerhin wärst du eben fast aus den Latschen gekippt.«

»Aber nur fast«, sagte ich schmunzelnd.

»Natürlich. Aber wer weiß, ob du nicht noch einen Rückfall erleidest, und dann bist du nicht allein.«

Ein wohlig warmes Gefühl breitete sich in mir aus. Er wollte nicht, dass ich allein war. Vielleicht interpretierte ich da zu viel rein, aber in diesem Moment war ich wirklich froh, jemanden ... okay, *Brody* ... bei mir zu haben.

»Auf was hast du Lust?« Er sah mich von der Seite an. »Salat? Pizza?«

Ein gequältes Lächeln zog an meinen Mundwinkeln. »Darauf ist mir der Appetit vergangen.«

»Sorry, zu früh«, sagte er und hob entschuldigend die Hände. »Wollen wir da vorn was beim Chinesen holen?«

»Klar.«

Wir betraten den kleinen Laden und bestellten zwei Portionen gebratene Nudeln mit Gemüse, die uns der Verkäufer in eine Tüte packte und über die Theke reichte. Keine fünfzehn Minuten später standen wir vor meinem Wohngebäude.

»Hier lang«, sagte ich, als sich die Fahrstuhltüren auf der zwanzigsten Etage öffneten, und deutete den Flur entlang. »Da vorn ist es.«

Während ich den Schlüssel zückte und mich daranmachte, die Tür zum Apartment aufzuschließen, lehnte er neben mir an der Wand und beobachtete mich.

Seine Blicke auf mir zu wissen, ließ mein Herz ein wenig schneller schlagen. Ich konnte noch nicht so richtig einordnen, was das hier war. Doch jedes Mal, wenn er mich länger als eine Sekunde ansah, spürte ich etwas in meinem Magen flattern. Und mit relativ hoher Sicherheit konnte ich sagen, dass es kein Hunger war.

Im nächsten Moment öffnete ich die Tür und trat ein, betätigte kurz ein paar Lichtschalter und setzte den Rucksack an der Garderobe ab.

Brody folgte mir, schloss die Tür und sah sich neugierig um, während ich mich aus meiner Sweatjacke schälte und sie auf einen der Bügel hängte.

»Du kannst mir deine Jacke geben«, sagte ich und lächelte ihn an.

»Äh, ja ...« Er schüttelte leicht den Kopf. »Sorry, ich war nur etwas von der Aussicht abgelenkt.« Dann stellte er die Tüte mit unserem Essen auf der Kücheninsel ab und gab mir die Jacke.

»Es ist echt schön hier, vor allem wenn die Sonne untergeht. Aber den Moment haben wir wohl verpasst.« Ich hängte seine Jacke an der Garderobe auf und wählte auf meinem Smartphone eine Playlist mit ein paar gemischten Songs aus. Kurz darauf drang leise »Save Your Tears« von The Weeknd aus allen Ecken.

»Aber die Lichter der Skyline sehen auch echt krass aus. Macht es dir was aus, wenn ich kurz ein paar Aufnahmen mache?« Brody wandte sich zu mir um und hob fragend die Augenbrauen.

»Quatsch, mach ruhig.«

Er stellte seinen Rucksack neben der Kücheninsel ab und holte die Kameratasche hervor, packte sie aus und setzte die Objektivklappe ab. »Geht auch ganz schnell.« Mit großen Schritten näherte er sich der Fensterfront, durch die Manhattan im Dämmerlicht mit all seinen unendlichen Lichtern auszumachen war.

Ich lehnte mich gegen die Kücheninsel und beobachtete ihn, während er etwas an seiner Kamera einstellte, ein paar Testaufnahmen machte und wieder etwas umstellte. Die Konzentration stand ihm ins Gesicht geschrieben. Immer wieder filmte er neue Sequenzen und versuchte, die Kamera so still wie möglich zu halten. Das Gimbal und das andere sperrige Equipment hatte er nach dem Dreh den anderen mitgegeben, die wieder zurück ins Headquarter gefahren waren. Unter dem eng anliegenden grauen Sweater spannten sich seine athletischen Oberarme an. Ich fragte mich, ob er Sport machte. Er war kein Muskelprotz, aber nach allem, was ich bisher hatte erkennen können, dennoch definiert. So wie ich es am liebsten mochte.

Ich stieß mich von der Kücheninsel ab und ging zum Kühlschrank. Meine Kehle war staubtrocken. »Hey, willst du auch was trinken?«

Brodys Blick glitt zu mir. »Gerne.«

Ich legte den Kopf schief und musterte den Inhalt meines Kühlschranks. »Wasser? Coke?«

»Coke ist super«, entgegnete er und checkte seine Aufnahmen, während ich uns zwei Gläser einschenkte. Ich stellte sie neben ihm auf dem Esstisch ab und versuchte, einen Blick auf das Display zu erhaschen.

»Ist was Gutes dabei?«

Er wandte sich zu mir um und lächelte leicht. »Willst du mal schauen?«

Rasch nickte ich und trat ein Stück näher, um besser

sehen zu können. Sofort umspielte sein frischer und doch herber Duft meine Nase. Ein Geruch nach Urlaub, Sandstränden und Freiheit, von dem mir ganz heiß wurde. Von seinem Körper ging eine Wärme aus, die mich leise stockend ausatmen ließ.

Konzentrier dich auf die Videoaufnahmen, du elendiger Lustmolch!

Ich riss mich zusammen und richtete meine Aufmerksamkeit auf den kleinen Film, den Brody abspielte.

Er hatte es echt drauf. Die Kamerafahrt. Die Verlagerung des Fokus und das Lichterspiel am Horizont, das er unglaublich gut eingefangen hatte. Das hätte genauso auch aus einer Hollywoodproduktion stammen können.

»Wow, das sieht echt megagut aus«, sagte ich und trat einen Schritt zurück, als das Video zu Ende war. »Kein Wunder, dass Blanks dich für den Job ausgesucht hat, wenn bei dir sogar solche einfachen Aufnahmen oscarverdächtig aussehen.«

War das etwas zu dick aufgetragen? Und wenn schon, es stimmte nun mal.

»Du als Hollywoodstar musst es ja wissen«, sagte er mit einem schiefen Grinsen, schaltete die Kamera aus und legte sie auf dem Esstisch ab.

Herausfordernd hob ich eine Braue und schnappte mir mein Glas. »Wenn du mich wegen einer Rolle in einem mittelmäßigen Tanzfilm einen Hollywood-Star nennst, stelle ich deine Filmkenntnisse ernsthaft infrage.«

Er lachte und nahm sich sein Glas, trank einen Schluck und folgte mir zum Sofa, wo ich mich auf das beige Polster sinken ließ. Mit dem Rücken an der Armlehne zog ich die Beine in einen Schneidersitz.

»Machs dir bequem.«

Er nahm ein Stück von mir entfernt Platz und lehnte sich entspannt zurück, dann ließ er den Blick durch den Raum gleiten. »Bist du es gewohnt, in solchen Apartments zu wohnen?«

»Ich glaube, daran werde ich mich nie gewöhnen. Die meisten Firmen laden mich in ähnliche ein oder buchen mir krasse Hotelzimmer, und jedes Mal ist es ein total seltsamer Moment, eins von denen zu betreten.«

»Das erwartet man doch bestimmt von den Marken. Den ganzen Luxus. Deine Wohnung in L.A. sieht sicher ähnlich aus, oder?«

»Absolut nicht. Mein Apartment ist viel kleiner und gemütlicher, persönlicher eben. Ich brauche das alles nicht; von mir aus könnte ich auch bei Adaline auf einer Luftmatratze übernachten. Da hätte ich außerdem mehr Spaß als hier allein.«

»Ich bin davon ausgegangen, dass du hier Tausende Menschen kennst, die gerne mit dir abhängen würden«, murmelte er und fuhr mit seinem Finger den Rand seines Glases entlang. Sein Kiefer mahlte.

»Gibt bestimmt einige, aber das ist alles nicht so einfach. Klar, ich habe meine Clique, aber sonst ist das in meiner Position gar nicht so leicht. Menschen nutzen dich aus. Wenn ich neue Leute kennenlerne, weiß ich oft nicht, ob ich ihnen trauen kann oder nicht.« Ich seufzte. »Ich wurde zu oft enttäuscht; irgendwann hat man da keine Lust mehr drauf und wird vorsichtig.«

Sein Blick huschte zu mir und ließ mich nicht mehr los. Gänsehaut breitete sich auf meinen Armen aus. »Ach, und woher willst du wissen, dass du *mir* trauen kannst?«

»Wissen kann ich das nie.« Ich zwinkerte ihm zu, und er musste grinsen. »Du wohnst aber mit Olivia zusammen. Wenn du ein Arsch wärst, hätte sie dich schon lange rausgeworfen, da bin ich mir ziemlich sicher.«

»Hochkant durchs Fenster.« Brody schnaubte. »Und wie wurdest du enttäuscht? Also, falls du darüber sprechen willst...«

»Das Übliche. Leute, die sich mit mir anfreunden wollten, nur um Vorteile daraus zu ziehen. Typen, die mich gedatet haben, nur weil es ihnen ein paar Follower mehr brachte.« Ich zuckte mit den Schultern. »Das volle Programm.«

Er nickte. »Das tut mir leid für dich. Ich kann verstehen, dass man dadurch misstrauischer wird.«

»Man gewöhnt sich dran. Auch wenn das irgendwie ziemlich traurig klingt.« Ich lachte leise. »Aber das gehört wohl bei diesem Leben mit dazu.«

Er schien über meine Worte nachzudenken, während er sich mit seinen schlanken Fingern über den Bart fuhr. Den Blick hielt er dabei unaufhörlich auf mich gerichtet.

Kleine Schauer krochen mir die Wirbelsäule hinauf und hinterließen ein warmes Prickeln auf meinem ganzen Körper.

»Wolltest du das schon immer? Also dieses Leben, meine ich.«

»Nein, das war nicht geplant. Ich wusste ziemlich früh,

dass ich Tänzerin werden will, also Classes geben, Tanz-jobs annehmen und all das. Aber als ich vor ungefähr fünf Jahren angefangen habe, regelmäßig Tanzvideos auf YouTube und dann auch irgendwann auf Insta-gram zu posten, haben das echt viele Menschen gefeiert, und meine Reichweite ist superschnell gewachsen. Und dann kam mein Management auf mich zu und hat mir all diese Versprechungen gemacht, die richtig toll klan-gen.«

»Klangen? Ist es denn nicht toll?«

»Zu Beginn war es das schon.« Ich zuckte mit den Schultern. »Ich weiß auch nicht. Seit ich wieder hier bin, kommt es mir irgendwie vor, als ob die L. A.-Mackenzie eine andere ist als die New-York-Mackenzie. Nicht, dass ich mich absichtlich verstellen würde, aber ... vielleicht habe ich ein Stück von mir dort verloren. Und erst jetzt, wo ich wieder hier bin, wird mir klar, dass die ganze Zeit etwas gefehlt hat.«

»Hört sich an, als ob du eigentlich hierbleiben willst.«

Ich schluckte. »Nein, ich denke nicht. Mein Leben spielt sich dort ab.«

»Keine Ahnung, ob du schon mal davon gehört hast, aber es gibt so eine verrückte Erfindung, die nennt sich Umzug. Manche Menschen machen das, wenn sie sich an einem Ort nicht wohlfühlen, hab ich mal aufge-schnappt.« Er schmunzelte.

Auch wenn er damit recht hatte, konnte ich nicht in New York bleiben. Mein Management, meine Familie, mein Apartment – alles befand sich in Los Angeles.

»Meine Eltern und mein Bruder sind nur für mich

dorthin gezogen. Ich kann sie nicht einfach hängen lassen. Momentan wohnen sie sogar noch in einem Apartment ganz in der Nähe von meinem.«

»Momentan?« Er legte fragend den Kopf schief.

Ich lehnte mich vor und stützte das Kinn in meine Handfläche. »Ähm, ja. Noch. Mal sehen, was die Zukunft bringt.«

»Dann wollen sie umziehen?«

»Wahrscheinlich.« Ich hielt inne. Solche Dinge erzählte ich nicht vielen Menschen, aber bei Brody hatte ich das Gefühl, dass er es verstehen und nicht seltsam auffassen würde. »Ich zahle das Schulgeld meines Bruders und spare ansonsten den Großteil meiner Honorare. Es ist schon gut was zusammengekommen, sodass ich meinen Eltern was zurückgeben kann. Ich will ihnen bald … Na ja, ich würde ihnen einfach gerne ein kleines Haus kaufen, weißt du? Nichts Riesiges oder Protziges. Darauf stehen sie nicht. Aber sie sind damals extra meinetwegen quer durchs ganze Land gezogen, haben ihre Jobs hinter sich gelassen und sich an der Westküste neue gesucht, die weniger gut bezahlt sind. Meine Mom ist Lehrerin, und mein Dad arbeitet im Vertrieb. Es reicht ihnen zum Leben, aber sie haben schon immer von einem Haus mit Garten geträumt, und diesen Traum würde ich ihnen gerne erfüllen. Nicht mehr lange, dann habe ich das Geld zusammen. Das ist der Hauptgrund, warum ich mir das alles überhaupt antue. Ich will, dass es meiner Familie gut geht, dass mein Bruder Jamie eine tolle Ausbildung bekommt und sie glücklich sind.«

Brodys sanfter Blick ruhte auf mir. Auf jeder meiner Bewegungen. Als ob er meine Gedanken lesen wollte. Seine Lippen waren leicht geöffnet, während er mit seinen langen Fingern gegen sein Knie trommelte. Sonst regte er sich nicht. »Krass. Das ist heftig, Mackenzie. Deine Eltern müssen stolz auf dich sein. Ich glaube nicht, dass viele Leute so etwas tun würden.«

»Danke.« Mein Herz machte einen Satz. »Sie freuen sich sehr, auch wenn sie es eigentlich nicht annehmen wollen. Aber ich habe schon oft gesagt, dass ich ihnen so oder so ein Haus kaufen werde. Entweder sie suchen es sich selbst aus, oder ich übernehme das, schicke sie unauffällig übers Wochenende in den Urlaub und lasse ein Umzugsunternehmen alles erledigen.«

Brody lachte leise. »Das funktioniert ganz sicher. Im Zweifelsfall frage ich meinen Grandpa, ob er jemanden von der Mafia beauftragen kann, sie zu entführen. Dann sparst du dir das Geld für den Urlaub.«

Ein Grinsen stahl sich auf meine Lippen. »Dein Grandpa ist bei der Mafia?«

»Ursprünglich kommt er aus Italien, und vor ein paar Jahren hat er mal was in der Richtung angedeutet. Bis heute streitet er es ab, aber irgendwie glaube ich, dass ein Funken Wahrheit dran sein könnte. Vielleicht war es aber auch nur ein Scherz.« Er zog die Beine aufs Sofa und lehnte sich ein Stück vor, sodass wir uns ein wenig näher waren. Sein frischer Duft von Strand und Freiheit stieg mir in die Nase und hinterließ ein wohliges Gefühl in meiner Magengegend.

»Hört sich nach 'ner guten Alternative an, vielleicht

komm ich darauf zurück.« Ich zwinkerte ihm zu und grinste, woraufhin seine Mundwinkel nach oben zuckten. In seinen Augen funkelte etwas. Wie Sterne, die sich im Meer spiegelten.

»Mir ist meine Familie ähnlich wichtig wie dir. Für sie würde ich alles tun.«

»Vermisst du deine Eltern hin und wieder? Die leben doch in Connecticut, meintest du, oder?«

»Genau. Manchmal schon, ich hab mich mittlerweile daran gewöhnt, sie nicht mehr jeden Tag vierundzwanzig Stunden um mich zu haben; das ist schade und irgendwie auch ganz schön, weil man sich nicht so schnell nervt. Aber trotzdem bin ich froh, wenn wir uns alle paar Wochen sehen. Und seit Elodie in New York wohnt, ist zumindest ein bisschen Familie in der Nähe.«

»Trefft ihr euch oft?«

»Ungefähr einmal die Woche, manchmal auch nur alle zwei Wochen. Ihr Studium ist ziemlich zeitraubend, und ich arbeite viel.«

»Aber dein Job macht dir Spaß, oder? Was sagt deine Familie zu deiner Filmkarriere?«

Er lachte. »Noch stehe ich am Anfang. Aber bisher finden sie richtig gut, was ich mache. Meine Schwester ist sowieso mein größter Fan, und meine Eltern haben mich immer unterstützt. Sie möchten, dass ich meine Träume lebe. Dafür bin ich total dankbar, weil es ja auch viele Familien gibt, in denen das nicht so ist.«

»Das stimmt. Freut mich für dich, dass deine Eltern dich so unterstützen.« Ein Lächeln legte sich auf meine Lippen.

»Freut mich auch für dich.« Er erwiderte das Lächeln warm. »Hey, hast du jetzt eigentlich Hunger?«

»Ein bisschen … Na ja, genug, um die Nudeln zu verdrücken.« Grinsend stand ich auf und lief zur Kücheninsel.

Brody folgte mir und stützte sich mit den Unterarmen auf der Kücheninsel gegenüber von mir ab, während ich die Kartons aus der Tüte holte.

»Oh, guck mal, die haben uns zwei Glückskekse dazu gepackt.« Ich hielt sie hoch.

Brody strahlte. »Perfektes Dessert.«

»Was für ein Dessert? Die killen wir jetzt gleich! Ich liebe die Sprüche. Bisher standen da fast immer richtig schlaue Weisheiten drin.«

»Du willst den Keks vor den Nudeln essen?«

»Wenn du noch mal so eine unsinnige Frage stellst, verdrücke ich deinen noch dazu«, gab ich grinsend zurück.

Aus Brodys Kehle drang ein Glucksen. »Okay, okay, Krümelmonster, dann gib mal her.«

Ich warf ihm eine der goldenen Plastikverpackungen zu, und er fing sie auf, dann packten wir die Kekse aus und brachen sie auseinander. Während ich mir eine Hälfte in den Mund schob und den Zettel aus der anderen Keksseite zog, las Brody schon seinen Spruch vor.

»Das Leben meistert man lächelnd oder überhaupt nicht.«

»Na, wo der Keks recht hat, hat er eben recht.« Ich zuckte mit den Schultern.

Brody schob sich den Keks in den Mund.

Ich räusperte mich, als ob ich einen wichtigen Vortrag im Weißen Haus zu halten hätte, und las meinen Spruch vor. »Falls du gedacht hast, du findest in einem Keks eine Lebensweisheit, solltest du dein Leben noch mal überdenken… Wow.« Ich lachte auf und schüttelte den Kopf.

Auch Brody musste lachen, wodurch die Fältchen rund um seine Augen sichtbar wurden. »Hey, wo der Keks recht hat, hat…«

»Sei bloß still, du Witzbold«, fiel ich ihm ins Wort und hob mahnend einen Finger. Dann steckte ich mir grinsend die zweite Hälfte des Gebäcks in den Mund und holte zwei Gabeln aus der Schublade.

»Der Keks ist der größere Witzbold, wenn du mich fragst.«

Ich reichte ihm eine der Gabeln und seinen Karton mit dem Essen und sah ihm an der Nasenspitze an, dass er sich gehörig zusammenriss, um nicht noch weiter über die schlaue Aussage meines Kekses zu lachen.

»Dein Spruch gefällt mir besser, den klau ich mir«, sagte ich und schnappte mir mein Essen, um zurück zum Sofa zu laufen.

Brody folgte mir. »Ne, ne, ne, so einfach geht das nicht. Nur weil bei dir Mist drinstand, kannst du mir nicht meine neue Lebensphilosophie rauben.«

»Deine Lebensphilosophie?« Ich schnaubte und setzte mich zurück auf meinen Platz. »Das wäre ja was ganz Neues. Bisher habe ich dich nicht unbedingt als dauergrinsenden Zeitgenossen wahrgenommen.«

»Deshalb sage ich ja: meine *neue* Lebensphilosophie.

Wenn sie in einem Glückskeks steckt, muss sie schließlich eine wertvolle Weisheit sein, oder was denkst du?« Herausfordernd hob er die Brauen und ließ sich auf das Sofa sinken.

»So langsam taust du ja richtig auf, wer hätte das gedacht?« Ich kniff die Augen zusammen und fixierte ihn.

»Vielleicht geht's mir ähnlich wie dir«, sagte er und richtete den Blick auf seine Nudeln. »Was würde deine Managerin eigentlich sagen, wenn sie wüsste, dass du eine riesige Portion Kohlenhydrate verdrückst?« Er schob sich eine Gabel in den Mund und musterte mich.

»Sie würde mich vermutlich in die Fritteuse aus dem chinesischen Imbiss werfen.«

»Noch mal: Es tut mir echt leid, dass ich dich dazu genötigt habe, die Pizza zu posten. Ich wollte nicht, dass du Probleme bekommst.«

»Brody, hör bitte damit auf.« Ich seufzte, dann sah ich ihm ernst in die blaugrünen Augen, hinter denen sich ein Meer voller Fragen zu verbergen schien. »Klar, du meinst das nicht böse, das weiß ich schon. Aber wenn du so behandelt wirst, als ob du zu dumm wärst, selbst Entscheidungen zu treffen, und sie demnach immer für dich getroffen werden, dann willst du nicht noch in deiner Freizeit an den Kopf geworfen bekommen, dass du etwas nur getan hast, weil es dir jemand vordiktiert hat. Verstehst du?«

Er schien einen Moment darüber nachzudenken. »Ja, das verstehe ich. Wieso behandeln die dich denn so mies?«

»Das war am Anfang, als ich noch nicht so viele Angebote für Kooperationen bekommen habe, anders. Mittlerweile habe ich allerdings das Gefühl – beziehungsweise hat meine Managerin es mehr oder weniger offen zugegeben –, dass sie mich vor allem als Geldmaschine sehen. Ich soll die Angebote annehmen, bei denen am meisten Kohle rumkommt. Welche Message oder Werte dabei transportiert werden, ist ihnen egal. Ich will aber nicht für alles Werbung machen und dabei meine Integrität verlieren. Das könnte ich mir niemals verzeihen. Wenn Menschen meine Posts sehen, sollen sie sich wohlfühlen und nicht gezwungen, sich irgendeinen doofen Schönheitsmist zu kaufen. Abgesehen davon, hält der eh selten, was er verspricht. Ich bin dankbar für alles, was mir mein Management ermöglicht hat; aber wie ich schon sagte, die L.A.-Mackenzie fühlt sich wie eine ganz andere Person an.« Ich wickelte ein paar Nudeln auf die Gabel und schob sie mir in den Mund.

»Shit«, murmelte er. »Hast du schon mal überlegt zu kündigen? Du findest doch bestimmt schnell eine neue Managerin.«

Ich trank einen Schluck Coke. »Bisher eigentlich nicht, weil alles gut lief. Anfangs war ich echt noch etwas naiv, und ja, als die ersten richtig großen Beträge auf meinem Konto eingingen, war ich einfach nur glücklich. Ich hab darauf vertraut, dass Tracy das Beste für mich will. Aber momentan erlaubt sie sich echt immer härtere Sachen. Sie sagt Kooperationen mit Firmen zu, die ich nicht unterstützen will… Das war ein schleichender Prozess, daher stand eine Kündigung bisher nicht zur Debatte. Langsam merke ich aber immer mehr, dass ich in eine

Richtung gedrängt werde, die mir nicht gefällt. Dumm ist nur, dass ich noch mindestens ein Jahr in meinen Verträgen feststecke. Also muss ich jetzt versuchen, das Beste daraus zu machen.«

»Aber Social Media macht dir doch Spaß, oder nicht?«

Ich seufzte. »Kommt darauf an. Am Anfang habe ich fast nur Tanz-Content gepostet, das hat Tracy nicht gereicht. Sie hat mich immer weiter in diese Fitness-Influencer-Ecke gedrängt, ohne dass ich es realisiert habe. Jetzt, wo ich quasi fast jeden Tag tanze und zumindest so halbwegs mein altes Leben führe, wird mir das erst so richtig bewusst. Es ist nicht alles schrecklich, ich meine, ich führe ein schönes Leben und will mich nicht beschweren, aber irgendwie habe ich das Gefühl, dass ich gerade immer mehr die Augen öffne. Oder sie mir geöffnet werden.«

»Und was würdest du gerne machen? Also wenn du alles machen könntest, was du willst?«

Ich musste nicht lange überlegen. »Tanzen. Jeden Tag. Das wird mir immer klarer. Auch auf Instagram posten, aber eben nur Einblicke ins Tanzen und mein wirkliches Leben. Ich habe nichts gegen Social Media, ganz im Gegenteil. Ich finde es toll, dass man sich vernetzen und mit anderen austauschen kann, aber im Laufe der Zeit habe ich verstanden, dass es auch ein Job ist. All die Jahre habe ich mir das als perfekte Mackenzie aufgebaut, und wenn ich mal andere Facetten von mir zeigen wollte, wurde mir davon tunlichst abgeraten. Ich habe Tracy vertraut und dachte, dass sie recht hat, dass alles nur ein Job ist und ich in meinem Privatleben immer noch die Alte sein kann. Aber irgendwie hat das nichts mehr mit mir zu tun.« Bevor Brody etwas sagen konnte, fuhr ich fort. »Vielleicht war schon der Schritt, nach L.A. zu ziehen, der falsche. Von außen wirkt es vielleicht so, als ob mich das alles glücklich macht, doch in Wirklichkeit fühle ich mich manchmal wie in einem golden glitzernden Käfig, auf den von allen Seiten aus gestarrt wird und aus dem ich nicht ausbrechen kann.«

Brody suchte meinen Blick. Er strahlte eine Ruhe aus, die mich ansteckte. Auch wenn wir uns noch nicht sonderlich gut kannten, fühlte ich mich wohl bei ihm. Jenseits der Hektik und des Chaos in meinem Leben schaffte er es, dass ich mich in seiner Gegenwart entspannte, ohne bewusst etwas dafür zu tun. Allein durch seine Anwesenheit. Noch nie hatte ich einen Menschen getroffen, bei dem es mir so leichtfiel, das alles ohne Zögern zu erzählen.

»Dann müssen wir nach einem Schlüssel suchen, um diesen dämlichen Käfig zu öffnen«, sagte er plötzlich, und sein Blick wurde weicher.

Mein ganzer Körper kribbelte bei seinen Worten. Beim Gedanken daran, dass er mir helfen wollte.

»Das musst du nicht, du hast sicher genug zu tun und weder Zeit noch den Kopf dafür.«

»Schon gut. Letztendlich hat man ja nur für manche Dinge keine Zeit, weil einem andere wichtiger sind. Alles eine Entscheidungssache.« Unsere Blicke begegneten sich. »Ich hätte dich überhaupt nicht so eingeschätzt.«

Ich legte den Kopf schief und sah ihn fragend an. »Was meinst du damit?«

»Na ja, die Nacht nach dem Konzert, in der du gezeigt hast, dass du total durchgeknallt bist, und dann das hier.« Brody holte tief Luft und zuckte mit den Schultern. »Ich schätze, ich habe mir ein Bild von dir gemacht, bevor ich überhaupt die Möglichkeit bekommen habe, dich kennenzulernen. Das tut mir leid. Vor allem, dass ich anfangs so unfreundlich war. Nach außen wirkst du absolut perfekt, kontrolliert, professionell und, ehrlich gesagt, teilweise ziemlich oberflächlich. Das nette Influencer-Mädchen, das jeder mag und das keine Fehler hat. Ich hatte keinen Schimmer, dass es dir mit der Situation nicht so gut geht, wie man denkt.«

»Glaub mir, ich bin bei Weitem nicht perfekt«, flüsterte ich.

»Ich habe mit keinem Wort gesagt, dass ich denke, dass du perfekt bist. Nur dass das Bild, das du nach außen zeigst, perfekt erscheint. So, wie ich auf dich vielleicht ... Wie sagtest du vor Kurzem? Wie ein ›überheblicher Kameramann‹ wirke. Das ist nur der erste Eindruck, der eben oft täuscht.«

Ich musste lächeln. Wieder trafen sich unsere Blicke. Mein Herz pochte schneller. Er saß nicht mal einen Meter von mir entfernt, und in seinen Augen konnte ich ein Funkeln erkennen, das mehr versprach.

Im nächsten Wimpernschlag hatte er das Kinn gehoben und den Blick abgewandt. Ohne mich anzusehen, schob er sich noch eine Gabel Nudeln in den Mund und stellte die leere Verpackung neben meiner auf dem Couchtisch ab.

Ich räusperte mich, um die angespannte Stille zwischen uns zu brechen. »Und, macht dir die Arbeit mit Blanks Spaß? Du arbeitest freiberuflich für sie, oder?«

Brody dachte einen Moment über meine Frage nach. »Genau. Es ist eine coole Chance, und ja, es macht die meiste Zeit Spaß.« Ein Grinsen umspielte seine Lippen. »Aber diese Werbefilme will ich nicht bis an mein Lebensende drehen. Momentan verdiene ich damit gutes Geld und lerne viel dazu, aber das ist nichts für immer.«

»Was willst du stattdessen machen?«

»Filme produzieren. Also richtige.« Er machte eine kurze Pause. »Ich weiß, dass viele den Traum haben, aber ich will das wirklich durchziehen. Filme, die etwas Wahres zeigen. Das Echte, das in den ganzen großen Produktionen oft verloren geht. Der Zuschauer soll sich so fühlen, als ob ihm genau diese Geschichte auch passieren könnte. Als ob sie nicht nur für die Leinwand inszeniert wurde.«

Die Leidenschaft sprudelte nur so aus Brody heraus. Ihn von seinen Träumen erzählen zu hören, beeindruckte mich. Für viele in der Branche zählte nur das Geld und irgendwelche Preise zu gewinnen – das hatte ich in Los Angeles mehr als einmal mitbekommen –, doch ihm kaufte ich ab, dass er es so meinte, wie er es sagte. »Das ist ein tolles Vorhaben.«

»Ich habe auch schon ein paar Ideen, an die ich mich bald setzen will. Ich möchte mich unbedingt verwirklichen und umsetzen, was ich mir vorgenommen habe. Wer weiß, vielleicht schaffe ich es, nächstes Jahr was Cooles auf die Beine zu stellen.«

»Natürlich schaffst du das! Und wenn es so weit ist,

will ich eine der Ersten sein, die den Film zu sehen bekommt, okay?«

»Klar, so machen wir's.«

»Wie bist du denn überhaupt zum Filmemachen gekommen? Wolltest du das von klein auf?«

Brody fuhr sich durch die dunklen Stoppeln an seinem Kinn. »Nein.« Er wandte den Blick durch die Scheibe nach draußen zu all den Lichtern, die wie Glühwürmchen strahlten. »Filme mochte ich immer, aber erst im letzten Jahr an der Highschool, als ich darüber nachgedacht habe, was ich mit meinem Leben anfangen möchte, kam ich zu dem Schluss, dass ein Filmstudium das ist, was ich will. Angestoßen wurde das damals durch die ganzen Christopher-Nolan-Filme, die ich zu dem Zeitpunkt fast jeden Tag geschaut habe. Klar, die sind jetzt nicht die realistischsten.« Er lachte leise. »Aber ich schau sie trotzdem gerne.«

»Welchen magst du am liebsten?«

»*The Dark Knight, Memento, Dunkirk*... Oh, und *Inception* natürlich.«

»Die sind wahnsinnig gut. *The Dark Knight Rises* mochte ich sogar noch ein bisschen mehr. Vielleicht sollte ich ihn demnächst mal wieder anschauen. Ist echt lange her.« Ich lachte und verlagerte mein Gewicht ein Stück nach vorn, sodass ich Brody etwas näher war.

Er trommelte wieder mit den Fingern gegen sein Knie. Ob das ein nervöser Tick von ihm war? Vielleicht lag es aber auch daran, dass er in meiner Gegenwart aufgeregt war. Allein bei dem Gedanken daran musste ich den Kiefer anspannen, um nicht breit zu grinsen.

»Und was schaust du gerne?«, fragte er schließlich.

»Na ja, nichts geht über Marvel. Sonst mag ich Tarantino und Nolan wie gesagt auch sehr… Von Serien will ich gar nicht erst anfangen, da gibt es sowieso viel zu viele, die gut sind.«

»Das stimmt.«

Mit Brody zu sprechen tat gut. Wir unterhielten uns noch eine Weile über Filme und Serien, und von Minute zu Minute fühlte es sich vertrauter an. Und auf einmal ertappte ich mich bei dem Gedanken, wie es wohl wäre, ihn zu küssen. Hier und jetzt. Seine Lippen sahen weich aus. Ich wollte die Stoppel an seinem Kinn und Kiefer entlangfahren und meine Hände in den vollen Haaren vergraben. Ihn dicht an meinem Körper spüren und…

»Mackenzie?«

»Hm… Was?« Verwirrt blinzelte ich ein paarmal.

Oh Gott, hoffentlich habe ich nicht gesabbert.

»Schläfst du?« Er grinste und fuhr sich durch die Haare. »Ist ja auch schon spät geworden.«

»Ja, äh… stimmt.«

Heilige Mutter Gottes, Mackenzie, krieg dich ein und versuch, vollständige Sätze zu sprechen. Sätze, die Sinn ergeben!

»Geht's dir jetzt besser? Nach diesem ganzen Höhenangst- und Managementdrama?«

»Klar, mir geht's gut«, murmelte ich.

»Ehrlich? Du brauchst mir nichts vorzumachen.« Neugier und Sorge lagen in seinem Blick.

Ich seufzte. »Ehrlich. Alles gut. Ich bin nur etwas fertig von dem langen Tag.«

»Verständlicherweise.« Er holte tief Luft. »Dann gehe ich jetzt mal nach Hause und lasse dich schlafen.«

Geh nicht, flehte ich ihn innerlich an.

»Okay, ja, ist sicher besser so«, sagte ich stattdessen und erhob mich langsam vom Sofa. Ich gähnte und schlug mir die Hand vor den Mund.

Brody zog sich seine Jeansjacke an und schob sich den Rucksack auf die Schultern, dann öffnete ich ihm die Tür.

»Danke, dass du mich hergebracht hast. War echt schön, mit dir zu reden«, sagte ich leise und schenkte ihm ein kleines Lächeln, das er erwiderte.

»Gerne.« Er hielt inne. »Ich fand es auch sehr schön.«

Mir wurde heiß, meine Wangen glühten. Ich biss mir auf die Lippe, als ich sah, dass er einen Schritt auf mich zutrat und mich im nächsten Moment in die Arme schloss.

Ihm so nah zu sein fühlte sich gut an. *Richtig.* Ich hoffte, dass er mein rasendes Herz, das fast aus meiner Brust zu springen drohte, nicht spürte oder gar hörte. Seine Wärme ließ noch mehr Hitze in mir aufsteigen, und als er nach ein paar Sekunden wieder von mir abließ, erwischte ich mich wieder dabei, wie ich mir wünschte, dass er mich küsste. Ein Schauer kroch über meinen Körper, die Wirbelsäule hinauf, und sorgte dafür, dass ich vergaß, was ich den Abend über gesagt hatte. Leerte meinen Kopf, bis ich nur noch an diesen Moment denken konnte, der alles und nichts verändert hatte.

Die Luft zwischen uns war wie geladen. Wir blickten uns in die Augen, und ich glaubte, mich in seinen zu verlieren. Für einen kurzen Augenblick zögerte ich und wollte es selbst tun, ihn küssen. Doch dann war der Moment vorbei. Und Brody Sekunden später den Flur entlang um die Ecke verschwunden. Und mit ihm dieser Abend, der mich mit einem stolpernden Herzen und etlichen Schmetterlingen im Bauch zurückließ.

KAPITEL 13

Pancakes.

Mein erster Gedanke am Morgen. Und der beste überhaupt noch dazu.

Kaum hatte ich die Augen aufgeschlagen, mich noch mal zur Seite gewälzt und in alle möglichen Richtungen gestreckt, entfernte ich mein Smartphone vom Ladekabel, checkte mein Tageshoroskop, das mich darauf hinwies, dass ich heute lieber keine großen Einkäufe machen sollte, und stieg aus dem Bett. Ich schlüpfte in ein Paar Socken mit Koalas drauf, dann stiefelte ich in meinem extragroßen Shirt zuerst ins Bad und kurz darauf zur Küche. Mein Magen knurrte. Zum Glück hatte ich alle Zutaten für leckere Protein-Pancakes da. Blaubeeren und Ahornsirup hatte ich in weiser Voraussicht vor ein paar Tagen auch gekauft, damit konnte das fröhliche Pfannkuchenbacken beginnen.

Als ich die Zutaten aus den Schränken holte, fielen mir die leeren Essenskartons auf, die ich, nachdem Brody das Apartment verlassen hatte, in die Küche gestellt hatte. Ich hielt kurz inne. Der gestrige Abend war schön gewesen, und ich hatte Spaß gehabt. Sehr viel Spaß sogar. Es hatte gutgetan, mit Brody zu sprechen. Er gab mir das Gefühl, mich ernst zu nehmen und mich vielleicht sogar ein bisschen zu mögen... Insgeheim hoffte ich das nämlich.

Beim Gedanken an die Lachfältchen rund um seine Augen zuckten meine Mundwinkel nach oben. Bis wir uns wiedersahen, würde leider ein wenig Zeit vergehen; für die nächsten zwei Wochen war kein Dreh angesetzt. Stattdessen würde ich mit Blanks ein paar kleinere Fotoshoots haben, bei denen Brody nicht dabei sein würde. Schade irgendwie.

Nachdem ich die Pancakes auf einem Teller übereinandergestapelt und mit Ahornsirup und einem gefühlten Kilo Blaubeeren versehen hatte, schnappte ich mir Besteck und Kaffee. Dann lief ich zum Esstisch, um dort während des Frühstücks meine Mails durchzusehen und...

Oh, Brodys Kamera.

Sie lag vor mir auf dem Tisch, wo er sie gestern nach den Aufnahmen abgelegt und offensichtlich hatte liegen lassen. Olivia hatte recht, der Typ war wirklich megavergesslich. Nachdenklich platzierte ich meinen Teller mit ausreichend Sicherheitsabstand zu dem sicherlich sauteuren Equipment auf dem Tisch und setzte mich. In der Kamera musste noch die Speicherkarte mit den Videos vom gestrigen Dreh stecken. Die brauchte er sicherlich. Und die Kamera vermisste er bestimmt auch.

Wäre doch echt rücksichtslos, sie einfach hierzubehalten, bis er sich meldet.

Ich pikste ein Stück Pancake auf und schob es mir in den Mund; dabei ließ ich den Blick zur Uhr auf meinem Handy wandern. Knapp elf Uhr an einem Samstag. Brody schlief vielleicht noch. Oder überlegte, ob er mich um diese Uhrzeit am Wochenende schon stören durfte, um die Kamera abzuholen. Da war es nur angebracht, sie ihm gleich heute Mittag vorbeizubringen, oder nicht? Selbstlos und ganz ohne Hintergedanken natürlich. Und gar nicht, weil ich ihn unbedingt wiedersehen wollte. Nein, niemals. Wer kam denn auf so eine Idee?

Auf dem Weg zu Brodys Apartment grinste ich wahrscheinlich durchgehend dümmlich aus lauter Vorfreude, ihn wiederzusehen. Nach meinem ausgiebigen Frühstück hatte ich noch Mails beantwortet und ein paar Videos in meine Story gepostet und war dann wenig später losgezogen. Da Brody mit Olivia zusammenwohnte und ich früher schon oft bei ihr abgehangen hatte, wusste ich genau, wohin ich musste. In Brooklyn, im Süden von Bushwick, war ich aus der U-Bahn gestiegen und lief nun eine vielbefahrene Straße entlang. An der nächsten Ecke bog ich in eine Seitenstraße, die von Mauern gesäumt war, die mit kunstvollen Graffiti in allen Formen und Farben besprüht waren. Olivias und Brodys Apartment befand sich in der nächsten Querstraße, die viel ruhiger gelegen war. Ein herbstlicher Luftzug fegte mir um die Nase. Rasch zog ich meine altrosafarbene Hemdjacke etwas enger, die ich heute zu einem dünnen weißen Langarmshirt und einer hellblauen Jeans kombiniert hatte. Meine goldbraunen Haare fielen mir in leichten Wellen über die Schultern.

Brodys Kamera hatte ich zur Sicherheit in eine kleine Tasche gepackt, die ich aus L.A. für meine eigene mitgebracht hatte, und in meiner Handtasche verstaut. Trotz meiner Vorfreude, Brody so schnell wiedersehen zu können, war ich nervös. Und wenn ich nervös war, drang manchmal nur komisches Gestammel aus meinem Mund. Hoffentlich hielt er mich nicht für eine seltsame Stalkerin, die seine Kamera mit Absicht bei sich versteckt hatte, um ihn unter diesem Vorwand wiedersehen zu können.

Oh, heiliger Teen-Wolf-Gott, ich muss mich beruhigen!

Ich straffte die Schultern, stieg die Steinstufen zur Eingangstür hinauf und betätigte den Klingelknopf. Von einem Bein aufs andere tretend, wartete ich. Und wartete. Und wartete. Bis plötzlich der Summer ertönte. Schnell lehnte ich mich gegen die Tür, trat in den hallenden Flur und lief die Treppe hinauf in den zweiten Stock. Meine Hände waren mittlerweile ganz feucht. Ich strich sie rasch an meiner Jeans ab und versuchte, das rasante Pochen in meiner Brust mit tiefem Ein- und Ausatmen zu beruhigen.

Schon vom Treppenabsatz aus sah ich, wie Brody am Türrahmen lehnte und mich verdutzt musterte. Er trug eine graue Jogginghose, die tief auf seinen Hüften saß, und dazu ein schwarzes Shirt, das seine definierten Oberarme umspielte. Die Haare standen etwas wirr ab. Fast schon verwegen …

»Was machst du denn hier?«

»Du hast deine Kamera bei mir vergessen. Ich dachte, ich bringe sie dir lieber vorbei.« Mit einem leicht verlegenen Lächeln blieb ich vor ihm stehen.

»Oh ... Die habe ich bei dir liegen lassen? Ich habe gar nicht mehr in meinen Rucksack gesehen.«

»Hier«, sagte ich, zog sie aus der Tasche und streckte sie ihm entgegen.

»Echt nett von dir, danke. Das hättest du nicht tun müssen.«

Als er mir die Kamera aus der Hand nahm, streiften sich für einen kurzen Moment unsere Finger. Bei der Berührung seiner warmen Haut schossen Blitze durch meinen Körper. Ich zuckte leicht zusammen, versuchte jedoch, mir nichts anmerken zu lassen. Sein Blick wanderte von der Kamera nach oben in meine Augen und verweilte dort.

Ertappt zog ich schnell meine Hand weg und räusperte mich. »Kein Problem, hab ich gerne gemacht. Ich wollte mich sowieso noch mal für gestern bedanken.« Ich schob mir den Riemen meiner Tasche zurück auf die Schulter. »Das habe ich echt gebraucht.«

Ein Schmunzeln legte sich auf seine Lippen. »Gern geschehen.« Dann überlegte er kurz. »He, willst du nicht reinkommen? Wir könnten uns die Aufnahmen von gestern angucken, falls du Zeit und Lust hast.«

»Wenn ich dich nicht bei irgendwas störe, klar, dann gerne.«

Er schüttelte den Kopf und öffnete die Tür ein Stück, sodass ich eintreten konnte. »Woher hast du eigentlich meine Adresse?«

Als ich an ihm vorbeilief, stieg mir ein Hauch seines herben Duftes in die Nase. Sofort flatterte wieder etwas in meiner Magengegend.

»Bevor ich nach L.A. gegangen bin, waren Olivia und ich recht eng befreundet, und ich hab sie öfter besucht.«

Ich sah mich in der geräumigen Wohnküche um, die noch genauso aussah wie damals. Pflanzen in jeder Ecke. Große und kleine. Und dazwischen eine Küchenzeile, ein Klapptisch mit Stühlen und an der gegenüberliegenden Wand eine dunkelbraune Kommode mit noch mehr Grünzeug. Ich spitzte die Ohren. Nichts zu hören. So wie es aussah, waren wir allein.

»Willst du was trinken?«

»Klar, gerne.«

Brody drückte mir wieder seine Kamera in die Hand, huschte an mir vorbei zum Kühlschrank, holte eine Flasche Wasser heraus und zwei Gläser aus einem der Schränke. Dann wandte er sich zu mir um. Ein Lächeln zerrte an seinen Mundwinkeln. »Gut, da geht's rein.« Er nickte zur Tür links und lief voraus, während ich ihm folgte.

Sein Zimmer war etwas kleiner als Olivias, jedoch viel spartanischer eingerichtet. Rechts neben der Tür stand direkt das Bett, mit hellgrauer Bettwäsche bezogen, und gegenüber davon ein großer Schreibtisch mit einem Bildschirm, auf dem ein Schnittprogramm geöffnet war. Neben der Tastatur und der Maus lagen Berge von Blättern und Mappen und eine leere Cookie-Verpackung, in einer Tasse steckten Stifte. Ansonsten gab es noch ein schmales Regal mit Kamera-Equipment, einen Schrank und eine Holzkommode, auf der sich verschiedene Fachbücher über Film und Kameras sowie Blu-Rays stapelten. Daneben eine Schale mit Kinotickets, Kleingeld, Schlüsseln, ein paar Kaugummiverpackungen und einer Sonnenbrille. Die weißen Wände leer. Keine Poster, keine Fotos. Seltsam, aber vielleicht war er einfach sehr minimalistisch veranlagt, und zu viele Bilder an den Wänden störten womöglich seine Kreativität.

»Mach's dir bequem«, sagte Brody, nachdem er Flasche und Gläser auf dem Schreibtisch abgestellt hatte, und schob mir seinen schwarzen Drehsessel hin. Dann verschwand er kurz in die Küche und kam ein paar Sekunden später mit einem der Metallstühle vom Esstisch zurück.

Ich stellte die Kamera auf ein paar Mappen ab, zog meine Jacke aus und legte sie zusammen mit meiner Tasche auf Brodys Bett. »Ich hoffe, ich hab dich nicht bei der Arbeit gestört.«

»Ach, Quatsch. Du störst nicht.« Er ließ sich auf den Klappstuhl sinken und zog die Speicherkarte aus der Kamera, um sie in den Kartenslot seines Rechners zu stecken.

»Olivia ist nicht da?« Ich nahm auf dem gepolsterten Stuhl Platz und rückte etwas näher zu Brody an den Schreibtisch heran.

»Ne, die hat bei Dax übernachtet und hängt vermutlich den ganzen Tag bei ihm ab.«

Ich nickte und beobachtete, wie er sich durch verschiedene Ordner klickte.

»Hast du nach dem turbulenten Tag eigentlich gut

geschlafen und dich von allem erholt?« Sein Blick wanderte kurz zu mir, dann wieder zum Bildschirm.

»Ja, total. Als du weg warst, bin ich direkt eingeschlafen und die ganze Nacht kein einziges Mal aufgewacht.«

»Sehr gut.« Er nickte. »Ging mir nicht anders. Ich war auch gleich weg, nachdem ich ins Bett gefallen war. Obwohl ich auch noch länger mit dir hätte reden können.«

»Vielleicht...« Ich fasste mir ein Herz. »Keine Ahnung, möglicherweise habe ich ja noch mal irgendwann Höhenangst und bekomme einen fiesen Anruf von meiner Managerin.«

Brody schmunzelte und wandte sich mir zu. Er legte den Kopf schief, während das Meer in seinen Augen meine suchte. Wärme kroch mir den Rücken hinauf bis in meinen Hals und meine Wangen. »Oder vielleicht fällt mir eine ganz andere Ausrede ein, Zeit mit dir zu verbringen.«

Ich grinste. »Das gestern war also eine Ausrede?«

»Nein, nein. Wirklich nicht. Ich wusste ja nicht, wie der Abend verlaufen würde. Ich wollte eigentlich nur sichergehen, dass du heil in deiner Wohnung ankommst und nicht doch noch umkippst.«

»Klar, was auch sonst?« Ich zwinkerte ihm zu, woraufhin er lachte und den Kopf schüttelte.

»Hey, ich habe nur gemacht, was ein Typ in einer solchen Situation für eine Frau tun sollte. Keine Hintergedanken.« Dann wandte er den Blick wieder zum Bildschirm und öffnete eines der Videos. »Hier, lass uns mal reinschauen.«

Mit einer flinken Handbewegung hatte er meinen

Stuhl noch ein Stück näher zu sich gezogen, und im nächsten Moment startete eine der Aufnahmen vom gestrigen Dreh.

Selbst im Rohzustand, ohne Schnitte und Color Grading, sah das Video schon richtig professionell aus. Ich kannte mich zwar nicht allzu gut mit irgendwelchen Techniken aus, aber das, was ich hier sah, hätte man genau so posten können.

»Das sieht toll aus!«

»Ja, du hast echt gut getanzt«, entgegnete er und öffnete den nächsten Clip.

»Nein, nein, ich meinte die Aufnahmen. Das ist ein super Vorgeschmack auf deine kommenden Filme, die die Welt verändern werden.«

Er schnaubte. »Ich sehe schon, du neigst gar nicht zu Übertreibungen oder so.«

»Ich? Nope. Niemals.«

Wir klickten uns durch ein paar Aufnahmen, mit denen ich schon mal überaus zufrieden war. Einerseits natürlich mit der Location, dem Licht und Brodys Kamerakünsten, aber auch mit meiner eigenen Leistung. Vor allem wenn ich bedachte, dass mir beim Dreh beinahe die ganze Zeit vor Angst kotzübel gewesen war.

»Zum Glück sieht man nicht, wie viel Panik ich auf diesem Glasboden hatte.«

»Also doch ein Hollywoodstar mit krassem Schauspieltalent.«

Ich boxte ihn, gespielt entrüstet, gegen die Schulter. »Hey, das war eine echte Herausforderung!«

»Ich weiß, tut mir leid«, entgegnete er und hob entschuldigend die Hände. »Ich bin tatsächlich beeindruckt, wie du das durchgezogen hast. Wenn ich früher kapiert hätte, wie dich die Situation mitnimmt, hätte ich vielleicht auch was zu Mia gesagt, um den Dreh zu beschleunigen. Aber durch deine oscarverdächtige Leistung habe ich dir das nicht so schnell anmerken können.«

»Ach was, da musste ich durch. Und wie du siehst: Ich hab es überlebt. Was hättest du Mia überhaupt sagen wollen?«

»Da wäre mir schon eine schicke Ausrede eingefallen.«

»Tja, da bist du Profi drin, oder?« Ich linste ihn von der Seite an, sah, wie er sich auf die Lippe biss, und grinste. Als er meinen Blick suchte, setzte mein Herz für einen kurzen Schlag aus.

»Wieso hast du dem Drehort überhaupt zugestimmt, wenn du Höhenangst hast?«

»Wir haben doch erst kurz davor erfahren, dass Blanks die Aufnahmen so weit oben machen möchte. Ich wollte nicht die Diva raushängen lassen und meckern, dass ich da nicht drehen will, nur weil ich ein bisschen Höhenangst habe.«

»Nach nur ›ein bisschen Höhenangst‹ sah das aber nicht aus, wenn du mich fragst. Du hast gezittert, Mackenzie. Ich dachte wirklich, du kippst uns um.«

»Wenn ich etwas zusage, dann ziehe ich es auch durch. Und außerdem ist ja alles gut ausgegangen. Dank dir.«

»Quatsch, du hast getanzt und dich dazu überwunden, nicht ich.«

»Danke. Trotzdem!«

Er nickte mit einem Lächeln auf den Lippen, dann wandte er sich wieder dem Monitor zu und klickte sich weiter durch die Videos. Wir schauten uns noch ein paar an, bis ich irgendwann einen Schluck Wasser trank und mich umsah.

»He, machst du eigentlich Sport?«, murmelte ich, als ich in einer Ecke ein ausgetretenes Paar Turnschuhe entdeckte. »Tanzen tust du nicht, oder?«

Er schüttelte den Kopf. »Nee, Olivia hat mich bisher noch nicht dazu bekommen, damit anzufangen. Ich versuche, ein paarmal die Woche joggen zu gehen und auch ein bisschen Krafttraining zu machen. Bei der ganzen Arbeit am Schreibtisch brauche ich einen Ausgleich, der nichts mit irgendwelchen Monitoren zu tun hat.«

»Kann ich verstehen.«

»Früher habe ich noch viel mehr gemacht, aber…« Er brach ab. »Na ja, es gibt Wichtigeres.«

»Das stimmt«, sagte ich und stand auf, um mir die Blu-Rays auf seiner Kommode näher anzusehen. »Darf ich die mal durchgucken?«

»Klar. Allerdings ist das nur eine kleine Auswahl. Die meisten lagern in irgendwelchen Kisten im Keller meiner Eltern.«

Ich nahm eine Hülle nach der anderen in die Hand und stieß unter anderem auf einige Marvel- und DC-Filme, aber auch Klassiker wie *Forrest Gump* oder *Fluch der Karibik*.

»Ah, was haben wir denn da«, sagte ich und wedelte amüsiert mit einer der Blu-Rays. *»American Pie!«* Ich drehte mich rasch um und erstarrte für einen kurzen

Moment, als mir bewusst wurde, dass er sich auf dem Metallstuhl zurückgelehnt hatte und mich schon länger beobachtet haben musste.

Verschmitzt grinsend, hob er das Kinn an. »Was denn? Ist das verboten? Jeder Teenager muss den gesehen haben, um dann beim nächsten Apfelkuchenessen bei Grandma knallrot zu werden.«

Ich lachte auf. So einen Spruch hatte ich von Brody nicht erwartet. »Klingt, als ob du dich damit auskennst.«

»Mit Apfelkuchen?« Er funkelte mich herausfordernd an. »Ich kann dich beruhigen, bisher habe ich den nur gegessen.«

»Mhm, das würde ich jetzt auch sagen.« Ich grinste, legte den Film auf der Kommode ab und nahm den nächsten in die Hand. »Ah! *Million Dollar Baby*... Den mag ich auch.« Ich ballte meine Hände zu Fäusten und boxte wild in der Luft herum, als ob ich mich vor einem großen Kampf befand und es mit Rocky Balboa höchstpersönlich aufnehmen müsste.

»Das sieht ja fast schon professionell aus«, kommentierte Brody, stand von seinem Stuhl auf und kam auf mich zu.

»Aber klar! In L.A. geh ich manchmal boxen, pass also gut auf und leg dich bloß nicht mit mir an, sonst machst du bald Bekanntschaft mit den eisernen Fäusten des Todes.«

Brody stieß ein Schnauben aus, das sich nur Sekunden später in ein Lachen verwandelte, dann trat er noch ein Stück näher und hob die Handflächen. »Komm schon, zeig mal, was du kannst.«

Das ließ ich mir nicht zweimal sagen. Zwar pochte mein Herz mit jedem Schritt, den er auf mich zutrat, immer schneller, doch ich versuchte, es auszublenden, ging leicht in die Knie und boxte in seine Handflächen. Zwei links, eine rechts. Dabei ließ er mich nicht aus den Augen. Und dann gab ich alles und schlug abwechselnd, bis ich …

Was … Ach du heiliges Kanonenrohr! Was tust du hier, verdammt noch mal?

Ich hielt inne und fing laut an zu lachen.

Noch bevor ich die Fäuste herunternehmen konnte, hatte Brody seine großen Hände um meine Handgelenke gelegt. Uns trennten nur noch wenige Zentimeter. Meine Kehle war staubtrocken, und alles, was ich hörte, war das Blut, das in meinen Ohren rauschte.

Brodys Blick verdunkelte sich.

Ich atmete stockend ein und aus und sah immer wieder zwischen seinen vollen Lippen und seinen Augen, in denen ein herausforderndes Funkeln zu erkennen war, hin und her.

»Hey, bin zu Hause!«, kam es dumpf durch die geschlossene Tür.

Ich zuckte zusammen und trat blinzelnd einen Schritt zurück, während Brody nach Luft schnappte und seine Hände von meinen Unterarmen löste. Dabei wünschte ich mir, dass er sie dort gelassen hätte.

»Olivia.«

»Jap«, entgegnete Brody und kratzte sich am Hinterkopf. Er sammelte sich kurz. »Komm, ich zeig dir noch was.«

Was war das gerade gewesen? Wenn Olivia nicht gekommen wäre, dann... dann hätte es... einen Kuss gegeben? In meinem Kopf klang es wie eine Frage, doch insgeheim hatte ich mir die Antwort darauf schon selbst gegeben.

Ja. Hätte es.

Allein der Gedanke daran brachte mein Herz zum Stolpern.

Brody setzte sich zurück auf den Metallstuhl, dann öffnete er ein Programm, während ich mich wieder neben ihn auf den gepolsterten Drehstuhl sinken ließ.

»Was machst du da?« Verwirrt starrte ich auf das Bildbearbeitungsprogramm, in dem er in Windeseile ein Foto von mir vom Dreh geladen hatte. Er bastelte daran herum, bis er einige Momente später meinen Kopf auf den Körper von Mike Tyson retuschiert hatte. »Ist das...?«

»Ganz genau, deine Zukunft als Profiboxerin. Falls dieses Social-Media-Ding doch irgendwann nicht mehr deins ist.«

»Du spinnst doch«, sagte ich und lachte. »Aber ich muss schon sagen, seine Tattoos würden mir auch gefallen. Unsere Körperteile fügen sich auf jeden Fall sehr harmonisch zu einem Ganzen.«

»Definitiv. Hast du selbst Tattoos?«

Ich schüttelte den Kopf. »Nein, bisher noch nicht. Aber in der letzten Zeit hab ich häufiger drüber nachgedacht, mir eins stechen zu lassen.« Ich schob die Ärmel meines weißen Langarmshirts hoch und fuhr mit dem Finger meinen Unterarm entlang. »Zum Beispiel so ganz viele kleine Bilder, die sich über die Arme ziehen. Vielleicht sollte ich mal einen Termin in einem Studio machen. Ich hab jetzt richtig Lust, nachdem ich mich als Mike Tyson gesehen habe.«

»Würde sicher toll an dir aussehen.« Brody zog meinen Stuhl näher zu sich heran, sodass sich im nächsten Wimpernschlag unsere Knie berührten.

Mein Herz trommelte gegen meinen Brustkorb. Während er mit den Fingern langsam über meine Haut an den Armen strich, betete ich, dass ich keine Gänsehaut bekam. Oh Gott… das war zu viel für meine Nerven. Für meinen gottverdammten Körper.

»Hast du denn welche?«

»Nein, aber ich wollte mir auch irgendwann eins stechen lassen.«

»Gute Idee, wenn es nicht unbedingt das Gesicht von Christopher Nolan auf deiner linken Pobacke ist.«

Brody lachte leise und steckte mich damit an. »Schade, jetzt hast du mir meine Idee versaut.«

»Tut mir leid«, wisperte ich und konnte nicht aufhören, in seine Augen zu starren. Als ob ich darin alles finden würde, wonach ich suchte. Alles, was ich wollte und brauchte.

Brody beugte sich ein Stück vor, während er mit der Hand meinen Oberarm hinauf und über meine Schulter strich und die Finger schließlich in meinen Nacken legte.

Ich atmete stockend aus und bekam eine Gänsehaut. Heiße und kalte Schauer krochen über meine Wirbelsäule, während Brody sanft mit dem Daumen über meine Wange strich und immer weniger Raum zwischen uns blieb … Bis plötzlich ein lautes Scheppern zu hören war.

»Ey, jetzt pass mal auf, sonst steck ich dich in 'nen Sack und schick dich an den Nordpol zum Weihnachtsmann. Vielleicht bekomm ich dann im Austausch die Playstation, die ich mir als Kind immer gewünscht habe«, tönte es durch die Tür.

Elendiger Mist! Nein, nein, nein. Nicht schon wieder.

Ich sog scharf die Luft ein und blickte Brody regungslos in die Augen, bis er mit einem unterdrückten Seufzen zurückwich. Schon war seine warme Hand von meiner Wange verschwunden, und die Welt drehte sich weiter. Stimmen drangen durch die Tür an mein Ohr. Olivia hatte wohl Besuch mitgebracht. Erneut hatte uns das Schicksal einen Strich durch die Rechnung gemacht.

»Ähm«, fing Brody an und lehnte sich mit auf dem Bauch verschränkten Fingern zurück. Dann lächelte er leicht und sagte: »Heute ist nicht so ganz unser Tag, oder?«

Ich musste schmunzeln und zuckte mit den Schultern. »Scheint wohl so.« Dann warf ich einen kurzen Blick auf die Uhr auf seinem Bildschirm, die mir verriet, dass es mittlerweile vier Uhr am Nachmittag war. »Ich glaube, ich gehe dann auch mal wieder und lass dich arbeiten.«

Brody nickte und erhob sich. »Klar, ich weiß ja jetzt, wo ich dich finde, wenn ich mal wieder Lust auf 'nen Glückskeks habe.«

Hörte sich das nur in meinen Ohren zweideutig an?

Oh Mann. So weit war es schon gekommen, dass ich

beim Wort »Glückskeks« an Sex mit Brody dachte. Verdammt, irgendwas stimmte doch nicht mit mir.

Ich gluckste vergnügt. »Stets zu Diensten.«

Dann schnappte ich mir meine Hemdjacke und Tasche und lief zur Tür. Brody folgte mir.

Nachdem ich einen Schritt in die Wohnküche gemacht hatte, blieb ich abrupt stehen. Mit aufgerissenen Augen glotzte ich die vier Menschen an, die direkt vor meiner Nase standen und wohl genauso überrascht schienen, mich hier zu treffen.

Dax und Olivia.

Austin und Jade.

KAPITEL 14

Nacheinander sah ich alle an. Olivia und Dax, die am Tisch saßen, Jade, die einen Stapel Pizzakartons hielt, und Austin, der an der Arbeitsfläche lehnte und die Arme vor der Brust verschränkt hatte. Und sie alle starrten mich an. Das Gespräch war verstummt. Offensichtlich wusste niemand so richtig, was er sagen sollte. Immerhin kam ich gerade aus dem Zimmer von Olivias Mitbewohner. Wer wusste, was die sich jetzt dachten …

»Hey, Mackenzie, alles klar?«, kam es von Olivia, die mich anlächelte und zur Begrüßung eine Hand hob.

Dax grinste mich schief an, sagte kurz »Hi«, und auch Jade rief ein freundliches »Hey«, bevor sie die Kartons auf dem Tisch abstellte.

»Hi, ihr! Na alles gut?«, fragte ich und machte einen weiteren Schritt in den Raum.

Austin löste seine Arme und stützte die Hände neben sich an der Kante der Arbeitsfläche ab. Dann begrüßte er mich schließlich mit einem kurzen »Hey«.

»Immer doch! Aber was machst du denn hier?« Olivia

sah kurz zu Brody, der immer noch hinter mir stand, und dann wieder zu mir.

»Brody hatte seine Kamera bei mir vergessen. Ich hab sie ihm nur schnell vorbeigebracht. Und was macht ihr so?«

»Ach, hat Brody das?« Sie sah Brody mit einer hochgezogenen Augenbraue herausfordernd grinsend an.

Oh-oh.

»Das hat er«, hörte ich seine tiefe Stimme, und im nächsten Moment war er schon neben mich getreten. »Pizza-Nachmittag?«

Dax nickte. »Jap.«

»Ich wollte euch auch gar nicht stören, bin schon so gut wie weg.«

»Bleib doch, wir haben genug für alle«, sagte Jade und schenkte mir ein Lächeln.

Dax nickte mir aufmunternd zu. »Ja, unbedingt, oder hast du noch was vor?«

»Oder habt ihr *beide* noch was vor?«, schaltete sich Olivia wieder ein und grinste teuflisch, woraufhin ich schmunzeln musste.

»Ich bleibe gerne, danke.« Mein Blick huschte zu Austin. »Wenn das für alle okay ist?«

Austin stieß sich von der Arbeitsfläche ab. In seiner Miene konnte ich weder Wut noch Abneigung erkennen, sein Gesichtsausdruck wirkte vielmehr vollkommen neutral. »Klar, bleib hier und erzähl ein bisschen von deinem L.A.-Leben.«

Ich lächelte ihn dankbar an. Bisher war die Stimmung zwischen uns noch ein wenig angespannt gewesen, aber vielleicht änderte sich das heute ja. Ich hoffte es zumindest, da ich ihn als guten Freund wirklich vermisste.

»Dann lass ich euch mal allein, ich muss noch ein wenig arbeiten«, sagte Brody und berührte mich kurz am Ellenbogen, bevor er in seinem Zimmer verschwand und die Tür hinter sich zuzog.

»Dieser Workaholic... Aber damit wir ihn nicht stören, gehen wir besser in mein Zimmer«, schlug Olivia vor und fuhr sich durch die blauen Haare, während sie vom Stuhl aufstand, sich ein paar Getränke und Gläser schnappte und vorauslief.

»Mackenzie, deine Einschätzung – wie viele neue Pflanzen hat Olivia in ihrem Zimmer, seitdem du das letzte Mal hier warst?«, fragte Dax grinsend, während er sich vom Stuhl erhob und zur Tür schlenderte.

»Puh, drei Jahre sind eine lange Zeit. Ich tippe auf... sieben?«

Aus Olivias Zimmer drang lautes Lachen. »Knapp daneben. Verdopple das Ganze mal.«

Grinsend schüttelte ich den Kopf und sah mich im Zimmer um, während Jade uns mit den Pizzakartons bewaffnet folgte, Austin sich neben Olivias Kommode auf ein Sitzkissen fläzte und Dax es sich auf ihrem Bett bequem machte.

Wie früher standen nicht nur in Olivias Küche überall Pflanzen, sondern auch in ihrem Zimmer. In jeder Ecke, auf nahezu jedem Möbelstück oder in Ampeln von der Decke hängend. Das große Bett mit dem dunklen Holzrahmen stand im hinteren Eck, gegenüber davon die Kommode, auf der einige Pokale und Klamotten ihren

Platz hatten. Daneben befanden sich eine Kleiderstange und ein Korbsessel, auf dem Boden lagen Sitzkissen.

Ich schnappte mir eins davon und setzte mich Dax und Austin gegenüber. Olivia schob sich ihren Korbsessel ran, und Jade stellte die Pizzen in der Mitte auf dem Boden ab und ließ sich neben mich auf ein Kissen sinken.

»Dann kann's losgehen, oder? Ich hab echt Hunger und war schon kurz davor, Jades Bein anzuknabbern.« Austin grinste seine Freundin frech an und schnappte sich einen der Kartons.

Jade stupste mich mit dem Ellenbogen in die Seite. »Ich kann meine Pizza gerne mit dir teilen.«

»Oh, danke, das wäre ...«

»Nein, tu's nicht!«, kreischte Olivia. Mit riesigen Augen starrten sie, Austin und Dax mich an.

»Boah, jetzt kriegt euch mal ein, vielleicht mag Mackenzie ja meine Kombination.«

Verwirrt musterte ich erst Jade, die entspannt ihren Karton öffnete, und dann die anderen drei, die mich immer noch anglotzten, als ob ich kurz davor stünde, den größten Fehler meines Lebens zu begehen.

»Süße, niemand, wirklich *niemand*, steht auf so einen abartigen Pizzabelag wie du.« Austin bedachte sie mit einem mitleidigen Blick.

»Was ist denn drauf?«, fragte ich neugierig, weil ich unter dem ganzen Käse nicht besonders viel erkennen konnte.

»Wir hätten da Champignons, Spinat, Paprika, Ananas, Chicken Nuggets und natürlich extra viel Knoblauch. Meiner Meinung nach die Königin der Pizzen.«

»Ja, gut, also …«, fing ich an und kratzte mich am Hinterkopf. »Vielleicht gibst du mir einfach nur den Rand? Aber danke trotzdem.«

»Ha! Wusste ich's doch«, sagte Austin selbstgefällig grinsend.

»Du musst dir das nicht antun, ich gebe dir ein Stück von meiner, und Olivia macht sicher auch was locker.« Dax zwinkerte mir zu, und seine Freundin nickte.

Und dann aßen wir Pizza. So wie wir es früher immer getan hatten. So wie damals, als alles noch gut gewesen war. Und so wie heute, mit dem Wissen, dass alles gut werden würde.

»Die Show, die du für Lyla Sage konzipiert hast, war echt der Hammer, Dax. Ich war beim Konzert in L.A. und musste noch Tage später an den Übergang nach dem dritten Stück denken.«

»Danke, es hat mir auch echt viel Spaß gemacht, das alles auf die Beine zu stellen. Auch wenn es da eine Tänzerin gab, die manchmal ein wenig störrisch war.« Er warf Olivia einen Seitenblick zu und grinste.

»Störrisch? Ach ja … Und was warst dann bitte du? Ein Ekelpaket, das mit Plastikflaschen um sich wirft?«

Verwundert starrte ich die beiden an. »Du hast mit Flaschen geworfen?«

»Das ist … eine lange Geschichte«, entgegnete Dax und schüttelte den Kopf. »Ich war zu dem Zeitpunkt nicht so ganz auf der Höhe, aber dieses zuckersüße Ding hier hat mir den Kopf gewaschen.« Dann beugte er sich ein Stück rüber und gab Olivia einen Kuss auf die Wange.

»Erst bin ich störrisch, dann zuckersüß? Ja, ja, nimm dich besser in Acht, sonst erlebst du noch mal meine störrische Seite, wenn ich dich in meine Zuckerdose sperre.«

»Ist das ein Versprechen?« Anzüglich grinsend, stellte er den Karton zur Seite, legte die Arme um Olivia, und die beiden küssten sich.

Mir wurde ganz warm ums Herz, so sehr freute ich mich für die beiden – sie waren einfach unglaublich niedlich zusammen.

»Jedenfalls lief es echt gut auf der Tour, und ich bin stolz auf mein Team.« Dax zwinkerte Olivia noch mal zu, dann schnappte er sich wieder seinen Pizzakarton.

»Deine Leistung war heftig. Ich bin gespannt, wo man dich in Zukunft noch auf der Bühne sehen wird.«

Olivia erwiderte mein Lächeln. »Im Anschluss an die Tour bin ich zu immer mehr Auditions eingeladen worden. Wie es aussieht, stehen bis Ende des Jahres einige Musikvideos und im nächsten Jahr eine weitere kleine Tour an.« Sie grinste bis über beide Ohren.

»Das freut mich für dich.« Ich wandte mich Jade zu. »Gehst du auch zu Auditions?«

Lachend schlug sie sich eine Hand vor den Mund. »Oje, nein. Ich habe ja erst vor ungefähr einem Jahr mit dem Tanzen angefangen und bin meilenweit davon entfernt, Profi zu sein.«

»Oh… okay. Ich dachte, du und Austin hättet euch über das Tanzen kennengelernt.«

»In gewisser Weise schon«, schaltete sich Austin ein. »Sie hat mich durch eins der Fenster im Move District wie eine Besessene gestalkt, bis ich mich hab erweichen lassen, mich auf ein Date ausführen zu lassen.«

Jade schnaubte. »Klar, wenn's sonst nichts ist.«

Ich kicherte. »Ich sehe schon, ihr seid euch da vollkommen einig.«

»Dreh das Szenario einmal um, dann hast du die Wahrheit«, entgegnete Jade und streckte Austin die Zunge raus.

»Okay, okay. Aber gestalkt habe ich dich nicht, Madame. Ich war einfach nur nett und höflich und hilfsbereit. Also verdreh mal nicht die Tatsachen, sonst scheppert's im Karton.«

»Da scheppert's nur, wenn du weiterhin deine Sachen überall liegen lässt«, feuerte Jade gekonnt zurück, als ob sie in dieser Art Schlagabtausch bereits geübt wären.

»Seit Jade bei Austin einzogen ist, muss sie ihm dauernd hinterherräumen«, sagte Dax und grinste seinen besten Freund frech an.

»Oh, ihr wohnt auch zusammen? Wie toll. Und was machst du beruflich, oder studierst du?« Ich trank einen Schluck Wasser, stellte dann mein Glas vor mir ab und lehnte mich auf den Handflächen zurück.

»Ich bin vor ein paar Wochen bei Austin eingezogen, weil mein Studium angefangen hat und eine gemeinsame Wohnung einfach günstiger und praktischer für mich war.« Als ihr auffiel, dass Austin ein entrüstetes Gesicht machte, fügte sie schnell hinzu: »Ach ja, und weil Austin ein ganz netter Zeitgenosse ist.« Sie lachte. »Meistens zumindest.«

Ich grinste in Austins Richtung, was er mit einem

schmunzelnden Kopfschütteln quittierte. »Und was studierst du?«

»Modedesign an der Parsons School of Design. Es macht total viel Spaß, ich habe tolle Dozenten und Dozentinnen und lerne jeden Tag unglaublich viel Neues.«

»Nicht zu vergessen, dass die neuen Merchandise-Artikel sowie ein paar der aktuellen Showoutfits von Jade entworfen wurden«, fügte Olivia stolz hinzu.

Mit klappte der Kiefer herunter. »Was, die sind von dir? Wow, okay, dann hast du es ja echt drauf.«

»Danke.« Jade schenkte mir ein Lächeln und strich sich durch ihr hellblondes Haar. »Und, wie gefällt es dir hier nach all der Zeit in Los Angeles?«

Ich musste nicht lange überlegen. »Ich liebe es, wieder hier zu sein. Nirgendwo anders fühle ich mich so zu Hause wie in New York. Die Drehs für Blanks laufen auch echt gut, sie sind zwar manchmal eine Herausforderung, aber da muss ich durch.«

»Inwieweit denn eine Herausforderung?«, fragte Olivia.

»Gestern haben wir zum Beispiel auf der Aussichtsplattform *Edge* gedreht, also ziemlich weit oben und ...«

»Oh shit.« Dax sog scharf die Luft ein. »Du hast doch ...«

»Höhenangst«, vervollständigte Austin seinen Satz. »Und zwar ziemlich große.«

Ich nickte. »Jap. War echt nicht besonders angenehm. Aber Brody hat mich super unterstützt, und ich habe mich zusammengerissen.«

»Der gute Brody, hilfsbereit wie eh und je«, scherzte

Olivia und beobachtete mich dabei aus zusammengekniffenen Augen.

Ich spürte, wie mir Hitze in die Wangen schoss, als
ich Austin einen kurzen Blick zuwarf. Er hatte den Kopf
schief gelegt und musterte mich nun neugierig. »Netter
Kerl, ja. Ähm, die Flasche ist leer, ich hol mal eine neue
aus dem Kühlschrank.« Ich stand auf und verschwand
rasch in die Küche.

Irgendwie war es mir noch ein wenig unangenehm,
vor Austin über einen Typen zu sprechen, den ich toll
fand. Klar, er hatte mittlerweile eine Freundin, mit
der er sehr glücklich wirkte, aber die ganze Sache mit
Brody war alles andere als spruchreif. Wir hatten uns
noch nicht mal geküsst. Auch wenn ich es mir definitiv
wünschte.

Ich öffnete den Kühlschrank und schnappte mir eine
Flasche Wasser. Als ich ihn wieder schloss, stand Olivia
neben mir. Erschrocken zuckte ich zusammen.

»Oh, sorry. Alles in Ordnung? Du bist so plötzlich auf-
gesprungen.«

»Mir geht's gut. Ich fand es nur ein wenig seltsam,
vor Austin über einen anderen Typen zu reden, der …
Ich weiß auch nicht … Es läuft ja nicht mal was zwischen uns«, flüsterte ich, sodass wirklich keiner – besonders nicht Brody im Nebenzimmer – etwas davon
mitbekam.

Olivia lehnte sich an die Arbeitsfläche und ver-
schränkte die Arme vor der Brust. »Kann ich verstehen.
Du musst dir aber wirklich keinen Kopf machen, okay?
Falls da was laufen sollte – irgendwann –, freut er sich

bestimmt für dich. Du hast doch auch kein Problem mit ihm und Jade, oder?«

»Absolut nicht. Die zwei sind echt süß, und ich gönne ihm sein Glück von ganzem Herzen.«

»Da hast du's! Er würde genauso reagieren.«

»Ich hatte echt Angst davor, wie ihr alle so drauf seid, bevor wir uns wiedergesehen haben.«

Sie riss die Augen auf. »Was? Wieso das denn?«

»Wegen des Streits zwischen Austin und Dax, und weil ich danach mehr oder weniger ohne Abschied nach Los Angeles abgehauen bin. Ich wusste ja nicht, wie ihr zu mir oder der ganzen Sache steht.«

Sie nickte. »Ich hab es mir anfangs auch komisch vorgestellt, so wie die anderen vermutlich auch. Aber das Problem damals lag ja bei den beiden Jungs, und du hattest nicht wirklich was damit zu tun.«

»Na ja, ich hab immerhin was mit Austins bestem Freund angefangen.«

»Mackenzie.« Sie legte mir eine Hand auf die Schulter und sah mich ernst an. »Du und Austin, ihr wart nicht mehr zusammen. Und die Freundschaft zwischen den beiden war ohnehin so gut wie Geschichte. Dich trifft keine Schuld, und ich bin mir sicher, dass Austin das auch so sieht.«

Ich schenkte ihr ein dankbares Lächeln. »Es freut mich wirklich, dass ihr alle so offen seid. Auch Jade. Ich rechne ihr das hoch an, immerhin bin ich seine Ex. Wieder mit euch abzuhängen macht mich richtig glücklich.«

»Uns macht es auch glücklich, dich wieder bei uns zu

haben.« Sie grinste und drückte meine Schulter. »Gib Austin einfach noch ein paar Tage, um sich an deine Anwesenheit zu gewöhnen, dann wird er wieder der Alte sein.«

Olivias Worte bedeuteten mir viel. Sie war einer der loyalsten Menschen, die ich kannte. Ich stellte die Flasche auf der Arbeitsfläche ab und schlang meine Arme um ihren Oberkörper. »Danke.«

Sie erwiderte die Umarmung, und ich konnte ihr Grinsen förmlich hören. »Nicht dafür. Höchstens für ein Stück meiner Pizza.«

Lachend löste ich mich wieder von ihr.

Sie zwinkerte mir noch mal zu und schnappte sich dann die Wasserflasche.

Ich folgte ihr mit einem wohligen Gefühl im Bauch, das sich in meinem ganzen Körper ausbreitete und mein Herz erfüllte, in ihr Zimmer. Wir setzten uns wieder zu den anderen und unterhielten uns den restlichen Abend über Jades Studium, die Tanzschule, alte Zeiten und mein Leben in L.A.

Ein paar Stunden später gingen Jade und Austin, und kurz darauf wollte auch ich mich verabschieden, als sich Brodys Zimmertür öffnete und er seinen Kopf heraus-streckte. Bei meinem Anblick hellte sich seine Miene auf.

»Gehst du?«, fragte er, und als ich nickte, kam er auf mich zugelaufen. »Ich bring dich noch runter.«

KAPITEL 15

Verdutzt beobachtete ich, wie Brody sich an der Garderobe die Jeansjacke anzog und in ein Paar schwarze Sneaker schlüpfte.

»Alles klar, dann viel Spaß noch.« Olivia zwinkerte mir verschwörerisch zu und verschwand mit Dax in ihrem Zimmer.

Ich winkte ihr noch mal und wandte mich dann wieder Brody zu, der mir die Tür aufhielt. Die Hände in den Jackentaschen vergraben, lief ich neben ihm die Treppen runter.

Wir traten auf den Bürgersteig, der mittlerweile nur noch durch ein paar Straßenlaternen und Lichter in den Fenstern erhellt wurde. In der Seitenstraße, in der Brodys und Olivias Wohnhaus stand, war es ruhig, nur vereinzelt waren Spaziergänger mit einem Hund unterwegs.

Als mir ein Windstoß die offenen Haare zerzauste, blieb ich stehen, um meine Jacke ein wenig enger um die Schultern zu ziehen.

»Hattest du einen schönen Abend?«

»Ja, es war wirklich schön. So wie früher.«

Neugierig musterte er mich. »Ihr seid alle schon lange befreundet, oder?«

»Ja, wir sind sozusagen zusammen in der Tanzschule aufgewachsen und waren beste Freunde – bis zu der Sache mit Austin und Dax und meinem Umzug nach L.A. Aber jetzt, wo ich wieder da bin, konnten wir alles klären und an früher anknüpfen.«

Brody nickte. »Ja, Olivia hat mal was in die Richtung erwähnt. Freut mich, dass ihr euch ausgesprochen habt und wieder zusammen abhängt, bis du wieder zurückmusst.«

»Ja, das stimmt«, sagte ich und spürte beim Gedanken an L.A. ein Ziehen in meiner Brust. »Warum hast du mich eigentlich noch runtergebracht? Du hast doch bestimmt noch zu tun, oder nicht?«

Ein Lächeln umspielte seine Lippen, als er mit den Schultern zuckte. »Was machst du jetzt noch?«

»Nach Hause fahren, schlafen… Jap, das war's, denk ich.«

»Dann hast du theoretisch Zeit?« Er legte den Kopf schief, und ich musste schmunzeln.

»Möglicherweise.«

»Na, dann ist es doch gut, dass ich meine Jacke und den Schlüssel mitgenommen habe.« Er grinste mich an. »Zeit habe ich nämlich auch.«

»Da können wir ja nur von Glück reden, dass du so weit gedacht hast.«

»Manchmal bin ich selbst über meine schlauen Einfälle verwundert. Komm, wir gehen ein bisschen spazieren.«

Mein Herz vollführte vor Begeisterung einen kleinen Hüpfer, und ich folgte Brody ins graue Dunkel der Nacht.

Wir liefen einige Minuten schweigend nebeneinanderher, doch die Stille zwischen uns war nicht unangenehm. Sie verdeutlichte mir nur, dass ich mich wirklich wohl in Brodys Gegenwart fühlte.

»Brody Turner«, sagte ich irgendwann und vergrub meine Hände noch tiefer in den Taschen meiner Hemdjacke.

»Mackenzie West.«

Ich grinste und fing seinen Blick auf. »Bisher weiß ich nur, dass du vergesslich bist und auf Filme stehst. Und manchmal joggen gehst. Was sollte ich noch über dich wissen? Immerhin laufen wir hier im Dunkeln durch die Nacht. Wer weiß, ob du mich gleich abmurkst?«

»Das hätte ich schon lange tun können, dahinten war eine Seitengasse, die selten jemand benutzt«, entgegnete er ernst. »Aber Spaß beiseite, ich bin nicht so vergesslich, wie du denkst. Irgendwie bin ich es nur in Bezug auf Gegenstände. Wenn du mir etwas über dich verrätst, dann kannst du davon ausgehen, dass ich es mir auf jeden Fall merke und dich bis zu deinem Lebensende damit aufziehen werde.«

Wir bogen um die nächste Ecke und wichen ein paar Teenagern aus, die sich lautstark über eine Party unterhielten, zu der sie auf dem Weg waren. Ein Auto fuhr vorbei, und der Geruch von Abgasen drang in meine Nase. Nach und nach verlöschten die Lichter in den Fenstern der beigen, weißen und dunkelroten Wohngebäude.

»Vielversprechende Info. Hoffentlich vergesse ich die nicht.«

»Ich erinnere dich dran. Okay, mal sehen, was ich dir noch über mich erzählen könnte… Ich bin gerne am Meer. Die Stadt liebe ich auch, aber letztendlich kann die es nicht mit Salz in der Luft und Sand unter den Füßen aufnehmen.«

»Ist bei mir fast andersherum. Wenn ich an L.A. und den Strand und das Meer denke, verbinde ich das nur mit dem Druck, perfekt zu sein. In New York fühle ich mich viel freier und glücklicher. Zu einem Strandurlaub würde ich aber trotzdem niemals Nein sagen«, fügte ich mit einem Lachen hinzu.

Brody suchte meinen Blick und schenkte mir ein kleines Lächeln. »Das merke ich mir auch.«

»Und was machst du an den Tagen, an denen du nicht arbeiten musst? Hängst du auch häufiger mit Olivia und der Clique ab?«

»Ab und zu kochen wir mal zusammen oder bestellen Essen. Nicht so oft, aber hin und wieder. Mit Olivia verstehe ich mich echt gut.« Er überlegte. »Wenn ich mal frei habe, was leider nicht allzu oft vorkommt, und keine Lust auf Filme, Serien oder Kino habe, dann gehe ich gerne raus, um ein paar Aufnahmen oder Fotos zu machen. In der Regel fällt mir immer etwas auf, das ich gerne festhalten möchte.«

»Ich finde es auch toll, Fotos und Videos von Momenten zu haben, an die man sich gerne zurückerinnert. Nur leider vergisst man meist genau in diesen Augenblicken, die Kamera herauszuholen.«

»Ist das denn wirklich so schlimm? Ich finde, das spricht eher für den Moment. Dafür, dass er so schön war, dass man alles andere um sich herum vergessen hat.«

»Du hast recht«, sagte ich leise und dachte einen Augenblick über seine Worte nach. »Solche Momente will man eigentlich jeden Tag erleben.«

Er lachte. »Wenn die jeden Tag vorkämen, meinst du nicht, dass sie dann irgendwann nichts Besonderes mehr wären? Ich denke, man wüsste den einzelnen Moment dann gar nicht mehr zu schätzen. Wenn du auch Tiefpunkte hast oder schlechte Tage, realisierst du an den guten erst richtig, wie toll sie sind.«

»An dir ist ein kleiner Philosoph verloren gegangen.« Lachend stieß ich ihn mit dem Ellenbogen an. »Aber ja, es stimmt schon. Das muss man sich nur immer wieder in Erinnerung rufen, wenn die nicht so tollen Tage überhandnehmen und man mit allem überfordert ist. Dass es bergauf geht und womöglich morgen der schönste Tag deines Lebens sein wird.«

Er nickte. »Bereust du irgendwas in deinem Leben?«

Ich überlegte. »Ich bin kein Fan davon, irgendwas zu bereuen. Alles, was ich in meinem Leben gut gemacht, aber auch alles, was ich verbockt habe, hat mich zu dem Menschen geformt, der ich heute bin. Ich bin die Summe aus allem, was ich erlebt habe. Und ganz ehrlich? Ich find mich echt gut. Ich hoffe, das klingt jetzt nicht arrogant oder überheblich. So meine ich es nämlich gar nicht.«

»So klingt es auch nicht. Es ist wichtig, dass man sich

mag, denn wenn man es selbst nicht tut, wer dann?« Als er meinen Blick suchte und ihn für eine kleine Unendlichkeit nicht mehr losließ, spürte ich, wie meine Knie weich wurden. »Die Sache mit der Reue ist echt schwer, wenn du mich fragst. Einerseits gibt es Dinge, die man gerne ungeschehen machen will, andererseits lernt man bestenfalls aus ihnen und macht nicht zweimal den gleichen Fehler.«

»Daher bin ich – auch wenn sich das jetzt komisch anhört – dankbar für jeden Mist, den ich durchgemacht oder zu verantworten habe. Wenn das alles nicht passiert wäre, wer weiß, ob wir dann gerade gemeinsam durch Brooklyn laufen und uns unterhalten würden.«

Seine Mundwinkel zuckten nach oben. »Schön, dass es dazu gekommen ist.«

Millionen Schmetterlinge, die in meinem Bauch Loopings flogen.

»Finde ich auch.«

Während wir weitergingen, kam er mir so nahe, dass sich beim Gehen unsere Arme streiften. »Um ehrlich zu sein, gibt es da schon etwas, das ich bereue.«

Ich warf ihm einen fragenden Blick zu.

»Als ich neun war, habe ich einem Jungen aus meiner Klasse ein paar Pokémon-Karten geklaut. War keine nette Aktion.«

Mein Kiefer klappte herunter, und ich prustete los. »So ein Quatsch, als ob du das bereust!«

Er dachte einen kurzen Moment nach, dann zuckte er mit den Schultern. »Okay, tu ich nicht. Die Karten waren nämlich richtig gut.«

»Dass du eine kleptomanische Ader hast, hätte ich nicht gedacht. Das nächste Mal, wenn du in mein Apartment kommst, muss ich vorher unbedingt alles wegschließen. Nicht dass danach meine Socken mit den Gnus drauf fehlen.«

»Glaub mir, die werde ich finden und als Geiseln nehmen. Die Gnus, nicht die Socken.«

Ich musste so sehr lachen, dass ich erst gar nicht bemerkte, wie Brody mich sanft am Arm fasste und mit sich zog.

»Hier lang«, sagte er und führte mich um die Ecke und hinein in eine U-Bahn-Station.

Ich hatte zwar keine Ahnung, was er vorhatte, aber das verschmitzte Grinsen auf seinen Lippen machte mich neugierig.

»Wohin fahren wir?«, fragte ich, als wir wenig später nebeneinander in der U-Bahn saßen. Es waren noch viele Menschen unterwegs, trotzdem hatten wir zwei Sitzplätze ergattern können. Unsere Oberschenkel berührten sich, wodurch immer wieder Blitze durch meinen gesamten Körper fuhren.

»Lass dich überraschen, Mackenzie West.« Sein frischer, herber Duft umspielte meine Nase, und ich konnte nicht anders, als sein wunderschönes Lächeln zu erwidern. »Und bis dahin…« Er holte sein Smartphone und ein paar Kopfhörer aus der Jackentasche und reichte mir einen von ihnen, während er sich den anderen in sein Ohr steckte und über sein Handydisplay wischte. »Musst du mit meiner lebensverändernden Musik vorliebnehmen.«

Ich lachte auf und wartete, bis er ein Lied anspielte.

Sanfte Töne erklangen, und kurz darauf sang der Interpret davon, Gedanken meist für sich zu behalten und doch sagen zu wollen, dass er sich sicher mit jemandem war. Es war ein magischer Moment, auch wenn es kein besonderer Ort war. Nur eine U-Bahn in New York, in der ein Junge und ein Mädchen nebeneinandersaßen und gemeinsam Musik hörten. Aber trotzdem hatte Brody vielleicht recht. Möglicherweise würde diese Musik mein Leben verändern.

Ich lauschte dem Song, bis die letzten Töne verklungen waren, und wandte mich dann Brody zu. »Wie heißt der?«

»›The Few Things‹ von JP Saxe.«

»Der kommt auf meine Liste.«

»Auf deine Liste?«

»Jedes Mal, wenn ich einen Song höre und gleichzeitig etwas Schönes, etwas Einzigartiges, erlebe, an das ich mich immer wieder erinnern will, speichere ich das Lied auf einer Playlist ab. Und wenn ich irgendwann das Bedürfnis verspüre, zu diesem Moment zurückzureisen, kann ich das durch den Song tun.«

Sein Gesicht war vielleicht einen halben Meter von meinem entfernt. Er hatte die Lippen leicht geöffnet, während er mich aufmerksam studierte. Ich wollte in seinen Augen, die sich mit jeder Millisekunde weiter verdunkelten wie der Ozean bei einem Sturm, versinken und nicht mehr daraus auftauchen. Die Luft zwischen uns schien elektrisch geladen – Energie, Funken –, und ich fragte mich, was er gerade dachte.

Als sich ein Lächeln auf seine Lippen legte, wusste

ich es. Noch bevor er etwas erwidern konnte, wandte ich den Blick wieder nach vorn und rutschte ein wenig zu ihm, lehnte behutsam meinen Kopf an seine Schulter und lauschte dem nächsten Song.

Einige Zeit später stiegen wir aus. Brody führte mich entlang von Restaurants, Bars, kleinen Boutiquen bis zum Brooklyn Bridge Park. Wir passierten ein paar Grünflächen und Bänke, auf denen noch vereinzelt Menschen saßen und sich unterhielten.

»Schau, da drüben sind nicht so viele Leute«, sagte Brody und zeigte Richtung Pebble Beach, bevor er mir seine Hand hinhielt.

Ohne lange nachzudenken, ergriff ich sie. Seine Haut an meiner zu spüren war alles, was ich wollte. Es fühlte sich vertraut an, und ich wollte ihn am liebsten nie wieder loslassen.

»Komm, schnell, sonst schnappt uns der Kerl da den Platz weg«, flüsterte er mir ins Ohr und ließ damit Schauer über meinen Rücken wandern. Rasch zog er mich mit sich, bis wir nicht mehr liefen, sondern rannten.

Lachend jagten wir über den schmalen geteerten Weg, wichen Passanten aus, um wenige Sekunden später über die kleinen und großen Steine entlang des Wassers zu stolpern. Ich hatte keine Angst zu fallen, ich wusste, dass Brody mich festhielt und dafür sorgte, dass mir nichts passierte. Nur ein paar Herzschläge darauf ließen wir uns außer Atem auf zwei Felsen abseits der anderen Menschen sinken. Ich grinste immer noch, während mein Herz Purzelbäume schlug.

»Da hatten wir ja noch mal Glück. Als er gesehen hat, dass wir losrennen, hat er einen ganz schönen Zahn zugelegt.«

Brody lachte auf. »Voll! Der hat uns echt böse angefunkelt.«

Ich atmete tief die frische Brise ein, die vom East River ans Ufer wehte, und genoss die Aussicht auf die strahlende Skyline von Manhattan. Das Lichtermeer spiegelte sich unruhig im Schwarz des Wassers, während das sanfte Plätschern der Wellen mit dem Rauschen der Windböe verschwamm. Wie schön konnte eine Nacht sein?

»Es war eine gute Idee hierherzukommen.«

»Wie gesagt, manchmal bin ich über meine schlauen Einfälle selbst verwundert«, entgegnete Brody und spielte damit auf seine Bemerkung von vorhin an.

Schmunzelnd schüttelte ich den Kopf. »Dabei hätte ich nicht gedacht, dass du so spontan sein kannst.«

»Was soll das denn heißen?« Gespielte Entrüstung schwang in seiner tiefen Stimme mit, als er mich empört ansah.

»Bisher hast du auf mich eher wie ein ziemlich ernster Kerl gewirkt, der ständig nur arbeitet und wenig Zeit mit verrückten Dingen verbringt.«

Er wandte den Blick ab und fuhr sich über den Nacken. »Möglicherweise hast du mit der Einschätzung nicht ganz unrecht. Ich arbeite viel, ich weiß. Das ist schon seit der Uni so; da habe ich die Abende lieber mit Lernen verbracht, als auf irgendwelche hippen Partys zu gehen. Meine Zukunft war mir wichtiger.«

»Wichtiger als die Gegenwart?«

»Das ist eine lange …« Abrupt brach er ab. »Ich glaube schon. Zumindest war es in den letzten Jahren so.«

»Und woher kam der Sinneswandel?« Ich beobachtete ihn, wie er auf den East River mit den funkelnden Lichtern blickte auf der Suche nach Antworten auf meine Fragen.

»Manchmal triffst du im Leben auf Menschen, die dich dazu treiben, über dich hinauszuwachsen, und Seiten an dir hervorbringen, von denen du dachtest, dass es sie schon lange nicht mehr gibt.«

»Das kenne ich, da …«

»Mackenzie«, unterbrach er mich. »Ich rede von dir.«

Mein Mund blieb offen stehen, und ich blinzelte ihn ein paarmal ungläubig an. »Was?«

Kopfschüttelnd lehnte er sich zurück und grinste mich frech an. »Du hast keine Ahnung, wie du auf andere wirkst, oder?«

»Wie ich auf andere wirke?« Verwirrt zog ich die Nase kraus. Was meinte er denn damit?

»Du strahlst. Immer. Jedes Mal, wenn du einen Raum betrittst oder mit Leuten sprichst, ist es, als ob die Sonne aufgeht. Du hast so viel Wärme zu geben, so viel Positives, dass es fast unecht wirkt, weil ich noch nie jemanden getroffen habe, der so ist wie du.«

Wenn meine Wangen zuvor schon warm gewesen waren, hätte man nun Spiegeleier auf ihnen braten können. Ganz sicher. Perfekt passte dazu auch mein rasendes Herz, das in etwa so schnell pochte wie eine tickende Eieruhr.

»Aber…«, fing ich an und versuchte, die Leere in meinem Kopf mit schlauen Gedanken zu füllen. Vergeblich. »Das… Okay, ich bin sprachlos.«

Brody kicherte und lehnte sich wieder nach vorn und ein Stück zu mir herüber, sodass ich die Wärme, die von ihm ausging, durch die Luft pulsieren spürte. »Sorry, ich wollte dich nicht in Verlegenheit bringen.«

»Schon gut. Ich muss nur erst mal mit dem klarkommen, was du da gerade gesagt hast. Mir war das nicht bewusst.« Ich sah ihn an. »Danke, jedenfalls. Ich… Ich freu mich, wenn du das so siehst.«

Sein rechter Mundwinkel hob sich zu einem schiefen Grinsen.

»Weißt du, was ich an dir toll finde?«

»Du musst mir kein Kompliment machen, nur weil ich dir eins gemacht habe. Wirklich nicht, ich wollte dir das nur sagen. Ohne Hintergedanken.«

Ich seufzte. »Und ich sage dir das jetzt, weil *ich* es will. Glaub mir eins, wenn ich mir was in den Kopf gesetzt habe, dann zieh ich es auch durch.«

Sein Lächeln wurde noch breiter, noch strahlender. »Gut, dann lass mal hören.« Er war mir inzwischen so nahe, dass ich all meine Selbstbeherrschung aufbringen musste, ihn nicht einfach zu küssen.

»Du…« Meine Stimme erstarb in einem Krächzen.

Oh, wow, Mackenzie, überhaupt nicht peinlich, nein, gar nicht.

Als er seine Lippen aufeinanderpresste, um ein Lachen zu unterdrücken, funkelte ich ihn gespielt böse an und räusperte mich. »Ich mag es, wie entspannt ich in deiner Gegenwart bin.« Mein Herz schlug immer schneller. »Du strahlst eine unglaubliche Ruhe aus, die irgendwie auf mich abfärbt und mir das Gefühl gibt, dass ich dir alles erzählen könnte, selbst wenn es ein Mord am Präsidenten höchstpersönlich wäre. In so einer hektischen Welt ist das echt schön.«

Meine Hände zitterten leicht, während Brody sich mit seiner Hand hinter mir auf dem Stein abstützte und die andere sanft an meine Wange legte. Seine Augen weiteten sich, als ich mir auf die Lippe biss und den Blick von seinem Mund zum Dunkel in seinen Augen hob. Die Luft zwischen uns brannte lichterloh. Langsam reckte ich ihm mein Gesicht entgegen, genoss jede der zarten Berührungen seines Daumens auf meiner Wange.

Und dann hielt ich es nicht mehr aus. Mit dem nächsten Wimpernschlag legte ich meine Lippen auf seine – und in meiner Brust explodierte etwas. Brody schmeckte nach Freiheit, Geborgenheit und Zuhause. Alles in einem. Ich ließ die Hände über seine starken Oberarme hoch bis zu seinen Schultern und in seinen Nacken wandern, bevor ich die Finger in seinen Haaren vergrub, um ihn noch dichter an mich zu ziehen. Mir entfuhr ein leises Seufzen, als er mit seinen weichen Lippen über meine streifte, und ich spürte, dass er lächelte. Dann küsste er mich erneut. Drängender, schneller und verlangender. Ich gab ihm mehr. Mehr von mir. Mehr von diesem Kuss und mehr von uns. Seine Hand rutschte von meiner Wange nach unten an meine Taille und streichelte dort über meine Seite.

Atemlos zog ich mich im nächsten Moment zurück.

Unsere Gesichter waren nur wenige Zentimeter voneinander entfernt. Stockend atmete ich aus und konnte den Blick nicht von seinen Augen abwenden. Als ein kleines Lächeln über seine Lippen huschte, grinste ich breit, hauchte ihm noch einen Kuss auf den Mundwinkel, und als er den Arm um mich legte, kuschelte ich mich an seine Seite. Ich schlang meine Arme um seinen Oberkörper und vergrub mein Gesicht an seiner Brust. Sein Herz pochte mindestens so schnell wie meins.

»Ich werde New York vermissen.«

Er spannte sich etwas an. »Und New York wird dich vermissen. Wie viel Zeit bleibt uns noch?«

»Ungefähr fünf Wochen. Ist nicht viel, aber besser als nichts. Vielleicht sollte ich bleiben. Mein Leben hier ist tausendmal schöner als das in Los Angeles. Alles fühlt sich besser an. Sogar das Essen schmeckt leckerer.«

»Warum tust du es dann nicht? Zurückziehen, meine ich. Du kannst doch von überall arbeiten.«

Ich seufzte. »Mein Management zwingt mich in gewisser Weise, meine Familie ist extra meinetwegen dorthin gezogen, und bessere Karrierechancen habe ich dort auch.« Vor meinem inneren Auge flackerte Tracys Gesicht auf und direkt daneben das von Chad, mit dem sie mich verkuppeln wollte. Alles in mir schnürte sich beim alleinigen Gedanken an die beiden zusammen.

»Mackenzie«, flüsterte er und streichelte über mein Haar. »Das sind alles Dinge, die dir dein Kopf sagt, oder?«

Ich nickte.

»Es scheint vielleicht schlauer und einfacher zu sein,

das zu tun, was dir die Vernunft rät, aber noch wichtiger ist es, dass du auf dein Herz hörst.« Er holte tief Luft. »Ich werde dir nicht raten, hier in New York zu bleiben. Es ist dein Leben, deine Karriere, und du solltest tun, was du glaubst, das am besten für dich ist. Aber wenn du mich fragst, kannst du nur glücklich werden, wenn du den Kopf für einen Moment ausschaltest und deinem Herzen etwas mehr Beachtung schenkst.«

Ich seufzte. »Wenn es doch nur so einfach wäre.«

KAPITEL 16

»Erzähl mir alles!« Adaline stand mit weit aufgerissenen Augen in der Tür des Trainingssaals. Ihre Ringellocken trug sie heute zu einem hohen wuscheligen Zopf gebunden, sodass ihre riesigen goldenen Kreolen noch besser zur Geltung kamen als sonst.

Ich kicherte und lief zu meinem Laptop, um den Song leiser zu stellen, zu dem ich gerade noch getanzt hatte. »Das war echt ein ereignisreiches Wochenende.«

Im Stechschritt kam sie näher und starrte mich erwartungsvoll an, während ich einen Schluck trank und mir mit einem Handtuch über das Gesicht fuhr. »Rück raus mit der Sprache! Deine Nachricht... Du kannst nicht einfach schreiben, dass du mit den anderen abgehangen und dann auch noch Brody geküsst hast, und mir dann nicht mehr antworten. Was ist los mit dir? Wieso tust du mir so was an?«

»Ich wollte es ein wenig spannend machen, tut mir... na ja, tut mir *fast* leid.« Ich lachte auf und schlug mir entschuldigend eine Hand vor den Mund. »Es war wirklich verrückt.« Rasch stellte ich die Flasche ab, zog mir meine schwarze Trainingsjacke über und ließ mich vor dem Spiegel auf den Boden sinken.

Adaline setzte sich mir gegenüber in den Schneidersitz. »Fang am besten vorn an.«

»Alles hat damit angefangen, dass ich letzten Freitag den Dreh auf dieser krassen Aussichtsplattform *Edge* hatte. Du weißt, wie hoch die ist, und du weißt, dass ich etwas Höhenangst habe…«

»Etwas?« Sie lachte.

»Ja, okay, ein bisschen mehr als etwas.« Ich verdrehte die Augen. »Daher ging es mir nicht so gut, und dann hat mich auch noch Tracy am Telefon angeschnauzt. Was Brody mitbekommen hat.«

»Uh, da kommt der Retter in der Not ins Spiel.«

»Ich bin meine eigene Retterin«, entgegnete ich grinsend. »Aber ja, es wurde ein schöner Abend mit ihm. Wir haben uns chinesisches Essen geholt und sind zu mir gegangen…«

»Und dann wart ihr in der Kiste!«

Ich schnaubte. »Neee, wir haben nur geredet.«

»Schade, ich dachte, du rückst jetzt mit den juicy Informationen raus.«

»Das Einzige, was juicy war, waren die asiatischen Nudeln.«

»Oder etwa…« Sie machte eine dramatische Pause. »Brodys Nudel?«

Ich starrte sie an, bevor ich so heftig losprusten musste, dass mir die Tränen kamen. Adaline ging es ähnlich, sie schnappte glucksend nach Luft, bis wir uns schließlich wieder beruhigten.

»Okay, sorry, aber das war die perfekte Vorlage. Die musste ich nutzen.«

Ich fuhr mir übers Gesicht und lehnte mich dann mit dem Rücken an den Spiegel, die Beine vor dem Körper aufgestellt. »Hätte ich nicht anders gemacht.« Grinsend schüttelte ich den Kopf. »Auf jeden Fall haben wir geredet, und es hat echt gutgetan. Danach hat er seine Kamera bei mir liegen lassen – der Kerl ist echt vergesslich, ich sag's dir –, und ich hab sie ihm am nächsten Tag vorbeigebracht.«

»Und Olivia hat dir die Tür aufgemacht!«

»Nein, tatsächlich war sie gar nicht da.«

»Bist du dann dortgeblieben? Bei Brody?«

Ich nickte. »Ja, wir haben uns die Aufnahmen vom Dreh angeschaut und ein bisschen geredet. Und irgendwie... Da war zweimal so ein Moment zwischen uns...«

»Ich lebe für Momente! Mehr Informationen, aber pronto.«

»Wir haben uns immer wieder berührt, und dann habe ich irgendwann angefangen zu boxen und gegen seine Handflächen geschlagen...«

»Du hast was?«

»Frag nicht. Rocky Balboa ist mit mir durchgegangen.«

»Das hätte ich echt gerne gesehen, der arme Brody wurde von dir sicher fast k. o. geschlagen.«

»Das kannst du laut sagen. Ein Wunder, dass er überlebt hat.« Ich schüttelte lachend den Kopf. »Wie auch immer, zwei Momente. Und als wir dann – natürlich ohne es auszusprechen – gemerkt haben, dass es heute nichts mehr wird, wollte ich gehen.«

»Ach, der hatte also die gleichen Absichten wie du? Dieser Sittenstrolch.«

»Adaline, du machst mich echt fertig, weißt du das?«

»Stets zu Diensten, um geschmacklose Kommentare zum Besten zu geben.«

»Danke, ich wusste, dass ich auf dich zählen kann.« Ich holte tief Luft und versuchte, mich wieder auf die Geschichte zu konzentrieren. »Ich bin dann in die Küche gelaufen, und wer stand da? Olivia, Jade, Austin und Dax. Sie haben mich eingeladen zu bleiben, und wir hatten einen echt schönen Abend.«

Adaline kniff die Augen zusammen und musterte mich. »Ich hoffe, Austin war nett zu dir?«

»Ja! Klar, zuerst war es noch ein wenig seltsam, aber dann wurde es immer besser und fast schon ein bisschen wie früher. Und Jade war auch superlieb. Ich rechne ihr das echt hoch an, immerhin ist sie mit Austin zusammen, und ich bin … seine Ex.«

Adaline überlegte kurz. »Über Jade solltest du wissen, dass sie ihr Herz am richtigen Fleck hat. Wir kennen sie zwar erst ein Jahr, aber sie kann keiner Fliege was zuleide tun. Außerdem würde Austin alles für sie machen, der ist richtig vernarrt in sie. Und keiner von beiden ist groß eifersüchtig, dafür vertrauen sie einander viel zu sehr.« Sie hielt inne. »Oh, war das jetzt doof zu erwähnen?«

»Ach, Quatsch! Ich freue mich, wenn sie glücklich sind.« Ein Lächeln umspielte meine Lippen, als ich unwillkürlich an Brody denken musste. »Ich bin nicht hier, um irgendwo dazwischenzufunken.«

»Ich weiß. Und die anderen wissen das sicher auch.«

Ich nickte. »Danach hat Brody mich runtergebracht. Wir waren noch ein wenig spazieren und haben geredet. Und irgendwann…«

»Come on, jetzt rück endlich mit der Sprache raus!«

»… haben wir uns geküsst.«

»Na endlich! Ich sag's dir, Brody wirkt unscheinbar, aber der hat es faustdick hinter den Ohren, wenn du mich fragst. Stille Wasser sind tief und so.«

»Er ist toll, und ich kann wirklich gut mit ihm reden. Außerdem kann ich nicht bestreiten, dass er ziemlich heiß ist. Wenn er mich mit diesen blaugrünen Augen anschaut, gehen bei mir sämtliche Lichter aus, und ich glotze ihn an wie eine psychopathische Serienkillerin, die sich ausmalt, wie er wohl mit Knoblauch und Paprika gewürzt schmecken würde.«

Adaline entfuhr ein Lachen. »Ja, das sieht dir ähnlich.« Dann wurde sie wieder ernst. »Aber wirklich schön, dass ihr euch so gut versteht. Wurde auch Zeit, dass du jemanden kennenlernst.«

Ich verzog den Mund zu einem schiefen Lächeln. Damit hatte sie nicht unrecht. In L.A. hatte ich zwar ein paar Dates gehabt, aber nie eine Beziehung. Mein Management hatte oft versucht, mich mit anderen Influencern oder Schauspielern zu verkuppeln, um meine Reichweite zu vergrößern. Nicht nur einmal hatte bei irgendwelchen Meetings oder Abendessen mit Tracy plötzlich ein Kerl neben ihr gestanden (natürlich immer rein zufällig…), mit dem ich ein Foto hatte machen müssen. Und einen Tag später war es überall auf den News-Seiten zu finden gewesen. Seltsamer *Zufall*. Und abgesehen davon, hatte ich mich auf meine Karriere konzentrieren wollen. Aber es war eindeutig Zeit, wieder einen Mann in mein Leben zu lassen, der ehrliche Absichten hatte und für den mein Herz jedes Mal, wenn wir uns sahen, ein bisschen höherschlug. Einen Mann, der mit guttat.

»Ja«, sagte ich gedankenverloren. »Ich bin gespannt, wohin das führt.«

»Wann seht ihr euch wieder? Die Hälfte deiner Zeit in New York ist ja schon fast vorbei, da wollt ihr euch jetzt bestimmt so oft wie möglich treffen, oder? Andererseits hätte er in L.A. bestimmt sowieso viel bessere Chancen, als Filmemacher groß rauszukommen. Soll er doch einfach mit dir kommen.«

»Immer langsam mit den jungen Pferden.« Ich schnaubte. »Wir haben uns bisher genau einmal geküsst. Aber hey, kommt bestimmt gut, wenn ich ihn beim nächsten Mal einfach frage, ob er nicht zu mir nach L.A. ziehen will. Am besten, er lernt übermorgen meine Eltern kennen und den Tag darauf heiraten wir.«

»Hört sich nach einem vielversprechenden Plan an.« Adaline streckte mir die Zunge raus. »Also, wann seht ihr euch wieder?«

»Der nächste Dreh ist leider erst in zwei Wochen, und bis dahin ist Brody nicht in der Stadt. Er meinte am Samstag, dass er für ein paar Drehs nach Connecticut und Long Island muss. So wie es aussieht, können wir, bis er zurück ist, nur schreiben und telefonieren.«

»Ich hab mal irgendwo aufgeschnappt, dass Telefon-
sex ...«

»Irgendwo aufgeschnappt, ja, ja, Adaline, ich glaub dir
jedes Wort.«

Sie riss empört die Augen auf und spielte an einer ihrer
Kreolen herum, als könnte sie kein Wässerchen trüben.
»Ich wollte dich nur darauf hinweisen, dass es da diverse
Möglichkeiten gibt. Brody würde sich bestimmt freuen.«

»Danke für deinen Einsatz, du hast recht, der wird Be-
geisterungssprünge machen.« Kichernd sah ich mich im
Tanzsaal um. »Wer hätte vor einem Monat gedacht, dass
ich jetzt hier sitzen und dir davon erzählen würde, dass
ich wieder Teil der Clique bin und mich mit einem Kerl
treffe, der mir so richtig guttut?«

»Also die Frau, die meiner Mom immer die Karten
legt, hätte das sicher gewusst.«

»Dann sollte ich die vielleicht auch mal fragen, wie die
ganze Geschichte weitergeht, wenn ich wieder in L.A.
bin.«

Denn das steht definitiv noch in den Sternen.

Nach dem Training und dem Gespräch mit Adaline
war ich gegen Nachmittag in mein Apartment zurückgekehrt, hatte kurz geduscht, mit meinen Eltern und
meinem Bruder telefoniert und ein paar Videoclips für
meine Instastory aufgenommen. Jetzt saß ich am Esstisch, und im Hintergrund lief »Hard For Me« von Russ,
während ich durch die mindestens zwanzig Mails meines Managements scrollte.

Tracy hatte mir mehrere Male geschrieben und darauf

beharrt, dass ich mehr postete. Seit ich in New York war, hatte ich sehr viel weniger Zeit auf Instagram verbracht. Mit jedem Tag spürte ich deutlicher, dass ich es satthatte, nach Tracys Pfeife zu tanzen, doch leider hatte mich mein Management in der Hand. Nachdem mir Tracy in einer weiteren Mail gedroht hatte, dass sie, wenn es hart auf hart kam, meine ganze Karriere mit einem Schnipsen zerstören könnte (immerhin hatte sie genug Connections in der Szene, um dafür zu sorgen, dass niemand mehr mit mir zusammenarbeiten wollte), hatte ich mich breitschlagen lassen, einen ihrer Deals anzunehmen. Es handelte sich dabei um einen Post und eine Story auf Instagram, in denen es um Proteinriegel gehen sollte, die ich glücklicherweise sowieso in den Trainingspausen verdrückte. So hatte ich zwar das getan, was mein Management von mir verlangte, aber wenigstens war ich mir dabei treu geblieben. Ich schickte Tracy die Clips und das Fotos und hoffte, dass die Firma beides absegnete.

Mein Handy signalisierte mit einem Piepen den Eingang einer neuen Nachricht. Sie kam von Brody. Ein Lächeln tanzte über meine Lippen, als ich sie mit einer raschen Daumenbewegung öffnete.

Was machst du gerade?

Sitze an ein paar Mails, und du?

Im nächsten Moment klingelte mein Smartphone erneut. Jedoch war es diesmal keine Nachricht, sondern ein eingehender Videoanruf.

Mein Puls legte augenblicklich einen Zahn zu. Schnell fuhr ich mir durch die Haare, atmete tief durch und nahm das Gespräch entgegen.

»Hey.« Brody winkte in die Kamera.

»Hallo.« Ich musste lächeln.

»Toll, dich zu sehen. Wie war dein Tag?«

»Wie schön, dass du anrufst.« Ich dachte kurz nach. »Gut. Ausgeschlafen, dann war ich beim Training, und danach habe ich mit Adaline geredet. Jetzt sitze ich hier und arbeite noch ein bisschen.«

»Lief das Training gut?«, fragte er grinsend.

»Total, ich habe ein bisschen für mich getanzt, und schwupps waren ein paar Stunden vorbei.«

»Die Zeit vergeht viel schneller, wenn man Spaß hat.«

»Und wie war dein Tag so?« Ich stand auf und lief mit dem Smartphone in der Hand zur Couch, ließ mich auf das weiche Polster sinken und lauschte Brodys angenehm ruhiger Stimme.

»Heute Mittag sind Alfred und ich hier in Golden Oaks angekommen und haben uns dann noch mit dem Typen von dem Job getroffen und alles besprochen. War echt witzig, ich kenne den noch von früher, als ich hier immer meine Großeltern besucht habe.«

»Ach, dann hast du den Job über sie bekommen?«

»Genau. Meine Grandma hat ihm erzählt, dass ich inzwischen selbstständig bin, und da kam ihm die Idee, dass er gerne einen kleinen Werbefilm für seine französische Bäckerei drehen würde. Gesagt, getan, jetzt bin ich hier und verbringe die nächsten Tage mit Alfred und leckeren Croissants.«

Ich lachte. »Bring mir welche mit!«

»Warte, schau mal.« Er wandte den Blick ab. Ich hörte eine Papiertüte knistern, und im nächsten Moment hielt er grinsend ein Croissant vor die Linse und biss genüsslich hinein. »Mmh, echt lecker.«

»Na super.« Mein Magen knurrte verräterisch. »Hast du das gehört? Jetzt bin ich echt neidisch.«

»Auf mich oder das Croissant?« In seinen Augen blitzte etwas auf, und seine Lippen umspielte ein freches Lächeln.

Herausfordernd hob ich eine Augenbraue. »Auf Alfred, weil er dir die ganzen Croissants wegnehmen und vor *deiner* Nase essen kann.«

Er lachte. »Bis ich wieder in New York bin, sind die leider verschimmelt, wir machen doch noch 'nen Abstecher nach Long Island.«

»Ach, Mist.«

»Du kommst nächstes Mal mit, wenn ich meine Großeltern besuche, so einfach ist das.«

Ein Flattern breitete sich in meiner Brust aus. Möglicherweise war das nur ein Scherz gewesen. Aber so wie ich Brody einschätzte, standen die Chancen gut, dass er es vielleicht doch ernst meinte.

Ich lächelte in die Kamera. »Jap. Da bin ich dabei.«

»Schön zu hören.«

Er sagte nichts mehr. Ich sagte nichts mehr. Wir grinsten nur wie zwei liebeskranke Teenager, bis ich plötzlich anfing zu lachen. Und Brody kurz darauf auch losprustete, wobei sich die hübschen Lachfältchen rund um seine Augen zeigten.

»Okay, ich muss jetzt auflegen, Alfred hat mir eben geschrieben, dass er auf mich wartet.«

»Grüß ihn von mir. Es war echt schön, dass du angerufen hast.«

»Sag das nicht zu laut, sonst melde ich mich ab jetzt jeden Tag, bis wir uns wiedersehen.«

Wärme stieg meinen Hals hinauf bis in meine Wangen. »Wenn du's nicht machst, tu ich's.«

KAPITEL 17

In den folgenden zwei Wochen rief mich Brody fast jeden Abend an. Und wenn er es nicht tat, dann meldete ich mich bei ihm. Oft sprachen wir nur ein paar Minuten über seine Drehs, mein Training oder den Tag, weil einer von uns wieder losmusste. Aber auch wenn es nur belanglose Dinge und keine stundenlangen Gespräche waren, kribbelte es von Mal zu Mal mehr, wenn ich ihn auf dem kleinen Display sah.

Ich trainierte nahezu jeden Tag, stellte ein paar Choreos zusammen und filmte die ein oder andere davon für meinen Instagram-Account. Und da ich ohnehin schon den ganzen Vormittag und frühen Mittag im Move District verbrachte, hing ich im Anschluss oft mit der Clique ab. Alle freuten sich darüber, dass ich wieder Teil der Gruppe war. Und ich fühlte mich nicht mehr allein, sondern als ob ich endlich meinen Platz gefunden hätte. Dass ich in vier Wochen die Stadt wieder verlassen würde, verdrängte ich jedes Mal, wenn der Gedanke daran aufkam. Was mir manchmal besser, manchmal schlechter gelang.

Doch heute war ein guter Tag. Selbst mein Tageshoroskop stimmte mir da zu. Gegen Mittag fand ich mich im Blanks Headquarter ein, um dort im Studio Redesequenzen aufzunehmen, die später mit den Tanzvideos zusammengeschnitten werden sollten. Außerdem mussten ein paar Outfits an mir geshootet werden. Und das Beste am ganzen Tag: Ich würde Brody wiedersehen. Er kehrte heute nach New York zurück und würde beim Shooting dabei sein.

Zuerst verbrachte ich über eine Stunde in der Maske, um von Josh so geschminkt zu werden, dass ich hinterher aussah, als ob ich kein Make-up trüge. Und im Anschluss hantierte er fast genauso lang mit dem Lockenstab an meinen Haaren herum, damit meine Wellen »ganz natürlich« aussahen.

Gerade als ich mir mein erstes Outfit – eine dunkelblaue Sportleggings mit farblich passendem Longsleeve – angezogen hatte, streckte Mia den Kopf durch die Tür, um nach mir zu sehen.

»Bist du fertig?« Wie immer trug sie ihre schwarzen Haare in einem strengen Dutt. Sie hatte die Stirn gerunzelt und wirkte etwas gestresst.

Ich nickte. »Jap.«

Noch ein rascher Blick in den Spiegel, dann folgte ich ihr durch den Flur in eine kleinere Halle, in der verschiedene Sets aufgebaut waren. In der einen Ecke sah es aus wie in einer Blanks-Filiale; Regale waren an den Wänden angebracht und darunter Kleiderstangen aufgebaut, an denen Sportoutfits hingen. Ein großes Neonschild mit dem minimalistischen Logo der Marke prangte neben weiteren Regalen, auf denen Sneakers und Sportschuhe ihren Platz hatten. Ein Stück daneben befand sich ein riesiges Gestell mit Hintergründen in verschiedenen Farben, die über ein Rollsystem gewechselt werden konnten. Für heute war eine weiße Leinwand ausgewählt worden, die von mehreren Studioleuchten angestrahlt wurde. Überall herrschte reger Trubel, der mich an den Backstagebereich einer Bühnenshow erinnerte. Jeder hatte irgendetwas zu tun oder tat zumindest so, während er sich am Catering ein paar Snacks sicherte.

Ich ließ den Blick durch den riesigen Raum wandern, nur um im nächsten Moment in blaugrünen Augen zu versinken. Schlagartig war ich nervös – allerdings auf eine schöne Art und Weise. Dort stand er, die Kamera in der Hand, seine Mundwinkel zu einem schiefen Lächeln verzogen, als er bemerkte, dass ich ihn ansah. Am liebsten wäre ich auf Brody zugerannt und hätte ihn fest in meine Arme geschlossen, doch da ich mich am Set meines Kunden befand, war das wohl weniger angebracht. Also unterdrückte ich den Impuls und nickte ihm zur Begrüßung lediglich kurz zu.

»Zuerst würden wir gerne die Redesequenzen aufnehmen, okay?«

»Alles klar, machen wir.«

»Super, ich klär noch mal was ab, dann kann es losgehen.« Mit diesen Worten huschte Mia davon.

Ich nutzte die Gunst der Stunde und schlenderte zu Brody, wobei ich versuchte, ganz entspannt zu wirken.

»Hey«, sagte er mit rauer Stimme, als ich vor ihm stehen blieb.

Mein Herz schlug schneller. Ich lächelte ihn an und unterdrückte das Bedürfnis, ihm noch ein wenig näher zu kommen. »Hi.«

»Wie geht's dir? Fit für den Dreh?«

»Klar, heute ist es ja nicht so wild. Kein Glasboden im hundertsten Stockwerk oder so.«

Er lachte leise. »Glück gehabt. Oder meinst du, ich soll Mia vorschlagen, dass wir für die Aufnahmen aufs Dach des Gebäudes umziehen?«

»Wehe!« Ich boxte ihn mit gespielter Empörung gegen die Schulter. »Dann kannst du was erleben.«

»Ach ja? Was denn?«

Mein Mund wurde trocken, während wir die Blicke nicht voneinander losreißen konnten. In seinen Augen funkelte etwas, das mir einen Schauer über den Rücken jagte. »Das musst du schon selbst herausfinden.«

»Sehen wir uns später noch?« Ein erwartungsvoller Ausdruck wanderte über seine attraktiven Züge und ließ unterhalb meines Bauchnabels etwas pulsieren.

»Gerne, wir …«

»Mackenzie? Kommst du?«, wurden wir von Mia unterbrochen.

»Wir reden später«, flüsterte ich und zwinkerte ihm zu, dann drehte ich mich um und lief beschwingt zu Mia.

»Stell dich bitte hierhin«, sagte sie und zeigte auf ein großes X aus Klebeband auf dem Boden. »Im Hintergrund sieht man die neue Kollektion, und du beantwortest die Fragen, die wir vorbereitet haben, redest ein bisschen über deine Leidenschaft und so weiter und so fort …«

Ich nickte, dann platzierte ich mich auf dem für mich

vorgesehenen Punkt und wartete darauf, dass Alfred die Kamera auf mich richtete und eine der Mitarbeiterinnen am Set mir die erste Frage stellte. Dabei sah ich aus den Augenwinkeln, wie Brody ein paar Making-of-Aufnahmen machte und mit seiner Kamera und dem Gimbal um uns herumlief. Der dunkelgraue Sweater schmiegte sich locker an seine muskulösen Oberarme. Ich musste grinsen, als ich mir unwillkürlich vorstellte, wie ich ihm den Pulli ganz langsam ausziehen und über seine nackte Haut fahren würde ...

Oh Gott. Stopp! Falscher Zeitpunkt für so eine Vorstellung, ganz eindeutig.

Ich schüttelte kurz den Kopf, um die Gedanken loszuwerden und mich auf den Dreh konzentrieren zu können. Meine Arbeit, deretwegen ich *eigentlich* hier war.

»Also gut, Mackenzie, dann erzähl mal ein bisschen darüber, wie du zum Tanzen kamst.«

Ohne dass ich überlegen musste, sprudelten die Worte geradezu aus mir heraus. »Als ich sieben Jahre alt war, hat alles angefangen. Ich stamme aus keiner Tänzerfamilie – ganz im Gegenteil.« Ich lachte auf, als ich mir meine Eltern und meinen Bruder beim Tanzen vorstellte. Ohne jegliches Rhythmusgefühl. »Ich habe damals für mein Leben gerne Musikvideos geschaut und versucht, die Choreos nachzuahmen. Irgendwann gab es dann diese Castingshow im Fernsehen, mit der neue Tanztalente gesucht wurden; einer der Kandidaten meinte, dass er erst seit einem Jahr tanze. Dabei war er schon so unglaublich gut, dass ich es kaum fassen konnte. Zwei Tage später stand ich in meiner ersten Class.«

»Und, warst du bald genauso gut wie der Tänzer im Fernsehen?«

Ich schüttelte den Kopf. »Nicht nach einem Jahr. Aber nach ein paar weiteren Monaten harten Trainings und mit der Hilfe talentierter Coaches, Freunden und Menschen, die mich unterstützt haben. Ich habe in jeder freien Sekunde getanzt, und das mache ich heute noch. Ob an einer Haltestelle, während ich auf die U-Bahn warte, im Bad beim Zähneputzen, oder wenn mir alles zu viel wird und ich nicht mehr weiß, wo oben und unten ist. Das Tanzen ist wie eine Art Anker, der mich rettet, wenn ich in ein Loch falle oder das Gefühl habe, etwas falsch zu machen. Ich muss nur einen Song starten, und mit dem ersten Takt vergesse ich alles. Sorgen und Probleme existieren nicht mehr, es gibt nur noch mich und die Musik, die durch meinen Körper strömt und mich zu der macht, die ich bin.« Während ich sprach, blendete ich die Kamera und die Menschen um mich herum vollkommen aus. Stattdessen stellte ich mir vor, dass ich meinen Freunden davon erzählte. Ich spürte förmlich, wie sich mein Herz öffnete. Weil es am allermeisten für diese eine Sache schlug, die sich, seit ich denken konnte, wie ein roter Faden durch mein Leben zog.

»Erzähl noch ein bisschen mehr darüber, was du mit dem Tanzen verbindest.«

Ich grinste breit. »Tanzen ist für mich da, wenn es sonst niemand ist. Wenn ich mich allein fühle in einer Welt, in der man nie wirklich allein ist, aber doch glaubt, einsam zu sein. Es ist wie eine warme Umarmung. Wie Pancakes an einem Sonntagmorgen. Die Lieblingsserie im Pyjama zu schauen oder mit Freunden unter dem Sternenhimmel einzuschlafen. So fühlt sich das für mich an. Egal, was in meinem Leben passiert und was sich verändert, es ist wie eine Konstante, auf die ich mich verlassen und zu der ich immer wieder zurückkehren kann, wenn ich vom Weg abkomme.«

In mir verfestigte sich der Gedanke, dass ich mir die letzten Monate etwas vorgemacht hatte. Ich war nicht ich gewesen. Ich hatte das getan, was mein Management mir aufgeschwatzt hatte, und vernachlässigt, was meine Leidenschaft war. Zwischen all den Forderungen von Tracy war ich irgendwo vom Weg abgekommen und hatte mein Ziel aus den Augen verloren. Doch wer sagte, dass ich nicht einfach die Richtung wechseln konnte? Dass ich Steine, die mir in den Weg gelegt wurden, nicht wegrollen oder ihnen ausweichen konnte, um das zu tun, wofür ich brannte? Was mein Herz erfüllte und mir alles schenkte, was ich in meinem Leben brauchte.

»Mackenzie?«

Unwillkürlich zuckte ich zusammen. »Oh, ja ... sorry. Wo waren wir?«

»Was dir das Tanzen bedeutet.«

Ich nickte, und mein Blick huschte zu Brody. Er hatte die Kamera gesenkt und beobachtete mich. Seine Lippen waren leicht geöffnet, und als ich ihn eingehender musterte, fiel mir auf, dass Bewunderung in seiner Miene lag. Ich hielt seinen Blick fest, hörte, wie mein Herz heftig pochte. Sah förmlich die Funken, die zwischen uns in der Luft tanzten.

Und dann erzählte ich weiter. Und weiter. Und weiter.

Bis ich nicht mehr aus dem Grinsen herauskam, weil mir von Minute zu Minute klarer wurde, dass sich etwas ändern musste. Dass ich nur glücklich sein konnte, wenn ich zurück zu mir fand. Zu dem Menschen, der ich sein wollte.

»Die Aufnahmen sind richtig gut geworden«, raunte mir Brody zu, als ich in der Pause am Catering stand und mir ein paar Gemüsesticks auf den Teller legte.

»Meinst du?«

»Total. Es hat echt Spaß gemacht, dir zuzuhören.« Er grinste schief und nahm sich ebenfalls einen Pappteller. »Dein Enthusiasmus hat auf jeden von uns abgefärbt. Es war nicht zu übersehen, wie wichtig dir das Tanzen ist.«

»Es ist mein Leben. Das war es schon immer.«

»Das habe ich gemerkt.« Er schaute sich unauffällig um, und im nächsten Wimpernschlag spürte ich, wie er eine Hand an meinen unteren Rücken legte. Mit den Fingern strich er hauchzart über den kleinen Streifen Haut zwischen Oberteil und Hose und ließ mich damit zur selben Zeit einfrieren und in Flammen aufgehen.

Ich atmete leise aus. Mein Körper reagierte auf jede seiner Berührungen wie elektrisch aufgeladen. Und ich konnte nichts dagegen tun.

»Brody, die anderen ... Es käme nicht besonders professionell rüber, wenn ...«

»Ich weiß, ich weiß«, flüsterte er und nahm die Hand wieder herunter.

Sofort vermisste ich seine Nähe. Ich fing seinen Blick auf. »Später, okay?«

Sein Kiefer mahlte, als er mir tief in die Augen blickte. Die Hitze, die in seinen loderte, drohte, mich zu verbrennen. »Okay.« Bevor er sich umdrehte und davonlief, huschte noch mal ein kleines Lächeln über seine vollen Lippen. »Und noch was…«

Ich sah ihn fragend an.

»Du siehst heute echt schön aus. Immer eigentlich, aber wenn du über deine Leidenschaft sprichst und so glücklich bist wie jetzt gerade, dann haut es einen geradezu um.«

Ich schluckte. Doch bevor ich die Leere in meinem Hirn mit schlüssigen Gedanken füllen und etwas sagen konnte, zwinkerte er mir noch mal zu und entfernte sich.

Heilige Scheiße.

Verlegen wandte ich den Blick Richtung Wand und knabberte wie ein hungriges Karnickel an meinen Karottenstiften, um mir nichts anmerken zu lassen. Meine Wangen brannten. Oh Gott, hoffentlich fiel niemandem auf, dass ich gerade vermutlich genauso ein rotes Gesicht hatte wie damals, als ich mich mit neun Jahren zum ersten Mal mit der Schminke meiner Mom ausgetobt hatte.

Den meisten Typen hätte ich nicht abgenommen, dass sie einen solchen Spruch ernst meinten. Doch bei Brody war das Gegenteil der Fall. Es wirkte ehrlich. *Er* wirkte ehrlich. Ich bezweifelte, dass er einer dieser Kerle war, der nur mit mir spielte und mich dann verarschte. Dafür machte er einen viel zu anständigen Eindruck. Und doch hatte er diese heiße Seite, die immer wieder aufflackerte. Es war mir unmöglich, mich der Anziehung, die er ohne jeglichen Aufwand auf mich ausübte, zu entziehen. Nicht dass ich das überhaupt gewollt hätte.

Als wir die Fotos für die Kampagne geshootet hatten und der Tag fast vorüber war, zog ich mich in meine Garderobe zurück, um mich umzuziehen. Raus aus den Sportklamotten und rein in die hellblaue Jeans und den grauen Move-District-Hoodie.

Während ich die Sachen von Blanks ordentlich über einen der Stühle hängte, hörte ich plötzlich, wie es an der Tür klopfte. Rasch lief ich rüber und öffnete sie.

»Tschuldigung, aber haben Sie einen Schoko-Cupcake bestellt?« Brody grinste mich an. In seiner Hand hielt er besagten Cupcake und streckte ihn mir entgegen.

»Du bist ja lieb, danke.« Ein Lächeln zupfte an meinen Mundwinkeln. »Komm«, sagte ich leise und nahm seine Hand in meine, um ihn in die Umkleide zu ziehen. Dann schloss ich die Tür hinter uns und stellte den Cupcake auf dem kleinen Tisch vor dem Spiegel ab.

»Wie geht's dir?« Er ließ seinen Rucksack neben der Tür auf den Boden sinken und lehnte sich gegen die Wand.

»Gut. Sehr gut.« Ich strahlte ihn an und trat langsam und mit weichen Knien einen Schritt auf ihn zu. »Und jetzt noch besser.«

Auf Brodys Gesicht breitete sich ein Lächeln aus. »Schön zu hören.« Dann stieß er sich von der Wand ab. Seine Augen verdunkelten sich, als ich bei ihm ankam und er seine Hände an meine Hüften legte.

Mein Kopf fühlte sich wie leer gefegt an, als er mich

im nächsten Moment an sich zog und seine Lippen auf meine legte. Mein Herz machte einen Satz. Ich vergrub meine leicht zitternden Hände in seinen Haaren und wollte ihm noch näher sein. Seinen Körper an meinem spüren. Mein Herz raste so schnell, dass ich befürchtete, es könne mir jeden Moment aus der Brust springen, als er mit den Händen an meinen Seiten nach oben strich.

Stockend atmete ich aus und öffnete meine Lippen, woraufhin Brody unseren Kuss vertiefte. Ich verschränkte die Arme in seinem Nacken und drängte mich an ihn. Schauer krochen meinen Rücken hinauf. Immer fordernder küsste er mich, bis mir an seinem Mund ein Seufzen entfuhr und ich mich langsam wieder von ihm löste. Atemlos starrte ich ihn an und ließ meine Hände zu seiner Brust wandern. In seinen Augen lag Verlangen. Hitze und Hingabe. Und dazwischen dieses verführerische Lächeln, das mir aufs Neue den Atem raubte.

»Gar nicht mal so übel, dass du wieder da bist«, sagte ich leise und schlang meine Arme um seinen Oberkörper. Ich legte den Kopf an seine Brust und schloss für einen kurzen Moment die Augen, während er mir über den Rücken strich.

»Gar nicht mal so übel?« Er schnaubte amüsiert. »Ich kann dir auch Alfred zum Kuscheln holen, wenn dir der lieber ist.«

Ich lachte auf und hielt ihn an den Armen fest, als er sich von mir löste und so tat, als ob er gehen wollte. »Stopp, stopp, stopp! Na gut, nicht nur ›gar nicht mal so übel‹, okay? Sondern … ziemlich großartig. Zufrieden?«

»Jap, das klingt schon besser.«

Ich verdrehte die Augen. »Du selbstgefälliger…« Weiter kam ich nicht, denn schon hatte Brody seine Lippen wieder auf meine gelegt. Als ich spürte, wie sich seine Mundwinkel zu einem Grinsen verzogen, schob ich ihn lachend von mir. »Das macht's nicht besser, Kollege! Aber hey, ich muss dir was erzählen.«

Er richtete sich auf und legte den Kopf schief. »Was denn?«

»Vorhin kam mir ein Gedanke.« Ich brachte etwas Abstand zwischen uns, um einen kühlen Kopf zu bewahren. »Ich liebe das Tanzen. Mehr als alles, was ich tue, und… ich muss was ändern. Ganz schnell.«

»Oookay?«

»Ich will was Cooles organisieren, etwas Großes. Keine Ahnung, aber ich muss wieder mehr Dinge machen, die was mit meiner eigentlichen Leidenschaft zu tun haben. Dem Tanzen. Aber ohne von irgendwelchen Kooperationen und Marken abhängig zu sein und ohne kommerziellen Hintergrund. Ich weiß auch nicht, was könnte man denn… Ah! Ich hab's! Eine riesige Class. Nein… ein Workshop. Irgendwo, mit vielen Leuten und toller Stimmung. Und guter Musik. Und… es ist mir egal, was mein Management dazu sagt. Ich will, nein, ich *muss* das tun. Mein Herz schreit danach.«

»Ich hör's«, sagte er und lachte auf. »Du bist ja völlig durch den Wind. Wie kann ich dir helfen?« Brody nahm meine Hand und drückte sie.

»Willst du denn helfen?«

»Klar! Ich mach alles, wofür du mich brauchst.«

Wärme durchströmte meinen Körper. Ich musste lächeln, als ich die Überzeugung in Brodys Stimme hörte, als wäre es vollkommen selbstverständlich, dass er mich in jeder Hinsicht unterstützte.

»Danke, Brody.« Ich drückte seine Hand. »Ich glaube, ich frage Austin und Dax, ob sie mir helfen. Als kleines Projekt mit der Tanzschule. Dan würde das sicher feiern. Und jetzt, wo wir uns wieder so gut verstehen, machen sie sicher mit.«

»Ganz ruhig«, sagte Brody und lachte leise. »Ein Wort nach dem anderen, okay?«

Ich dachte kurz nach. »Das wird gut, das wird richtig gut. Ich sehe es schon vor mir. Ein Open-Air-Workshop im Central Park. Oh Gott, das wäre der absolute Hammer. Ich glaube, Dan hat da ein paar Connections.«

»Ich kann Videos drehen und bei der Organisation helfen.«

»Gute Idee!«

Euphorie brodelte durch meine Adern. Von Sekunde zu Sekunde wuchsen meine Aufregung und Vorfreude. Eine Vorfreude, wie ich sie schon lange nicht mehr verspürt hatte. Denn ich wusste, dass dies die richtige Entscheidung war. Dass ich zurück auf meinen Weg finden musste, um meiner Leidenschaft nachzugehen. Um für das zu stehen, was mir wirklich etwas bedeutete. All das fühlte sich verdammt gut an, und es war mir ganz egal, was mein Management dazu sagte. Es zählte nur, dass ich endlich wieder das Ruder übernahm und tat, was das Beste für mich war.

KAPITEL 18

»Wo sollen die Kartons hin?«

»Am besten zu dem Kerl mit dem schwarzen Move-District-Sweater und den wuscheligen hellbraunen Haaren.« Ich deutete mit dem Finger in Austins Richtung, der gerade ein paar Klapptische aufbaute und nebeneinander platzierte.

Die Oktobersonne strahlte warm vom wolkenlosen Himmel und brachte die gelben und orangefarbenen Blätter in den Bäumen noch mehr zum Leuchten. Ein wunderschöner Herbsttag, auf den ich mich die ganze Woche gefreut hatte. Direkt nach dem Dreh mit Blanks hatte ich mit Austin, Dax und Dan gesprochen und sie gefragt, ob sie Lust hätten, mir beim Workshop unter die Arme zu greifen. Natürlich bekam das Move District im Gegenzug auf meinem Instagram-Account so viel Werbung wie nur möglich. Darüber hatte sich Dan besonders gefreut und alle Hebel in Bewegung gesetzt, sodass wir heute, an diesem Samstag, im Central Park auf einer riesigen Wiese standen.

Ein paar Leute bauten eine kleine Bühne auf, während

Austin und Dax sich um einen Stand kümmerten, an dem Merchandise-Artikel der Tanzschule verkauft werden sollten. Vor der Bühne lag eine freie Grasfläche, auf der die Menschen tanzen würden, und daneben waren ein Stand mit Getränken, ein Check-in und die Tische von Austin und Dax. Die ganze Woche hatten wir mit der Planung verbracht, und auch wenn es ziemlich kurzfristig gewesen war, hatte ich nicht länger warten können. Das ganze Team – bestehend aus Dax, Olivia, Austin, Jade, Adaline, Sienna, Christopher, Brennan, Jules, Vincent, Brody, Dan und mir – trug schwarze Jogginghosen und schwarze Move-District-Sweater. Meiner Meinung nach sahen wir in dieser Art Uniform ziemlich cool aus, und so hatte ich bereits am Vormittag ein paar Fotos von uns auf Instagram gepostet.

In den letzten Tagen war mein Postfach vor begeisterten Nachrichten regelrecht übergequollen. So viele Menschen wollten zur Open-Air-Class kommen, nachdem ich den Flyer online gestellt und erklärt hatte, dass ich im Anschluss auch für Fotos und kurze Gespräche zur Verfügung stehen würde. Der Erlös aus den Kursgebühren, die wir ziemlich gering gehalten hatten, damit so viele Leute wie möglich teilnehmen konnten und die Atmosphäre einer riesigen Party glich, ging komplett an die Tanzschule, um die Kosten zu decken. Daher fand ich es auch eine tolle Idee, parallel Merchandise-Artikel zu verkaufen. Abgesehen davon, dass die Shirts und Hoodies total cool aussahen, würden sie bestimmt eine schöne Erinnerung an diesen Tag darstellen.

»Bald geht's los«, sagte Brody und schlang von hinten

die Arme um meine Mitte. Sein Bart kitzelte, als er mich zart auf die Wange küsste.

»Ich bin so gespannt, wie viele Leute Tickets gekauft haben und dann auch wirklich kommen.«

»Na ja, dir haben doch mindestens siebenhundert auf Instagram geschrieben, oder nicht?«

Ich lachte und legte meine Hände auf seine, zog ihn noch etwas näher. »Aber die kommen sicher nicht alle. Ich muss gleich mal Olivia fragen, die hat sich um die Buchungen gekümmert.« Alles in mir kribbelte, als ich mich zu ihm umdrehte. Seine Hände lagen nun an meiner Hüfte, meine auf seinen Schultern.

In der vergangenen Woche hatten wir uns beinahe täglich gesehen, um den Workshop zu organisieren, aber meist waren die anderen dabei gewesen – wie auch heute. Und inzwischen war auch für sie nicht mehr zu übersehen, dass da etwas zwischen Brody und mir lief. Wir hatten es noch nicht an die große Glocke hängen wollen. Als die anderen es aber nach und nach bemerkt hatten, waren sie total euphorisch gewesen und hatten sich für uns gefreut. Trotzdem beschränkten wir uns in der Öffentlichkeit auf eher verstohlene Berührungen und Küsse. Für alles andere war genug Zeit, wenn wir allein waren. Und darauf freute ich mich jetzt schon.

»Die Anlage und die Boxen stehen auch. Ich habe gerade mit Christopher einen Soundcheck gemacht, der Klang reicht aus.«

»Super. Aber wehe er packt irgendwelche Pitbull-Songs aus, dann kriegt er von mir 'ne Schelle. Den kann ich nicht mehr hören.«

Brody lachte warm. »Ich sag's ihm. Aber ich kann nicht versprechen, dass er sich daran halten wird. Die Playlist hatte er schon offen.«

»Einen Versuch ist es wert«, sagte ich optimistisch und kicherte.

»He, Kenz?«, hörte ich hinter mir Adaline rufen. Ich löste mich widerwillig von Brody und wandte mich zu ihr um.

»Ab wann soll ich mich um deinen Account kümmern?« Sie kam näher und warf Brody einen gespielt entschuldigenden Blick zu. »Sorry, ich wollte euer Schäferstündchen nicht unterbrechen.«

»Schon gut, ich hab sie ja heute Abend für mich.« Brody hob herausfordernd eine Augenbraue, dabei umspielte ein freches Lächeln seine Mundwinkel.

Insgeheim wünschte ich mir, dass die Zeit bis zum Abend ganz schnell verging.

»Das hat er gerade nicht ernsthaft gesagt«, raunte Adaline und nickte ihm anerkennend zu. »Wer hätte gedacht, dass unser stiller Brody so ein Draufgänger sein kann … Guter Mann.«

»Hab ihn zum Sonderpreis ersteigert. War ein Schnäppchen.« Ich grinste Brody über meine Schulter hinweg an, dann blickte ich zurück in Adalines grüne Augen. »Gleich nehme ich noch eine kurze Story auf, dann kannst du mein Handy haben.«

Da ich den Tag über mit den Classes beschäftigt sein würde, hatte sich Adaline angeboten, meinen Instagram-Account zu managen und ihn die ganze Zeit über mit Storys, Livestreams und Posts zu bespielen.

»Ich lass euch mal allein und helfe Olivia, Sienna und Brennan bei den Getränken. Bis später.« Brody kniff mich leicht in die Seite und gab mir einen Kuss auf die Schläfe, dann lief er davon.

»Ihr seid viel zu süß, das ist so ungerecht. Erst Vincent und Jules, dann Austin und Jade, Olivia und Dax, und nun du und Brody. Ich glaube echt, es hackt. So langsam bin ich auch mal dran.«

Ich legte lachend einen Arm um sie. »Deine Zeit wird kommen. Und bis dahin kannst du dein Singleleben in vollen Zügen genießen und dich auf dich selbst konzentrieren. Glaub mir, das ist eigentlich das Beste, was dir als Mensch passieren kann.«

»Ja, ja, ich weiß.« Sie verdrehte die Augen und pustete sich eine Ringellocke aus der Stirn.

»Gut, dann nehme ich jetzt noch kurz die Story auf, dann kannst du loslegen.«

Ich holte mein Handy aus der Hosentasche und öffnete Instagram. Sofort leuchteten Hunderte Benachrichtigungen auf. Ich ignorierte sie, da ich nicht allzu viel Zeit hatte, und wischte über das Display, um die Videofunktion für meine Story zu starten.

»Hey, Leute, ich bin jetzt im Central Park und freue mich schon riesig auf die beiden Workshops später! Ihr wisst ja, um 13 Uhr startet der für die Anfänger und nach einer Pause um 16 Uhr dann der für die Fortgeschrittenen. Alle Infos findet ihr auch noch mal im Post auf meinem Profil, aber auch auf der Instagram-Seite des Move District. Es sind noch ein paar Tickets übrig, ich freue mich, euch zu treffen. Bis später!«

Ich atmete aus. Nach ein paar kurzen Texteinblendungen und einem Farbfilter, der meine Gesichtsfarbe noch ein wenig frischer wirken ließ, schickte ich die Story ab und händigte Adaline grinsend mein Smartphone aus.

»Viel Spaß damit. Und wehe, du postest irgendwelchen Mist.«

»Ach, ich belasse es heute bei einer Partneranzeige für mich. Männer und Frauen dieser Welt, meldet euch bei mir!«

»Hört sich gut an«, sagte ich lachend und hakte mich bei ihr unter, um zu den anderen zu laufen.

Eine Stunde später trudelten bereits die ersten Teilnehmer ein, und dann ging alles Schlag auf Schlag. Jade, Olivia und Brennan kümmerten sich um den Check-in, während Dax und Austin am Merchandise-Stand Artikel verkauften und Vincent und Jules die Getränke managten. Christopher saß mit meinem Laptop neben der Bühne und spielte den DJ, Adaline postete munter auf Instagram, und Brody filmte alles, während Sienna ein paar Fotos schoss. Die Tatsache, dass all meine Freunde hier versammelt waren und mir halfen, machte mich überglücklich. Keiner von ihnen hatte genervt gewirkt, als ich sie gefragt hatte, ganz im Gegenteil – sie hatten total Lust darauf gehabt. Ich selbst saß am Bühnenrand neben Dan, der breit grinsend die Masse an Menschen beobachtete, die nach und nach die Fläche füllte. Gleich würde es losgehen.

»Das wird super, Mackenzie. Ein ganz großes Ding.«

»Es kommen echt viele Leute. Das hört ja gar nicht mehr auf.«

»Gerade meinte Jade, dass der Zwischenstand bei hundertfünfzig Leuten liegt. Und das allein für die Anfänger-Class.« Er rieb sich die Hände, und als einige Minuten vergangen waren, sagte er: »Es ist jetzt kurz nach eins. Soll ich dich mal anmoderieren?«

Ich nickte. »Klar, wir können loslegen.«

Während Dan mit einem Mikro in der Hand auf die Bühne sprang, lief ich rüber zu Christopher, der mir rasch half, das Headset anzuschalten, das ich bereits umgelegt hatte.

»Schön, dass ihr so zahlreich erschienen seid. Erst mal ein Hallo von meiner Seite. Ich bin Dan, mir gehört das Move District hier in New York, doch ab Januar werden die Jungs dort drüben am Merch-Stand, Austin und Dax, die Leitung übernehmen. Falls ihr in New York nach einem tollen Ort zum Tanzen sucht, schaut gerne mal bei uns vorbei und fühlt euch wie zu Hause, das ist nämlich das, was wir erreichen wollen. Doch heute soll es nicht nur um uns gehen, sondern auch um diese wundervolle Lady, Mackenzie West.« Er wies mit der flachen Hand zu mir. »Falls ihr Aufnahmen beim Workshop macht und sie postet, markiert gerne das Move District. Unter allen Markierungen verlosen wir einen Pass für fünf kostenlose Classes. Also fleißig die Werbetrommel rühren.« Er lachte. »Als mir Mackenzie von ihrer Idee erzählt hat, war ich selbstverständlich sofort dabei, immerhin hat sie bei uns in der Tanzschule vor vielen Jahren angefangen.«

Typisch Dan, dachte ich. Eine kleine Lobeshymne auf sich und das Move District gepaart mit so viel Werbung wie nur möglich. So wie man ihn kannte und liebte. Ich musste schmunzeln, als er noch ein paar Sekunden über meine Anfänge in der Tanzschule sprach.

»Und deshalb will ich euch nicht noch länger warten lassen. Mackenzie, komm zu mir auf die Bühne!«

Die rund zweihundert Tänzerinnen und Tänzer klatschten, als ich die Bühne betrat und lächelnd auf Dan zulief.

»Hey! Ich freue mich schon total auf die beiden Workshops heute. Danke, Dan, für die tolle Anmoderation.« Ich zwinkerte ihm kurz zu, woraufhin er nickte und die Bühne verließ. »Okay, wollen wir direkt loslegen? Danach können wir so viele Fotos machen, wie ihr wollt, aber zuerst wird getanzt.«

Zustimmende Rufe ertönten.

»Zuerst wärmen wir uns etwas auf, stretchen uns und starten dann mit der Choreo. Keine Panik, die ist echt supereasy, also gar kein Stress, falls ihr noch nicht so lange tanzt. Das hier ist ja sowieso eine Class für Anfänger.« Ich nickte Chris zu, und er startete die Musik.

Mit so vielen Menschen zu trainieren war magisch. Ich bekam mein Dauergrinsen gar nicht mehr aus dem Gesicht, während ich wenig später die Schritte unterrichtete. Aus den Augenwinkeln sah ich, wie Brody über die Bühne lief und mich filmte, dann schwenkte er nach vorn zu den Teilnehmern. Es machte so viel Spaß, und aufs Neue wurde mir bewusst, dass ich in meinem Leben nichts anderes machen wollte, als zu tanzen und das – und nur das – auf meinem Account zu zeigen. Das war ich. Und ich fühlte mich mit diesem Gedanken lebendiger als jemals zuvor.

In der Pause nach der ersten Class, nachdem ich mit ein paar Leuten Fotos gemacht und mich mit ihnen unterhalten hatte, stand ich mit Brody neben der Bühne und trank einen Schluck Wasser. Das Adrenalin rauschte noch immer durch meine Adern, und ich freute mich schon auf die zweite Choreo, die ich gleich unterrichten würde.

»Es ist nicht zu übersehen, dass du darin aufgehst«, sagte Brody und kam einen Schritt auf mich zu.

»Es macht so viel Spaß, du kannst dir das echt nicht vorstellen. Ich liebe es so sehr.«

»Bei deiner guten Laune wäre sogar ich beinahe auf die Fläche gesprungen und hätte mitgemacht. Wobei das vermutlich niemand sehen will.«

Ich grinste. »Ich schon! Wenn gleich die Advanced Class stattfindet, bist du herzlich eingeladen, deine Skills neben mir zum Besten zu geben.«

»Genau! Ich als Anfänger in einer schwierigen Class und dann auf der Bühne«, lachte er. »Nee, nee, da stehle ich dir doch nur die Show.«

»Jap, du als begnadeter Tänzer haust sie alle um.« Ich schlang die Arme um seinen Oberkörper und zog ihn zu mir.

Auf seinem Gesicht breitete sich ein Lächeln aus, als er seine Hände an meine Wangen legte und sich ein paar Herzschläge später zu mir herunterbeugte, um mich sanft zu küssen. Seine weichen Lippen und das Kitzeln seines Barts ließen noch mehr Glücksgefühle in mir aufsteigen. Er zog sich wieder zurück und blickte mir tief in die Augen, bevor ich mich gegen ihn sinken ließ. Meine

Wange an seiner Brust hörte ich das Pochen seines Herzens, und mein Lächeln wurde noch breiter. So standen wir einige Momente da, genossen es, einander nah zu sein.

»Du bist echt cool«, murmelte ich in seinen Sweater.

»Das trifft sich gut. Du bist auch nicht übel, West.«

»Ich freue mich schon auf später.« Langsam löste ich mich aus seiner Umarmung, atmete noch mal seinen herben Duft ein und sah ihm tief in die Augen. »Aber jetzt muss ich weitermachen.«

Er nickte. »Ich mach mich dann auch wieder an die Arbeit.« Rasch gab er mir einen flüchtigen Kuss auf die Stirn. Dann zwinkerte er mir zu und lief rüber zu seiner Kamera.

Auf meinem Gesicht hinterließ er ein Grinsen, das für alle Zeiten dort festgetackert schien. Wahrscheinlich hielten mich die Leute schon für den Joker aus Batman oder für ein Quokka, diese süßen Viecher aus Australien, die... na ja, die eben so aussahen wie ich gerade.

In der zweiten Class unterrichtete ich auf »Moment« von Dagny. Einer meiner aktuellen Lieblingssongs, auf den ich, das hatte ich mir fest vorgenommen, noch ein aufwendigeres Video mit meinen Freunden drehen würde, um es auf meinem Account zu posten.

Die Energie während des Workshops war überwältigend. Es waren wieder genauso viele Leute da wie bei der Anfänger-Class, wenn nicht sogar noch ein paar mehr. Am Ende filmte Brody ein paar Gruppen, die freiwillig vortanzen wollten. Wir feuerten sie an und feierten die unterschiedlichen Stile und Interpretationen.

Es war unglaublich, so viele talentierte Menschen auf einem Fleck zu sehen. Im Anschluss versuchte ich mit jedem, der Interesse hatte, ein paar Fotos zu machen und wenigstens kurz zu reden. Sich mit diesen Tänzerinnen und Tänzern auszutauschen gab mir so viel zurück. Die Gesichter zu sehen, die sich hinter meiner Follower-Zahl verbargen, das waren immer wieder Momente, die mich sprachlos machten.

Als es schon leicht dämmerte und meine Freunde bereits zusammenpackten, ging ich zum Check-in-Tisch.

»Und, wie sieht's aus? Waren wir erfolgreich?«

»Aber so was von«, sagte Jade, und Olivia fügte hinzu: »Insgesamt waren es um die zweihundertfünfzig Mädels und Jungs, die bei der zweiten Class dabei waren. Total heftig. Dan wird dich zur Königin der Tanzschule küren.«

Ich lachte. »Richtig gut. Danke noch mal, dass ihr mir geholfen habt.«

»Quatsch, das haben wir gerne gemacht«, entgegnete Jade mit einem Lächeln, das ich erwiderte.

»Hey, Leute?«

Sämtliche Köpfe fuhren zu mir herum.

Ich blickte in Gesichter, von denen ich einige seit über zehn Jahren, andere erst seit ein paar Wochen kannte. Doch eins hatten diese Menschen gemeinsam: Ich konnte mich auf sie verlassen und sie sich auf mich.

»Ich wollte mich noch mal bei euch allen bedanken. Ihr habt euch voll ins Zeug gelegt, und das ist nicht selbstverständlich. Ich bin euch unglaublich dankbar. Und glaubt mir, dafür revanchiere ich mich noch.«

»Kein Stress«, rief Dax grinsend.

»Es hat so viel Spaß gemacht.« Adaline legte mir eine Hand auf die Schulter, und ich lächelte sie dankbar an.

»Ich würde sagen, das müssen wir irgendwann wiederholen«, sagte Brennan.

Austin grinste. »Also gegen einen Burger mit Curly Fries hätte ich nichts einzuwenden.«

Ich lachte, und die anderen stimmten mit ein. Doch zwischen all diesen lieben Menschen machte ich ein Gesicht aus, das mir in diesem Moment nicht nur ein wohliges Gefühl schenkte, sondern auch dafür verantwortlich war, dass mein Herz Purzelbäume schlug.

»Ich. Bin. So. Fertig.« Mit einem lauten Seufzen ließ ich mich nach einer langen Dusche neben Brody auf die Couch fallen und schmiegte den Kopf an seine Schulter.

Er starrte gerade auf seinen Laptop, auf dem er die Aufnahmen des heutigen Tages sichtete. »Das glaube ich dir«, sagte er mit konzentriert zusammengekniffenen Augen. Dann öffnete er mit einer flinken Handbewegung den nächsten Clip.

Auf dem Bildschirm erschien ein Video von mir, wie ich ein paar Takte unterrichtete und dabei typische Tanzgeräusche wie »Badamm«, »Kah« oder »Dadada« machte, um die Sounds in der Musik nachzuahmen. Auf Normalsterbliche mussten wir Tänzer manchmal wie totale Freaks wirken.

Ich hob den Kopf und schnappte mir mein Handy, das ich vor dem Duschen auf dem Couchtisch abgelegt hatte. Seit ich Adaline die Verantwortung übertragen hatte, war es das erste Mal, dass ich meine Benachrichtigungen checkte. Neben Nachrichten von ein paar Bekannten und meiner Familie platzte der gesamte Bildschirm fast vor Kommentaren und Antworten auf meine Story.

Neugierig öffnete ich Instagram. Als ich die riesige Zahl der unbeantworteten Nachrichten sah, die mir entgegensprang, musste ich erst mal schlucken. Damit würde ich die nächste Woche füllen können. Aber immerhin war das Feedback wahnsinnig gut. Sehr viele Kommentare und Likes. Ich tippte mit dem Daumen auf mein Icon, um meine Story anzusehen. Zuerst wurden ein paar Clips abgespielt, die ich am Morgen beim Aufbau aufgenommen hatte, dann kam die kurze Sequenz, in der ich noch mal an die Classes erinnerte, und ab da hatte Adaline alles gefilmt, was ihr vor die Nase gekommen war. Mich auf der Bühne, den Check-in, die Jungs am Verkaufsstand und die vielen Leute, die warteten, um sich anzumelden, oder auf der Fläche die Choreo durchgingen. Adaline hatte ihre Sache echt gut gemacht. Meine Story war so voll, dass ich die nächsten vierundzwanzig Stunden vermutlich erst mal eine Pause einlegen musste, um mein Handy vor der endgültigen Explosion zu schützen. Ich klickte mich grinsend durch die teilweise echt witzigen und verrückten Aufnahmen von mir, wie ich auf der Bühne wie ein zugedröhnter Schimpanse herumsprang (da war wohl meine gute Laune mit mir durchgegangen), doch nach ein paar Sequenzen erstarrte ich plötzlich.

Oh Mann, Adaline, ob das so eine gute Idee war ...

»Ähm, Brody?«

»Jap.«

»Ich glaube, wir müssen uns beim nächsten Dreh mit Blanks nicht mehr verstecken. Adaline hat die Bombe platzen lassen. Vielleicht ist das jetzt noch etwas verfrüht, aber na ja, jetzt wissen es zumindest die meisten.« Ich kicherte nervös und hielt ihm das Handy vor die Nase.

Während er das Foto, das Adaline von uns gemacht und in meine Story gepostet hatte, musterte, klappte ihm merklich der Kiefer herunter. Er zog die Augenbrauen zusammen, und seine Züge verhärteten sich.

»Sie muss es in der Pause aufgenommen haben«, sagte ich leise und warf noch einen Blick auf das Display. Darauf standen wir eng umschlungen neben der Bühne und schauten uns tief in die Augen. Dazu hatte Adaline noch ein Herz auf das Bild gemalt und *So süß!* daneben geschrieben.

»Lösch das.«

Als ich die Kälte in seiner Stimme wahrnahm, zuckte ich zusammen. »Ich find's eigentlich echt schön, aber wenn du willst, dass ich es rausnehme, mach ich das natürlich gleich.«

»Jetzt.« Er spannte den Kiefer an und fixierte einen Punkt auf der Fensterscheibe gegenüber. Sein Gesicht war blass geworden.

»Was ist los, Brody?«

»Nimm es einfach raus, okay? Ich hab nicht mal einen Instagram-Account. Und ich will damit auch nichts zu tun haben.«

»Alles klar. Verstehe ich. Adaline hatte keine Ahnung, dass sie das nicht machen soll.«

»Warum hast du es ihr nicht gesagt?«

»Ich bin nicht davon ausgegangen, dass sie so was posten würde oder dass du ein Problem damit hättest und ...«

Er ließ mich nicht ausreden. »Findest du das gut?«

»Nein«, sagte ich wie aus der Pistole geschossen. »Aber außerordentlich schlimm find ich es jetzt auch nicht. Klar, war vielleicht ein doofer Zeitpunkt, und ich hätte länger gewartet, bis ich ein Bild von uns geteilt hätte, aber bis auf die Leute aus der Tanzschule und von Blanks kennen dich doch die wenigsten meiner Follower.«

Anspannung nahm seinen Körper in Beschlag, als er mit den Fingern unruhig gegen sein Knie trommelte. Dann klappte er den Laptop zu und stand auf. Düster blickte er mich an. »Ich will damit nichts zu tun haben. Das ist alles. Falls du einen Schoßhund brauchst, der für deine Fotos posiert und einen auf perfekt macht: Ich werde das niemals sein.«

Ich starrte ihn entgeistert an. »Wenn ich nichts mit dir posten soll, dann mach ich das auch nicht. Und auf der Suche nach einem Schoßhund bin ich schon gar nicht. Ist alles in Ordnung?«

Er schüttelte den Kopf, dann drehte er sich um und marschierte mit dem Laptop in der Hand zu seinem Rucksack.

Noch bevor er ihn verstauen konnte, sprang ich vom Sofa auf und lief zu ihm. »Was ist denn los?«

»Hör zu, ich ... ich hab noch ein bisschen was zu tun

und muss jetzt nach Hause.« Rasch schnappte er sich seine Jacke und schwang sich den Rucksack über eine Schulter.

Ich zog die Augenbrauen zusammen und stemmte meine Hände in die Taille. »Dann übernachtest du heute doch nicht hier?«

Er holte tief Luft, als wollte er etwas sagen, brach dann aber kopfschüttelnd wieder ab. »Nein, ich muss echt noch einiges erledigen, schneiden und so. Wann anders, okay?«

Völlig perplex nickte ich. »Okay.«

Er gab mir noch einen lieblosen Kuss, dann ging er, ohne sich noch einmal umzudrehen.

KAPITEL 19

Es klingelte. Laut. Hartnäckig. Und es hörte nicht mehr auf.

Knurrend wälzte ich mich in meinem warmen Bett auf die Seite, streckte den Arm unter der Decke hervor und fischte im Dunkeln nach meinem Smartphone auf dem Nachttisch. Ich versuchte, die Augen zu öffnen, schaffte es aber gerade so, die Lider ein paar wenige Millimeter zu heben; dennoch ließ mich das grelle Display beinahe erblinden.

»Boah, ne …«, murmelte ich, als ich sah, wer die Anruferin war. Ich hob ab und stellte den Lautsprecher an, um das Handy neben mir auf dem Kissen ablegen zu können. »Hey, Tracy.«

»Hi, hast du dich gut ausgeruht?« Der Sarkasmus in ihrer Stimme war nicht zu überhören.

»Es ist Sonntag und …« Meine Augenlider kämpften gegen die Helligkeit an und schafften es tatsächlich, für ein paar Sekunden offen zu bleiben, um die Uhrzeit zu checken. »Kurz nach acht. Was willst du?«

»Der frühe Vogel fängt den Wurm, meine Liebe.«

Ich verdrehte die Augen und ächzte.

»Ich bin vorhin aufgestanden und habe, ohne mir was Böses zu denken, Instagram geöffnet. Tja, und was ploppt da vor meinen Augen auf? Deine minutenlange Story, Posts und ein gespeicherter Livestream. Und alles offensichtlich Werbung für diese Tanzschule aus New York. Wie viel haben die dafür geblecht, und wieso lief das nicht über mich?«

»Die haben mir nichts gezahlt, das wollte ich gar nicht. Stattdessen haben sie mir bei der Organisation und der …« Ich gähnte. »Der Umsetzung geholfen.«

»Hör mir gut zu, denn ich sag dir das nur einmal: So was regle ich. Wir hätten zusätzlich noch eine Gage rausschlagen können, Mackenzie!«

»Wie gesagt, wollte ich nicht.«

»Verhalt dich nicht wie ein dummes Kind, du bist lange genug dabei, um zu wissen, wie es in dieser Branche läuft. Bei deiner Reichweite darfst du dich nicht unter Wert verkaufen. Wenn sich das herumspricht, zahlt dir niemand mehr einen Penny.«

»Ich habe das Event aufgezogen, weil ich Lust darauf hatte und nicht, weil ich damit Geld verdienen wollte. Schon mal was von Spaß gehört? Oder ist das ein Fremdwort für dich?«

»Wenn du pleite bist, bringt dir dein Spaß auch nicht mehr viel. Und wer ist dieser Typ, mit dem du was am Laufen hast? Wie viele Follower hat er?«

Mit einem Mal war ich hellwach. Die Erinnerungen an den gestrigen Abend prasselten auf mich ein und hinterließen einen faden Beigeschmack. Brody war gegangen, ohne mir einen Grund zu nennen. Und die halbe Nacht hatte ich herumgerätselt, was mit ihm los gewesen war. Da er mir auch nicht mehr geschrieben hatte, wir aber sowieso für heute Abend verabredet waren, hatte ich es irgendwann aufgegeben und war meiner Müdigkeit erlegen.

Mir entfuhr ein gequälter Laut, als ich mich ein Stück aufrichtete und das Handy in die Hand nahm. »Eine Freundin hat das Bild in meine Story gepostet. Er ist nicht auf Instagram.«

Tracy lachte bitter. »Süße, du kennst die Spielregeln.«

»Nach denen spiele ich aber nicht mehr.«

»Du weißt genau, dass abgemacht war, dass du nur nach Absprache eine Beziehung öffentlich machen darfst. Und die sollte mit jemandem sein, der so ist wie du. Andere Typen verstehen deinen Lebensstil doch gar nicht. Und wenn wir mal ehrlich sind, bringen sie dich karrieretechnisch auch nicht weiter.«

Am liebsten wäre ich durchs Telefon gesprungen und hätte ihr eine geknallt. Doch ich riss mich am Riemen und sagte betont ruhig: »Das ist mein Privatleben, Tracy.« Ich holte tief Luft. »Und somit geht dich das nichts an.«

»Es geht mich aber sehr wohl etwas an, wenn du eure Beziehung postest und dadurch Werbepartner verlierst oder dir die Möglichkeit entgeht, deine Reichweite zu steigern, indem du dich mit Chad zusammentust.«

»Nicht schon wieder...«

Sie seufzte. »Ach Schätzchen, darüber hatten wir doch schon gesprochen. Ihr gebt euch für eine Weile als Paar aus. Immerhin hat er fünf Millionen Follower und...«

»Vergiss es! Ihr wollt das, nicht ich.«

»Das hat sich mal anders angehört ...«

Ich stöhnte auf. »Kann sein. Besonders gut fand ich die Idee aber nie. Ich mach das nicht. Und dabei bleibt es.«

Tracy ignorierte meinen Protest. »Die Kooperation mit dem Abnehm-Shake, du weißt schon ... Die haben Freitag angeboten, mehr zu zahlen, wenn du das Produkt gemeinsam mit Chad promotest. Ich halte das für eine ausgesprochen gute Idee. Jetzt ist genau der richtige Zeitpunkt dafür. Du bist ja sowieso bald wieder in L.A., dann kannst du dich mit Chad treffen.«

Statt durch den Hörer zu springen, sprang ich aus dem Bett. Ich konnte nicht mehr ruhig bleiben, lief auf und ab, während Adrenalin durch meine Adern rauschte. »Hörst du mir überhaupt zu? Ich will das nicht. Die Kooperation für dieses eklige Abnehm-Zeug, die Fake-Pärchen-Sache, das alles ... Und vor allem: Misch dich bitte nicht in meine Beziehungen ein. Ich bin zusammen, mit wem ich will, und promote, was ich will.«

»Ich darf dich an unseren Vertrag erinnern? Als du ihn damals unterschrieben hast, hast du zugestimmt, alles zu tun, um deine Karriere zu pushen.«

Und offensichtlich habe ich damit meine Seele an den Teufel verkauft.

Vielleicht gab es ja doch Dinge, die ich bereute.

»Wir können das abkürzen: Du lässt dich nicht von irgendwelchen dahergelaufenen Jungs ablenken, die dich und deine hart erarbeitete Reichweite ausnutzen wollen ...«

Mir entfuhr ein wütendes Knurren. Wer nutzte hier bitte wen aus?

»Und du machst keine unbezahlte Werbung mehr, vor allem nicht in so einem Ausmaß. Außerdem wirst du wieder regelmäßig Content posten, der werbefreundlich ist. Kein Fast Food, keine Dummheiten, schön in die Kamera lächeln und *Positive Vibes* verbreiten.«

»Bist du jetzt fertig?«

»Noch nicht. Denn, meine Liebe, wenn du das nicht tust, musst du damit rechnen, dass wir Maßnahmen ergreifen. Was für uns zählt, ist, dich als Marke zu etablieren und dir zu einer Karriere zu verhelfen, die deine Zukunft sichert. Und die dir Kohle einbringt. Es ist nur zu deinem Besten, glaub mir. Jetzt bin ich fertig.«

Bei ihren Drohungen zog sich mein Magen zusammen, auch wenn ich mich fragte, was sie mir schon groß antun konnte. Mich einsperren und mit Medikamenten zudröhnen, damit ich nach ihrer Pfeife tanzte? Ich schüttelte den Kopf.

»Bis dann, Tracy.«

Ich legte auf und warf mein Handy mit voller Wucht auf die Matratze.

Nachdem der Sonntag so harmonisch und schön, ganz ohne Stress – haha –, gestartet war, verbrachte ich den restlichen Vormittag und Mittag damit, mir ein leckeres Frühstück zu machen und ein paar Episoden *Teen Wolf* zu schauen. Stiles Stilinski schaffte es selbst an solchen Tagen, meine Laune zu heben.

Nach einer kleinen Trainingssession am frühen Abend

begann ich, mich für Brennans Geburtstagsparty fertig zu machen, zu der er uns an diesem Tag eingeladen hatte. Ich glättete meine Haare und entschied mich für eine dunkelgraue Jeans mit Löchern an den Knien, ein enges weißes Crop Top und eine übergroße Sweatjacke, die ich in einem Thrift Shop in L.A. ergattert hatte. Da ich noch etwas Zeit hatte, bevor ich mich auf den Weg machen musste, beschloss ich, ein paar Nachrichten zu beantworten, die sich angesammelt hatten.

Doch kaum dass ich mich aufs Sofa hatte fallen lassen, klopfte es.

Verwirrt kniff ich die Augen zusammen und stand auf, um zu öffnen. Ich erwartete niemanden, doch wenn der Portier die Person einfach so zu mir hochgelassen hatte, musste es jemand sein, der schon mal hier gewesen war. Und da kamen nur zwei Menschen infrage.

Ich öffnete die Tür und blickte in ein Paar türkisfarbene Augen.

»Hey«, sagte Brody und stieß sich mit der Schulter vom Türrahmen ab. Er wirkte ein wenig nervös, als ob er sich unsicher wäre, wie ich auf ihn reagieren würde.

»Hi. Wollten wir uns nicht bei dir treffen?«

»Ja, eigentlich schon.« Er fuhr sich durch die wuscheligen Haare. »Ich war mir allerdings nicht sicher, ob du wirklich kommen würdest, nachdem ich gestern so plötzlich abgehauen bin.«

Ich zuckte mit den Schultern und trat zur Seite, um ihn hereinzulassen. »Ich war mir selbst noch nicht so sicher.«

Mit einem Nicken lief er an mir vorbei, wobei mir sein

herber Duft in die Nase stieg. Ich biss mir auf der Innenseite meiner Wange herum, während er seine Jeansjacke abstreifte und über einen der Hocker an der Kücheninsel legte.

»Hör mal, das gestern war echt doof von mir. Tut mir leid. Du kannst ja nichts dafür, dass Adaline das Foto in deine Story gepostet hat. Ich hätte nicht so reagieren sollen.«

Ich atmete aus. »Stimmt, hättest du nicht. Und ich habe immer noch nicht gecheckt, was das Problem war. Ich habe es ja direkt gelöscht. Wirst du von der Mafia gesucht, oder warum bist du so dagegen, ein Foto von dir online zu stellen?«

Seine Mundwinkel bewegten sich ein wenig nach oben. Die winzige Andeutung eines Schmunzelns. »Keine Mafia. Aber ich will kein Teil dieser ganzen Social-Media-Sache sein. Ist einfach nicht mein Ding.«

»Einfach nicht dein Ding?«

»Jap. Nicht meine Welt.« Er sah mich prüfend an. »Würdest du denn theoretisch deine Beziehung auf Instagram teilen wollen? Gibt ja viele mit 'ner großen Reichweite, die das machen.«

»Stimmt, da gibt's einige. Aber wenn ich irgendwann *theoretisch* einen Freund habe, überlasse ich das ihm. Das ist nicht meine Entscheidung, und ich würde es auch niemals erwarten.«

»Okay, also nur *theoretisch* natürlich«, sagte er und kam einen Schritt auf mich zu.

»Klar, alles nur theoretisch.« Ich schmunzelte, blieb aber stehen und verschränkte die Arme vor der Brust. So leicht würde ich es ihm nicht machen. »Du kannst mir so was auch direkt sagen, Brody, anstatt einfach abzuhauen. Wenn es etwas gibt, das ich hasse, dann ist das, wenn man mir nicht seine ehrliche Meinung sagt.«

»Total verständlich. Es tut mir echt leid, dass ich dir nicht sofort ganz klar gesagt habe, worum es mir geht. Das war unfair.« Die Muskeln an seinem Kiefer spannten sich an. »Es war einfach ein langer Tag.«

»Verstehe«, murmelte ich.

»Verzeihst du mir, dass ich ein echt komischer Kerl sein kann?«

Ich überlegte kurz. Alles, was er gesagt hatte, klang schlüssig, auch wenn ich ihm nicht ganz abkaufte, dass nicht noch mehr hinter seiner heftigen Reaktion steckte. Aber wenn er jetzt nicht darüber reden wollte, hatte er mit Sicherheit gute Gründe dafür. Ich musste mir klarmachen, dass wir kein Paar waren und es viel zu früh war, von ihm zu erwarten, dass er jedes Detail von sich preisgab. Ein Schritt nach dem anderen. Er hatte sich entschuldigt, und das reichte mir – fürs Erste. Im Drama Queen raushängen lassen war ich sowieso total schlecht, selbst wenn ich es gewollt hätte. Daher wischte ich den Gedanken mit einem kleinen Lächeln beiseite und löste meine Arme. »Ausnahmsweise ziehe ich das mal in Betracht.«

Ein Grinsen breitete sich auf seinem Gesicht aus, bevor er mich an sich zog.

Ich schlang die Arme um seinen Oberkörper und genoss es, ihn an meinem zu spüren. Es war, als würde ich schmelzen, als ich mich zurücklehnte und ihm in die

Augen sah, in denen sich Leidenschaft, Geborgenheit und Zuversicht gleichzeitig spiegelten.

Im nächsten Augenblick beugte er sich zu mir herunter und legte seine weichen Lippen auf meine.

Ich erwiderte den Kuss und vertiefte ihn innerhalb weniger Sekunden. Mit meiner Zunge teilte ich seine Lippen und entlockte ihm damit ein leises Stöhnen, was mich dazu brachte, mehr zu wollen. Mehr von ihm.

Wir küssten uns ungeduldiger, intensiver, und irgendwann waren seine Hände überall auf meinem Körper, während ich mich an ihn drängte.

»Wow!«, entfuhr es mir überrascht, als er mich mit einer fließenden Bewegung anhob und ich meine Beine automatisch um seine Mitte schlang. Damit hatte ich nicht gerechnet.

Er grinste und biss mir sanft in die Lippe, als er mich die paar Schritte zur Kücheninsel trug und darauf absetzte. Mit den Fingern fuhr ich über seine Brust und nach oben in seinen Nacken, während er wieder seinen Mund auf meinen legte. Sein Bart kratzte an meiner Haut, ein Gefühl, das ich absolut liebte. Ich rückte näher an den Rand und spürte, wie er sich zwischen meine Beine schob. Mit seiner Hand strich er sanft über den Streifen nackter Haut unterhalb meines Tops und hinterließ dort eine Spur aus Flammen.

Mein Herz raste, als ich für einen Moment von ihm abließ. »Brody«, flüsterte ich.

Seine Augen weiteten sich. »Alles okay?«

»Ja, aber …«

»Wir müssen nicht …«

»Ich …«

Er lachte heiser auf. »Wir sollten versuchen, in ganzen Sätzen zu sprechen.«

»Gute Idee.« Ich kicherte. »Lass uns das auf … wann anders verschieben, okay? Wir müssen gleich zu Brennan, und das hier soll nicht so nebenbei eingeschoben werden wie ein kleiner Snack.« Als mir aufging, was ich gerade gesagt hatte, riss ich die Augen auf. »Okay, unglückliche Wortwahl.«

»Aber gut auf den Punkt gebracht.« Er grinste. »Du hast recht. Auch wenn ich dir jetzt echt gerne dieses Top ausgezogen hätte«, raunte er mir ins Ohr und ging dann auf Abstand. Auf seinem Gesicht lag ein breites Grinsen.

Ich biss mir auf die Lippe. Mein Mund war auf einmal staubtrocken. »Damit hätte ich gut leben können.«

KAPITEL 20

»Lasst euch nicht beirren, ich hab 'ne Wette verloren und muss Jade den restlichen Abend wie eine Königin herumtragen.« Mit diesen Worten öffnete uns Austin die Tür, seine Freundin huckepack und einen knallroten Bierhelm auf dem Kopf.

Entgeistert blickte ich zwischen den beiden hin und her, bis ein Lachen aus mir herausbrach. Brody schloss sich meiner Reaktion an.

»Endlich hat er eingesehen, wie er mich zu behandeln hat«, sagte Jade und grinste zufrieden. Auch sie trug einen Bierhelm, ihrer war jedoch pink und hatte Verzierungen aus glitzerndem Plüsch an den Seiten. Sie nahm einen so großen Schluck, dass ich Angst bekam, sie würde gleich rückwärts von Austin herunterfallen. »Keine Panik, der Wodka ist echt stark... äh... verdünnt.«

»Was denn für eine Wette?«, fragte ich, als wir an der Garderobe unsere Jacken aufhängten.

»Sagen wir's so«, fing Austin an. »Ich will mich dazu eigentlich nicht äußern, aber es hat definitiv nichts damit zu tun, dass mich Jade in irgendeiner Weise beim Wettrennen um den Block geschlagen hat. Die hat von vorn bis hinten beschissen.«

»Ich kann doch nichts dafür, dass du die Abkürzung nicht gesehen hast.«

»Was hättest du tun müssen, wenn du verloren hättest?«, fragte Brody an Jade gerichtet.

»Dann hätte *ich ihn* den restlichen Abend tragen müssen.«

»Glück gehabt«, kommentierte ich lachend.

»Nein, nein. Kein Glück. Das nennt man Können!«

Austin schnaubte. »Ruhe auf den billigen Plätzen!« Dann ging er in eine Art Startposition und tat es dem Road Runner gleich, indem er mit einem Affenzahn davonflitzte.

Mir kamen schon fast die Tränen vor Lachen, während Brody den beiden entgeistert hinterherstarrte.

Vom kleinen Flur aus gingen mehrere Türen nach rechts und links zur Küche, dem Bad und drei Zimmern ab, in denen Brennan und seine Mitbewohnerinnen wohnten. Aus seinem kam laute Musik – »Chun-Li« von Nicki Minaj –, und es roch nach einer Mischung aus Bier, Tequila, verschiedenen Parfüms und Pizza.

Im Gang standen ein paar Leute, die wir nicht kannten, wir begrüßten sie kurz und betraten dann Brennans Zimmer. Auf dem Doppelbett, das in einer Ecke stand, saßen Dax, Vincent, Christopher und Jules und unterhielten sich. Daneben befand sich ein Sideboard, auf dem sich Getränke, Schallplatten und DVDs türmten, und an der Wand ein knallblaues Sofa, wo Olivia und

Adaline lümmelten und sich über irgendetwas kaputt-lachten. Direkt vor dem großen Fenster stand Brennan und redete mit ein paar Typen, die ich nicht kannte. Als er mich und Brody sah, kam er zu uns.

»Hey, ihr beiden, toll, dass ihr da seid!«

Ich sprang auf ihn zu und fiel ihm um den Hals. »Alles Gute zum Geburtstag!«

Brody schlug mit ihm ein und gratulierte ebenfalls.

»Danke, danke.« Brennan grinste uns breiter an, als ein Schimpanse es je hätte tun können. »In der Küche gibt's noch mehr Essen und Getränke, in den anderen Räumen könnt ihr auch chillen, wobei das Zimmer den Gang runter für die Sexy-Time reserviert ist. Kondome liegen auf dem Beistelltisch, und die passende Playlist läuft auch schon. Ich wette ja, dass Olivia und Dax als Erste dorthin verschwinden werden.« Dann musterte er uns. »Wobei ich mir nicht mehr ganz so sicher bin, jetzt wo ihr hier seid.«

Ich lachte auf und spürte, wie Brody seine Hand um meine Taille legte. »Ich halte dagegen und tippe auf dich und den Kerl mit dem Nasenpiercing dort drüben.«

»Schön wär's«, entgegnete er und winkte ab. »Na ja, wir reden später, okay? Ich muss jetzt wieder rüber.« Dann drehte er sich um und tänzelte zurück zu den beiden Jungs.

Wir begrüßten die anderen, und während Brody sich zu ihnen aufs Bett setzte, ging ich mit Adaline und Olivia in die Küche.

»Warum hat Brody dich eigentlich abgeholt? Wolltest du nicht davor zu uns kommen?«

Ich lehnte mich gegen die Arbeitsfläche, während Olivia sich ein paar der Flaschen vom Tisch schnappte und etwas daraus in Becher füllte. »Ja, das war der Plan. Aber gestern Abend haben wir … Na ja, gestritten haben wir uns nicht wirklich, aber Brody war ein bisschen seltsam.«

»Seltsam?«, fragte Adaline verwundert, die gerade die Etiketten der verschiedenen Flaschen musterte.

»Du hast gestern ein Foto von uns in meine Story gepostet, weißt du noch?«

Sie nickte.

»Das fand er nicht so cool, wahrscheinlich war es ihm einfach zu früh. Und dann meinte er noch, dass er allgemein nichts mit Instagram zu tun haben will. Ich habe das Bild gleich gelöscht, aber er war trotzdem total abweisend und ist gegangen.«

»Oh, shit. Sorry. Das wollte ich nicht!«

Ich schüttelte den Kopf und griff nach meinem Becher, um mit den beiden anzustoßen. Die Mischung, die Olivia uns zusammengestellt hatte, erinnerte mich optisch ein wenig an einen Hexentrank. Neben Zitrone schmeckte ich Rum und Cola und dann wieder irgendwas mit Beeren. Hoffentlich überlebte ich den Abend. »Alles gut, du wusstest es ja nicht. Vorhin kam er dann zu mir, um sich zu entschuldigen.«

»Mysteriöse Angelegenheit«, sagte Olivia und nahm einen großen Schluck. »Ich weiß zwar, dass er es mit Instagram und so nicht hat, aber einen Grund hat er mir nie genannt. Da muss ich wohl mal meine FBI-Skills auspacken und ihn ausquetschen.«

»Nein, brauchst du nicht. Passt schon. Es ist ja alles wieder in Ordnung. Und wenn noch mal etwas sein sollte, frag ich ihn selbst.«

»Ihr versteht euch echt gut, oder?«

Ein Lächeln breitete sich auf meinem Gesicht aus. »Total. Ich will ihn am liebsten jeden Tag sehen. Es geht mir gut, wenn ich ihn um mich habe.«

»Schön, dass er in deiner Gegenwart ein wenig aus sich herauskommt. Man merkt, dass er dich mag. Richtig verknallt, der gute Brody.«

Wärme schoss mir in die Wangen. »Echt jetzt?«

»Klar, ich kenne ihn ja schon länger – er hat sich immer ziemlich zurückgehalten, was Mädels betrifft. Aber wenn ich euch beide zusammen beobachte – und glaub mir, wenn die Sterne gut stehen, bin ich die krasseste Hellseherin auf diesem Planeten –, dann sehe ich doch die Blicke, die er dir zuwirft. Und die sagen mir, dass er total in dich verschossen ist und … na ja, und sich vorstellt, was für 'ne Farbe deine Unterwäsche hat. Glasklare Sache.«

»Wenn er das nicht sowieso schon weiß«, fügte Adaline hinzu und wackelte anzüglich mit den Augenbrauen.

»Noch nicht«, sagte ich und nahm einen weiteren Schluck aus meinem Becher. »Aber mal sehen, wann sich das ändert.«

»Später!«, kam es von Olivia.

»Ne, ne. Morgen ist der letzte Dreh, da wollen wir beide fit sein. Ich schlafe bei mir, er schläft bei euch.«

Adaline schob enttäuscht ihre Unterlippe vor, während Olivia so tat, als ob sie sich Tränen von der Wange wischte.

Ich lachte und füllte meinen Becher noch mit etwas Cola auf, um den Alkohol zu verdünnen. Dann liefen wir zurück zu Brennans Zimmer.

Als ich den Raum betrat, sah Brody sofort zu mir herüber. Seine Mundwinkel hoben sich, und er zwinkerte mir verschwörerisch zu.

»Hey, wer macht mit? Mini-Burger-Wettessen!« Sienna stand plötzlich mit einer Platte Mini-Burger hinter uns in der Tür und grinste breit.

»Ich!« Das war genau mein Ding. Nach meinem Beinahesieg beim Burrito-Wettessen steckte ich diese Truppe hier locker in die Tasche.

»Yes! Sehr gut, ich bin auch dabei«, sagte Dax.

Austin, Vincent und Olivia schlossen sich ebenfalls an.

Während Christopher den Tisch aus der Küche holte, kam Brody zu mir herüber.

Ich sah ihn herausfordernd an. »Na, machst du auch mit?«

»Da du mich sonst wahrscheinlich den ganzen Abend damit aufziehst, dass ich ein Spielverderber bin: Okay, von mir aus. Ein paar Burger haben noch niemandem geschadet«, gab er sich geschlagen.

»Das ist mein Mitbewohner!« Olivia grinste und lief davon, um Sienna zu helfen, alles aufzubauen.

»Mal sehen, bei wem von uns beiden mehr in den Mund passt«, erklärte ich Brody den Krieg. Als er nichts sagte und stattdessen nur anfing zu lachen, dachte ich kurz über meine Worte nach und grinste. »Das war überhaupt nicht zweideutig gemeint, du Lustmolch! Das Lachen wird dir ganz schnell vergehen. Pass auf, sonst pack ich *dich* zwischen die Brötchenhälften und verspeise dich bei lebendigem Leib!«

Er macht einen Schritt auf mich zu. »Alles klar, West. Wenn du auf diese Tour spielen willst, dann kann ich auch anders.« In seinen Augen funkelte es herausfordernd. »Möge der oder die Bessere gewinnen.«

Wenige Minuten später saßen wir alle um den Tisch herum, vor jedem von uns ein Teller mit mindestens zwanzig Mini-Burgern. Ich verdrängte den Gedanken daran, dass morgen der nächste Dreh stattfinden würde. Hey, man lebte nur einmal, und wenn ich genau heute die Möglichkeit dazu bekam, diese Herausforderung anzunehmen (und natürlich zu gewinnen), dann musste ich mich eben fügen.

»Seid ihr bereit?« Jade war mittlerweile von Austins Rücken gestiegen (selbstverständlich nur für den Wettkampf) und guckte uns der Reihe nach prüfend an.

Wir nickten.

»Drei, zwei, eins … Los!«

Sofort fing ich an, mir einen Burger nach dem anderen in den Mund zu stopfen. Kauen. Schlucken. Rein mit dem nächsten. Kauen. Schlucken. Rein mit dem nächsten. Ich fokussierte mich auf die Aufgabe meines Lebens, ohne Rücksicht auf meine Kontrahenten zu nehmen. Ich wollte gewinnen, und wenn es das Letzte war, was ich tat, bevor ich an einer trockenen Brötchenhälfte erstickte. Manch einer hätte meinen Kampfgeist vielleicht für etwas durchgeknallt gehalten … Nun gut, ja, zugegebenermaßen tat ich das manchmal sogar selbst. Aber das hier weckte Erinnerungen an die Abende früher, die oft in dieser Art abgelaufen waren, und bei denen ich den Spaß meines Lebens gehabt hatte.

Aus den Augenwinkeln sah ich, dass Brody mir mit einem Burger weniger dicht auf den Fersen war. Austin war gleichauf, und Dax hustete gerade. Damit fiel zumindest er aus dem Rennen. Ha – das holte er niemals auf! Vincent hatte ich abgehängt, und Olivia lag ebenfalls zurück.

Ein paar Minuten später waren Dax und Vincent ausgestiegen, Olivia röchelte und brach auch ab. Jetzt waren nur noch Austin, Brody und ich im Spiel. Ich legte einen Zahn zu und kaute schneller. Morgen würde ich ganz sicher Muskelkater im Kiefer haben, aber das war mir egal. Diese beiden Muchachos vertilgte ich noch obendrein.

Dann schluckte ich das letzte Stück hinunter. »Fertig!«

Nicht mal zwei Sekunden später folgten Brody und Austin fast zeitgleich.

»Ey, du bist doch nicht mehr normal, Mackenzie.« Dax lehnte sich zurück und schüttelte amüsiert den Kopf.

Ich strahlte bis über beide Ohren und verdrängte die aufsteigende Übelkeit. »Ihr habt fair und passabel gekämpft, aber wenn wir ehrlich sind, hattet ihr nie eine Chance gegen mich.«

Austin lachte los, und die anderen konnten sich nun auch nicht mehr zurückhalten.

»Ich hab alles gefilmt, du gehst in die Geschichte ein.

Rekordzeit«, sagte Adaline und hielt mir ihr Smartphone mit dem Video unter die Nase.

»Schick mir das bitte«, entgegnete ich und stand auf, um mein Handy aus der Tasche zu holen.

Im nächsten Moment hatte Adaline es mir gesendet. Man sah mir deutlich an, wie viel Spaß ich hatte.

Wäre doch schade, so was nicht auf Instagram zu teilen...

Ein paar Sekunden darauf hatte ich einen Ausschnitt des Videos in meine Story gepostet. Mir war bewusst, dass Tracy das alles andere als toll finden würde, aber ich postete es nicht aus Trotz, sondern weil es mich zeigte, wie ich war. Ein bisschen verrückt, ein bisschen verfressen, aber dafür sehr glücklich. Und hey, die vermeintlich perfekte Social-Media-Welt brauchte mehr Burger-Wettessen.

»Glückwunsch, Champ«, sagte Brody grinsend und gab mir einen Kuss auf die Schläfe. »Auch wenn ich noch nicht so richtig fassen kann, dass du süßes kleines Ding uns große Kerle und die gefräßige Olivia in die Tasche gesteckt hast.«

»Das habe ich genau gehört«, rief Olivia uns von der anderen Seite des Raumes zu, und wir lachten.

»Was heißt hier ›süßes kleines Ding‹? Ich bin groß und mächtig und ziemlich gefährlich!«

»Über die Sache mit der Größe lässt sich streiten...« Er nahm mich in den Arm, und ich schmiegte mich an seine Brust. »Ich hätte echt nicht erwartet, dass so was in dir steckt.«

»So langsam sollte dir doch bewusst sein, dass ich zu jeder Schandtat bereit bin.«

»Das bist du tatsächlich.« Er seufzte. »Und weißt du was?«

»Hm?«

»Ich hatte in meinem gesamten Leben noch nie so viel Spaß wie in den Momenten, die wir in den letzten Wochen zusammen verbracht haben.«

KAPITEL 21

»Das war's, wir sind fertig. Danke für diesen tollen letzten Dreh! Ich bin sehr gespannt, wie das Endergebnis aussieht.« Mia legte das Tablet auf ihren Stuhl und klatschte in die Hände. »Wir sehen uns morgen zur großen Abschlussparty.«

Alle fingen an zu applaudieren, und ich grinste in die Runde. Wir waren durch. Alle Drehs und Fotoshoots lagen hinter uns. Solange noch nicht offiziell war, dass ich das neue Gesicht der Kampagne sein würde, hatte ich keine weiteren Aufgaben; Interviews und Pressetermine würden erst im nächsten Jahr auf mich zukommen.

Einerseits freute es mich, dass die Zusammenarbeit so gut gelaufen und die Drehs nun erfolgreich beendet waren, andererseits weckte Letzteres ein mulmiges Gefühl in mir. Meine Zeit in New York war so gut wie vorbei. In eineinhalb Wochen ging es für mich zurück nach Los Angeles, und allein der Gedanke daran fühlte sich wie eine eiserne Faust an, die sich um meine Brust schloss. Zudrückte. Immer fester, bis mir der Atem vollends wegblieb.

»Ich pack nur schnell mein Zeug zusammen, dann können wir gehen«, sagte Brody, als sich unsere Blicke kreuzten. Er zwinkerte mir zu und lief zum Rand der Bethesda Terrace, unter der wir die Aufnahmen gemacht hatten. Im Hintergrund des Videos würde man die runden historischen Torbogen sehen sowie den Brunnen, aus dessen Fontänen das Wasser prasselte, umgeben von goldenen Bäumen. Der Sound hier unten war unschlagbar gewesen. Einige Menschen waren sogar stehen geblieben und hatten uns neugierig zugesehen.

»Komm, ich helfe dir in deine Klamotten.« Liza winkte mich zu sich und hob ein großes Laken an, um mich vor den Leuten abzuschirmen.

Ich tauschte die Kleidung von Blanks gegen meine eigene schwarze Sportleggings und einen dunkelgrünen Hoodie und lächelte sie dankbar an. »Perfekt, danke! Wir reden morgen Abend auf der Party noch mal, ja?«

Sie nickte. »Wir sehen uns an der Bar!«

Gemeinsam mit den anderen verließen Brody und ich das Set und liefen durch die abendliche Herbstsonne, die durch die Bäume des Central Park brach und tanzende Lichtpunkte auf der Erde hinterließ.

Nachdem wir ein paar Stationen mit der U-Bahn gefahren und von dort weiter in Richtung meines Apartments gelaufen waren, blieb Brody plötzlich stehen.

»Gib mir deinen Schlüssel.«

Verwirrt legte ich den Kopf schräg. »Was? Ist das ein Überfall?«

»So ähnlich. Ich schlage vor, du organisierst uns was

Leckeres zum Essen, und so lange gehe ich schon mal in deine Wohnung.«

Ich überlegte, dann machte es klick. »Heckst du was aus?«

»Was? Ich? Nein, so was würde mir im Traum nicht einfallen.« Er schüttelte den Kopf und verzog das Gesicht, als ob ich auf die absurdeste Idee überhaupt gekommen wäre.

»Du kannst nicht lügen, Brody, gib's auf.«

»Pff, ich lüge nicht, ich will vor dem Essen nur ein kleines Schläfchen machen, das ist alles.«

Ich lachte auf und zog meinen Schlüssel aus dem Rucksack. »Na klar, weil man ja auch so viel Energie zum Essen braucht.«

»Zum Essen nicht unbedingt«, brummte er, und einer seiner Mundwinkel bewegte sich nach oben.

Ich kicherte. »Okay, okay, okay... dann schlaf mal schön, wir sehen uns gleich.«

»Bis später.« Mit einem triumphierenden Lächeln nahm er mir den Schlüssel aus der Hand und lief mit schnellen Schritten davon.

Was plant der Kerl?

Meine Neugierde wuchs ins Unermessliche, daher beschloss ich, einen Zahn zuzulegen und mich zu beeilen. Ich machte halt bei meinem Lieblingsmexikaner und ließ mir ein paar Tacos und Churros einpacken, und gute dreißig Minuten später stand ich vor meiner Wohnungstür. Da Brody meinen Schlüssel hatte, klopfte ich.

»Du bist schon da? Was soll das?« Er wirkte etwas außer Atem und stemmte die Hände in die Hüften.

Ich grinste. »Gut geschlafen?«

»Tief und fest.«

»Lässt du mich rein, oder muss ich die Tacos hier im Flur essen?« Ich hob die Papiertüte an und ließ sie hin und her schwingen. Der leckere Duft stieg mir in die Nase und ließ mir das Wasser im Mund zusammenlaufen.

Brody warf einen Blick über die Schulter, dann sah er zu mir. »Du willst sicher noch duschen, oder? Der Dreh war doch ziemlich anstrengend.«

»Sehr charmant.«

»Gib mir die Tüte und mach die Augen zu.«

»Wie jetzt, ich dachte, du hast nur geschlafen?«, tat ich gespielt überrascht und gab ihm die Tüte. Dann schloss ich grinsend die Augen und trat ein paar Schritte auf ihn zu.

»Ja, aber ich muss erst noch aufräumen. Bin schlafgewandelt, und jetzt sieht es hier aus wie nach einem Bombenanschlag.«

Er legte eine große Hand sanft über meine Augen und führte mich durch die Wohnung. Ich hörte, wie er die Tüte abstellte, dann schleuste er mich um die Kurve, geradeaus und wieder um die Ecke, sodass wir nun vor dem Schlafbereich stehen mussten.

»Du darfst gleich kurz die Augen aufmachen, um dir *gemütliche* Klamotten aus dem Schrank zu holen. Aber wehe du guckst noch irgendwo anders hin.«

»Find ich gut, dass du das Wort ›gemütlich‹ so betonst.« Ich grinste.

Er schob mich vor den Schrank, dann schlug ich die

Augen auf und schnappte mir Unterwäsche, meine graue Jogginghose und ein schwarzes T-Shirt mit dem Batman-Logo darauf, das ich in einer Nacht-und-Nebel-Aktion unter der Brust abgeschnitten hatte.

Nachdem Brody mich ins Bad verfrachtet hatte, baute er sich so in der Tür auf, dass ich nicht in die Wohnung sehen konnte. »Ruf mich, wenn du fertig bist, dann hol ich dich wieder.«

»Alles klar.«

Er zog die Tür hinter sich zu.

Fehlte nur noch, dass er mich hier einschloss, aber so weit würde er bestimmt nicht gehen. Oder?

Rasch sprang ich unter die heiße Dusche und schminkte mich im Anschluss ab. Mit der fetten Make-up-Schicht vom Dreh fühlte ich mich ziemlich unwohl, vor allem zu Hause, wo ich am liebsten nur ungeschminkt herumlief. Ich zog mich an und checkte mein Spiegelbild. Meine Haare öffnete ich wieder und ließ sie in Wellen über die Schultern fallen; ein Spritzer Parfüm, und fertig war ich. Ich konnte es kaum erwarten zu sehen, was Brody vorbereitet hatte. Ein Kribbeln ging durch meinen Körper, und ich trat unruhig von einem Bein aufs andere.

»Brody? Ich bin so weit.«

Es rumpelte ein paarmal, dann riss er die Tür auf. Grinsend musterte er mich von oben bis unten. »Jap, das ist gemütlich genug.« Dann nahm er meine Hände in seine. »Du musst jetzt noch mal die Augen zumachen, okay?«

Ich seufzte, schloss sie aber brav, und Brody zog mich mit sich.

Nervös biss ich mir auf die Unterlippe. Am liebsten hätte ich direkt geschaut. Wie lange dauerte das denn noch?

Dann blieben wir stehen. Ich spürte Brodys Körperwärme, als er sich dicht neben mich stellte. »Alles klar, du kannst jetzt schauen.«

Sofort schlug ich die Augen auf. »Was zur...« Mein Kiefer klappte herunter, und ich blinzelte ungläubig. »Ähh... du...«

Mein Herz raste. Ich konnte nicht fassen, was er vorbereitet hatte. Die Lampen waren gedimmt, die Jalousien heruntergelassen, und mitten im Wohnbereich hatte er eine Art Zelt gebaut. Ein paar Decken hingen wie eine Brücke über Stuhllehnen und stellten ein Dach dar. Darunter war alles mit Matratzen und Kissen ausgepolstert und der Fernseher davorgeschoben, sodass wir unsere eigene Kino-Höhle hatten.

Ich schlug mir die Hand vor den Mund und starrte zwischen Brody und seiner Überraschung hin und her.

»Ich dachte, dass es dir vielleicht gefallen würde, noch den ein oder anderen gemütlichen Abend zu haben, bevor du nach L.A. zurückkehrst. Außerdem hast du mich jetzt viel in deine Welt mitgenommen, ich dich aber noch nicht so oft in meine.«

Ich wusste nicht, was ich sagen sollte. Meine Emotionen überrollten mich. Rührung, Sprachlosigkeit, Glück und Wärme. »Brody, das ist so schön«, flüsterte ich und schlang meine Arme um seinen Oberkörper. Atmete seinen Duft ein und versuchte, das Brennen in meinen Augen zurückzudrängen. In meinem Hals bildete sich ein Kloß. Ich lehnte mich wieder ein Stück zurück, sah ihm tief in die Augen, wo nicht nur Freude, sondern auch so viel Zuneigung und Hitze aufflackerten, dass mir ein Schauer über den Rücken huschte. Ich klammerte mich an seine breiten Schultern und ging auf die Zehenspitzen, um ihn zu küssen.

Sofort presste er mich noch enger an sich und verzog seine Lippen zu einem Lächeln.

»Warte, bis du die Lichterkette siehst«, sagte er und löste sich langsam von mir.

Ich grinste, dann ging ich auf die Knie und robbte in die Höhle hinein. Auf der Matratze stand ein Tablett, auf dem Brody die Tüte mit unserem Essen und ein paar Getränke platziert hatte. Es war so bequem, dass ich das Gefühl hatte, auf einer Wolke zu sitzen.

Plötzlich fing ich laut an zu lachen. »Die ist definitiv das Highlight!«

Statt einer Lichterkette mit warmweißen Birnen war von einem Stuhl zum anderen eine Weihnachtslichterkette mit blinkenden Nikoläusen gespannt.

Brody beugte sich zu mir herunter und grinste. »Ich hatte keine andere.«

»Sie ist perfekt«, sagte ich und bekam das Grinsen gar nicht mehr von meinen Lippen.

Ich rutschte ganz nach hinten, wo Brody Kissen gegen den unteren Teil des Sofas gelehnt hatte. Dann setzte er sich zu mir und legte sofort den Arm um mich, sodass ich mich an seine Brust schmiegen konnte.

»Ich freu mich, wenn es dir gefällt.«

»Und wie es das tut. Ich weiß immer noch nicht, was

ich sagen soll. So was hat noch nie jemand für mich gemacht.«

»Tja, dann wird es mal Zeit«, murmelte er in mein Haar, und ich konnte sein Lächeln hören.

»Und was ist jetzt geplant? Du meintest, du willst mich in deine Welt mitnehmen?«

Er nickte. »Wir haben drei Filme zur Auswahl. Einen Film, den wir beide lieben, einen, der mich an dich erinnert, und einen, der mir viel bedeutet.«

Ungläubig schüttelte ich den Kopf. »Können wir mal ganz kurz darüber sprechen, wie viele Gedanken du dir gemacht hast? Ich komme da echt nicht darauf klar, Brody.«

Lachend strich er mir über die Wange und presste seine Lippen auf mein Haar. »Keine große Sache.«

»Doch klar!« Ich legte den Kopf in den Nacken, um ihm in die Augen sehen zu können. »Danke, ehrlich. Ich weiß das sehr zu schätzen.«

»Gut«, flüsterte er.

»Also, welche Filme sind es denn genau?«

»Der, den wir beide lieben, ist *The Dark Knight Rises*. Sogar passend zu deinem Shirt.«

Ich lachte auf. »Stimmt! Das ist immer eine gute Wahl. Und welcher bedeutet dir viel?«

»*Der Club der toten Dichter.*«

»Oh, den habe ich noch nicht gesehen!« Ich überlegte. »Jetzt bin ich aber gespannt, welcher dich an mich erinnert.«

»*Million Dollar Baby*, natürlich.«

Kichernd kuschelte ich mich noch enger an ihn und

dachte an den Tag in seinem Zimmer, als ich die Blu-Ray aus dem Stapel gezogen und wild herumgeboxt hatte. »Fast wärst du k. o. gegangen.«

»Rede dir das schön weiter ein.« Sein Brustkorb bebte vor Lachen, und ich schloss mich ihm an. »Also, such dir einen aus.«

Hin und her überlegend kniff ich die Augen zusammen. »*Der Club der toten Dichter.* Ich will wissen, warum er dir so viel bedeutet.«

»Gute Entscheidung.«

Während er einen Streamingdienst am Fernseher öffnete und den Film suchte, packte ich das Essen aus und verteilte es auf dem Tablett, schenkte uns etwas zu trinken ein und lehnte mich dann zurück an die Kissenwand. Als der Film startete und Brody sich ebenfalls wieder zurücksinken ließ, spürte ich ein Flattern im Bauch.

»Wow, jetzt verstehe ich, warum er dir so viel bedeutet«, nuschelte ich an Brodys Brust, als der Abspann lief. »Mal davon abgesehen, dass Robin Williams unglaublich gut gespielt hat, werde ich noch lange darüber nachdenken.«

»Ja?«

»Ja! Vor allem darüber, dass man jeden Tag nutzen, seine Augen öffnen und neuen Dingen die Chance geben sollte, das Leben zu verändern.«

»Genau. Und auch wenn es hart sein kann, soll man an seine Träume glauben und dafür kämpfen.« Er streichelte über meine Seite, fuhr mit seinen Fingern in kreisenden Bewegungen über die nackte Haut zwischen dem abgeschnittenen Top und der Jogginghose. Unwillkürlich bekam ich eine Gänsehaut.

»Und wie kannst du mich noch in deine Welt mitnehmen? Irgendwas, das ich wissen sollte?«

»Was interessiert dich denn?«

Ich überlegte. »Alles. Aber fangen wir langsam an. Verrat mir drei Dinge, die ich noch nicht weiß.«

»Puh«, sagte er und fuhr sich nachdenklich über seine Bartstoppel. »Ich spreche ein kleines bisschen Französisch, weil wir mit der Familie dort mal im Urlaub waren und Elodie mich gezwungen hat, mit ihr einen Sprachkurs zu machen.«

»Oha!«

»Um ehrlich zu sein, kann ich nur ein Kilo Orangen bestellen. Oder wahlweise ein Baguette.«

»Hey, das reicht zum Überleben«, lachte ich. »Okay, erzähl mir noch was.«

»Früher war ich der festen Überzeugung, dass ich später mal ein krasser Rapper werde. Oder zumindest einen Grammy für meine Gesangskünste gewinne.«

Mein Kiefer klappte herunter. »Du kannst singen? Rappen? Was zur …?«

»Nein, gar nicht. Also überhaupt nicht. Kein bisschen.«

»Ach, dann hattest du ja echt ein überaus gesundes Selbstbewusstsein.« Ich grinste und blickte zu ihm auf.

»Und was du vielleicht auch wissen solltest: Ich mag es nicht, meinen Geburtstag zu feiern.«

»Oh, warum nicht? Wann hast du denn?«

»Am neunten Juli«, sagte er leise. »Keine Ahnung.

Ich mag dieses Trallala nicht, wenn sich alles um mich dreht. Falls es dir noch nicht aufgefallen ist – ich stehe nicht gerne im Mittelpunkt. Klar, zu Geschenken sag ich nicht Nein, aber sonst ignoriere ich den Tag auch mal, wenn es geht.«

»Wenn du nicht gerne feierst, musst du ja auch nicht. Ich mochte es früher immer, als wir hier Partys wie die bei Brennan gefeiert haben. Aber in L.A. habe ich den Tag auch eher mit meiner Familie verbracht und mit meinem Bruder bis spät in die Nacht Filme geschaut.«

»Jap. Dafür überrasche ich lieber andere Leute.« Er grinste. »Also mach dich schon mal auf was gefasst, wenn es bei dir so weit ist.«

»Oh, ist das eine Drohung?«

»Absolut«, raunte er an meinem Ohr, und ich spürte, wie sich zwischen meinen Beinen Wärme ausbreitete.

Ich seufzte. »Noch eineinhalb Wochen...«

»Hm«, brummte er. »Und wie geht es dann weiter?«

»Willst du denn, dass es weitergeht?«, flüsterte ich vorsichtig. Nicht weil *ich* mir unsicher war, aber weil ich nicht wusste, ob Brody überhaupt Interesse an einer Frau hatte, die sechs Stunden Flugzeit entfernt lebte und die er nicht jede Woche sehen konnte. Immerhin kannten wir uns noch nicht besonders lange; und was wir füreinander waren, hatten wir auch noch nicht wirklich definiert.

Er rutschte ein Stück herunter, sodass wir dicht nebeneinanderlagen und uns in die Augen schauen konnten. Etwas Ernstes lag in seinem Blick, das ich nicht deuten konnte. Als er seine Hand an meine Wange schmiegte, stieg ein angenehmes Prickeln in mir auf.

»Klar will ich das. Du nicht?«

Mir fiel ein Stein vom Herzen. Ich atmete erleichtert aus. »Doch, auf jeden Fall. Ich wusste nur nicht, ob du es genauso siehst. Es wird schwer, immerhin werden wir uns nicht besonders häufig sehen können.«

»Wir schaffen das.«

Ich nickte. »Das müssen wir.«

»Mir kam da so eine Idee. Und du solltest mittlerweile wissen, dass ich echt gute Einfälle habe.«

»Die hast du tatsächlich«, kicherte ich. »Um was geht es denn?«

Sein rechter Mundwinkel zuckte nach oben. »Ich hab dir doch erzählt, dass meiner Familie ein Strandhaus auf Long Island gehört. Das, in dem Alfred und ich gewohnt haben, als wir für den Dreh dort waren. Wir könnten am Wochenende hin, falls du magst. Zum Abschied. Olivia und die anderen könnten auch mitkommen.«

»Das... Das wäre... Oh Gott, das wäre toll«, stammelte ich. »Ein richtig schöner Abschluss. Wäre es denn wirklich okay, wenn ich die anderen frage, ob sie mitkommen? Das würde mich echt glücklich machen.«

»Auf jeden Fall. Ich war sogar schon mal mit Olivia dort... im Frühling, kurz vor der Tour. Ihr hat es supergut gefallen.«

»Da bin ich mir sicher.« Ich schluckte. »Danke, Brody. Was du alles für mich getan hast... Ich versteh das nicht.«

»Was verstehst du nicht?«

»Ich hätte das nicht von dir gedacht. Und ich trau der ganzen Sache irgendwie nicht. Dass du so viel gibst, ohne etwas zu erwarten.«

Er seufzte. »Wenn ich eine Person sehr, sehr, sehr, sehr... *sehr* mag, dann tu ich nun mal alles, um sie glücklich zu machen. Für mich ist es selbstverständlich, dass ich dich gut behandle, und das sollte es für jeden anderen auch sein. Nur weil die Leute in L.A. anders mit dir umspringen, heißt das nicht, dass du es verdient hast. Außerdem erwarte ich im Gegenzug schon etwas.«

»Und das wäre?«

Ohne nachzudenken, entgegnete er: »Ehrlichkeit. Echtheit. Loyalität. Treue muss ich, denke ich, nicht erwähnen. Keine Spielchen. Meine Freundin sollte Verständnis dafür haben, dass ich manchmal allein sein will – auch wenn der Wunsch, seitdem ich dich besser kennengelernt habe, nur noch selten aufkommt.« Er lächelte leicht. »Ich weiß, was ich will und was nicht.«

»Und das ist gut so. Ich denke, das kriege ich hin.«

»Ganz sicher.«

Einen Wimpernschlag später zog er mich enger an sich – so eng, dass sich unsere Lippen fast berührten – und schob sein Bein zwischen meine Oberschenkel.

Ich spürte, wie sich unterhalb meines Bauchnabels etwas zusammenzog. Stockend streifte sein Atem meinen Mund. Mein Kopf war wie leer gefegt, während sich immer mehr Spannung in mir aufbaute. Energie. Funken in der Luft. Blaue Flammen in seinen Augen, die sich mehr und mehr verdunkelten. Mit den Händen fuhr ich in seinen Nacken, vergrub sie im dunklen Haar, als unsere Lippen schließlich kollidierten.

Es fühlte sich wie eine Explosion an. Ich schmeckte seine Zunge an meiner, wollte mehr von ihm und drängte mich immer dichter an seinen harten Körper. Seine Hände fuhren am Stoff meines Shirts entlang, hinunter, bis zum Saum, bis Haut auf Haut traf. Unser Kuss wurde intensiver. Ich presste meine Brüste an seinen Oberkörper und keuchte an seinem Mund, schlang ein Bein um seine Hüfte. Kurz ließ er von mir ab. Mein Herz schlug wie wild. Dann biss er sanft in meine Unterlippe und grinste, als er sich mit einem Mal auf mich rollte und den Kuss erneut vertiefte. Ich spreizte meine Beine und schlang sie um seine Hüften, reckte ihm mein Becken entgegen und spürte seine Härte. Da ich nicht länger warten konnte, fuhr ich mit den Fingern unter sein Shirt. Als ich mit den Fingerspitzen leicht über seine warme glatte Haut strich, bildete sich dort Gänsehaut, und er stöhnte auf. Ich grinste, dann zerrte ich an seinem Shirt, um es ihm über den Kopf zu ziehen.

Brody richtete sich auf, und mit einem Ruck hatte er das Shirt neben uns geworfen. Mit rasendem Herzen stützte ich mich auf meine Handflächen und blickte ihn an. Seinen athletischen Oberkörper mit dem Bauchmuskelansatz und dem kleinen Streifen dunkler Haare, die in seiner Hose verschwanden. Er taxierte mich. Dann beugte er sich wieder zu mir herunter und versah meinen Hals und meinen Kiefer mit sanften Küssen. So hauchzart, dass er damit heiße und kalte Schauer über meine Haut jagte. Ich seufzte auf.

»Wir müssen nicht ...«, sagte er heiser und begegnete meinem Blick. »Ich hab das alles hier ohne Hintergedanken gemacht. Also klar, daran gedacht habe ich schon, aber wenn du ...«

»Ich will aber.«

Seine Augen schimmerten voller Verlangen. »Bist du dir sicher?«

Ich nickte. »Absolut, und jetzt komm her. Einer der Nikoläuse hat nämlich auch schon ein Auge auf mich geworfen.«

Ein Lachen hallte tief in seiner Brust wider, dann legte er sich zwischen meine Beine und küsste mich. Ich fuhr über die harten Muskeln seines Rückens und krallte mich an ihm fest, während er sein Becken rhythmisch an meinem bewegte. Ich keuchte, als er einen bestimmten Punkt traf, und warf meinen Kopf in den Nacken. Seine Lippen wanderten unter mein Crop Top und strichen sanft über meine Haut, dann zog er es mir rasch aus. Als er sich wieder auf mich sinken lassen wollte, rollte ich mich grinsend auf ihn und setzte mich auf seine Mitte, spürte, wie etwas Hartes gegen mich drückte, und stöhnte auf. Ich stützte mich neben seinem Kopf ab und küsste ihn, während er mit seinen Fingern heiße Linien auf meinen Rücken zeichnete und den BH öffnete. In Zeitlupe richtete ich mich auf, ließ ihn langsam von meinen Schultern gleiten und neben uns fallen.

Brodys Lider waren halb geöffnet. Mit einer schnellen Bewegung setzte er sich auf und wanderte mit seinem Mund über meine Brüste. Ich erzitterte und wünschte mir, ihm noch näher zu sein, daher fanden meine Hände im nächsten Moment den Bund seiner Hose und öffneten erst den Gürtel, dann den Verschluss seiner Jeans. Als ich daran zerrte, lachte er kurz auf und half mir, sie ihm auszuziehen, woraufhin ich mich auch meiner

Hose entledigte. Dann ließ ich mich rittlings auf seinen Schoß sinken und sah ihm fest in die Augen. Seine Lippen waren leicht geöffnet, die Wangen gerötet.

»Es ist schon länger her...«, wisperte ich. »Ich... ähm, ich bin ein bisschen nervös.«

Ein warmes Lächeln legte sich auf seine Züge. »Davon merkt man nichts. Mach dir keinen Stress, alles ist gut, wie es ist. Und wenn du doch nicht mehr willst, sagst du es einfach, ja? Ganz entspannt.«

Seine Worte ließen mich zerschmelzen. Ich nickte. »Hast du was dabei?«

»Jap, sofort.« Er huschte aus unserer Höhle und kam nur wenige Sekunden später mit einem Kondom zurück, das er auf die Matratze warf.

Ich legte mich auf den Rücken und schloss die Augen, als er sich über mich beugte und meinen Körper mit seinen Lippen erforschte. Zwischen meinen Beinen pulsierte es, als seine Zunge meine Brustwarze umkreiste. Ganz langsam streichelte er mit seinen Fingern am Bund meines Slips entlang, deutete immer wieder an, darunterzufahren, doch stoppte dann erneut.

Gott, machte der Kerl mich verrückt. Ich reckte ihm mein Becken entgegen.

»Jetzt mach schon«, murmelte ich, und er lachte auf.

»Na, wenn du so nett fragst...« Langsam schob er seine Hand zwischen meine Beine und hielt kurz vor meiner empfindlichsten Stelle inne. »Dann mach ich das doch gerne«, raunte er mir ins Ohr und berührte mich endlich dort, wo ich es wollte.

Gänsehaut breitete sich auf meinem Körper aus, als

seine Finger immer wieder über meine Mitte fuhren und schließlich in mich eindrangen. Ich stöhnte auf. Seine Lippen wanderten von meinen Brüsten über meinen Bauch, und ich vergrub meine Hände in seinen Haaren. In der nächsten Sekunde hatte er mir den Slip von den Beinen geschoben, und kurz darauf lag auch seine schwarze Boxershorts daneben.

Ich hörte, wie das Kondom aufgerissen wurde. Ein paar quälend lange Herzschläge später ließ er sich auf mich sinken. Sofort schlang ich die Beine um seine Hüften und bewegte mein Becken in kreisenden Bewegungen an seiner Mitte. Während er mich küsste und das Tempo beschleunigte, fuhr ich an seinen Seiten entlang nach unten. Er keuchte auf, als ich ihn mit einer Hand umschloss und zwischen meine Beine führte, und atmete stockend an meinen Lippen aus, während ich so langsam wie nur möglich mit seiner Spitze an meiner Hitze auf und ab strich. Mir entfuhr ein Stöhnen.

»Jetzt mach schon«, brummte er, und ich biss mir auf die Lippe.

»Na, wenn du so nett fragst...« Kichernd führte ich ihn ein kleines Stück ein, pausierte dann und hob herausfordernd meine Brauen. »Dann mach ich das doch gerne.« Im nächsten Moment hatte ich ihn in mich geschoben.

Ich keuchte auf, während Brody immer tiefer in mich drang, langsam wieder raus- und reinglitt. Ich wölbte mich ihm entgegen und krallte mich in seine harten Rückenmuskeln.

Brody in mir zu spüren war alles, was ich gerade

brauchte. Er nahm meine Beine und legte sie sich über die Schultern, um tiefer in mich eindringen zu können. Immer schneller, immer härter. Ich stöhnte auf und warf meinen Kopf in den Nacken. Laute des Verlangens drangen aus Brodys Mund, als er sich noch intensiver in mir bewegte. Wieder krochen Schauer über meinen Rücken und fegten mein Hirn leer.

Als sich unsere Blicke kreuzten, war es um mich geschehen. Das Meer der Begierde in seinen Augen gab mir das Gefühl, genau am richtigen Ort zu sein. Richtig bei *ihm* zu sein, so wie ich war und wie ich sein wollte. Das, wonach ich nicht mal gesucht hatte, hatte mich gefunden, und ich wollte es nie wieder gehen lassen. Ich ließ mich bei ihm fallen, fühlte diesen Kerl mit Haut und Haaren und wünschte mir, dass diese Nacht nie zu Ende ging.

KAPITEL 22

Ich blinzelte. Um mich herum war es dunkel, doch direkt vor mir befand sich irgendetwas. Ich versuchte erneut, meine Lider zu öffnen, als eine unsichtbare Wolke aus Kaffee meine Nase umhüllte. Verwirrt, weil ich mich nicht daran erinnern konnte, in meinem Schlafzimmer Duftkerzen aufgestellt – geschweige denn angezündet – zu haben, öffnete ich die Augen noch ein wenig, nur um einen halb nackten Kerl in einer eng anliegenden schwarzen Boxershorts vor mir sitzen zu sehen.

Brodys Haare waren verwuschelt, eine dunkelbraune Strähne hing ihm wirr in die Stirn. In seinen Händen hielt er zwei Tassen, die eine streckte er mir entgegen, während er an der anderen nippte.

Ruckartig schlug ich die Augen ganz auf und sondierte die Lage.

Brody. Decken und Kissen um uns herum, wir in einer Art Zelt. Blinkende Nikoläuse. Die Erinnerungen an die gestrige Nacht kamen langsam zurück und zauberten mir ein breites Grinsen ins Gesicht.

»Guten Morgen«, sagte er mit kratziger Stimme, und meine Nackenhärchen stellten sich wohlig auf.

»Guten Morgen.«

»Hier, ich habe uns Kaffee rausgelassen. Keine Überraschung, dass dich der Duft weckt.« Er lachte, und als ich mich ein Stück aufrichtete, nahm ich die Tasse mit dem heißen Gebräu entgegen. »Hast du gut geschlafen?«

»Ja. Wie ein Murmeltier.« Ich nahm einen großen Schluck. »Und du?«

»Ich auch. Bin nur einmal kurz aufgewacht, als du mir mit voller Wucht deinen Arm ins Gesicht geknallt hast.«

Ich prustete los. »Oh, verdammt! Sorry! Wahrscheinlich wollte mein Unterbewusstsein unbedingt noch mal *Million Dollar Baby* spielen.«

»Kein Problem.« Er lächelte mich zärtlich an. »War ja klar, dass du dich das nur nachts traust, wenn ich schlafe und meine Reaktionsfähigkeit gleich null ist.«

»Hey! Wenn du es drauf anlegen willst, können wir den Kampf auch wach austragen.«

»Aber nicht auf leeren Magen. Ich bin schon seit einer Stunde wach und habe ein paar Sachen aus deinem Kühlschrank zusammengemixt. Ich hoffe, das ist okay.«

»Du hast Frühstück gemacht?« Mit einem Satz saß ich kerzengerade auf der Matratze.

»Nichts Wildes ...«

»Du sagst immer ›nichts Wildes‹, und dann baust du so eine Höhle und hängst blinkende Nikoläuse auf. Ich glaub dir kein Wort, Turner.«

Seine Augen verengten sich, als er mich über den Rand der Tasse hinweg anblickte. »French Toast.«

»Und das soll nichts Wildes sein? Mhm. Ich sag dir jetzt mal was…« Ich machte eine theatralische Pause und fixierte ihn. »Wenn du sie nicht sofort herholst, war dieser Kaffee das Letzte, was du zu dir genommen hast, bevor ich dich mit der Nikolauslichterkette stranguliere.«

»So liebevolle Worte am Morgen zu hören ist doch herzerwärmend.« Schmunzelnd schüttelte er den Kopf und machte sich daran, aus unserem Zelt zu krabbeln. »Also ich frühstücke jetzt«, rief er mir über die Schulter zu. »Dein Teller steht direkt neben meinem, falls du Hunger hast…«

Schnell sah ich mich nach unseren Klamotten um, schnappte mir meinen Slip und Brodys Shirt und streifte mir beides über. Dann folgte ich Brody mit meinem Kaffee aus der Matratzenhöhle heraus.

Der stand bereits an der Kücheninsel und musterte mich amüsiert. Eine Hand hatte er neben seinem Teller aufgestützt, während er den Kopf schief legte und einen Schluck aus seiner Tasse nahm.

Als ich auf ihn zulief, scheiterte ich kläglich an dem Versuch, ein Gähnen zu unterdrücken. Ich streckte meine Arme zu den Seiten aus, verschüttete fast den Kaffee und hörte ein paar Knochen knacken.

»Sieht lecker aus, danke«, sagte ich, als ich neben ihm zum Stehen kam, die Tasse abstellte und ihn von der Seite umschlang.

Sofort hob er den Arm und legte ihn um mich. »Gerne. Ich kann nicht garantieren, dass es schmeckt. Ein paar sind mir angebrannt, aber ich habe versucht, das Schwarze abzukratzen.«

Ich kicherte. »Der Wille zählt!« Mit einem Flattern im Brustkorb ging ich auf die Zehenspitzen, um ihm einen Kuss auf den Mundwinkel zu hauchen. Dann ließ ich mich auf den Barhocker vor der Kücheninsel sinken und die Beine baumeln, bevor ich ein Stück French Toast abbiss. Mein Magen knurrte verräterisch, als ich Vanille und Zimt schmeckte. »Das ist so gut.« Ich ließ den Blick über Brodys attraktive Züge und seinen definierten Oberkörper gleiten, und mein Herz schlug schneller.

Seine rechte Augenbraue schoss nach oben. Vermutlich ahnte er, woran ich gerade dachte. »Freut mich, wenn's schmeckt«, raunte er verführerisch.

Ich nickte und nahm noch einen Bissen. »Es war echt schön gestern. Auf meiner Beliebtheitsskala wanderst du direkt ein paar Stufen nach oben«, sagte ich trocken und zwinkerte ihm zu.

Sofort verdunkelten sich seine Augen, dann legte er seine Hand auf meinen nackten Oberschenkel und streichelte in kreisenden Bewegungen darüber. Gänsehaut legte sich auf meinen Körper. »Auf welcher Stufe befinde ich mich denn jetzt?«

Ich überlegte. »Direkt zwischen Tacos und Hundewelpen.«

»Damit kann ich leben.« Er nahm einen Bissen. »Ich muss heute noch mal nach Hause; aber wenn du magst, können wir später gemeinsam zur Party gehen. Soll ich davor herkommen?«

Heute Abend würde die Abschlussparty der Kampagne mit Blanks stattfinden. Durch das Foto von Brody und mir, das Adaline in meine Story gepostet hatte, wussten die anderen bereits, dass zwischen uns etwas lief. Ich hatte erst noch Bedenken gehabt, ob sie das unangebracht finden würde, doch niemand hatte ein Problem damit. Liza und Josh hatten es sogar ziemlich süß gefunden.

Ich freute mich auf die Party, aber sie bedeutete auch, dass mir nicht mehr viel Zeit in New York blieb. Wenn ich nur daran dachte, wieder zurückzufliegen, verknotete sich mein Magen auf die übelste Weise.

Ich sah zu Brody und atmete tief ein und aus. Als sich unsere Blicke trafen, wurden seine Züge weicher. »Bald geht es für mich zurück nach L.A.«

»Es sind ja noch ein paar Tage, denk nicht dran, okay? Lass uns die Zeit genießen, die wir noch haben.« Er drückte meinen Oberschenkel und lächelte mich aufmunternd an.

Ich nickte. Doch als ich in seine meerblauen Augen sah, wurde mir aufs Neue schmerzlich bewusst, dass ich diese Farbe bald nur noch im Ozean der Westküste erkennen würde.

Kronleuchter in Form von Glasballons hingen von der Decke und tauchten die Bar in stimmungsvolles Licht. Der Marmorboden sah aus wie frisch poliert. Mehrere dunkelblaue Sofas und Sessel formten Sitzecken; auf der Tanzfläche mitten im Raum bewegten sich ein paar Gäste bereits zur Musik von Halsey. Entlang der Bar, die in der gleichen Marmoroptik gehalten war wie der Boden, standen ein paar mattschwarze Metallhocker, und an der Wand dahinter waren gläserne Wandregale angebracht, auf denen sich alle nur erdenklichen Alkoholflaschen reihten. Durch die Scheiben war es möglich, die umliegenden Wolkenkratzer aus nächster Nähe zu betrachten und sogar vereinzelt in die Wohnzimmer der Menschen zu blicken. Blanks hatte diese Location, eine Bar mitten in Manhattan, für die Abschlussparty reserviert. Nach einer kurzen Ansprache und der Eröffnung des Abends hatten Brody und ich mit Liza, Alfred und Josh bereits ein paar Shots an der Bar getrunken und einige Runden getanzt.

»Können wir mal drüber sprechen, wie heiß du in diesem Kleid aussiehst?«, flüsterte mir Brody ins Ohr. Wir saßen auf einem der dunkelblauen Sofas, und sein Arm lag entspannt um meine Schultern. Auf der Couch gegenüber von uns lachten Liza und Alfred gerade über einen Witz von Josh.

Bei Brodys Worten kroch ein Schauer über meinen Rücken. Meine Wahl war heute auf ein kurzes schwarzes Kleid mit tiefem Ausschnitt gefallen, dessen Ärmel aus Spitze bestanden. Bevor wir uns auf den Weg gemacht hatten, war ich etwas unter Zeitdruck geraten und hatte mir mit dem Lockenstab nur rasch ein paar Wellen in die Haare gedreht. Hoffentlich hielten die für den Rest des Abends.

»Danke«, erwiderte ich lächelnd. »Du siehst auch nicht schlecht aus.« Bei seinem Anblick glich mein Mund einer Wüste. Durch das weiße Hemd schienen seine Schultern noch breiter als sonst, und die beige Anzughose schmiegte sich an seine Beine.

Als er mir einen sanften Kuss auf den Wangenknochen gab, kitzelte sein Bart an meiner Haut, und ich musste kichern.

»Hey, kommt ihr mit tanzen?«, wandte sich Alfred uns zu. Seine blonden Haare trug er heute offen; sie reichten ihm bis zur Schulter, was ihn fast ein bisschen wie Thor aussehen ließ. Nur schmaler und mit Piercing. Und ohne Hammer.

»Klar.« Ich stand auf und zog Brody an der Hand hinter mir her zur Tanzfläche. Im nächsten Moment startete »Last Night« von Keyshia Cole und Diddy. Ich ließ mich komplett von den Beats und der Melodie treiben, drehte mich zu Brody um und grinste ihn an, während er seine Hände an meine Hüften legte. Ich fuhr über seine Brust in den Nacken und zog ihn noch enger an mich. Im Rhythmus der Musik ließ ich ihn meinen Körper führen.

»Da ist wohl ein Tänzer an dir verloren gegangen.«

Er schnaubte. »Ganz sicher. Die Jungs aus der Tanzschule sollten sich warm anziehen, wenn ich sie zum nächsten Battle herausfordere.«

»He, ich mein das ernst. Dafür, dass du immer sagst, dass du nicht tanzt, machst du das echt gut. Mir gefällt es. Definitiv.« Ich zwinkerte ihm noch mal zu, dann drehte ich mich um und schmiegte mich mit dem Rücken an seinen Oberkörper.

Seine Hände wanderten an meinen Seiten entlang, umfassten wieder meine Hüften. Ich spürte seinen heißen Atem in meinem Nacken und tanzte weiter, vergaß alles um uns herum. Als ich begann, meinen Hintern gegen seinen Schritt zu pressen, sog Brody scharf die Luft ein, und ich musste kichern.

Gegenüber von uns tanzte Alfred mit einer Blondine, die ich nicht kannte. Josh hatte sich an die Bar verzogen und flirtete dort mit dem Barkeeper, und Liza tanzte sich ohne Rücksicht auf Verluste die Seele aus dem Leib.

»Komm«, sagte ich, nahm Brodys Hand und zog ihn von der Tanzfläche nach draußen auf die Terrasse.

Die kühle Abendluft strich durch meine Haare, und ich bekam eine Gänsehaut. Hier im Außenbereich unterhielten sich alle paar Meter ein paar Leute. Sie lehnten an der Steinbrüstung oder saßen auf den mattschwarzen Metallbänken entlang der Glaswand.

»Ist dir nicht kalt?«, fragte Brody, als wir ein Plätzchen abseits gefunden hatten. Die glitzernden Lichter der Skyline spiegelten sich in seinen Augen.

Eine wolkenlose Nacht, Sterne über uns, und mein Herz, das unaufhörlich raste, wenn ich diesem Kerl und einer möglichen Zukunft mit ihm entgegenblickte. Irgendwie würden wir das schaffen. Auch wenn ich für ihn quer durchs Land reisen musste.

»Nein, gar nicht.« Ich grinste, als er seinen Arm um mich legte. »Ich dachte, wir sollten uns vielleicht kurz abkühlen.«

»Und wenn ich das nicht will?« Ein schelmisches Grinsen wanderte über seine kantigen Züge.

»Brody!«

Er lachte warm, und ich erkannte wieder die Fältchen um seine Augen, die noch mehr Glücksgefühle in mir freisetzten.

»Ich freue mich schon, wenn du mich in L.A. besuchen kommst.«

»Ich mich auch. Bin zwar nicht der größte Fan vom Fliegen, aber für dich mach ich eine Ausnahme.«

»Spinner.« Ich verdrehte die Augen. »Zeit mit dir zu verbringen und nicht mehr so einsam zu sein war schön.«

»Wieso sprichst du in der Vergangenheitsform? Wir stehen doch gerade hier und haben noch einige Tage zusammen. Oder hattest du vor, mich die Brüstung herunterzuwerfen?« Er strich mir sanft übers Haar. »Aber ja, ich genieße es auch sehr, Zeit mit dir zu verbringen.«

»Ich kann dich bestimmt an ein Filmset schmuggeln, und dann lernst du einen berühmten Produzenten kennen, der mit dir zusammenarbeiten will.«

»Du meinst, dass ich dann länger bei dir bleiben kann?« Ein Grinsen umspielte seine vollen Lippen. »Welch teuflischer Plan.«

»Ach, jetzt wo du's sagst. Hm ... da wäre ich gar nicht drauf gekommen«, tat ich unwissend und boxte ihn leicht in die Seite. Dann kuschelte ich mich noch enger an ihn. »Manchmal erkennt man gar nicht, dass man gerade einen Moment erlebt, an den man sich noch sein ganzes Leben erinnern und von dem man seinen Enkelkindern erzählen wird. Aber die Zeit hier in New York, jede Sekunde mit dir und meinen Freunden ... Ich habe gespürt, dass daraus solche Erinnerungen werden.«

»Ging mir auch so. Das erste Mal, dass ich dachte, *hey, die Frau ist was Besonderes*, war, als wir nach dem Konzert dieses dämliche Spiel gespielt haben.« Er schnaubte amüsiert. »Vielleicht war ich nicht gleich von Beginn an in dich verknallt, aber dafür fand ich dich von Mal zu

Mal immer toller. Auch wenn ich es gar nicht vorhatte. Irgendwie hast du dich in mein Herz geschlichen, Mackenzie West.«

Mein ganzer Körper kribbelte. Wärme, Hitze, Feuer, das durch meine Adern kroch und meinen Mund offen stehen ließ. Ich fühlte mich so unfassbar wohl bei ihm und hatte das Gefühl, komplett ich selbst sein zu können. Ohne Filter. Ohne tausend Versuche zu starten, bis ich den richtigen Winkel erwischt hatte. Einfach nur ich.

»Aber ist das nicht gerade das Schöne? Dieses Unerwartete. Etwas zu finden, wonach man gar nicht gesucht hat.«

»Und dann trifft es dich plötzlich wie aus dem Nichts, und du fragst dich, wie diese eine Frau das schaffen konnte, was sonst noch niemand vor ihr geschafft hat.«

Ich schluckte. Doch bevor ich ein Wort herausbekam, fuhr Brody fort.

»Freust du dich aufs Wochenende?«

»Ja. Ich habe vorhin schon eine Nachricht an unsere Gruppe geschickt, sie sind mit dabei und freuen sich. Ach, und sie sagen Danke für die Einladung.«

»Ich glaube, das wird lustig.«

»Vor allem wenn Jade und Austin wieder um irgendetwas wetten.« Ich lachte auf.

Brody schlang seinen Arm fester um mich. »Ist das seltsam für dich?«

»Was?«

»Jade und Austin so oft zu sehen und mit ihnen befreundet zu sein, das ist ja nicht das Normalste der Welt.«

»Es ist nicht komisch, nein. Ungewohnt vielleicht,

aber es macht mich nicht traurig oder so. Und das liegt *nicht* daran, dass ich dich habe.« Ich lächelte ihn an. »Sondern daran, dass ich komplett damit abgeschlossen habe. Da Austin und ich sowieso gute Freunde waren, finde ich es schön, dass wir uns jetzt wieder verstehen.« Ich sah zu ihm auf. »Ist es denn seltsam für *dich*?«

Brody schüttelte den Kopf. »Nein. Ich vertraue dir. Wenn andere nicht wissen, was sie an mir haben, dann bin ich besser ohne sie dran. Ich glaube fest daran, dass alles so kommt, wie es kommen soll, und am Ende wird immer alles gut.«

»Ich bin froh, dass du das auch so siehst.« Ich schob mich vor ihn, kreuzte meine Handgelenke in seinem Nacken und sah ihm in die Augen. In die türkisfarbene Tiefe und das Glitzern darin, das wie ein Goldschatz auf dem Grund lag und darauf wartete, von mir geborgen zu werden. »Weißt du, irgendwie glaube ich, dass man es merkt, wenn bald ein neues Kapitel der eigenen Geschichte aufgeschlagen wird. Wenn ein neuer Lebensabschnitt beginnt und man sich verändert oder es Zeit ist, andere Wege zu gehen. So ein Bauchgefühl… Ich kann nicht sagen, woher genau es kommt. Aber ich spüre es. Jetzt. In diesem Moment.«

Er lächelte. »Ich freue mich schon darauf, den Rest der Geschichte zu lesen.«

KAPITEL 23

»Dir ist schon bewusst, dass Olivia dich gerade total ab-zockt, oder Dax?«, sagte Brennan.

»Und du weißt, was dann passiert.« Olivia funkelte ihren Freund herausfordernd an. Dann hob sie ihr Queue in die Luft und wirbelte es wie ein Ninja um ihren Kör-per.

Nach der zweistündigen Fahrt nach Long Island hat-ten wir im Strandhaus von Brodys Eltern unsere Zim-mer bezogen. Fast die ganze Clique war dabei. Jade und Austin, Dax und Olivia, Brennan, Adaline, Sienna und Christopher und natürlich Brody und ich. Jules und Vin-cent hatten leider keine Zeit gehabt, weil sie für einen Musikvideodreh in Manhattan bleiben mussten.

Das Haus lag etwas abseits mit direktem Zugang zum Strand. Von der Veranda aus hatte man eine wunder-volle Aussicht auf das glitzernde Wasser und die Wel-len, die unaufhörlich an Land gespült wurden. Die Luft roch frisch und nach Salz, und obwohl es bereits Mitte Oktober war, kam es mir vor, als ob ich im Sommer-urlaub war. Ich fühlte mich wohl, was aber auch daran lag, dass das ganze Haus wahnsinnig gemütlich im Landhausstil eingerichtet war. Neben dem Grill und der Sitzecke auf der Veranda führte eine kleine Holztreppe direkt hinunter in den Sand. Innen ging die großzügige Küche in den Essbereich über und führte um eine Ecke ins Wohnzimmer, das mit deckenhohen Bücherregalen, Bildern von Brody und seiner Familie an den Wänden und einem Kamin der perfekte Ort zum Abschalten war.

Nach unserer Ankunft waren die Jungs einkaufen gegangen, während Olivia, Sienna, Jade, Adaline und ich es uns auf den Holzmöbeln auf der Veranda bequem gemacht hatten.

Nachdem sie mit den Einkäufen zurückgekehrt waren, hatten sich Austin, Christopher und Sienna um das leibliche Wohl gekümmert. Draußen hatten sie alles Mögliche von Steaks über Gemüse bis hin zu Käse auf den Grill gehauen und dazu leckere Salate vorbereitet. Im Anschluss hatten wir uns in den Partykeller zum Billardspielen verzogen, wo wir nun, verteilt auf den dunklen Ledersofas und den Hockern an der kleinen Bar, saßen, während Olivia und Dax sich das Duell ihres Lebens lieferten.

»Du darfst mich gerne zum hundertsten Mal daran erinnern, dass ich dir dann für den Rest des Wochenendes schutzlos ausgeliefert bin, liebste Freundin. Nur zu, streu noch mehr Salz in die Wunde.« Dax hob eine Augenbraue und konzentrierte sich auf seinen nächsten Stoß, während Olivia ihn frech angrinste.

»Schutzlos ausgeliefert bist du mir doch sowieso jeden Tag.«

Er schnaubte, stieß mit dem Queue gegen die Kugel und verfehlte das Loch nur knapp. »Aber bisher hatte es wenigstens den Anschein, dass ich mich dagegen sträuben kann. Wenn ich jetzt verliere, darf ich den Rest des Wochenendes nur noch Ja sagen. Das ist doch unmenschlich, wenn man mit euch allen unterwegs ist.«

Ein Lächeln stahl sich auf meine Lippen. Olivia lag weit vorn, nur noch die letzte Kugel, dann hatte sie gewonnen. Ich zog die Beine an und kuschelte mich noch enger an Brody, der schon die ganze Zeit den Arm um meine Schultern gelegt hatte und sich eine meiner goldbraunen Strähnen um den Finger wickelte. Es fühlte sich so natürlich an, hier mit ihm und meinen Freunden zu sitzen und den Abend gemeinsam zu verbringen. Als ob wir nie etwas anderes getan hatten.

»Okay, Achtung, Leute, Trommelwirbel. Wenn Olivia den versenkt, hat sie gewonnen«, sagte Christopher und schob sich die Brille ein Stück höher.

Olivia setzte den Queue an, während wir gebannt jeder ihrer Bewegungen folgten und dabei gespannt die Luft anhielten.

Treffer.

»Yes!«, schrie sie und hüpfte freudig herum.

Dax verzog gequält das Gesicht und schüttelte den Kopf.

»Ladys and Gentlemen, wir haben eine Siegerin: Olivia Mitchell. Applaus, Applaus!« Brennan fing an zu klatschen, und wir schlossen uns ihm lachend an.

Olivia tänzelte zu Dax und gab ihm einen Kuss auf die Wange. »Sorry, Kleiner. Wer kann, der kann.« Sie grinste hämisch, und Dax seufzte. »Meine erste Amts-handlung wird aber nichts Wildes sein, keine Panik. Wo-bei… Wild ist es vielleicht schon ein bisschen.« Kopf-schüttelnd widmete sie sich wieder Dax. »Würdest du mir ein paar Snacks bringen und mich mindestens eine halbe Stunde massieren?«

Dax' Augen verengten sich. »Aber gerne, Olivia. Nichts lieber als das.«

»Ha! Ich kauf es dir nicht mal ein bisschen ab«, sagte sie lachend und sprintete die Treppe nach oben in die Küche. Über ihre Schulter schrie sie noch: »Wenn du in zwei Minuten nicht bei mir bist, wird die Massage kein Happy End haben.«

Ich musste kichern, als Dax wie der Blitz hinter ihr her schoss. »Sorry, Leute, ihr habt's gehört. Wir sehen uns morgen Früh!«

Christopher gähnte. »Ich bin auch echt müde.«

»Dann lasst uns doch langsam mal hochgehen«, schlug Brennan vor und erhob sich vom Hocker.

Wir stiefelten hintereinander die Treppe hoch, und während Brody, Sienna und Christopher sich um den Abwasch kümmerten, ließ sich Brennan neben Jade, Austin und Adaline auf die weiche Couch sinken. Sie drehten die Musik ein wenig auf und alberten herum.

Ich wollte mich gerade zu ihnen setzen, als ich durch die Schiebetür den klaren Sternenhimmel sah. Rasch zog ich mir meinen schwarzen Move-District-Hoodie über die Sportleggings und das beige T-Shirt von Brody und trat auf die Veranda. Eine kühle salzige Brise schlug mir entgegen, und ich atmete tief ein.

Ruhe. Bis auf den Wind, die leichten Wellen und das Pochen in meiner Brust.

Ich trat an das Geländer und stützte mich mit den Unterarmen auf das morsche dunkle Holz, beobachtete, wie sich die Sterne am Himmel mit der Unendlichkeit des Meeres verbanden und sich der Mond im Wasser spiegelte. So stand ich hier, mehrere Minuten, und versuchte, nicht zu viel über alles nachzudenken. Die Stimme in meinem Kopf auszuschalten, die sich an die Oberfläche kämpfen und mir eintrichtern wollte, dass dieser Augenblick bald der Vergangenheit angehören würde.

Irgendwann hörte ich, wie sich die Schiebetür hinter mir öffnete und sich kurz darauf Schritte näherten. Im nächsten Wimpernschlag lehnte sich eine vertraute Person vielleicht einen Meter von mir entfernt gegen die Brüstung und sah nachdenklich Richtung Meer, das die Farbe von dunkelblauer Tinte hatte.

»Stör ich?« Austin warf mir einen kurzen Blick zu.

»Ich wollte nur ein bisschen frische Luft schnappen.«

»Wehe, du und Brody nehmt uns nicht mit, wenn ihr wieder herkommt. Im Sommer will ich mich unbedingt mal ans Surfen wagen.«

Ich prustete los. »Im Ernst? Hast du vergessen, wie gut das damals geklappt hat, als wir mit meiner Familie auf Hawaii im Urlaub waren?«

»Hey! Ich kann doch nichts dafür, dass da irgendwo im Meer eine Kreatur war, die mich immer wieder vom Brett gezogen hat. Also echt, ich schwör's dir, ich habe alles gegeben, aber dagegen war ich machtlos.«

»Na klar. Ich sage Ursula beim nächsten Mal, sie soll ihre Tentakel bei sich behalten.«

»Ich wusste, dass du das verstehst.« Er lachte und fuhr sich mit der Hand durch die hellbraunen Wellen. »Aber cool, dass du gefragt hast, ob wir mitkommen wollen. Das war eine gar nicht mal so üble Idee.«

»Brody und ich dachten, dass es ein schöner Abschluss sei, bevor ich wieder nach L.A. muss.« Ein mulmiges Gefühl breitete sich in meinem Magen aus, doch ich wischte es weg.

»Absolut.«

Wir schwiegen eine Weile, bis er wieder das Wort ergriff

»Geht's dir gut?«

Ich überlegte kurz. »Ja und Nein.«

»Dachte ich mir schon.« Dann hob er seine Augenbrauen, um mir zu bedeuten weiterzusprechen.

»Jetzt gerade geht es mir gut, ich habe meine Freunde um mich und Brody, der sich total viel Mühe gibt, mir die letzten Tage so schön wie möglich zu machen. Oh Mann, das hört sich an, als ob ich bald das Zeitliche segne.« Ich schluckte. »Aber in ein paar Tagen muss ich zurück und das alles hier hinter mir lassen. Schon wieder.«

»Aber dieses Mal bestimmt keine drei Jahre, oder?«

»Nein, nein. Ich will spätestens in einem Monat für ein paar Tage herkommen.«

»Schön zu hören.« Er schmunzelte. »Es freut mich echt, dass es dir, mal abgesehen von der L.A.-Sache, gut geht. Brody ist ein echt cooler Typ.«

Ein wohliges Gefühl breitete sich in meinem Körper aus. »Ja, das ist er«, flüsterte ich. »Und wie sieht's bei dir aus? Wie geht es dir so?«

»Echt gut. Jade ist wirklich super, und ich freue mich schon darauf, mit Dax die Tanzschule zu leiten. Ein spannendes neues Kapitel.«

»Ihr werdet das richtig gut machen, das weiß ich. Und du und Jade … Ihr seid echt total süß. Ich freue mich für dich, Austin.«

»Ich glaube, dass ich sie irgendwann heiraten werde.« Er lachte und richtete sich ein Stück auf, tippte mit seinen Fingern gegen das spröde Holz. »Aber sag ihr nicht, dass ich davon gesprochen habe, sonst hyperventiliert sie wieder und sperrt mich ohne Essen ins Badezimmer.«

Ich kicherte. »Klar, das behalte ich für mich.« Dann drehte ich mich um und lehnte mich mit dem Rücken gegen das Geländer, sodass ich ihn besser ansehen konnte. »Verrückt, dass wir jetzt hier stehen, oder? Nach allem, was passiert ist.«

»Stimmt. Eigentlich wollte ich dich schon lange ins Meer geworfen haben. Ursula wartet dort draußen auf dich.«

»Du hörst nie auf, deine Sprüche zu reißen, oder?«

»Niemals. Auf meinem Sterbebett werde ich vermutlich noch versuchen, alle um mich herum zum Lachen zu bringen.«

Ich grinste. »Da bin ich mir bei dir ganz sicher.«

»Hey«, sagte er und hielt meinen Blick fest. »Mal so unter uns … Ich habe mich damals auch nicht nur super verhalten.«

»Austin...«

»Nein, ich mein es ernst. Kurz vor unserer Trennung habe ich dichtgemacht. Ich hab dich nicht wirklich an mich herangelassen oder mit dir über das gesprochen, was mich beschäftigt. Es ging mir wegen der zerbrochenen Freundschaft mit Dax und meinen Schuldgefühlen wegen seines Unfalls so schlecht, dass ich mich dir gegenüber nicht fair verhalten habe. Da ist es kein Wunder, dass alles in die Brüche ging.« Er seufzte.

»Aber von mir war das jetzt auch keine Glanzleistung...«

»Ich mache dir keine Vorwürfe«, sagte er ernst und knetete seine Hände. »Der Konflikt bestand zwischen Dax und mir; und wir beide waren getrennt, als ihr zusammengekommen seid. Von daher muss dir nichts leidtun.«

Ich nickte und vergrub meine Hände in der Bauchtasche meines Hoodies. »Das tut es mir aber schon ein wenig. Ich meine, wir waren nicht nur ein Paar, sondern auch beste Freunde, und das hätte ich nicht aufs Spiel setzen dürfen.«

»Einigen wir uns darauf, dass wir beide Fehler gemacht und daraus gelernt haben.« Sein Blick wanderte zurück zu mir. Auf seine Lippen legte sich ein schiefes Lächeln. »Wir sind eine Familie, Mackenzie, da gibt es nun mal Höhen und Tiefen, aber das Wichtigste ist, dass man am Ende des Tages wieder zueinanderfindet.«

Wärme durchflutete meinen Körper, während ich die Tränen wegblinzelte, die mir in die Augen stiegen. »Das ist das Wichtigste. Ich bin froh, dass du das auch so siehst.« Dann musste ich grinsen. »Du hast dich am

Anfang, als wir uns wiedergesehen haben, auch komisch gefühlt, oder ging es nur mir so?«

»Ja, absolut.« Er lachte auf. »Aber wir sind ja jetzt darüber hinweg. Alles ist gut, also gibt es auch keinen Grund mehr, sich einen Kopf zu machen. Ich bin froh, dass wir darüber gesprochen haben. Von mir aus können wir die ganze Sache damit ein für alle Mal hinter uns lassen und als Freunde neu starten.« In seinen grünen Augen lag so viel Aufrichtigkeit, dass ich keins seiner Worte anzweifelte.

Meine Mundwinkel bewegten sich langsam nach oben. »Das wäre echt schön.«

Er nickte. »Es bringt ja auch nichts, sich ein Leben lang zu ignorieren. Dafür haben wir zu viele tolle Sachen erlebt. Weißt du noch, als wir Vincents Socken gegrillt haben, um ihm zu beweisen, dass sie genauso riechen wie Grillkäse?« Lachend schüttelte er den Kopf, und ich schnaubte.

»Ja, du hast recht... Das war ein ziemlich witziger Einfall. Und hey, wir lagen immerhin richtig damit.«

»Definitiv. Auf jeden Fall sollten wir die Zeit schätzen, die wir damals hatten, und sie in guter Erinnerung behalten.«

»Es war echt eine coole Zeit. Das ist der Lauf der Dinge. Menschen kommen zusammen, verlieben sich, und wenn es nicht klappt, gehen sie eben getrennte Wege. Sie hinterlassen Spuren. Und dann tritt irgendwann jemand Neues in dein Leben. Und manchmal, wenn du ganz viel Glück hast, ist das jemand, der bleibt. Jemand, bei dem du dich lebendig fühlst und der dir die Welt zu Füßen legt.«

»Und dem du sie zu Füßen legen kannst.« Austin lächelte und sah zum Meer, bevor er wieder mich anschaute. »Ich wünsche dir von Herzen alles Gute, Mackenzie. Und falls Brody mal Mist bauen sollte, sagst du Bescheid, dann knöpfen wir ihn uns vor.«

»Ich hoffe nicht, dass das nötig ist, aber danke.« Ich biss die Zähne zusammen, doch im nächsten Moment kullerte trotzdem eine heiße Träne über meine Wange. Rasch wischte ich sie weg, und als ich sah, dass mich Austin schief angrinste, musste ich lachen. »Jap. Ich bin immer noch total nah am Wasser gebaut. Aber nichts schlägt die Hundewelpen.« Ich holte tief Luft. »Ich wünsche dir auch nur das Beste. Und Jade. Euch beiden. Wehe, es gibt bei eurer Hochzeit kein Mini-Burger-Wettessen, bei dem ich dich schlagen kann.«

Er lachte auf. »Ist notiert. Das mit dem Schlagen werden wir dann sehen. Bis dahin habe ich noch ein bisschen Zeit zu trainieren.« Dann breitete er seine Arme aus. »Na komm.«

Grinsend trat ich einen Schritt auf ihn zu, und er schloss mich in seine Arme. Es fühlte sich vertraut an, und selbst in diesem stillen Moment zwischen uns war ich mir sicher, dass ich für Austin nichts außer freundschaftlicher Zuneigung mehr empfand. Auch wenn wir mal zusammen gewesen waren, glaubte ich daran, dass es möglich war, mit ihm eine echte Freundschaft zu führen. Und ich freute mich jetzt schon darauf.

Ich ließ ihn los und strich mir noch eine Träne von der Wange.

Hinter uns hörte ich wieder, wie jemand die Schiebetür öffnete. Als ich mich umdrehte, trat Brody auf uns zu. Sein Haar war ein wenig durcheinander, so wie ich es am liebsten mochte, und ein Lächeln lag auf seinen Lippen.

»Jade ist schon mal hoch ins Zimmer, soll ich dir sagen.«

»Oh, die muss ich heute auch noch zufriedenstellen«, entgegnete Austin grinsend und wackelte anzüglich mit den Brauen. »Gute Nacht, ihr beiden. Die Pflicht ruft.« Dann huschte er zur Tür. Doch kurz bevor er reinging, drehte er sich noch einmal um. »Und hey, Brody?«

»Jo?«

»Pass gut auf die Kleine auf.«

»Ich kann sehr gut auf mich selbst aufpassen, und klein bin ich auch nicht. Ich glaube, ihr müsst mal Bekanntschaft mit meinen Fäusten machen«, gab ich gespielt entrüstet zurück, und Brody schloss mich sofort lachend in seine Arme.

»Mach ich, aber manchmal kann sie echt widerspenstig sein.«

Austin winkte uns noch mal zu, dann lief er rein, wo ihn die Dunkelheit verschluckte. Alle Lichter waren inzwischen gelöscht, die anderen bereits oben in ihren Zimmern.

Mein Blick wanderte zu Brody, der mich aufmerksam musterte. »Alles in Ordnung?«

Ich nickte. »Ja. Wir haben noch mal geredet. Das erste Mal nach der Trennung ganz allein. Sonst war ja immer jemand dabei.«

»Deinem Lächeln entnehme ich, dass es gut gelaufen

ist?« Seine Mundwinkel hoben sich, während er mit dem Daumen eine Träne von meiner Wange wischte.

»Total.« Ich ließ mich gegen seine Brust sinken. »Er freut sich für uns, und ich freue mich für ihn und Jade, und irgendwie ... na ja, sind wir jetzt tatsächlich wieder richtige Freunde. Oder zumindest auf dem besten Weg dorthin.«

Brody stützte sein Kinn auf meinen Kopf, während er in kreisenden Bewegungen über meinen Rücken strich. »Das freut mich für dich. Aber eins will ich noch klarstellen, Mackenzie.« Sein Brustkorb hob sich, als er tief Luft holte, und ich sah zu ihm hoch. »Für den Rest der Nacht gehörst du mir.«

Leichte Schauer krochen über meine Haut, und ich biss mir auf die Lippe. »Ach, hast du etwa irgendwelche Pläne?«

»Die habe ich tatsächlich«, raunte er mir ins Ohr. »Deshalb solltest du jetzt so schnell wie möglich nach oben flitzen, dir deinen Bikini anziehen und wieder runterkommen.«

KAPITEL 24

Ich starrte ihn ungläubig an. »Da bin ich ja mal gespannt.«

Dann trat ich einen Schritt zurück, zwinkerte ihm noch mal zu und lief nach oben, wo ich mir den schwarzen Bikini anzog und wieder in meinen übergroßen Hoodie und eine Jogginghose schlüpfte. Ich warf noch einen kurzen Blick in den Spiegel und stellte fest, dass meine Wangen leicht gerötet waren. Einerseits von den paar Tränen, die ich vergossen hatte, aber mehr noch wahrscheinlich von der Hitze, die Brody mit seiner Bemerkung in mir ausgelöst hatte. Meine goldbraunen Haare fielen mir locker über die Schultern, ich atmete tief durch, dann löschte ich das Licht und schlich auf Zehenspitzen nach unten. In der Dunkelheit stieß ich gegen einen Stuhl und hielt die Luft an. Lauschte. Okay, vermutlich hatte niemand etwas mitbekommen. Mit schnellen Schritten lief ich wieder auf die Veranda und schloss die Tür hinter mir, bevor ich mich umsah. Ein paar kleine Laternen warfen Lichtkegel auf das Holz, doch das Leuchten des Mondes und der Sterne stellte sie in den Schatten. Diese Nacht war wunderschön. Auf jede erdenkliche Art und Weise.

»Das ist aber kein Bikini«, sagte Brody vorwurfsvoll, als er um die Ecke bog. Er trug eine dunkelblaue Badehose, die sich eng an seinen Körper schmiegte.

Mein Mund wurde trocken. Im schwachen Licht konnte ich den Ansatz seiner Bauchmuskeln erkennen, die definierte Brust und die starken Arme, die mich immer auffangen würden, wenn ich fiel.

»Den habe ich darunter. Immerhin ist es arschkalt. Also, was ist der Plan? Baden im Meer?«

Er gluckste vergnügt und kam näher, zog mich an der Hand mit sich. »Nicht ganz.«

Als wir um die Ecke bogen, sah ich einen Jacuzzi, der ein paar Meter von uns in den Boden der Veranda eingelassen war und munter vor sich hin blubberte. Über der Oberfläche waberte Dampf wie leichter Nebel an einem Frühlingsmorgen.

Mir entfuhr ein freudiges Quieken, und ich zog sofort den Hoodie aus, warf ihn achtlos auf den Boden und ließ meine Jogginghose daneben fallen. Schnellen Schrittes näherte ich mich dem sprudelnden Wasser und streckte einen Fuß hinein.

»Oh, ist das warm. Das kocht ja fast.«

»Wollen wir rein?« Brody legte sanft eine Hand auf meinen unteren Rücken und streichelte über die nackte Haut. Als ich zu ihm aufsah, grinste er mich anzüglich an und ließ den Blick über meinen halb nackten Körper streifen, was nur noch mehr heiße und kalte Schauer über meine Haut jagte.

Ich murmelte ein zustimmendes »Mhm«, dann setzte ich mich auf den Rand, ließ die Beine baumeln und rutschte vorsichtig ins Wasser. Mir entfuhr ein Stöhnen. »Jap, das war mal wieder eine gute Idee.«

Brody folgte mir und ließ sich direkt neben mich auf die kleine Sitzfläche vor den Düsen sinken. Wassertropfen perlten von seiner glatten Haut ab, als er sich mit der nassen Hand durch sein Haar fuhr. »Hattest du einen schönen Tag?«

»Auf jeden Fall. Und sein Abschluss ist auch ziemlich vielversprechend, wenn du mich fragst.«

Ein Grinsen breitete sich auf seinem Gesicht aus und vertiefte die Lachfältchen um seine Augen. »Ich fand ihn auch super.«

Ich kicherte, rutschte ein Stück tiefer ins Wasser und legte den Kopf auf den Rand des Whirlpools, blickte nach oben in den Himmel und zählte ein paar Sterne.

»Ich verbringe echt gerne Zeit mit dir, Brody.«

»Ja, das ... das kann ich nur zurückgeben.«

Ich wandte den Kopf zur Seite und blickte in seine Augen.

In der nächsten Sekunde begann mein Herz so schnell zu pochen, dass ich es mit der Angst bekam. Langsam richtete ich mich auf, den Blick immer noch auf Brody geheftet. In die dunklen Augen, in denen Verlangen und Hitze lagen. Ich spürte, wie er seine Hände an meine Taille legte, die Finger dort vergrub und mich auf seinen Schoß zog. Mit angehaltenem Atem hielt ich mich an seinen Schultern fest, als er an meinen Seiten nach oben streichelte, bis hin zu meinem Nacken.

Im nächsten Moment küsste er mich und raubte mir damit erneut die Luft zum Atmen. Ich erwiderte seinen Kuss stürmisch, während ich meine Finger jeden einzelnen Zentimeter seines Körpers entlangfahren ließ und sie schließlich in seinen Haaren vergrub. Mir entfuhr ein Seufzen, das er mit seinem Mund auffing. Keine Ahnung, ob es am Jacuzzi oder an Brody lag, aber mir wurde immer heißer. Alle Stellen, die er berührte, brannten wie Feuer. Ich presste mich an ihn, bewegte mein Becken an seinem Schritt und spürte seine Härte, was mich erneut zum Aufstöhnen brachte. Stromschläge jagten durch meinen Körper. Mit den Lippen wanderte er von meinem Mundwinkel über meinen Kiefer und Hals bis zum Wasserspiegel.

Ich wollte mehr von ihm. Im Bruchteil einer Sekunde richtete ich mich auf und entledigte mich meines Oberteils, schaute ihm atemlos in die Augen, bis er seinen Mund wieder auf meinen Körper senkte und mit der Zunge über meine Haut strich. Sein Bart kitzelte, und ich versuchte, nicht die Kontrolle zu verlieren.

»Heilige Scheiße, Brody«, raunte ich und bohrte meine Finger in seine Schultern, als er mich ruckartig am Hintern packte und noch enger an sich zog. »Lass uns … Lass uns hoch … ähm hochgehen, ja? Ganz schnell.«

Er ließ von mir ab und blickte mir mit verschleiertem Blick in die Augen. Stockend atmete er aus. »Aber sofort.«

Grinsend schnappte ich mir mein Oberteil, stieg mit wackeligen Beinen aus dem Jacuzzi und sammelte die Klamotten zusammen. Brody kam mir hinterher und legte mir ein Handtuch um die Schultern. Mein Herz raste, und ich biss mir bei Brodys Anblick automatisch auf die Lippe, spürte immer noch die Hitze, die durch meinen Körper wütete. Unterhalb meines Bauchnabels zog sich etwas zusammen. Ich war mir sicher, dass ich diesen Kerl so schnell wie möglich in mir spüren musste.

Rasch trockneten wir uns ab und schlichen die Treppe hinauf in unser Schlafzimmer. Kaum dass wir die Tür hinter uns geschlossen und die Sachen auf den Boden geworfen hatten, packte mich Brody an der Hüfte und drückte mich gegen die Tür, um seine Lippen auf meine zu pressen. Ich schlang meine Arme um seinen Nacken und zog ihn noch enger zu mir, spürte seinen Bart, der über meine Wange kratzte, und seine Hand, die meinen Körper erforschte. Mit der anderen stützte er sich neben mir an der Tür ab.

Noch mehr. Noch schneller. Ich drängte mich an ihn und ließ meine Hand in seinen Schritt gleiten, nahm seine Härte in die Hand und seufzte an seinem Mund. Er atmete zischend ein, dann packte er mich unter dem Hintern und hob mich an. Wie von selbst schlang ich die Beine um seine Hüften. Meine Lippen suchten erneut seine. Ein Zittern durchlief mich, während er mich zum Bett trug und sich auf mich sinken ließ.

»Durch das Fenster kann man ja die Sterne sehen«, flüsterte ich einige Zeit später.

Ein Lächeln legte sich auf Brodys Lippen, während er über meinen Rücken streichelte. Ich hatte mir mein übergroßes Schlafshirt mit Iron-Man-Print übergeworfen und war in einen Slip geschlüpft, Brody trug eine seiner engen Boxershorts. Ich lag an seine Brust gekuschelt, die sich gleichmäßig hob und senkte. Unter meinen Fingerspitzen spürte ich, wie sein Herz ebenso schnell wie meins schlug. Durch das Fenster gegenüber dem Bett schien der Mond hell ins Zimmer und tauchte unsere Körper in schimmerndes Silber. Hier fühlte ich mich wohl. Hier wollte ich bleiben.

»Und wenn du dich aufrichtest, kannst du auch das Meer sehen.«

»Ja, ist mir vorhin schon aufgefallen. Es ist so entspannend, hier zu liegen und rauszuschauen.« Ich ließ den Kopf in den Nacken sinken, um ihm in die Augen zu sehen. »Von mir aus brauchen wir nicht zurück in die Stadt fahren.«

Er grinste und presste seine Lippen auf meine Stirn. »Von mir aus auch nicht.«

»Super, dann haben wir 'ne Abmachung.« Ich hob die Hand zum High Five, und er schlug ein. »Wenn du mich gefragt hättest, wie ich mir die Zeit in New York vorgestellt habe, hätte ich niemals *das hier* erwartet.«

»Das glaube ich dir. Was hast du denn gedacht, was auf dich zukommt?«

Ich rollte mich auf den Rücken und starrte gedankenverloren aus dem Fenster. »Viel Tanzen, die Drehs, ein bisschen Zeit mit Adaline verbringen, blöde Kommentare in der Tanzschule und definitiv kein heißer Typ, der mich immer wieder überrascht und zum Lächeln bringt.«

»Tja, und jetzt hast du deine Freunde zurück und noch dazu diesen heißen Typen, der dich echt gerne mag.«

346

Ein angenehmes Prickeln stieg in mir auf, als sich unsere Blicke kreuzten und wir beide grinsen mussten. »Ich hätte nicht gedacht, dass es so kommt. Vor allem, wenn man bedenkt, dass du anfangs noch so superarrogant warst und nichts von mir wissen wolltest.«

»Da kannte ich dich noch nicht.«

»Stimmt.« Ich hob eine Augenbraue. »Das geht selbstverständlich als Grund durch, zu anderen Menschen abweisend und mürrisch zu sein.«

Brody fuhr sich durch die verwuschelten Haare, richtete sich auf und lehnte sich mit dem Kissen im Rücken an das hölzerne Kopfteil des Bettes. Dann öffnete er seine Lippen, wollte etwas sagen, doch brach wieder ab. Erneut fing er an, schloss seinen Mund.

»Was ist? Du siehst aus wie ein Karpfen«, sagte ich und kicherte. »Du bist doch sonst so redegewandt.« Als ich den ernsten Ausdruck in seinem Gesicht sah, setzte mein Herz einen Schlag aus. Ich fuhr hoch und starrte ihn an. »Hey, alles okay?«

»Es gibt einen Grund dafür, dass ich anfangs nicht sonderlich gut auf dich zu sprechen war.«

Ich schluckte, und mir wurde kalt. Unwillkürlich richtete ich mich ebenfalls auf, bis ich neben ihm im Schneidersitz saß.

»Dieses ganze Social-Media-Ding…«, fuhr er fort. »Ich halte davon nicht besonders viel.«

»Ich weiß. Das hast du auch gesagt, als Adaline das Foto von uns gepostet hat.«

»Du machst deinen Job wahnsinnig gut, und ich bin stolz auf dich. Es ist nicht so, dass ich denke, dass das keine Arbeit ist oder so. Aber…« Er holte tief Luft. »Ich habe einfach keine besonders guten Erfahrungen damit gemacht.«

Ich starrte ihn an und überlegte. »Was… Hast du… Wurdest du online gemobbt?«

»Nein.« Kopfschüttelnd sah er erneut aus dem Fenster, dann wieder zu mir. Schwere in seinem Blick. »Früher, auf der Highschool, hatte ich eine Freundin. Holly. Sie war für mich vermutlich das, was Austin für dich war. Die erste richtige Beziehung. Wir konnten über alles sprechen, hatten damals die gleichen Ansichten und… Na ja, sie war ein echt tolles Mädchen. Lieb, cool und hat sich nicht dafür interessiert, was andere Leute über sie denken.«

Ich sagte nichts, wollte ihn nicht unterbrechen, hörte ihm nur zu.

»Bis es damals mit dieser ganzen perfekten Social-Media-Welt so richtig losging. Holly und ich hatten auch Accounts auf Instagram… Ich meine, hat das nicht so gut wie jeder? Wir haben die aber nur zum Spaß genutzt, um Fotos aus dem Urlaub, von Partys oder mit Freunden oder so zu posten. Ganz normale Dinge eben. Ich habe mir keine Gedanken darüber gemacht. Zu Beginn fand ich das alles auch noch echt witzig, aber ich hatte keine Ahnung, in was für eine Richtung sich das Ganze entwickeln würde…« Brody atmete schwer aus, dann presste er seine Lippen aufeinander und schüttelte den Kopf. Ich merkte ihm an, dass es ihm schwerfiel, darüber zu sprechen. »Ich weiß gar nicht mehr, wann genau der Zeitpunkt kam, aber irgendwann hing Holly nur noch am Handy. Tag und Nacht checkte sie diese dämliche App, wo sie neben ihren Freunden auch Stars und irgendwelchen Influencerinnen folgte. Das Problem war dabei allerdings, dass all diese Leute nur das Gute aus ihrem Leben posteten. Das Perfekte. Bearbeitete Bilder, fernab von jeglicher Realität.«

Mir lief es eiskalt den Rücken hinunter. Irgendwie fühlte ich mich bei seinen Worten ertappt, was nur noch mehr dafür sprach, von nun an mein eigenes Ding durchzuziehen und nicht mehr auf mein Management zu hören.

»Und irgendwann… ist das alles komplett aus dem Ruder gelaufen. Sie hat sich nur noch an dem ganzen Scheiß gemessen. Es ging um nichts anderes als darum, wer die makelloseste Haut hat, die weißesten Zähne, die dünnsten Beine. Erst dachte ich, okay, sich mit anderen zu vergleichen ist ja nichts Ungewöhnliches, auch wenn das superungesund ist. Und vor allem passte das ganz und gar nicht zu ihr. Ich kannte sie als lebensfrohes Mädchen, mit dem man alles zusammen machen konnte und immer Spaß hatte. Aber ihr war auf einmal nur noch wichtig, was die Leute auf Instagram von ihrem neusten Foto hielten. Sie hat plötzlich so unglaublich viel Wert darauf gelegt, die Hübscheste, Schlankste und die Perfektion in Person zu sein, dass ihr scheinbar vollkommen egal war, was die Menschen über sie dachten, die sie lieben.« Er seufzte und fixierte einen Punkt am Sternenhimmel. »Als ihr Freund war ich erst total genervt und enttäuscht, weil sie sich so veränderte. Quasi ein ganz anderer Mensch wurde. Irgendwann sollte ich dann auch für irgendwelche Pärchenfotos mit ihr posieren; dabei kam ich mir total doof vor, als wäre ich lediglich eine Art Accessoire. Keine Ahnung ... Sie ließ sich immer mehr von den Stars und dem Schönheitswahn beeinflussen, hat diese dämlichen Produkte bestellt, die einem versprechen, dass man mit ihrer Hilfe über Nacht zehn Kilo verliert und so ein Mist. Und irgendwann ... irgendwann ist sie mir entglitten. Ich konnte nichts mehr unternehmen, sie hat mich völlig ausgeschlossen. Alles drehte sich um ihr Aussehen. Ich war so dumm ...« Brody rang um Worte, fuhr sich übers Gesicht. »Ich hätte es sehen müssen, verstehst du? Ich war ihr Freund. Aber sie hat mich einfach nicht mehr an sich herangelassen.«

»Was ... Was hättest du sehen müssen?« Ich flüsterte die Worte, weil ich Angst vor Brodys Antwort hatte.

»Eines Abends, als ich bei ihr übernachtet habe, stand sie in Unterwäsche vor mir und hat mich schief angelächelt. Das war der Moment, der alles verändert hat. Da ist mir klar geworden, dass ich etwas tun muss. Ihr helfen muss. Sie ... Sie war immer recht schlank gewesen, aber an dem Tag wurde mir bewusst, dass sie dieser ganze Drang nach Perfektion in eine Essstörung gestürzt hatte.«

Mir stockte der Atem. Ich starrte Brody an und biss die Zähne zusammen, wusste nicht, was ich sagen sollte.

»Ich habe mir solche Vorwürfe gemacht, dass ich es nicht früher gemerkt habe. Und als ich dann mit ihr darüber sprechen wollte, hat sie abgeblockt und es heruntergespielt. Sie wollte sich nicht von mir helfen lassen, hat sich nicht mal eingestanden, dass sie ein Problem hat und Hilfe benötigt. Bestimmt lag es nicht nur an Instagram und all den Stars, sie hat davor schon hin und wieder an sich gezweifelt, aber dadurch kam das Ganze, da bin ich mir ziemlich sicher, ins Rollen. Ihre besten Freundinnen waren auch keine Unterstützung; als ich mit ihnen über Holly sprechen wollte, lauteten ihre Kommentare, dass sie doch gut aussehe mit ein paar Kilos weniger.«

»Das ist ja schrecklich, Brody«, sagte ich leise und schüttelte ungläubig den Kopf. »Wie... Wie ging es dann weiter?«

Als er meinem Blick begegnete, sah ich, wie viel Traurigkeit in seinen Augen lag.

»Wir haben damals zu den eher cooleren Kids gehört, ich war im Footballteam, und wir hatten eine große Clique. Niemand von diesen Menschen hat meine Sorgen ernst genommen, Mackenzie. Alle haben das, was mit Holly passierte, heruntergespielt. Und das ... das hat mich unglaublich wütend gemacht. Als ich Holly noch einmal ganz behutsam darauf angesprochen habe, ist sie ausgerastet und meinte, dass ich sie damit in Ruhe lassen solle. Sie hat sich immer mehr abgeschottet und sich schlussendlich von mir getrennt. Sie meinte, sie wolle und brauche mich nicht mehr. Erst wollte ich das nicht zulassen, aber es brachte nichts. Sie war in ihrer eigenen Welt, in der sie keine Hilfe annehmen wollte und ihre Probleme geleugnet hat. Ich wollte ihr so unbedingt helfen, aber ich konnte einfach nichts tun. Und das hat unfassbar wehgetan.« Seine Stimme brach, und er räusperte sich rasch. »Es ging ihr immer schlechter, und auch unsere Freunde haben sich mehr und mehr von ihr zurückgezogen, als sie es schlussendlich gecheckt haben. Das hat mich unglaublich schockiert. Ich war entsetzt, dass die Menschen, von denen ich dachte, dass sie unsere besten Freunde seien, in solchen Zeiten nicht für sie da waren. Ein paar Monate später haben wir unseren Highschoolabschluss gemacht, und über mehrere Ecken habe ich irgendwann gehört, dass sie in eine Klinik gegangen ist. Mittlerweile geht es ihr anscheinend wieder ganz gut, aber ich habe keinen Kontakt mehr zu ihr.«

Die ganze Zeit hatte ich ihn beobachtet, jedes seiner Worte aufgesaugt wie ein Schwamm. Kein Wunder, dass er am Anfang mir gegenüber so abweisend gewesen war. Dieses Social-Media-Ding hatte ihn an früher erinnert.

»Das muss schlimm sein. Wenn der Mensch, den man liebt, nicht zulässt, dass man ihm hilft, obwohl er die Hilfe so sehr bräuchte.«

Er nickte und spielte am Saum der Decke herum. »Ja, das ist es.«

»Du warst anfangs echt skeptisch mir gegenüber. Ich habe einfach nicht verstanden, was du für ein Problem mit mir hast. Deshalb mochtest du mich also nicht.«

Er zog die Augenbrauen zusammen, wirkte besorgt. Im nächsten Moment legte er eine Hand auf meinen Oberschenkel und streichelte sanft darüber. »Ich sag es dir ganz ehrlich, ich war voreingenommen. Ich dachte, dass du auch so bist wie all diese Stars, die nur das Perfekte zeigen, ohne darüber nachzudenken, was für Auswirkungen das auf andere haben kann. Oberflächlich und mit strahlender Maske, hinter der sich ein Mensch verbirgt, der nur vorgibt, makellos zu sein. Ich habe das alles für eine Show gehalten. Aber mit der Zeit wurde mir mehr und mehr bewusst, dass ich dich nicht in diese Schublade hätte stecken dürfen. Zu pauschalisieren hilft niemandem weiter. Nur weil ich schlechte Erfahrungen mit Social Media gemacht habe, heißt das nicht, dass jeder, der solche Netzwerke nutzt, ein schrecklicher Mensch ist. Ich hatte einfach nicht damit gerechnet, dass mehr hinter deiner Fassade steckt. Dass du tatsächlich von innen heraus strahlst und nicht nur, um gut auszusehen und die Aufmerksamkeit auf dich zu lenken, und dass du echt was im Köpfchen hast. Ich kann so gut mit dir reden, und es ist nicht zu übersehen, dass wir auf einer Wellenlänge sind.« Er lächelte vorsichtig, als hätte er Angst, dass ich ihm böse sein könne. »Ich habe dir unrecht getan, und das tut mit wirklich leid, Mackenzie.«

»Schon in Ordnung. Ich meine… Ich kann es verstehen.«

Er legte den Kopf in den Nacken und atmete schwer aus. »Ich habe mich danach von all meinen ehemaligen Freunden distanziert. Diese oberflächlichen Beziehungen waren mir total zuwider… Ich begreife einfach nicht, dass Menschen, die sich deine Freunde nennen, in harten Zeiten nicht für dich da sind.«

»Daher gehst du auch weniger unter Menschen als vielleicht früher, oder?«

Er nickte. »Jap. Statt Dutzende Freunde zu haben, mit denen ich nur oberflächlich was zu tun habe, sind mir ein paar wenige *echte* Freunde lieber. Und die sind mir auch unglaublich wichtig. Ich möchte nie wieder in so eine Situation wie die mit Holly kommen. Daher tu ich alles für die Menschen, die ich liebe, und bin immer zur Stelle, wenn sie Hilfe brauchen.«

»Ich bin froh, dass es Holly wieder gut geht.«

Er nickte. »Ich auch.« Stille. »Hör zu, Mackenzie, es tut mir wirklich leid, wie ich mich dir gegenüber benommen habe. Du bist so ein toller Mensch, und ich bin froh, dass ich dich von einer anderen Seite kennenlernen durfte.«

In meinem Hirn ratterte es. Tausend Gedanken, die Achterbahn fuhren und Loopings drehten. Doch jetzt ergab alles Sinn.

»Deshalb warst du auch so abweisend, als Adaline das Foto gepostet hat, oder?«

Er nickte. »Das hat mich in die Zeit katapultiert, als das mit Holly alles angefangen hat. Ich respektiere, was du tust, und dass das dein Job ist, aber ich will einfach nicht auf irgendwelchen gestellten Pärchenfotos zu sehen sein, die du postest. Ist das ein Problem für dich?«

»Quatsch!« Energisch schüttelte ich den Kopf und legte meine Hand auf seine, die immer noch auf meinem Oberschenkel verweilte. Wie selbstverständlich verschränkten wir unsere Finger miteinander. »Ich weiß, dass ich vieles aus meinem Leben teile, aber wenn du nicht willst, dass ich etwas von dir poste, dann mach ich das selbstverständlich auch nicht.«

»Okay«, sagte er und drückte sich vom Kopfteil des Bettes ab, sodass er mir ein Stück näher war. »Aber weißt du was? Nur durch dich habe ich gelernt, dass es falsch ist, Menschen irgendwelche Stempel aufzudrücken. Du hast mich dazu gebracht, all das hinter mir zu lassen und mich dir zu öffnen. Mich fallen zu lassen.«

Kleine Schauer krochen über meine Haut, als er seine Hand in meinen Nacken legte und mit dem Daumen meinen Kiefer entlangfuhr.

»Ich bin froh, dass du damit abschließen konntest«, wisperte ich. »Aber falls ich irgendwann mal etwas von mir geben sollte, das dich an früher erinnert, dann sag es mir, ja? Sprich mit mir, nur so können wir Probleme aus der Welt schaffen.«

Er nickte und blickte mir tief in die Augen. »Das mache ich. Wirklich. Ich hoffe, du nimmst mir das nicht übel... Also, dass ich dich in eine Schublade gesteckt habe.«

»Tu ich nicht.« Ich atmete stockend aus, als er den Abstand zwischen uns überbrückte. »Ich kann mich bei dir auch fallen lassen und ich selbst sein. Und weißt du was?«

Sein Atem streifte meine Wange. »Was?« Das raue Flüstern drang bis tief in mein Innerstes.

»Das macht mich glücklicher, als ich es in den vergangenen Jahren jemals war.«

Ich legte die Lippen sanft auf seine, schlang die Arme um seinen Nacken. In meinem Brustkorb flatterte etwas, als er über meinen Rücken fuhr und mich auf sich zog, mich an sich presste, bis mir die Luft wegblieb.

KAPITEL 25

An diesem Wochenende lernten wir, dass Dax uns all die Jahre verschwiegen hatte, dass er es als Frühstückskoch echt draufhatte. Und wir nutzten es schamlos aus, dass er gegen Olivia verloren hatte und nur mit Ja antworten durfte, wenn wir etwas von ihm wollten.

Nachdem er uns Samstagmorgen mit Rührei und perfekt getoasteten Bagels versorgt hatte, konnte der Tag nur gut werden. Während wir zwischen den Sofas, der Veranda und Spaziergängen am Strand hin und her wechselten, dachte ich immer wieder über das nach, was Brody mir in der Nacht zuvor erzählt hatte. Ich nahm ihm nicht übel, dass er anfangs so abweisend gewesen war. Klar, Menschen, die man nicht kannte, in Schubladen zu stecken war nicht cool, aber nach dem, was er erlebt hatte, verstand ich, warum er mir gegenüber so skeptisch gewesen war. Auf den ersten Blick hatte ich für ihn vermutlich wie ein rotes Tuch gewirkt, wie ein oberflächlicher Instagram-Star. Aber jetzt, wo ich wusste, wie er über all das dachte, konnte ich darauf Rücksicht nehmen.

Ich stellte mir vor, wie es wohl sein mochte, nichts als makellose Schönheiten auf Instagram zu sehen, die nicht sie selbst waren, sondern nur das Gute aus ihrem Leben posteten, weil es ihr Job war. Und dann machte es klick. Es erinnerte mich an meine Situation. Mein Leben. Nicht weil ich das mit Absicht tun wollte oder getan hatte, sondern weil ich es gar nicht erst gemerkt hatte. Ich hatte es satt, mich zu verstellen und mich von meinem Management in eine bestimmte Form pressen zu lassen, die es richtig für mich fand. Ich wollte mich von diesem gestellten, perfekten Content distanzieren und posten, wonach mir war. Auch das Unperfekte, das mich menschlich machte. Meine anderen Facetten zeigen. Ich wollte echt sein und andere bestärken, dasselbe zu tun. Mackenzie sein, mit all meinen Fehlern und Verrücktheiten. Wenn ich an Los Angeles dachte, fühlte sich das wie ein anderes Leben an. Ein Leben, von dem ich einst geglaubt hatte, dass ich es wollte. Doch manchmal irrte man sich. Manchmal bog man falsch ab. Aber das bedeutete nicht, dass man nicht an der nächsten Kreuzung eine andere Richtung einschlagen oder sogar quer übers Feld fahren durfte, um an sein Ziel zu gelangen. Es war nie zu spät, neue Wege zu gehen und alte hinter sich zu lassen, auf denen sich die Reise unangenehm angefühlt hatte. Es war nie zu spät, sich dafür zu entscheiden, das Ruder herumzureißen. Und jetzt, als ich, mit dem Rücken an Brodys Brust gelehnt, auf einer Decke im Sand saß, die brechenden Wellen vor uns und von meinen Freunden umgeben, wurde mir bewusst, dass der Zeitpunkt gekommen war, etwas zu verändern. Und zwar nachhaltig.

»Und was habt ihr dann in den nächsten Monaten geplant?«, fragte Brennan. Er, Dax und Austin unterhielten sich schon eine Weile darüber, dass Dan bald weg sein und die beiden das Move District übernehmen würden. Während Brennan bei Adaline auf der Decke saß und sich mit ihr eine Packung Cookies teilte, lagen Austin und Dax neben ihren Freundinnen.

»Wir werden nicht alles komplett umkrempeln, immerhin hat Dan all das über Jahre hinweg aufgebaut. Zum Abschluss wollen wir noch eine kleine Weihnachtsparty schmeißen, so ähnlich wie die Halloweenparty, die jedes Jahr stattfindet.« Dax fuhr sich über die kurzen schwarzen Haare und warf Austin einen Blick zu.

»Für nächstes Jahr planen wir, wieder ein paar neue Crews aufzubauen und mit ihnen auf Meisterschaften und Battles zu fahren. Dan findet die Idee auch super«, fügte Austin hinzu.

»Genügend talentierte Coaches haben wir ja.«

»So was von.« Austins Mundwinkel verzogen sich zu einem schiefen Grinsen. »Jade sollte die Leitung einer Crew übernehmen. Wie wär's mit den B-Boys und -Girls?«

»Ha! Ja, genau. Weil ich mich so gut auf dem Kopf drehen kann? Ich krieg ja nicht mal einen Handstand oder einen Purzelbaum hin. Da habe ich immer Schiss, dass ich mir das Genick breche«, erwiderte Jade, und wir fingen alle an zu lachen.

»Ach, das wird super, ich leiste dir Hilfestellung.« Sienna strich sich eine mahagonifarbene Ponysträhne aus der Stirn und tat ganz ernst. »Im Notfall ziehst du einen Motorradhelm an, dann passiert schon nichts.«

»Oder wir gipsen dich von Kopf bis Fuß ein«, schlug Christopher grinsend vor. »Wobei du dich dann natürlich nicht mehr ganz so gut bewegen kannst.«

»Nicht mehr ganz so gut? Ich wäre verdammt noch mal eingegipst. Da geht nicht mehr viel, glaubt mir, ich hab mir vor zehn Jahren mal den Arm gebrochen, ich kenn mich aus.«

Austin guckte sie fragend an und verengte die Augen. »Wie genau hast du dir den Arm gebrochen?«

»Ähm … Darüber will ich nicht sprechen.«

»Komm schon, wir werden es sowieso irgendwann herausfinden. Besser du erzählst es jetzt. Wir verraten es auch nicht weiter«, sagte Olivia grinsend.

»Meine Lippen sind versiegelt. Ich erzähl euch kein Wort. Wenn ihr Bescheid wüsstet, müsste ich mir das jeden Tag bis zum Ende meines Lebens anhören.« Jade verschränkte die Arme vor der Brust und unterdrückte ein Lachen.

»Niemals, so fies sind wir doch nicht«, sagte Austin mit gespielter Unschuldsmiene und legte den Arm um sie. »Du weißt doch, dass du mir vertrauen kannst, Süße.«

Jade schnaubte. »Du bist doch der Schlimmste von allen, *Süßer*!«

Unwillkürlich musste ich kichern und spürte, wie Brody mich etwas näher an seinen Oberkörper zog. Während Jade und Austin noch weiter mit den anderen darüber diskutierten, was der Grund für Jades gebrochenen Arm sein könnte, blickte ich Brody über die Schulter hinweg an. »Weißt du noch, als ich dir gesagt habe, dass ich so ein Bauchgefühl habe, dass bald eine Veränderung kommen wird?«

»Klar.« Er fuhr mit den Händen über meine, verschränkte unsere Finger miteinander.

»Ich glaube, es ist jetzt so weit.«

»Was genau meinst du?«

Ich starrte aufs offene Meer und schüttelte ungläubig den Kopf. »Ich weiß selbst nicht, warum ich so lange gewartet habe, Brody. Immer wieder habe ich mir etwas vorgemacht, es verdrängt und gedacht, dass es sicher irgendwann besser wird. Aber manchmal wird es das eben nicht. Und in dem Fall muss man es einsehen und anders weitermachen.«

»Okay, jetzt mal Klartext. Wovon sprichst du?«

»Von meinem Management. Meinem Leben. Los Angeles. Von allem. Ich kann das nicht mehr. Auch wenn meine Familie dort wohnt, fühlt sich das nicht wie mein Zuhause an. Das ist hier.« Ich ließ den Blick zu all den Menschen um mich herum gleiten und lehnte mich schlussendlich ein Stück zur Seite gegen Brodys Knie, um ihm in die Augen sehen zu können. »Mir war bewusst, dass irgendetwas nicht stimmt. Aber nicht, was genau. Das ist mir erst in den letzten Wochen klar geworden. Das Leben in L.A. wird mich niemals glücklich machen.«

»Was hat sich denn verändert? Geht das so einfach? Was ist mit deinem Management?«

Ein Lächeln legte sich auf meine Lippen. »Eine Frage nach der anderen, okay?«

Er nickte rasch. »Ja, sorry, ich ... Erzähl mir alles.«

»In den letzten Tagen hat sich in mir ein Schalter umgelegt. Ich will einen anderen Weg einschlagen. Nicht mehr tun, was von mir erwartet wird. Glücklich sein. Es wird sicher nicht einfach, aber ich habe keine Lust darauf, ein Leben in einem Käfig zu führen. Ich will frei sein. In New York. Mit dir und meinen Freunden. Und wer weiß, vielleicht kann meine Familie ja irgendwann auch wieder herziehen, oder ich besuche sie regelmäßig.«

»Und was ist mit deinem Management? Ich kann mich erst freuen, wenn ich mir sicher sein kann, dass du wirklich hierbleibst.«

»Ich weiß nicht. Aber die können mich doch nicht zwingen, in Los Angeles zu wohnen. Außerdem muss ich da raus. Ich will keine Werbung für Abnehm-Shakes und Fitnessgeräte machen oder einen Fake-Freund aufgehalst bekommen.«

Verdutzt musterte er mich. »Einen Fake-Freund?«

»Ach«, winkte ich schnell ab. »Das war nur so eine Drohung von Tracy. Dass sie mich mit einem anderen Influencer verkuppeln und wir für die Öffentlichkeit eine Beziehung führen. Für Kooperationen, mehr Kohle und die Reichweite. Aber ich hab ihr schon gesagt, dass ich das niemals tun würde.«

»Das ist… krass.« Er hob eine buschige Augenbraue und wandte den Blick Richtung Meer. »Und du machst das sicher nicht?«

»Niemals. Die sind echt unglaublich, so was von mir zu erwarten. Aber das können sie knicken. Wirklich.«

»Dann bin ich erleichtert. Ich will dich nämlich nicht teilen«, sagte er mit einem Grinsen, das ich erwiderte.

»Ganz genau! Ich habe keinen Bock auf die ganze Show. Ich möchte posten, was ich will. Irgendwie muss ich es schaffen, aus meinem Vertrag rauszukommen. Ich könnte versuchen, ihnen klarzumachen, dass ich alle Werbedeals absage, die sie mir bis Ende des Jahres zugesichert haben, wenn sie mich nicht kündigen lassen. Ich kann anders Geld verdienen und damit vielleicht auch weiterhin das Schulgeld von Jamie bezahlen. Das kriege ich irgendwie hin. Ich lasse mir was einfallen … Das Wichtigste ist, dass ich diese Show nicht länger mitmache.«

Auf seinen Lippen breitete sich ein warmes Lächeln aus. »Und was willst du dann?«

»In New York bleiben. Tanzen, tanzen, nichts als tanzen. Kein Fitnesszeug mehr auf meinem Account, es sei denn, mir ist danach. Vielleicht kann ich wieder ein paar Classes geben und auf Workshop-Tour gehen. In den letzten drei Jahren habe ich mir ein finanzielles Polster geschaffen; ich werde also nicht gleich pleite sein, wenn ich keine Kooperationen mehr eingehe. Außerdem will ich auch kein neues Management, sondern alles selbst machen. Die Kontrolle haben.«

»Ich bin überzeugt davon, dass du das schaffst. Und wenn was ist, bin ich für dich da«, flüsterte er und legte eine Hand an meine Wange. »Und deine Freunde sicher auch.«

»Danke, wirklich.«

»Nicht dafür.« Er küsste mich sanft, dann blickte er mir wieder hoffnungsvoll in die Augen. »Du wirst hierbleiben, Mackenzie. Du wirst in New York bleiben.«

Ein warmes Glücksgefühl breitete sich in mir aus. »Ich werde in New York bleiben. Und ich werde nichts mehr tun, nur weil es mein Management von mir verlangt. Ich werde das alles hinter mir lassen und endlich das Leben führen, das ich führen möchte.«

»Ich bin so unfassbar stolz auf dich, weißt du das?«

Ich spürte, wie ich rot wurde. »Jetzt schon.«

Wieder küsste er mich, und es fühlte sich an, als ob alle Puzzleteile zusammengesetzt würden. Verrückt, dass ich erst zurück nach New York hatte kommen und diesen Kerl hatte treffen müssen, um zu realisieren, dass ich irgendwo falsch abgebogen war. Doch jetzt war ich mir sicher, dass alles gut werden würde. Und nicht erst in ein paar Jahren, sondern so schnell wie möglich. Es würde ein Kampf werden, bis ich aus meinen Verträgen raus war, doch ich würde ihn auf mich nehmen und ihn gewinnen.

»Hey, was flüstert ihr da drüben?«, rief uns Adaline grinsend zu. »Oder wollen wir das gar nicht wissen?«

Ich kicherte. »Ach, nichts Weltbewegendes.« Als alle Blicke erwartungsvoll auf Brody und mir lagen, holte ich tief Luft. »Nur, dass ihr mich womöglich doch noch ein wenig länger am Hals habt.«

Ungläubiges Kopfschütteln, bis Olivia das Wort ergriff. »Sag jetzt nicht, dass du noch bis zur Halloweenparty bleibst!«

»Nein, nein.« Ich seufzte. »Es sei denn, du meinst die Halloweenparty nächstes Jahr. Das würde schon eher hinkommen ...«

»Hä?« Adaline starrte mich entgeistert an.

Vergnügt glucksend beschloss ich, meine Freunde aufzuklären. »Ich bleibe hier. Komplett. Also klar, ich muss erst mal eine Wohnung finden und mein Zeug aus Los Angeles holen, aber ja ... ich will wieder nach New York ziehen.«

»Was?«

»Nicht dein Ernst?!«

»Holy Guacamole!«

»Verarsch uns nicht, sonst kannst du echt was erleben!«

Ich lachte los, und Brody fiel mit ein, während die anderen sich immer noch verwirrte Blicke zuwarfen und offensichtlich nicht so ganz glauben konnten, was ich soeben erzählt hatte.

»Leute, ich meine das ernst. Kein Witz, okay?«

Im nächsten Augenblick schrien alle durcheinander.

»Oh mein Gott!«

»Wie genial!«

»Heilige Scheiße!«

»Wehe, du unterrichtest nicht regelmäßig in der Tanzschule!«

»Aaah, das ist ja der Hammer!«

Dann schlossen mich meine Freunde der Reihe nach in die Arme. Adaline drückte mich so fest, dass ich keine Luft mehr bekam, und Olivia sprang mich mit Karacho an, sodass wir kichernd zusammen auf die Decke fielen.

»Schön, dass du in New York bleibst«, flüsterte mir Jade ins Ohr, als sie ihre Arme um mich schlang.

»Finde ich auch.« Ich schenkte ihr ein Lächeln, dann

wandte ich mich Brennan zu, der mich hochhob und herumwirbelte.

»Hey, hey, immer langsam, sonst kommen mir die Makkaroni mit Käse von vorhin wieder hoch.«

Er ließ mich zurück auf die Füße sinken. »Von mir aus. Aber nur zu deiner Information: Du machst bei meinem nächsten Tanzvideo mit. Das ist 'ne feste Sache.«

»Klar, gerne. Ich will in den kommenden Tagen auch noch eins mit der Choreo vom Workshop drehen. Wie sieht's aus? Habt ihr Lust?«

»Hört sich richtig gut an, ich hatte sowieso gehofft, sie irgendwann noch von dir lernen zu können«, entgegnete Olivia, und auch die anderen stimmten begeistert zu.

Ich ließ mich auf die Decke sinken und lehnte mich an Brodys Schulter, woraufhin er den Arm hob, um ihn um mich zu legen. Während die anderen sich weiter unterhielten und lachten, atmete ich tief ein und aus und zog mein Handy aus der vorderen Tasche meines Hoodies. Ich öffnete Instagram, um einen neuen Beitrag zu posten, scrollte durch die Fotos, die wir heute am Strand gemacht hatten, und wählte eins aus, auf dem ich schmunzelnd in die Kamera blickte, das Meer im Hintergrund. Ohne zu überlegen, tippte ich drauflos. Nur wenige Worte. Doch genau diese mussten es sein.

Heute habe ich beschlossen, einige Dinge anders zu machen. Neue Wege zu gehen und mich von allem zu distanzieren, was mir schadet. Und das rate ich euch auch.

Dann schickte ich den Beitrag ab und ließ mein Smartphone wieder in meine Pullitasche gleiten. Meine Lippen verzogen sich zu einem Lächeln, als ich die Arme um Brody schlang und seine Wärme spürte.

»Alles wird gut«, wisperte er an meinem Scheitel.

»Ich weiß. Ich bin mir ganz sicher.«

Wenig später verschwanden wir alle in unseren Zimmern, um die letzte Nacht auf Long Island zu verbringen, bevor wir Sonntagmittag wieder nach Hause fuhren.

Die Zeit war viel zu schnell vergangen. Nach einem ausgiebigen Frühstück packten wir unsere Sachen zusammen und traten gegen Mittag den Rückweg an. Auch wenn der Kurztrip wunderschön gewesen war, freute ich mich schon darauf, in meinem Apartment unter die Dusche zu springen und danach in mein Bett zu fallen, um noch ein paar Episoden *Teen Wolf* zu gucken. Ich war zwar gerne mit meinen Freunden und Brody unterwegs, doch auch ein ruhiger Abend nur mit mir allein hatte definitiv seine Vorzüge.

Mit meinem Rucksack auf dem Rücken stiefelte ich den Flur entlang, zog meinen Schlüssel aus der Tasche und schob ihn ins Schloss meiner Wohnungstür. In wenigen Tagen musste ich hier raus, und ich hatte noch keine Ahnung, wohin es danach gehen sollte. Ich musste mir eine Wohnung suchen. Aber darüber würde ich mir morgen Gedanken machen.

Mit einem Seufzen trat ich ein, stellte den Rucksack an der Garderobe auf den Boden und hängte meine

Jacke auf. Dann wandte ich mich um – nur um im nächsten Augenblick in ein Paar grüne Augen zu sehen.

»Endlich bist du da. Ich habe ewig auf dich gewartet. Schön, dich zu sehen, *Freundin*.«

KAPITEL 26

Wie versteinert blieb ich stehen, versuchte zu verstehen, was hier vor sich ging.

Oh nein. Oh neinneinneinneinnein.

»Was zur Hölle machst du hier? Wie bist du reingekommen?« Eiseskälte breitete sich in meinem Körper aus.

Langsam trat ich ein paar Schritte auf den blonden Kerl mit den perfekt gestylten Haaren, der perfekten Sonnenbräune und dem perfekten Zahnpastalächeln zu.

»Das ist aber keine besonders liebevolle Begrüßung für deinen Freund.«

»Chad!« Ich ballte die Hände zu Fäusten und knurrte: »Ich hab keinen Bock auf diese dummen Witze. Was willst du von mir?«

»Deine Liebe und Aufmerksamkeit«, sagte er grinsend und lehnte sich entspannt gegen die Kücheninsel, als ob ihn nichts aus der Ruhe bringen könnte. »Tracy hat mir einen Flug gebucht und gemeint, dass du in der letzten Zeit ein paar Probleme hattest und ich mich um dich kümmern soll. Als dein Freund war es natürlich kein Problem, hier reinzukommen. Tracy hat das geregelt.«

Alles in mir verkrampfte sich vor Wut. Ich versuchte, meinen rasenden Herzschlag zu beruhigen, und atmete tief durch, dann fuhr ich mir mit den Händen übers Gesicht. »Was… Warum? Wie sollst du…?«

»Wir zwei sollen in den nächsten Monaten vorgeben, das heißeste Liebespaar der Westküste zu sein.« Chad ließ den Blick von meinem Gesicht über meinen gesamten Körper wandern, dann fügte er mit schief gelegtem Kopf hinzu. »Also ich habe definitiv nichts dagegen.«

»Ich schon!« Ungläubig schüttelte ich den Kopf und stemmte meine Hände in die Taille. »Ich weiß, wir sind beim gleichen Management, und Tracy kommt öfter auf so dumme Ideen, aber du brauchst dir keine Mühe zu machen. Am besten fliegst du direkt wieder zurück nach L.A.«

»Alles klar. Aber nicht ohne dich.«

»Was soll das heißen?«

»Komm schon, Mackenzie, wir spielen der Öffentlichkeit jetzt ein paar Monate – Tracy meinte, vielleicht acht – vor, dass wir *das* neue Traumpaar sind, verschaffen jedem von uns mehr Reichweite und ein paar Pärchen-Kooperationen, und dann trennen wir uns wieder. Du darfst dir aussuchen, ob es eine öffentliche Schlammschlacht geben soll oder wir im Guten auseinandergehen. Ersteres wäre Tracy lieber, weil wir damit noch mehr Aufmerksamkeit auf uns ziehen würden.«

»Bist du noch ganz dicht? Ich mach da nicht mit.« Ich kannte Chad flüchtig von ein paar Partys, Events und

Abendessen mit unserem Management. Auf seinem Account ging es ausschließlich um ihn, seinen Alltag und Fitness.

»Komm schon. So wild ist das nicht, das machen alle. Und außerdem könntest du es echt schlechter treffen.« Er zwinkerte mir zu und zuckte dann selbstgefällig mit den Schultern.

Mit offenem Mund starrte ich ihn an, versuchte, aus dem Chaos in meinem Kopf einen klaren Gedanken herauszufiltern. Tracy hatte ihre Drohung wahr gemacht. Unser Management hatte Chad nach New York geschickt. Zu mir. Um der Öffentlichkeit eine Beziehung vorzuspielen.

»Ich habe einen Freund. Außerdem will ich den Leuten nichts vormachen.«

Während ich nervös auf und ab lief, schnappte sich Chad einen der grünen Äpfel aus der Obstschale, biss genüsslich hinein und ließ sich auf einem der Hocker nieder.

»Tracy meinte schon, dass du nicht begeistert sein wirst. Aber mal so unter uns, du hast doch sowieso keine andere Wahl. Wenn es nicht mit mir ist, dann mit einem der anderen Jungs. Ich kapier nicht, wieso du so ein Fass aufmachst, die Aktion hat doch nur Vorteile.«

Ich schnaubte verächtlich. »Nur Vorteile?«

»Klar. Reichweite, Kohle, coole Partys. Du triffst durch mich einflussreiche Leute, hast 'ne gute Zeit. Und wer weiß, vielleicht entwickelt sich ja doch mehr daraus als nur eine Fake-Beziehung.«

»Hast du mir nicht zugehört? Ich. Habe. Einen. Freund.«

»Dann eben nicht.« Er zuckte gelangweilt mit den Schultern. »Die Fitness-Shake-Kooperation, von der Tracy dir erzählt hat ... Die Verträge sind so gut wie gemacht. Mit dem Angebot sind sie sogar noch mal hochgegangen, nachdem Tracy ihnen versprochen hat, dass wir beide den Drink gemeinsam promoten. Klang nach einer sicheren Sache.«

»Ich hatte die Kooperation bereits abgesagt. Wieso machst du da überhaupt mit, Chad? Siehst du denn nicht, was das für ein kranker Mist ist, den die mit uns abziehen?«

»Ach«, er winkte ab, »ich sehe das ganz locker und genieße die Aufmerksamkeit und die Vorteile, die ich dadurch habe ... Und die Kohle, die dabei rumkommt, ist das Sahnehäubchen. Komm schon, wir ziehen das gemeinsam durch.« Er grinste. »Ich erzähl nach unserer Trennung auch gerne herum, dass du 'ne Granate im Bett bist.«

Mir blieben die Worte im Hals stecken. Übelkeit machte sich in mir breit, als ich daran dachte, dass Chad das mit großer Wahrscheinlichkeit durchziehen würde.

Ohne zu antworten, zog ich mein Handy aus der Tasche, scrollte durch mein Telefonbuch und rief Tracy an. Während es in der Leitung tutete, lief ich um die Ecke in den Wohnbereich.

Es knackte in der Leitung.

»Mackenzie, schön, dass du dich meldest!«

»Was soll das mit Chad?«

Ich hörte förmlich ihr Grinsen durch das Telefon. »Ach, du hast deinen Freund also schon in Empfang genommen. Er meinte, er freut sich sehr auf dich. Hat er dir nicht erzählt, was für die nächsten Monate geplant ist?«

»Doch, hat er.« Ich seufzte. »Aber ich habe dir bereits gesagt, dass ich das nicht will.«

»Ich weiß, Mäuschen. Wenn du jetzt wieder davon anfangen willst, unterbreche ich dich lieber gleich. Wir drehen uns doch nur im Kreis. Du willst nicht, wir schon, deine Verträge und unsere Anwälte sehen das wie wir. Daran gibt's nichts zu rütteln. Sei lieber froh, dass es Chad ist und nicht einer der Hardson-Brüder.« Sie lachte auf. »Chad ist wenigstens hübsch anzusehen.«

»Tracy, ich werde nicht nach L.A. zurückkehren. Ich bleibe in New York. Außerdem möchte ich in Zukunft viel mehr Tanzcontent posten, weniger Kooperationen.«

Stille. Dann prustete sie los. »Ich sag dir jetzt mal was: Das mit dem Tanzen ist wirklich eine süße Sache, aber wie ich dir bereits tausendmal erklärt habe, davon wirst du nicht leben können. Weil es viel zu nischig ist. Ohne uns bist du ein Nichts. Deine Follower bringen dir nicht viel, wenn du keine Werbung mehr machst. Wovon willst du leben, hast du dir das schon mal überlegt? Glaub mir, du bist nicht die Erste, die auf so eine Schnapsidee kommt. Und alle sind gescheitert, kamen irgendwann angekrochen und haben uns angefleht, sie wieder zu managen, weil sie keine Kohle mehr hatten. Denkst du, du bist was Besonderes? Da muss ich dich leider enttäuschen. Du bist auch nur eine von vielen, die denkt, dass sie es allein schafft, und dann tiefer fällt, als sie es sich je hätte vorstellen können.«

Ich schluckte. »Ich will wieder mehr unterrichten und ... «

»Bei deinem Lebensstandard wird das nicht ausreichen. In einem halben Jahr ist dein Erspartes weg. Und was noch viel wichtiger ist, du hast Verträge unterschrieben. Es stand bereits vor Jahren fest, dass so was wie die geplante Beziehung mit Chad mal auf dich zukommen wird. Du hast damals eingewilligt. Und warum? Weil du auch nur eine von uns bist und dir Kohle wichtig ist, akzeptier es endlich. Das mit New York kannst du dir schön aus dem Kopf schlagen. Donnerstag erwarte ich dich zum Lunch. Hier in L.A. Pünktlich. Keine Ausreden.«

»Aber ... «

»Kein ›Aber‹. Wenn du Vertragsbruch begehst, verklagen wir dich, sodass dir kein einziger Penny mehr bleibt, und dann wollen selbst wir dich nicht mehr.« Ihre Stimme war schärfer als ein Messer. »Und alle anderen Agenturen auch nicht, nachdem ich ihnen erzählt habe, was du hier abziehst. Du kannst dich natürlich aus den Verträgen freikaufen, aber danach wirst du auch keine Kohle mehr haben.«

Ich starrte ins Leere, fühlte, wie sich meine Kehle zuschnürte und mir abwechselnd heiß und kalt wurde.

Bevor ich noch etwas entgegnen konnte, verabschiedete sich Tracy von mir und legte auf.

Mit zitternden Händen nahm ich das Smartphone vom Ohr und starrte auf das Display. Mir war immer noch übel, und mein Herz polterte gegen meine Rippen. Ich war gefangen. Niemals würde ich es schaffen, aus diesem goldenen Käfig auszubrechen, auch wenn ich es mir noch so sehr wünschte. Ich brauchte das verdammte Geld für die Schulkosten von Jamie. Ich konnte meine Familie nicht im Stich lassen, nachdem sie extra meinetwegen nach Los Angeles gezogen war.

»So wie du aussiehst, hat Tracy wiederholt, was ich dir eben schon gesagt habe.« Chad ließ sich mit einem riesigen Becher Proteinshake auf das Sofa fallen.

Meine Hände fühlten sich taub und kalt an, als ich mir durch die Haare fuhr und mich in Zeitlupe neben ihn auf das Polster sinken ließ. »Im Grunde schon.«

»Cool, dann können wir doch später ein Selfie von uns machen und unsere Beziehung bekannt geben. Mann, ich bin gespannt, wie viele neue Follower dazukommen.«

Ich schüttelte rasch den Kopf. »Nein. Ich muss das erst mal alles verdauen. Können wir uns nicht dagegen wehren?« Meine Stimme wurde dünner, und ich räusperte mich. »Ich meine, du bist sicher ein netter Kerl, aber... Ich kann das nicht. Ich habe einen Freund, und der... wird das nicht cool finden.«

»Der hat bestimmt keinen so großen Bizeps wie ich«, grölte er und spannte seine Armmuskulatur an. »Das wird 'ne hammermäßige Zeit, glaub mir. Du hast ja kein Problem damit, dass ich die paar Nächte hier auf der Couch schlafe, oder? Immerhin sind wir jetzt ein Paar. Wir können gemeinsam frühstücken und das auf Instagram posten. Tracy meinte, es ist gut, wenn wir uns schon mal aneinander gewöhnen.«

»Ähm...«

Mir bleibt sowieso nichts anderes übrig.

Meine Augen fingen an zu brennen, doch ich blinzelte die Tränen mit aller Kraft weg. Es gab keinen Ausweg. Vertragsbruch würde mich mein ganzes Geld kosten. Keine Ahnung, ob ich mich davon jemals erholen könnte.

Chad erzählte weiter von seinen Vorhaben, seinem Pool in Los Angeles, an dem wir Partys feiern würden, und den Kurztrips, die wir machen könnten, um Fotos zu schießen, doch irgendwann blendete ich aus, was er sagte, und ließ ihn auf der Couch sitzen.

Ich sprang unter die Dusche, um das Gefühl des Kontrollverlusts abzuspülen. Vergeblich. Und dann ließ ich mich ins Bett fallen, schloss die Augen und wünschte mir, mich an einen Ort träumen zu können, an dem ich frei war.

Eine so gut wie schlaflose Nacht und unaufhörliches Herumwälzen später schnappte ich mir mein Handy und versuchte, mich damit abzulenken. Es war bereits neun Uhr, und ich öffnete Brodys Nachricht, die er mir gestern Abend noch geschickt hatte.

Sehen wir uns morgen? Gegen Abend? Muss tagsüber leider einen Dreh vorbereiten.

Mir drehte sich der Magen um, wenn ich daran dachte, dass ich Brody von der Sache mit Chad erzählen musste. Was würde er sagen? Ich hoffte, dass er nicht zu verletzt und enttäuscht sein und es verstehen würde. Zumindest ein bisschen. Ich hatte ihn gerade erst für mich gewonnen, ich wollte ihn nicht wieder verlieren.

Sorry, hab schon geschlafen. Klar, heute Abend
passt super, ich komm dann später bei dir vorbei :)

Ich checkte mein Horoskop, das für den heutigen Tag nicht sonderlich positiv aussah: *Dunkle Gewitterwolken ziehen auf.* Wow, normalerweise hatte ich den Ehrgeiz dagegen zu arbeiten, doch an diesem nebligen Montag fehlte mir jegliche Motivation.

Schnell beantwortete ich noch ein paar Nachrichten auf Instagram, schaute die Kommentare unter meinem letzten Post durch und warf einen Blick in Chads Instagram-Story. Dort berichtete er fröhlich, dass er auf dem Weg nach New York zu seiner »Freundin« war und bald mehr erzählen würde. Darauf folgten ein paar Hinweise auf Sportlernahrung, die bei ihm während des Flugs nicht fehlen durfte.

Ich schloss die App und rollte mich zur Seite, zog mir die Decke über den Kopf und hoffte, dass die ganze Sache doch nur ein beschissener Traum gewesen war.

Um diese Uhrzeit schlief Chad mit Sicherheit noch, zumindest hörte ich nichts bis auf das leise Hupen der Autos und vereinzelte Sirenen, die durch die dicken Glasscheiben drangen. Ich wälzte mich noch ein wenig im Bett herum, bis ich beschloss, aufzustehen und etwas zu essen.

In meinem XXL-Shirt und der grauen Jogginghose schlich ich zur Küche, vorbei an Chad, der die Couch ausgezogen hatte und inmitten der Kissen friedlich schlief. Schnell ließ ich mir einen dampfenden Kaffee in eine Tasse und inhalierte den kräftigen Duft. Dann toastete ich einen Bagel und bestrich ihn mit Frischkäse, schnappte mir noch eine Banane und balancierte alles zurück um die Ecke in den Schlafbereich. Ich stellte mein Frühstück auf dem Nachttisch ab und schloss die Glastür hinter mir, dann warf ich mich aufs Bett und lehnte mich gegen das gepolsterte Kopfteil.

Mein Blick wanderte durch die Scheibe zu den Wolkenkratzern rund um das Gebäude, während ich einen Schluck von meinem Kaffee nahm. Manchmal wurden mir Steine in den Weg gelegt, das war ich gewohnt. Doch dieses Mal war es nicht nur ein kleiner Kieselstein oder größerer Brocken, sondern ein fetter Felsen, der fest im Boden verankert war. Den aus dem Weg zu räumen unmöglich erschien. Ich biss in meinen Bagel und dachte über die letzte Zeit nach und die Zukunft, die mich auf der anderen Seite des Landes erwartete. Hinter meinen Lidern brannte es. Bis sich schließlich meine Augen mit Tränen füllten, die heiß über meine Wangen rollten.

Eine Weile später hörte ich Chad in der Küche herumhantieren.

Mein Flug nach Los Angeles war eigentlich für Mittwoch angesetzt. Übermorgen. Bis dahin musste ich das Apartment geräumt haben, also beschloss ich, langsam mit dem Packen zu beginnen. Ich rollte meinen riesigen Koffer aus der Ecke, breitete ihn auf dem Bett aus und fing an, High Heels und Sneakers hineinzuwerfen, die ich nicht mehr benötigte.

»Gut geschlafen? Ich dachte, wir frühstücken gemeinsam und posten ein Foto davon?«

Ohne zu Chad zu blicken, sah ich meinen Schrank

durch und kramte ein paar Kleidungsstücke heraus. »Das dachtest du. Will ich aber nicht.«

Er trug ein enges weißes Tanktop und eine hellblaue Jogginghose, die blonden Haare perfekt nach hinten gegelt (vermutlich hatte er sich so viel Zeug hineingeschmiert, dass die Frisur einer Nacht auf dem Sofa problemlos standhalten konnte).

Breit grinsend ließ er sich auf mein Bett fallen und sagte: »Wir haben alle Zeit der Welt, mein Schatz.«

Mir wurde übel. »Nenn mich nicht so. Selbst wenn ich spielen muss, dass wir zusammen sind – solange wir zu zweit sind, besteht kein Grund, mit Kosenamen um sich zu schmeißen.«

»Tracy hat erwähnt, dass du ein bisschen zickig sein kannst.«

Ich stöhnte auf. »Lässt du mich jetzt bitte allein? Ich glaube, wir werden noch genug Zeit miteinander verbringen.«

Er machte keine Anstalten aufzustehen. »Ich will dich besser kennenlernen. Das gehört zu einer guten Beziehung dazu.«

»Chad!«, fuhr ich ihn an und zeigte mit dem Finger zum Wohnbereich. »Raus. Jetzt!«

»Mann, Mann, Mann … immer locker bleiben. Ich kann schließlich nichts dafür, wenn du deine Tage hast.« Er stand gemächlich auf und schlenderte durch die Glastür zum Wohnbereich.

Die Wut, mit der er mich zurückließ, raubte mir fast die Luft zum Atmen. »Und ich kann nichts dafür, dass du ein Vollarsch bist!«

Okay, Mackenzie, tief durchatmen und nicht mehr über den Muskelprotz mit Proteinshake in Dauerzufuhr nachdenken.

Aus den Augenwinkeln sah ich, wie das Display meines Handys aufleuchtete. Ein eingehender Anruf von Adaline. Ich sammelte mich kurz, dann tippte ich auf den grünen Knopf.

»Hey, Kenz. Geht's dir gut?«

»Hi, ja, so weit schon. Und dir?« Ich seufzte, weil ich sie eigentlich nicht belügen wollte, aber gerade keine Kraft hatte, über Chad zu sprechen.

»Ja, total, ich packe meine Tasche aus und wollte nur kurz anrufen, um dir zu sagen, dass ich aus Versehen deinen beigen Sweater eingepackt habe. Upsi, ich Schussel. Tut mir leid, ich glaube, das liegt daran, dass ich ihn mir schnell übergezogen habe, als wir gestern Abend noch draußen am Strand saßen.«

»Ach so... Kein Problem. Wir sehen uns ja sowieso noch mal, bevor ich nach...« Ich brach ab.

Verdammt.

»Bevor du was? Mackenzie?«

Ich warf mich aufs Bett und gab ein gequältes Ächzen von mir. »Gestern Abend haben sich noch ein paar unschöne Dinge ereignet.«

»Oh nein. Was ist passiert?« Besorgnis schwang mir durch den Hörer entgegen, während ich erneut gegen die Tränen ankämpfte.

»Mein... Mein Management besteht darauf, dass ich zurück nach Los Angeles komme. Übermorgen. Für immer.«

Sie sog scharf die Luft ein. »Aber …«

»Warte, es geht noch weiter. Die wollen, dass ich die nächsten Monate eine Fake-Beziehung führe. Ich kann das noch gar nicht richtig glauben; ich weiß einfach nicht, was ich tun soll, Adaline.«

»Was zur Hölle? Heiliger Bimbam, ich fliege zu denen und trete ihnen in den Arsch.«

»Danke. Aber ich glaube nicht, dass das viel bringt.«

»Kannst du dich nicht wehren?«

»Wenn ich nicht nach ihren Regeln spiele, begehe ich Vertragsbruch.« Ich setzte mich auf, schüttelte den Kopf. »Das ist echt übel. Ich … Das war's mit New York.«

»Scheiße, Mackenzie … Aber das können die doch nicht bringen.«

»Doch, leider schon. Die Verträge sind der letzte Mist. Als ich sie damals abgeschlossen hab, war ich viel zu naiv, um zu checken, worauf ich mich einlasse. Aber wie es aussieht, führt kein Weg daran vorbei, dass ich mich an die Abmachungen halte.«

»Mist! Lass uns trotzdem noch mal überlegen, vielleicht fällt uns ja doch was ein. Hast du später Zeit? Wollen wir uns in der Tanzschule mit den anderen treffen und ein bisschen trainieren? Ich glaube, du könntest die Ablenkung gut gebrauchen. Und im Anschluss schmieden wir einen Plan.«

Ich seufzte. »Ja, gerne. Ich muss hier raus, der Kerl sitzt momentan auf meinem Sofa und will Pärchenfotos mit mir machen, um sie auf Instagram zu posten.«

»Shit. Okay, dann gebe ich den anderen Bescheid, und wir sehen uns so in zwei Stunden?«

»Jap, gerne.« Meine Stimme brach. »Ich glaube, Tanzen ist jetzt das Einzige, was mir hilft, nicht komplett die Fassung zu verlieren.«

KAPITEL 27

»Wohin geht's?« Chad sah von seinem Laptop am Esstisch auf.

»Nirgendwohin, wo du auch hinmüsstest«, sagte ich beiläufig und schnappte mir einen Apfel aus der Obstschale, um ihn in meinem Rucksack verschwinden zu lassen. Dann checkte ich schnell, ob ich alles Wichtige eingepackt hatte: Handy, Laptop, Trinkflasche, Sneakers zum Wechseln – *check*. Meine schwarze Jogginghose und das beige Shirt mit dem Print eines Tanzcamps, das ich vor Jahren mal besucht hatte, hatte ich bereits angezogen. Darüber trug ich den schwarzen Move-District-Hoodie und eine flauschige Herbstjacke.

»Ich bin dein Freund, wir müssen anfangen, das der Öffentlichkeit zu zeigen, Mackenzie.«

»In Los Angeles dann.«

»Pff … « Er musterte mich von oben bis unten. »Tanzschule? Ich komme mit, ich muss doch deine Freunde kennenlernen.«

»Nichts da, du bleibst hier.«

Mein Protest schien ihn nicht weiter zu beeindru-

cken. Er stand auf und zog sich einen giftgrünen Sweater über, der an seiner breiten Brust und den Oberarmen
spannte. »Du kannst mich hier nicht einsperren. Ich bin
gleich fertig, muss nur noch Schuhe und Jacke anziehen.«

»Chad, ich mein es ernst, ich will dich nicht dabeihaben!«

»Warte auf mich, Süße.«

Meine Fingernägel bohrten sich in meine Handflächen, als ich sie zu Fäusten ballte. Ich starrte ihn an,
wollte ihm alles Mögliche an den Kopf werfen, und
doch kamen keine Worte mehr heraus. Dann stürmte
ich aus dem Apartment und zog die Tür hinter mir zu.
Okay, nicht die schlaueste Idee, da Chad ganz einfach
herausfinden konnte, wo das Move District lag, aber
ich hatte keinen Bock mehr auf ihn. Und auf einen
Pärchenauftritt bei unserer Ankunft schon dreimal
nicht.

Zwanzig Minuten später stürmte ich durch die automatische Glastür der Tanzschule und hielt nach Adaline
und den anderen Ausschau. Am Check-in saß heute Vincent, der gerade auf einem Tablet herumtippte. Da die
meisten Classes erst gegen Nachmittag begannen, war
es noch recht leer; Adaline fläzte gerade mit Jade, Olivia
und Brennan in einer der Sitzecken.

»Hey«, sagte ich und ließ mich auf einen freien Sessel
fallen. »Können wir bitte bald trainieren? Ich habe das
echt nötig.«

»Klar, Saal acht ist für die nächsten zwei Stunden für
uns geblockt. Wir können gleich loslegen«, sagte Olivia

und fuhr sich durch die blauen Haare, dann stand sie auf. »Ich gebe schnell den anderen Bescheid, die sind noch im Teambereich.«

Ich nickte. »Hört sich gut an.«

Nachdem sie mir kurz die Schulter gedrückt hatte, flitzte sie zur Tür hinter dem Check-in und verschwand im Teambereich.

»Ich traue mich gar nicht zu fragen, wie es dir geht«, sagte Adaline mit einem mitfühlenden Lächeln.

»Trauen darfst du dich ruhig, aber, ehrlich gesagt, willst du das gar nicht wissen«, entgegnete ich und spürte schon wieder, wie die Wut in mir hochkochte. Ächzend warf ich den Kopf in den Nacken und schloss die Augen.

»Was ist denn los?«, hörte ich Brennan fragen.

»Übermorgen geht es für mich zurück nach L.A.« Ich wandte ihm den Blick zu und biss mir auf die Innenseite meiner Wange. »Aber egal, ich... ich will jetzt tanzen und nicht darüber nachdenken, okay? Später. Es reicht, dass ich die ganze Zeit daran erinnert werde, wenn ich im Apartment bin.«

»Dein Wunsch ist uns Befehl«, entgegnete er. »Auf geht's! Ich habe richtig Bock, die Choreo vom Workshop zu lernen. Die machen wir doch heute, oder? Dann schaffen wir es vielleicht noch, morgen das Video zu drehen, wenn du willst.«

Ich schenkte ihm ein dankbares Lächeln. »Ja, das wäre... wirklich toll.«

Wenige Minuten später standen wir im Tanzsaal, und ich verband meinen Laptop mit den Lautsprechern. Ich entschied mich für »Wait« von Maroon 5 und klickte auf Play. Kurz darauf drang Adam Levines Stimme aus den Boxen. Während ich den Hoodie über den Kopf zog und meine Haare schnell zu einem lockeren Dutt band, stießen Christopher, Sienna, Jade, Olivia und Austin zu uns.

»Hey, kann's losgehen?«, fragte Sienna, als sie mich zur Begrüßung kurz drückte. Der Rosenduft ihres lockigen Haars hüllte mich ein. Sie grinste mich an und zog die Nase kraus.

»Na klar.« Ich sah die anderen der Reihe nach an. »Richtig cool, dass ihr Lust habt, das Video mit mir zu drehen. Danke! Von mir aus können wir loslegen. Wie sieht's aus?«

»Definitiv«, sagte Olivia und dehnte ihren Kopf zur Seite, während sie sich einen Platz vor dem Spiegel suchte.

Die anderen nickten eifrig und gaben zustimmende Rufe von sich.

Nur wenige Sekunden später standen wir alle auf der Fläche verteilt und wärmten uns auf. Sienna, Brennan, Adaline, Jade, Olivia, Christopher, Austin und ich. Mich zu bewegen tat mir gut und hob sofort meine Laune. Wenn ich hier mit meinen Freunden tanzte, konnte ich alles vergessen und mich fallen lassen. Egal, wie beschissen die letzten Stunden gewesen waren, jetzt war ich glücklich, musste grinsen und strahlte mit den Scheinwerfern um die Wette. Denn diese Zeit konnte mir niemand nehmen.

Einige Minuten später fing ich an, die Choreo zu unterrichten, erklärte die Schrittkombination und korrigierte die anderen an den Stellen, die noch nicht ganz stimmig waren. Jeder Beat musste getroffen, die Lyrics mussten richtig vertanzt und die Stimmung sollte wiedergegeben werden. Immer wieder unterrichtete ich eine Passage, dann tanzten wir alles auf Musik. Ich fühlte nichts bis auf den Song und meinen Körper – und das war genau richtig so. Die gechillten Beats und die sanfte Stimme von Dagny kontrollierten jede meiner Bewegungen, während wir die Choreo immer und immer wieder tanzten.

Als ich das Lied noch mal startete, blieb ich kurz an meinem Laptop stehen und nahm einen Schluck aus meiner Wasserflasche; dabei beobachtete ich meine Freunde, wie sie die Schritte trainierten. Alle auf ihre eigene Art und Weise. Besonders fiel mir Olivia auf, die eine unfassbare Leichtigkeit ausstrahlte, und Brennans Power, die sogar noch vorn in der Lobby zu spüren sein musste. Austins fließende Bewegungen erinnerten an Wasser; und Jade war für das eine Jahr Tanztraining schon echt gut. Ich liebte es, Leuten dabei zuzusehen, wie sie tanzten, um von ihnen lernen zu können.

Als ich den Blick kurz zur Scheibe neben der Tür wandern ließ, verschluckte ich mich fast an meinem Wasser. Chad stand dort, die Arme vor der Brust verschränkt, frech grinsend. Als sich unsere Blicke trafen, hob er eine Hand, um mir zu winken. Ich bewegte mich nicht, starrte ihn nur ungläubig an.

Er hat tatsächlich die Adresse herausgefunden und ist hergekommen.

Mir wurde übel. Ich wollte nicht, dass er hier war. Ich

wollte nicht, dass er überhaupt in New York war und mir die letzten Tage versaute. Gut, es war nicht seine Idee gewesen, aber durch seine aufdringliche Art machte er es nicht besser.

Mein Magen zog sich zusammen. Ich blickte ihn düster an und machte eine Kopfbewegung, dass er verschwinden sollte.

Daraufhin lachte er nur auf, winkte ab, als ob ich einen Witz gerissen hätte, und entfernte sich von der Scheibe.

Ich atmete auf, doch das Gewicht, das sich bei seinem Anblick auf meine Brust gelegt hatte, wollte nicht verschwinden.

»Hey, Kenz… alles gut?«, kam es von Adaline, die plötzlich neben mir stand. Sie legte eine Hand auf meinen Unterarm und bedachte mich mit einem besorgten Blick.

Ich blinzelte ein paarmal. »Ähm… Ja… Nein… Ich…«

»Kann ich was tun?«

»Ich glaube nicht«, flüsterte ich und sah ihr in die grünen Augen.

»Falls doch, sag es, okay?«

Ich nickte. »Danke.«

Dann nahm ich noch einen Schluck und unterrichtete den nächsten Teil der Choreo. Zwar half mir das Tanzen, meine Gedanken wieder auf etwas anderes zu lenken, doch ich bekam nicht aus dem Hinterkopf, dass Chad in der Lobby war und auf mich wartete, in mein Privatleben eindrang und dass ich nichts dagegen unternehmen konnte.

Nach zwei Stunden saßen wir, komplett durchgeschwitzt, im Kreis auf dem Boden und planten den morgigen Videodreh.

»Brody hilft uns bestimmt gerne«, sagte Olivia, rollte sich vom Rücken auf den Bauch und stützte ihr Gesicht in die Hände. »Oder hat er morgen einen Dreh? Ich bin mir nicht ganz sicher.«

»Ich frage ihn später mal, wir treffen uns nach dem Training bei euch.«

»Brody wäre schon echt cool; falls der nicht kann, fragen wir Tony. Er dreht ja sonst immer die Videos für uns«, schlug Austin vor.

»Und Outfits?«, kam es von Jade.

Brennan lachte. »Bitte nicht diese rot karierten Hemden, die hatten wir schon bei gefühlt tausend Shows und Videos an. Mal offen, mal geschlossen, mal der oberste Knopf zu. Nie wieder, ich sag's euch.«

»Stimmt«, bestätigte ich grinsend. »Aber hey, damals waren die echt der Shit, da kann man nichts sagen.«

»Okay, okay. Du hast die Choreo gemacht, es ist dein Video, du wählst das Outfit. Doch dir sollte bewusst sein, dass ich, falls du dich für die karierten Hemden entscheidest, komplett New York abgrasen und jeden Laden leer räumen werde, der die vertickt.«

»Keine Panik. Ich dachte eher, wir ...« Weiter kam ich nicht, denn im nächsten Augenblick öffnete sich ruckartig die Tür. Ich zuckte zusammen und starrte die Person an, die mit großen Schritten auf mich zulief.

»Kannst du mir mal ... Hast du 'ne Minute? Jetzt?« Brody blieb ein paar Meter von mir entfernt stehen, die

Hände in die Hüften gestemmt. Mit zusammengezogenen Augenbrauen starrte er mich an, während hinter ihm Chad auftauchte und durch die Tür in den Saal schlenderte.

»Sorry, Süße, vermutlich irgendein Fan. Ich konnte ihn nicht davon abhalten, nach dir zu suchen. Jungs, helft ihr mir mal, ihn zu entfernen?« Chad machte Anstalten, Brody am Arm zu packen, doch der entzog sich ihm rasch wieder.

Irgendein Fan? Ihn entfernen?

»Chad!« Ich sprang auf, merkte, wie meine Knie drohten nachzugeben, doch ich riss mich zusammen. »Finger weg von ihm, das ist mein Freund!«

»Weiß ich doch nicht«, murmelte er und zuckte mit den Schultern.

»Geh…« Ich fuhr mir übers Gesicht, mein Herz trommelte gegen meinen Brustkorb. »Geh einfach nach vorn, okay?!«

Er nickte und lief zur Tür, allerdings nicht ohne noch über die Schulter zu rufen: »Aber lange lass ich dich nicht mehr allein, klar?«

Aus den Augenwinkeln sah ich, wie die anderen mich irritiert musterten, nur Adaline warf mir einen betroffenen Blick zu. Vermutlich hatte sie eins und eins zusammengezählt.

»Kannst du mir mal sagen, was das für eine kranke Scheiße ist?« Brodys Blick verdüsterte sich von Sekunde zu Sekunde mehr, seine Züge verhärteten sich.

Mit raschen Schritten war ich bei ihm und zog ihn zur Seite. »Ich kann das erklären.«

»Leute, ich glaube, wir gehen mal raus, oder?« Austin klopfte kurz auf den Boden, dann stand er auf und verließ mit den anderen im Schlepptau den Saal.

Stille.

»Jetzt bin ich aber gespannt! Ich will dich beim Training überraschen und abholen, frage vorn, wo du bist, und dann quatscht mich dieser Muskelprotz an und spielt sich als dein Freund auf!«

Mein Puls beschleunigte sich. »Was … Was hat er gesagt?«

»Er wollte wissen, was ich von seiner ›Freundin‹ will, und meinte, dass es noch ganz frisch ist und ihr so verliebt seid, dass er keine Sekunde von dir getrennt sein will. Ach ja, und dass er sich darauf freut, es mit dir in der Flugzeugtoilette auf dem Flug zurück nach Los Angeles zu treiben. Was man eben so von sich gibt.« Brody fuhr sich mit den Händen durch die dunklen Haare und musterte mich mit eisigem Blick.

»Shit, das tut mir echt leid, Brody.« Ich seufzte. »Natürlich ist er nicht mein Freund.«

»Ich stand kurz davor, mich einfach umzudrehen und abzuhauen.«

»Kann ich mir denken«, sagte ich geknickt und schlang die Arme um meinen Körper. »Hör zu, das ist wirklich – also ganz ganz wirklich – ein Missverständnis. Ich hatte dir schon davon erzählt. Chad wird vom selben Management vertreten wie ich. Die wollen, dass wir vorgeben, ein Paar zu sein, das würde uns mehr Reichweite verschaffen und bessere Kooperationen, mehr Geld. Gestern Abend, als ich nach Hause gekommen bin, stand er im Apartment und hat sich geweigert, wieder zu gehen. Er will das durchziehen.«

»Und du?«

»Natürlich nicht. Ich habe sofort Tracy angerufen. Aber... Aber ich muss das machen, Brody.« Meine Stimme zitterte. »Ich muss nach Los Angeles. Chad...«

»Bitte was?« Er starrte mich mit offenem Mund an. »Du machst das auch noch? Am Strand hat sich das noch ganz anders angehört.«

»Ich habe Tracy gesagt, dass ich das nicht will, aber das ist ihr offensichtlich egal. Sie haben Chad herfliegen lassen, um mich zurück nach L.A. zu holen. Ich wünschte, ich könnte hierbleiben. Wirklich. Ich weiß nicht, was ich tun soll.« Ich versuchte, den Kloß in meiner Kehle hinunterzuschlucken, und versagte kläglich.

»Du fakest die nächsten Wochen also für Instagram eine Beziehung mit diesem Kerl?«

»Es geht um ein paar Monate«, sagte ich leise. »Aber es ist nur gespielt, Brody. Nur für die Öffentlichkeit, Instagram, Events... Mir bleibt nichts anderes übrig, ich muss das vortäuschen. Ich brauche das Geld für meinen Bruder und meine Eltern.«

Er lachte bitter. »Immer wieder sagst du, dass du die Schnauze voll hast und keinen Bock mehr auf dein Management, aber du tust nichts dagegen, Mackenzie. Du redest nur. Das sind alles leere Worte, habe ich das Gefühl, und jetzt willst du auch noch so eine Scheiße abziehen? Deinen Followern irgendwas von einer perfekten Beziehung mit dem Typen vorspielen, nur für mehr Kohle und Reichweite?«

Der Raum begann sich um mich herum zu drehen. Meine Augen brannten, und mein Herz verkrampfte sich. Ich schnappte nach Luft und wollte Brodys Hand nehmen, doch er zog sie weg und trat einen Schritt zurück. Weg von mir. Weg von uns.

»Es tut mir so leid, Brody. Die setzen mich unter Druck. Es sind nur die paar Monate. Wir machen das Beste daraus. Danach wird es eine öffentliche Trennung geben, und bis dahin poste ich nur das Nötigste. Zwischen Chad und mir wird nichts laufen. Das ist nur Show.«

»Das ist nur Show, sagst du? Wow, das macht es natürlich viel besser. Weißt du was?«

»W-Was?«

»Einen kurzen Moment dachte ich echt, dass du anders bist, dass ich am Anfang falschlag. Aber das hier…« Er machte eine Pause und spannte den Kiefer an. »Das zeigt mir, dass ich meinem ersten Eindruck von dir hätte trauen sollen. Diese oberflächliche Social-Media-Sache, diese Show, die du abziehst… Ich wusste von Anfang an, dass du so bist. Wahrscheinlich hast du mir die ganze Zeit nur etwas vorgespielt und gedacht, du findest in mir einen Typen, der für Instagram-Fotos posieren würde. Und jetzt, wo du weißt, dass ich damit nichts zu tun haben will, spielst du deinen Followern halt mit einem anderen Kerl was vor. Ganz große Klasse, Mackenzie.«

»Hey!«

Er schüttelte den Kopf und machte einen Schritt rückwärts. »Ich habe echt genug. Halt dich von mir fern und flieg zurück nach L.A., um dort noch mehr Kohle zu machen. Viel Spaß und ein schönes Leben.«

Tränen traten in meine Augen, als er sich abwandte und ging. Ohne ein weiteres Wort. Ohne sich ein einziges Mal umzusehen. Bis er aus meinem Blickfeld verschwunden war und ich schluchzend auf den Boden sank.

KAPITEL 28

Ich bekam keine Luft mehr. Fühlte mich leer. Ein dunkler Mantel hüllte mich ein, drohte mich zu verschlingen. Die Enttäuschung in Brodys Gesicht hatte Bände gesprochen – und mir von einer Sekunde auf die nächste das Herz gebrochen. Alles in mir verknotete sich. Ich zog meine Knie an und lehnte meine Stirn dagegen. Ein Keuchen entfuhr mir, ich schnappte nach Luft und wollte, dass es aufhört. Ich wollte die Zeit zurückdrehen, um gar nicht erst nach New York gekommen zu sein.

Wäre ich in L.A. geblieben, hätte ich jetzt vielleicht einen Fake-Freund, aber dafür kein gebrochenes Herz.

Verdammt, ich war genau das, was er verabscheute, aber was er gesagt hatte, schnitt noch viel tiefer.

Plötzlich legten sich Arme um meinen Körper und zogen mich in eine tröstende Umarmung. Dem Zimtduft nach zu urteilen musste es Adaline sein, die über meinen Rücken strich. Ich schmeckte Salz auf meiner Zunge. Dann hörte ich Schritte. Noch mehr Schritte.

»Schhh, ganz ruhig, das wird wieder«, flüsterte sie. »Ich hab den anderen davon erzählt, die wissen Bescheid.«

»Und wir stehen voll und ganz hinter dir«, fügte Olivia hinzu.

Ich hob langsam den Kopf, fuhr mir mit den Händen übers Gesicht, um die heißen Tränen wegzuwischen.

Vor mir saßen und standen Olivia, Austin, Brennan, Christopher, Jade und Sienna, und aus den Augenwinkeln sah ich, wie Dax durch die Tür gelaufen kam, die Stirn gerunzelt, als er mich in Adalines Armen sah.

»Brody«, krächzte ich. »Er... Wir haben uns gestritten.«

»Ja, er ist wie von der Tarantel gestochen rausgerannt, da haben wir uns so was gedacht«, sagte Christopher und presste seine Lippen aufeinander. Seine Brille war von der hohen Luftfeuchtigkeit im Saal leicht beschlagen.

»Ich weiß nicht, was ich machen soll.« Wieder krochen Tränen aus meinen Augenwinkeln und rannen meine Wange hinunter, während ich versuchte, nicht komplett zusammenzubrechen. Alles kam hoch. Nicht nur die Sache mit Brody setzte mir zu, sondern das Gefühl, keinen Ausweg zu kennen, keine Wahl zu haben. Keine Kontrolle über mein Leben.

»Ganz ruhig, wir finden schon eine Lösung.« Dax schenkte mir ein aufmunterndes Lächeln, als er sich neben Austin stellte.

Die Tür öffnete sich wieder, und eine tiefe Stimme drang zu uns. »Ach, Baby, was ist denn los? Weinst du etwa?«

Mein Magen verkrampfte sich, doch bevor ich etwas erwidern konnte, warfen sich Austin, Dax und Christopher einen raschen Blick zu und liefen Chad entgegen.

»Yo«, sagte Austin. »Wie lange seid ihr eigentlich schon zusammen?«

»Stimmt, erzähl doch mal, wie habt ihr euch kennengelernt?«, fügte Christopher hinzu, und Dax legte den Arm kumpelhaft um Chads Schultern, um ihn aus dem Raum zu führen.

Ich hörte nur noch, wie Dax sagte: »Hast du schon unseren Merch gesehen? Der würde dir sicher richtig gut stehen. Wie sieht's aus, willst du ein paar Fotos für unseren Instagram-Account damit machen?« Dann fiel die Tür ins Schloss, und Stille kehrte ein.

Erleichtert atmete ich aus, und Adaline löste sich von mir, einen Arm noch um meine Schultern gelegt.

»Den Jungs fällt aber auch immer irgendwas ein, oder?« Olivias Mundwinkel bogen sich nach oben, und sie tätschelte mein Knie.

»Gott sei Dank«, wisperte ich. »Den hätte ich jetzt nicht auch noch brauchen können.«

»Hier.« Jade reichte mir meine Trinkflasche. »Trink mal was.«

»Danke.« Ich nahm ein paar Schlucke, während die anderen besorgte Blicke tauschten. Sie saßen mittlerweile alle vor und neben mir auf dem Boden, und ich war froh, in diesem Moment nicht allein zu sein.

»Adaline hat erzählt, dass es da ein paar Probleme mit deinem Management gibt«, sagte Brennan und legte den Kopf schief.

Ich seufzte. »Für die kommenden acht Monate muss ich eine Beziehung mit dem Kerl von eben faken, Chad. Außerdem muss ich zurück nach Los Angeles. Die können mich dazu zwingen, weil ich damals zu dumm war, diese blöden Verträge richtig zu lesen. Ich war einfach glücklich darüber, dass sie mich unterstützen und groß machen wollten, aber im Nachhinein war es die dümmste Entscheidung überhaupt zu unterschreiben.«

»Deshalb war Brody vermutlich auch so angepisst, oder? Wegen der Beziehung?«, sagte Adaline.

Ich nickte. »Ich kann ihn total gut verstehen; er hasst diese Social-Media-Show. Und die Tatsache, dass ich über ein halbes Jahr in die Kamera lächeln und vorgeben muss, in Chad verliebt zu sein, ihn womöglich noch für Fotos und Videos küssen muss...« Beim Gedanken daran wurde mir übel. Ich senkte den Kopf und schüttelte mich. »Ich kann es Brody nicht verübeln. Auch wenn er echt beschissene Sachen gesagt hat.«

»Aber du kannst doch nichts dafür, oder?«

»Nein, natürlich nicht. Ich... Ich weiß echt nicht, was ich noch tun soll. Brody hasst mich, und ich bezweifle, dass sich das wieder einrenkt. Außerdem... keine Ahnung, fand ich es auch schlimm, dass er so ausgerastet ist. Er hat mir nicht mal die Möglichkeit gegeben, mich zu erklären, sondern ist direkt abgezischt. Fast so, als ob er die ganze Zeit nur nach einem Grund gesucht hätte, mich als oberflächliche Tussi abstempeln zu können. Übermorgen muss ich theoretisch wieder nach L.A., und Chad wartet nur darauf, ›süße Fotos‹ mit mir zu schießen.«

»Verzwickte Sache«, sagte Jade und blies die Wangen auf. »Wie lange laufen die Verträge noch?«

»Ungefähr ein Jahr. Leute, ganz ehrlich, danke für

eure Unterstützung, aber ich habe das Gefühl, dass es keinen Ausweg gibt. Ich muss da durch. Immerhin sind meine Eltern auch noch da, die hätten mich schrecklich vermisst, wenn ich hiergeblieben wäre. Bevor ich Vertragsbruch begehe und pleite und verschuldet bin und zudem das Schulgeld von meinem Bruder nicht mehr zahlen kann, stehe ich das irgendwie auch noch durch...«

»Okay, also erst mal«, begann Olivia mit gerunzelter Stirn, »solltest du aufwachen. Du bist nach New York gekommen, hast dich durchgekämpft und bist wieder ein Teil der Clique geworden. Wir haben dich echt gerne, daher bin ich auch ehrlich zu dir, okay?«

Ich nickte.

»Das geht so nicht weiter. Mach endlich die Augen auf. Dieses Management macht dich kaputt. Das hat es in den letzten Jahren getan und wird es auch weiterhin tun, wenn du bei denen bleibst. Scheiß auf die Verträge, wir überlegen uns was! Lass dich von diesen Deppen nicht unterkriegen, du bist immerhin Mackenzie West – eine der stärksten Frauen, die ich kenne. Und ich weiß, dass du das hinkriegen wirst. Auch ohne die. Oder willst du jetzt einfach wieder nach deren Pfeife tanzen, und der ganze Mist fängt von vorn an?«

»Die werden mich verklagen. Und das wird richtig teuer. Dann bin ich zwar frei, habe aber kein Geld mehr, um mir was Neues aufzubauen.«

»Du kannst hier Classes geben. Ich bin mir sicher, dass Austin und Dax dich regelmäßig unterrichten lassen. Und du könntest wieder mit mir zu Auditions kommen oder im Notfall im Café arbeiten, wo Jade und ich gejobbt haben. Es gibt immer eine Lösung.«

»Olivia hat recht«, sagte Sienna. »Du kannst das nicht mit dir machen lassen. Verträge hin oder her, die sind kein Grund, dich psychisch so zu tyrannisieren, dass du wie ein Häufchen Elend hier sitzt und dein gesamtes Leben verteufelst.«

Ich nagte an meiner Unterlippe. Natürlich lagen Olivia und Sienna nicht falsch, und ich war ihnen dankbar dafür, dass sie mir das so direkt sagten. In meinem Hirn begann es zu rattern. Ich versuchte, alles zu einem sinnvollen Gebilde zusammenzusetzen, um eine Lösung zu finden. Eine Lösung für alles. Und langsam keimte in mir das Gefühl auf, dass es die vielleicht wirklich geben könnte, wenn ich nur lange genug überlegte.

»Ich will hier leben, nicht in L.A., und ich will mein Management loswerden«, sagte ich schließlich. »Aber ich habe Angst. Vor allem, was dann auf mich zukommt.«

»Du brauchst keine Angst zu haben«, sagte Brennan voller Zuversicht.

Adaline nickte. »Wir sind für dich da und unterstützen dich.«

»Egal, was kommt, wir stehen hinter dir. Die Jungs natürlich auch«, fügte Jade hinzu.

»Danke, Leute, wirklich.« Meine Stimme geriet ins Schlingern, und ich blinzelte die aufkommenden Tränen weg. »Anscheinend habe ich es gebraucht, dass mir jemand eine klare Ansage macht.«

»Stets zu Diensten«, sagte Olivia lachend. »Du kannst Dax fragen, ich mach das gerne.«

»Das glaube ich.« Ich rang mir ein Lächeln ab. »Ich muss mir jetzt nur noch überlegen, wie es weitergehen soll.«

»Dafür hat Olivia doch sicher auch eine Lösung, oder?« Sienna hob die Augenbrauen und grinste Olivia an, die sogleich den Finger ans Kinn legte und nachdachte.

Nach ein paar Sekunden zuckte sie zusammen. »Ha, da ist er, der super Einfall.« Sie holte tief Luft. »Also, erst mal müssen wir dich aus dem Apartment kriegen. Du schläfst da keine Nacht länger mit diesem Popeye. Ich würde dir ja anbieten, bei mir zu übernachten, aber … «

»Jap«, entgegnete ich schnell, weil ich nicht wollte, dass sie seinen Namen in den Mund nahm.

»Aber Dax' Wohnung ist echt riesig, ich rede mal mit ihm, du kannst sicher auf seiner Couch schlafen. Die ist bequem und groß.«

»Und falls alle Stricke reißen, pennst du bei mir in der WG auf einer Luftmatratze«, warf Adaline ein und drückte meine Schulter.

»Das heißt, solange die Jungs sich um Chad kümmern, packen wir dein Zeug zusammen, bringen dich zu Dax oder Adaline, und da bleibst du, bis wir eine Lösung gefunden haben. Schick mir später mal deine Verträge rüber, die hast du doch bestimmt auf deinem Laptop, oder?«

»Ja, die müsste ich irgendwo abgespeichert haben.«

»Perfekt. Ich würde sie meiner Schwester schicken, die ist doch Anwältin und macht ihren Job gut, soweit ich das beurteilen kann.«

Ein wohliges Gefühl stieg in mir auf. Wärme. Vertrauen. Hoffnung. Hoffnung darauf, dass sich mit der Hilfe meiner zweiten Familie womöglich das Blatt wenden würde.

Ich schaffte es nicht mehr, die Tränen wegzublinzeln. Stattdessen spürte ich sie wieder heiß über meine Wangen laufen. Stockend atmete ich aus und räusperte mich. »Danke, wirklich. Das wäre echt toll. Vielleicht findet sie ja eine Möglichkeit, mich rauszubekommen.« Dann holte ich tief Luft. »Ist das sicher in Ordnung? Also, dass ich bei Dax übernachte?«

»Machst du Witze? Klar geht das in Ordnung. Ich vertraue dir, ich vertraue ihm. Für mich spricht nichts dagegen, und so wie ich Dax kenne, hätte er es dir mit Sicherheit sowieso angeboten.«

Meine Mundwinkel bogen sich nach oben. »Okay, dann … dann machen wir das so.«

Gesagt, getan. Nur ein paar Stunden später hatte Olivia mit Dax gesprochen (der, wie sie uns versichert hatte, sofort ihrer Meinung gewesen war), die Jungs lenkten weiter Chad ab, und die anderen halfen mir, in Windeseile meine Sachen zusammenzupacken und alles in Dax' Wohnung zu verfrachten. Als ich wieder hatte durchatmen können, waren die anderen verschwunden, und Olivia hatte hier mit mir auf Dax gewartet.

Erleichterung strömte durch meine Adern, als ich auf Dax' braunem Ledersofa saß und durch die Scheibe die tanzenden Lichter im Sonnenuntergang auf der anderen Seite des Hudson River betrachtete. Dax' Apartment war, wie Olivia erzählt hatte, echt groß. Ein riesiger Küchen-, Wohn- und Essbereich im Industrial Style mit einigen Pflanzen (die mit Sicherheit Olivia angeschleppt hatte) und ein paar Holzmöbeln, einem Bücherregal und einer Kommode mit einem Plattenspieler und vielen Boxen, aus denen RnB-Musik drang. Die indirekte Beleuchtung schuf eine gemütliche Atmosphäre. Durch die breite Fensterfront hatte man eine atemberaubende Aussicht über West Harlem und bis nach New Jersey.

»Ihr habt was?«, fragte ich kichernd.

»Irgendwie mussten wir ihn doch ablenken.« Dax zuckte mit den Schultern. Er saß auf dem längeren Teil des Sofas, das in den Raum zeigte, während Olivia und ich es uns unter einer flauschigen Decke gemütlich gemacht hatten. »Da hat sich ein Fotoshooting im Move-District-Merch ja wohl mehr als angeboten. Und jetzt haben wir noch mehr Content für unsere Instagram-Seite. Chad meinte, weil wir seine neuen Kumpels sind, dürfen wir die Fotos ausnahmsweise verwenden, aber falls er sie teilen soll, würde es was kosten. So wie er gepost hat, haben wir jetzt theoretisch Bilder für die nächsten sechs Monate.«

»Richtig netter Kerl, dieser Chad. Sicher, dass du ihn nicht zum Freund haben willst?«, neckte mich Olivia und stieß mir sanft ihren Ellenbogen in die Seite. Als ich nichts sagte, weil mir beim Gedanken an Brody die Worte im Hals stecken blieben, nahm sie meine Hand und legte ihren Kopf an meine Schulter. »Sorry, hab versucht, lustig zu sein.«

»Und mal wieder ist es nach hinten losgegangen«, sagte Dax grinsend und zwinkerte Olivia zu.

»Ruhe da drüben!«

»Schon okay«, sagte ich leise. »Es ist nur ... alles so viel gerade. Gestern haben wir noch alle zusammen auf Long Island gefrühstückt und gelacht, und jetzt sitze ich hier, und meine Welt steht kopf.«

»Hey, wir kriegen das hin.« Dax sah mich mit seinen dunklen Augen eindringlich an. »Das Wichtigste ist, dass es dir gut geht und du dich nicht unterkriegen lässt.«

»Ich wüsste echt nicht, was ich ohne euch machen sollte.«

»Vermutlich würdest du gerade mit Chad knutschen. Okay, sorry, doofer Witz. Schon wieder.« Olivia presste die Lippen aufeinander. »Wie gesagt, wir sind für dich da und stehen dir bei allem bei.«

Ich trommelte mit den Fingern gegen meinen Oberschenkel und überlegte, dann zog ich mein Smartphone aus der vorderen Tasche meines Hoodies. Als ich die vielen verpassten Anrufe und Nachrichten von Chad sah, entfuhr mir ein gequältes Stöhnen.

»Wieder Chad? Ignorier ihn, der überlebt das schon«, sagte Dax. »Er hat ja Gesellschaft von seinem überdimensionalen Ego.«

»Stimmt.« Ich verzog einen Mundwinkel zu einem angedeuteten Lächeln und öffnete die Nachrichten-App. Scrollte herum. Nichts von Brody. Gar nichts. Okay, ich hatte auch nicht damit gerechnet, dass er sich bei mir meldete, aber trotzdem zog sich meine Brust schmerzhaft zusammen. »Ich glaube, ich schreibe Brody und frage, ob wir uns unterhalten können.«

»Mach das, der soll sich gefälligst wieder einkriegen.«

Olivia richtete sich auf und nahm ihr Wasserglas vom Beistelltisch, um einen Schluck zu trinken.

»Oh.« Ich zuckte zusammen. »Er ist gerade online.« Meine Finger schwebten über der Tastatur. Ich überlegte hin und her, dann fing ich an zu tippen.

Können wir reden?

Nur wenige Sekunden später wurde angezeigt, dass die Nachricht nicht nur angekommen war, sondern Brody sie bereits gelesen hatte. Mit klopfendem Herzen wartete ich darauf, dass er eine Antwort tippte. Vergeblich. Stattdessen ging er offline.

»Nichts?« Dax hob fragend das Kinn.

Ich schüttelte den Kopf und versuchte, den Kloß in meiner Kehle hinunterzuschlucken.

»Der kann echt was erleben, wenn ich morgen in die WG komme«, murmelte Olivia.

»Nein. Red lieber nicht mit ihm darüber. Ich will nicht, dass er denkt, ich hätte dich vorgeschickt oder so.«

»Aber…«

»Bitte, Olivia. Ich will die Sache zwar aus der Welt schaffen, aber um ehrlich zu sein, bin ich auch ziemlich enttäuscht von ihm. Von seiner Reaktion. Wenn er gleich so ausrastet und gar nicht versucht, meine Lage zu verstehen, vielleicht ist er dann doch nicht der Richtige für mich. Auch wenn es wehtut. Und ja… das tut es wirklich.« Ich schniefte. »Aber ich will nur jemanden, der mich tatsächlich in seinem Leben haben möchte. Mit all meinen Stärken und Schwächen. Wer versichert mir, dass er mich nicht bei der nächsten Gelegenheit gleich wieder fallen lässt?«

Olivia atmete lautstark aus und warf Dax einen Blick zu.

»Ich brauche niemanden. Ich hätte vielleicht gerne eine Schulter zum Anlehnen, aber ein Kerl, der mich für etwas verurteilt, über das ich keine Macht habe, kann mir gestohlen bleiben. Auch wenn ich das nicht von ihm gedacht habe, muss ich der Wahrheit ins Auge blicken und akzeptieren, dass er womöglich immer nach etwas suchen würde, um das zwischen uns zu sabotieren. Keine Ahnung, ich muss erst mal mein Leben auf die Reihe kriegen.«

»Ich glaube zwar nicht, dass Brody so denkt, aber ja, ich verstehe dich. Und weißt du was?«

Ich blickte sie fragend an.

»Wenn du eine Schulter zum Anlehnen brauchst, dann hast du genug Freunde, die dir ihre anbieten.«

KAPITEL 29

»Willst du noch Rührei?«

»Nein danke, mein Appetit ist irgendwie noch nicht so ganz da«, antwortete ich Dax, während ich lustlos in meinem Essen herumstocherte.

Nachdem er und Olivia aufgewacht und aus dem Schlafzimmer gekommen waren, hatten wir uns zu dritt um das Frühstück gekümmert. Ich war für Obst, Olivia für das Rührei und Dax für die Bagels zuständig gewesen. Und nun saßen wir an Dax' Esstisch aus dunklem Holz und beobachteten durch die Fensterfront, wie sich die grauen Wolken immer wieder vor die Sonne schoben.

»Der angeknabberte Bagel sieht fast schon genauso traurig aus wie du. Willst du ihn wirklich im Stich lassen? Kannst du mit dir vereinbaren, dass er letzten Endes in den Untiefen meines Magens landet? Ich glaube, bei dir wäre er besser aufgehoben«, sagte Olivia ernst und schob sich eine Gabel Rührei in den Mund. Ihre blauen Haare trug sie heute Morgen in einem zerzausten Dutt und dazu ein riesiges beiges Sweatshirt, das sie mit Sicherheit Dax abgeluchst hatte.

Ich verzog meine Lippen zu einem angedeuteten Lächeln, hob den Bagel zu meinem Mund und biss ein Stück ab. »Mmh … lecker«, entgegnete ich gequält.

»Wow, so viel Enthusiasmus. Das muss belohnt werden. Willst du noch mehr?« Sie hob die Schüssel mit dem Rührei an, um mir noch etwas auf den Teller zu laden.

Ich winkte ab. »Immer langsam, erst der Bagel, dann eventuell das Rührei.«

»Okay, okay.« Sie lachte und lehnte sich zurück.

Ich zwang mich erneut, vom Bagel abzubeißen, und fixierte einen Punkt in der Ferne, irgendwo auf der anderen Seite des Hudson River.

»Tony filmt euch später, falls du das Video noch drehen willst«, sagte Dax und blickte mich über den Rand seiner Tasse hinweg an.

Unwillkürlich flackerte Brodys Gesicht vor meinem inneren Auge auf, während sich mein Körper verkrampfte. Eigentlich hätte er das Video gefilmt. Eigentlich hätten wir heute noch mal Zeit zusammen verbracht. Eigentlich hatte ich mich darauf gefreut, ihn dabeizuhaben. Doch daraus würde nichts mehr werden, und so weh es auch tat, ich musste es akzeptieren. Weitermachen. Ohne ihn.

»Ähm ja, cool, ähm … danke, dass du ihn gefragt hast. Ist wohl besser so.«

Dax nickte und warf mir einen mitleidigen Blick zu.

»Schau mich bitte nicht so an, okay?«

»Tut mir leid, wollte ich nicht.«

»Es ist, wie es ist. Ich brauche Brody nicht. Wenn er

mich für oberflächlich und geldgeil hält, ist das seine Sache. Das … Das habe ich nicht nötig.«

»Verdammt richtig«, sagte Olivia. »Wir lenken dich heute ab und machen uns einen schönen Tag, in Ordnung?«

»Jap.« Ich biss noch mal in meinen Bagel und versuchte, den Gedanken an Brody zu verdrängen. Nicht mehr an ihn zu denken, sondern nur an den heutigen Tag mit meinen Freunden, die zu mir hielten und mich unterstützten.

Nachdem wir fertig gefrühstückt hatten, schickte ich Zeit und Ort für den Videodreh in unsere Cliquen-Gruppe. Der Plan war, dass wir uns um eins auf einem Parkdeck hier in Harlem versammelten und die Choreo filmten. Davor zischte Olivia noch mal zu sich nach Hause, um sich umzuziehen; sie würde uns dann direkt bei der Dreh-Location treffen. Dax musste in die Tanzschule. Beim Video würde er sowieso nicht dabei sein, weil er sein Knie aufgrund seiner Verletzung von damals nicht so lange und stark belasten durfte. Während wir uns also ein paar Stunden später auf dem Parkdeck versammelten und die Choreo filmten, kümmerte er sich darum, dass im Move District alles nach Plan lief. Es waren nur noch ein paar Wochen, bis Dan und seine Frau Angie an die Westküste ziehen und die beiden Jungs mit der Leitung zurücklassen würden. Doch bei Austin und Dax war ich mir sicher, dass sie das gut machen würden. Daran zweifelte ich keine Sekunde.

Der Dreh verlief super, ich fühlte die Musik, die Choreo und hatte Spaß, mit meinen Freunden gemeinsam zu tanzen. New York war immer mein Zuhause gewesen. Und jetzt, wo ich bald abreisen musste, obwohl ich eigentlich so gern an diesem Ort bleiben wollte, überschlugen sich nicht nur meine Gedanken, sondern auch meine Gefühle. Ich musste etwas tun. Ich musste eine Lösung finden.

Als ich schließlich wieder bei Dax in der Wohnung war, am Esstisch saß und das Video schnitt, meine glänzenden Augen wahrnahm, mit denen ich die Choreo tanzte, und meine Freunde ansah, wurde mir umso klarer, dass es die ganze Welt erfahren musste. Dass das hier mein Leben war. Ich wollte ehrlich sein, denn das war mir immer wichtig gewesen. Keine Lügen, keine Show, einfach nur ich, mit all meinen Emotionen und allem, was in mir steckte. Die Aufs und Abs und nichts als die Wahrheit.

Ich nagte an meiner Unterlippe, bevor ich kurzerhand den Laptop zuklappte und den Stuhl zurückschob. Adrenalin rauschte durch meine Adern, meine Wangen glühten. Von nun an musste ich auf mein Bauchgefühl hören, denn das hatte mich nie enttäuscht.

Jap, ich mach das. Jetzt. Sofort.

Ich sprang auf, schnappte mir mein Handy, das auf der Tischplatte lag, und sah mich im Raum um.

Wo? Wo? Wo? Wo? Ah! Da ... Pflanze!

Rasch rückte ich den grauen Übertopf mit dem grünen Stängel-Wirrwarr (ich hatte keine Ahnung von Grünzeug), der in der Mitte des Couchtischs stand, etwas an die Kante und setzte mich direkt davor auf den Parkettboden. Ich öffnete die Kamera-App, wechselte zur Frontansicht und startete eine Videoaufnahme. Mit klopfendem Herzen und zitternden Fingern lehnte ich mein Smartphone gegen die Pflanze, sodass ich auf dem Display zu sehen war. Dann atmete ich tief durch.

»Hey, Leute. Ich…« Ich hielt kurz inne, versuchte, das Chaos in meinem Kopf zu sortieren – und gab es schließlich auf.

Hör auf dein Bauchgefühl. Hör auf dein Bauchgefühl. Hör auf dein beschissenes Bauchgefühl, wiederholte ich wie ein Mantra im Kopf, bis ich den Mut fasste weiterzusprechen.

»Ich will etwas loswerden. Etwas, das mich wirklich belastet und… na ja, ihr seht vielleicht meine Augenringe, es geht mir nicht besonders gut.« Ein kleines Lächeln huschte über meine Lippen. »Ihr kennt mich als Mackenzie, als Mensch, der immer glücklich ist und das perfekte und natürlich supergesunde Leben führt, keine Ecken und Kanten hat. Aber wisst ihr was? Wenn es nach mir ginge, würde ich so vieles anders machen und euch daran teilhaben lassen, wenn ich kurz vorm Durchdrehen stehe, weil jemand in meine Privatsphäre eingedrungen ist, der da eindeutig nichts zu suchen hat. Ich weiß, das klingt alles ziemlich kryptisch und wirr, aber in meinem Kopf sieht es gerade genauso aus. Ich habe endlich den Entschluss gefasst, mein Leben in die Hand zu nehmen.« Ich blickte auf meine Hände, die wie verrückt zitterten, dann wieder in die Linse. »Vor ungefähr drei Jahren habe ich Verträge unterschrieben, von denen ich dachte, dass sie mein Leben zum Positiven verändern würden, aber stattdessen sitze ich jetzt hier und filme dieses Video ...« Ich lachte auf und schüttelte den Kopf. »Wow, das ist total schräg ... Na ja ... Ich ... Ich lebe kein perfektes Leben, auch wenn es vielleicht so wirkt. In diesen Verträgen wurde beispielsweise festgehalten, dass ich ein gewisses Image verkörpern muss. Immer strahlend, immer lachend, immer glücklich. Ich sage nicht, dass alles gelogen war. Ich bin tatsächlich ein sehr positiver Mensch, aber es gibt noch so viele andere Seiten an mir, die ich euch nie zeigen durfte. Man könnte sagen, dass ich damals dumm und naiv war, diesen Mist zu unterschreiben. Und ganz ehrlich? Jap. Da stimme ich zu. Ich habe nichts hinterfragt, sondern einfach getan, was von mir erwartet wurde, um meinen Traum zu erfüllen, aber damit habe ich ... Okay, wenn ich sage, dass ich meine Seele an den Teufel verkauft habe, ist das möglicherweise etwas übertrieben, aber um ehrlich zu sein, fühlt es sich so an. Ich habe als Tänzerin angefangen, deren Traum es war, mit ihren Tanzvideos bekannt zu werden, doch dann wurde ich in eine Richtung gedrängt, die nicht zu mir passt. Die nicht ich bin. Ich ernähre mich nicht nur von Proteinshakes, Salat und Haferflocken. Ich stehe auch auf Fast Food. Immer mehr bin ich in diese Fitness-Richtung abgedriftet, was nicht schlecht ist, versteht mich nicht falsch. Aber es fühlt sich nicht nach mir an. Ich bin kein Fitness-Guru, sondern eine Tänzerin. Oh Mann, für das, was ich jetzt gleich sagen werde – na ja, was ich bisher auch schon gesagt habe –, werde ich büßen müssen. Aber soll ich euch etwas verraten? Ich lass das nicht mehr mit mir machen. Ich habe keine Angst mehr. Vor nichts und niemandem.« Ich holte tief

Luft. »Letztes Wochenende bin ich mit ein paar Freunden verreist, und als ich zurück in mein Apartment kam, stand da ein Typ, der extra nach New York geflogen wurde, um mich davon zu überzeugen, nach L.A. zu kommen und – was noch viel heftiger ist – die nächsten Monate eine Beziehung mit ihm vorzutäuschen. Ich werde keinen Namen nennen, das wäre unfair ihm gegenüber, aber was ich euch sagen kann, ist, dass mein Management das inszeniert hat. Die wollen, dass wir für die Öffentlichkeit eine Fake-Beziehung führen, nur um unsere Reichweite zu vergrößern, krassere Deals abzustauben und mehr Kohle zu machen. Ich soll euch anlügen und so tun, als ob wir zusammen sind. Die zwingen mich dazu, obwohl ich das nicht will. Ja, ich weiß, ich bin selbst schuld, dass ich die Verträge mit ihnen unterschrieben habe. Aber was für eine Moral müssen diese Menschen haben, mich unter Druck zu setzen, etwas zu tun, was ich unter keinen Umständen will? Das ist doch unmenschlich. Da frag ich mich … Haben die noch alle Tassen im Schrank?« Ich schnaubte. »Ja, ich rede mich gerade in Rage. Vielleicht werde ich auch das ein oder andere Wort morgen bereuen. Aber ich werde nicht bereuen, die Wahrheit gesagt zu haben. Ich will ehrlich zu euch sein, und ich will das alles nicht mehr tun. Ich habe das viel zu lange mit mir machen lassen, aber jetzt ist Schluss. Endgültig.« Ich machte eine kurze Pause, sah im Display, wie mein Gesicht knallrot geworden war und sich mein Brustkorb schneller als normal hob und wieder senkte. »Ich hoffe, ihr könnt mir verzeihen, dass ich nicht früher aufgewacht bin und eingesehen habe, dass das, was hier läuft, mehr als falsch ist. Dass es mich kaputtmacht... kaputtgemacht hat. Denn das wird es von nun an nicht mehr tun. Ich werde ab sofort nicht mehr nach irgendeiner Pfeife tanzen. Es tut mir leid, wenn ich euch enttäuscht habe. Ihr habt in den letzten Jahren meine guten Seiten erlebt. Jetzt liegt es an euch, ob ihr mir noch eine Chance geben und meine Ecken und Kanten, meine Tiefpunkte und das Unperfekte an mir kennenlernen wollt. Ich hoffe, das alles war nicht zu wirr... Oh Gott, ich habe viel zu lange geredet, aber das musste raus, und jetzt geht es mir viel besser, weil ich weiß, dass ihr Bescheid wisst. Wir sehen uns ganz bald wieder, habt noch einen schönen Abend.«

KAPITEL 30

Auch wenn ich es nicht wirklich war, fühlte ich mich befreit. Ich hatte mir alles von der Seele geredet, was rausgemusst hatte, ohne groß darüber nachzudenken. Nachdem ich die Aufnahme beendet hatte, war ich direkt zu Instagram gewechselt und hatte das Video gepostet. Ohne es zu schneiden. Ohne es noch mal anzusehen. Ohne irgendeine Beschreibung, nur mit dem Titel »Neustart«. Ich war nervös gewesen, es in die Welt hinauszuposaunen. Aber nicht, weil ich Angst vor der Reaktion meines Managements hatte, sondern vor der meiner Follower. Der Leute, die mich die letzten Jahre unterstützt und die etwas Besseres verdient hatten, als angelogen zu werden.

Meine Finger schwebten über dem Display. Inzwischen war das Video eine halbe Stunde online, und ich wollte wissen, was die Leute dazu zu sagen hatten.

Sofort sprang mir die Zahl der Aufrufe entgegen. In nur dreißig Minuten hatten das Video schon um die fünfzigtausend Menschen angesehen.

Heilige Scheiße.

Mein Puls schoss in die Höhe, während ich die Kommentare überflog.

Wir unterstützen dich, Mackenzie!

Yes, gut gemacht!

Lass dir das nicht länger bieten ...

Wie kann man nur so herzlos sein? Unfassbar das Management!

Und noch viele Kommentare mehr, die mich bestärkten und ermutigten, das durchzuziehen, was ich mir vorgenommen hatte. Darunter waren natürlich auch ein paar, die darauf beharrten, dass ich eine hirnlose Tussi sei, die keine Ahnung vom Leben hatte. Allerdings überwog die positive Resonanz, und mit jeder Sekunde schrieben noch mehr Menschen unter das Video.

Erleichtert atmete ich aus, und die Anspannung, die sich in den letzten Minuten in mir aufgebaut hatte, fiel von mir ab. Ich schloss die Augen und lehnte mich gegen die Couch. Was nun auf mich zukam, würde hart werden. Tracy würde das bestimmt nicht auf sich sitzen lassen, aber ich konnte es durchstehen, um am Ende frei zu sein. Das war alles, was zählte.

Mein Magen zog sich zusammen, als ich wieder an Brody denken musste. Da er sich von Instagram fernhielt, würde er das Video nicht sehen. Zumindest nicht sofort, höchstens dann, wenn Alfred oder Olivia ihn darauf aufmerksam machten. Wenn sie das überhaupt taten. Am liebsten hätte ich ihn in diesem Moment bei mir gehabt. Aber seine Worte hatten mich verletzt. Er hatte mich die ganze Zeit nur als manipulierbares Püppchen gesehen, und wenn er wirklich dieser Meinung war, dann hatte ich mich wohl auch in ihm getäuscht.

Ich biss die Zähne zusammen und blinzelte die aufsteigenden Tränen weg. Kein Kerl der Welt hatte sie verdient. Kein einziger.

»Mackenzie, hey! Ich hab auf dem Nachhauseweg dein Video geschaut«, rief mir Dax zu, als er durch die Wohnungstür kam und sie hinter sich ins Schloss fallen ließ. »Richtig heftig.«

Ich stand auf, meine Beine kribbelten etwas. »Hey. Ja, es haben schon einige Leute gesehen.«

»Das wird wie verrückt geteilt.« Er ließ den Rucksack zu Boden sinken und hängte die Jacke an der Garderobe auf, dann kam er zu mir gelaufen. Auf seinen Lippen tanzte ein kleines Lächeln. »Olivia hat mich eben angerufen. Wir sind echt stolz auf dich.«

»Danke. Ich musste das einfach loswerden. Wenn ich länger damit gewartet hätte, wäre ich vermutlich geplatzt.« Ich grinste, als er mich in seine Arme zog und kurz drückte.

»Hat sich schon jemand von deinem Management dazu gemeldet?«

Ich schüttelte den Kopf. »Nein, bisher noch nicht. Aber wenn ich ehrlich bin, warte ich nur darauf. Und wenn es so weit ist, dann werde ich nicht mehr einknicken.«

»Wirst du nicht, ich glaub an dich«, entgegnete er und lächelte mich aufmunternd an. »Austin und Jade wollten gleich noch vorbeikommen. Passt das?«

»Klar, gerne. Ich...«

Mein Handy klingelte. Ich warf einen Blick auf das Display und sah Tracys Namen dort stehen. »Okay, das... das ist meine Managerin.«

»Gut, dann reiß ihr jetzt den Arsch auf, okay?«

Ich blies die Wangen auf. »Mach ich.« Dann tippte ich auf den grünen Button und nahm das Gespräch an, während Dax mir meine Privatsphäre ließ und im Schlafzimmer verschwand. »Hey, Tracy.«

»Bist du von allen guten Geistern verlassen?«, fuhr sie mich an. »Lösch sofort dieses Video. Chad hat erwähnt, dass du rumzickst, aber das hier... Das ist echt das Allerletzte.«

»Ich sag dir jetzt mal, was das Allerletzte ist. Einen Kerl in mein Apartment zu schicken, ohne mir Bescheid zu geben. Und dann von mir zu erwarten, dass ich das toll finde und direkt süße Fotos für Instagram mit ihm schieße. Ich habe dir gesagt, dass ich keine Beziehung faken will.«

»Wir hatten das Thema schon. Wenn du Vertragsbruch begehst...«

»Dann verklagt ihr mich«, fiel ich ihr ins Wort und lief vor dem Sofa auf und ab. »Ja, das sagtest du bereits. Ich glaube, wenn du mein Video geschaut hast, weißt du, wie ich zu all dem stehe, was in den letzten Jahren passiert ist. Egal, ob ihr das gut findet oder nicht, ich ziehe zurück nach New York. Ich werde nur noch die

Kooperationen annehmen, hinter denen ich stehe und mit denen ich mich identifizieren kann. Und das mit der Fake-Beziehung könnt ihr knicken. Tut mir leid für Chad, aber damit muss er wohl klarkommen. Und falls ihr mich rausschmeißen, verklagen, teeren und federn wollt, dann macht das. Ich habe keine Angst vor euch. Mein Video bleibt online. Vorhin habe ich all meine Passwörter geändert, also habt ihr auch keinen Zugriff mehr auf meine Accounts.«

Sie schnappte nach Luft. »Ich dachte mir schon immer, dass du nicht viel in deinem hübschen Köpfchen hast, aber das ist einfach nur dumm. Du wirst dein Geld verlieren. Alles. Wenn wir mit dir fertig sind, kriechst du auf dem Boden und flehst uns an, dich aufzunehmen, Schätzchen.«

»Vielleicht verliere ich mein Geld«, sagte ich ruhig. »Aber zumindest bleibe ich mir treu und verstelle mich nicht. Und als Tänzerin kann ich schnell wieder Fuß fassen. Selbst wenn ich am Ende nicht mal einen Bruchteil der Kohle pro Monat verdiene, die ich jetzt bekomme, ist mir das egal. Dafür lebe ich mein Leben so, wie ich es will, und nicht, wie ihr es mir vorschreibt. Ich will endlich wieder selbst entscheiden, was ich sage oder welches Essen ich poste.« Ich grinste. »Und noch was: Nenn mich nie wieder Schätzchen, Süße, Kleines oder sonst was in dieser Richtung!« Mit diesen Worten legte ich auf und warf mein Handy mit Karacho auf das Sofa. Mein Herz raste. Ich versuchte, meine hektische Atmung unter Kontrolle zu bringen. »Ach du Scheiße!«, rief ich und fing an zu lachen, als ich zu Dax sah, der vom Schlafzimmer aus rübergelaufen kam und mich mit offenem Mund anstarrte. »Hast du das mitbekommen?«

Er lachte. »Klar, war selbst durch die Wand zu hören. Der hast du's echt gegeben. Hat nur noch gefehlt, dass du ihr Schläge androhst.«

»Ich kann es noch gar nicht richtig glauben. War das wirklich ich?«

»Jap, das warst du. Das Ende hat mir besonders gut gefallen, *Schätzchen*.«

»Ey, wehe…« Ich drohte ihm mit dem Finger.

»Wie respektlos, dass sie dich überhaupt jemals so genannt hat. Das geht echt gar nicht.«

Ich schnaubte. »Musst du mir nicht sagen.«

Dann ließ ich mich aufs Sofa fallen und schloss die Augen. Der Fels auf meiner Brust begann zu bröckeln. Stück für Stück brachen Teile davon ab und ermöglichten mir, leichter durchzuatmen. Mich nicht mehr zu fühlen, als ob mich eine unsichtbare Hand zusammenquetschte und sich alles in mir verknotete. Es wurde besser. Das wurde es immer. Und genau jetzt glaubte ich mehr daran als jemals zuvor.

Erleichtert scrollte ich noch eine Weile durch die Kommentare und beantwortete ein paar Nachrichten. Ich hatte nicht damit gerechnet, dass die Leute das Video so positiv aufnehmen würden, aber umso glücklicher war ich nun, dass es raus war und jeder meine Sichtweise kannte.

Als Jade und Austin nur eine halbe Stunde später vorbeikamen, brachten sie vier Pizzen mit, die sie auf dem Weg noch geholt hatten. Damit machten wir es uns auf dem Sofa bequem, während Dax an seinem Laptop herumklickte und im nächsten Moment eine Playlist mit Usher-Songs startete. Ich zog meine Beine in einen Schneidersitz und stellte den noch warmen Karton darauf ab, dann klappte ich ihn auf. Sofort stieg mir der köstliche Duft von geschmolzenem Käse in die Nase.

»Du magst die mit Champignons doch immer noch, oder?« Austin grinste mich schief an.

»Ja, auf jeden Fall. Da kommt kein anderer Belag ran.«

»Also…«, versuchte Jade, etwas zu sagen, wurde im nächsten Augenblick aber von Austin unterbrochen.

»Vergiss es. Nee, ich bleibe dabei, deine komische Kombination ist und bleibt eine Zumutung.«

»Schon mal daran gedacht, dass ich das extra nehme, damit du mir kein Stück abluchst?« Jade zuckte mit den Schultern und biss genüsslich in ihr Pizzastück. Austin musterte sie skeptisch.

Ich musste kichern und lehnte mich zurück. »Kommt Olivia später noch?«

»Leider nicht«, erwiderte Dax und schüttelte den Kopf, während er versuchte, ein Stück seiner Thunfischpizza aus dem Karton zu bekommen, ohne dass die Käsefäden den ganzen Belag herunterzogen. »Die hat gerade noch zwei Classes, und ich glaube, danach wollte sie nach Hause.«

»Ach, okay, verstehe.« Ich nickte und überlegte, ob sie Brody bereits gesehen oder sogar mit ihm gesprochen hatte. Der Gedanke an ihn versetzte mir einen schmerzhaften Stich.

»Und was ist jetzt geplant? Bleibst du hier?«, riss Jade mich aus meinen Gedanken. »Dein Video schlägt ja hohe Wellen, so viele teilen es.«

»Voll. Ich hätte nicht gedacht, dass das so schnell geht. Bisher waren glücklicherweise überwiegend positive Kommentare dabei. Für mich steht fest, dass ich hier leben will. Nein, dass ich es werde.« Meine Mundwinkel bewegten sich nach oben. »Trotzdem fliege ich morgen zurück nach L.A. Der Flug ist gebucht, und ich will meiner Familie persönlich von meiner Entscheidung erzählen. Oh Gott, ich hoffe, die sind nicht zu enttäuscht von mir.«

»Sie werden das sicher verstehen«, warf Dax ein.

»Klar, die haben dich doch immer unterstützt und wollten, dass du glücklich bist. Im Notfall musst du sie eben alle paar Wochen mal besuchen.« Austin furchte seine Stirn. »Also falls sie nicht wieder hierherziehen würden.«

»Sie haben L.A. nie so richtig gemocht; vielleicht überlegen sie es sich ja wirklich. Wir werden sehen. Na ja, und dann wollte ich anfangen, alles in die Wege zu leiten. Meine Wohnung kündigen, Sachen packen. Und anschließend komme ich wieder her und suche mir ein Apartment.«

»Klingt doch nach einem guten Plan«, erwiderte Dax grinsend.

»Oh Gott, du sitzt dann aber auf dem Flug nicht neben diesem Chad, oder?« Jade starrte mich mit aufgerissenen Augen an.

»Ich glaube nicht. Wir haben vorhin kurz geschrieben.

Er hat zwar ein Ticket für denselben Flug, aber nicht neben mir. Nachdem er mein Video geschaut hat, hat zumindest er eingesehen, dass es doof wäre, mich zu dieser ganzen Fake-Beziehungssache zu zwingen. Er war nur ein bisschen genervt, weil er umsonst nach New York gekommen ist.«

»Was heißt hier umsonst?« Austin blähte gespielt entrüstet seine Wangen auf. »Der hat immerhin einen der Hoodies aus der ganz neuen Move-District-Collection von uns bekommen. Pff ... das ist ein Privileg!«

»Ruhig bleiben, Amigo«, gluckste Jade amüsiert und erntete dafür einen argwöhnischen Seitenblick von ihrem Freund, dann wandte sie sich an mich. »Wie fühlst du dich bei dem Gedanken zurückzufliegen? Das wolltest du doch gar nicht.«

Ich nickte. »Ich würde lieber noch länger hierbleiben, aber um ehrlich zu sein, glaube ich auch, dass es mir guttun wird, ein paar Tage nicht in derselben Stadt zu sein wie Brody. Ich komme ja wieder, es ist also kein Abschied für lange. Aber ja ... ich will nicht dauernd an ihn denken müssen. In L.A. bin ich genug mit organisatorischem Kram beschäftigt, um mich abzulenken.«

»Shit, ihr solltet echt mal reden.«

»Nach dem, was er gesagt hat, will er ja nichts mehr mit mir zu tun haben, und ich weiß nicht, ob ich seine Worte so einfach ignorieren und auf ihn zugehen könnte.«

»Aber durch dein Video merkt er doch jetzt, dass du dieses blöde Spiel nicht mehr mitmachst.«

Ich zuckte mit den Schultern und seufzte. »Falls er es überhaupt sieht. Immerhin hat er ja kein Instagram.«

»Olivia hat es ihm bestimmt geschickt«, meinte Austin und warf Dax einen fragenden Blick zu, woraufhin dieser nickte.

»Ich glaube auch, und wenn nicht, dann zeigt sie es ihm später, wenn sie zu Hause ist.«

Wenn ich daran dachte, dass Brody möglicherweise in diesem Moment das Video schaute, kribbelte es vor lauter Aufregung in meinem ganzen Körper. »Bisher hat er sich noch nicht gemeldet, und hinterherlaufen will ich ihm, ehrlich gesagt, nicht. Wenn er es gesehen hat, kennt er meine Situation, und wenn nicht, dann muss ich wohl damit leben, dass wir eine schöne Zeit hatten, aber doch nicht mehr daraus wird.« Tränen stiegen mir in die Augen. Rasch schüttelte ich mich, um auf andere Gedanken zu kommen. »Gut. Wenn ich in ein oder zwei Wochen wieder hier bin, will ich eine Chance für einen erneuten Sieg beim Mini-Burger-Wettessen, okay?«

Austin verzog die Mundwinkel zu einem leichten Grinsen. »Na klar.«

»Hey, Mackenzie?« Dax räusperte sich, blickte zu Austin und zu Jade, dann wieder zu mir. »Was hast du denn geplant, wenn du hierherziehst? Also mit deiner Zeit.«

Ich überlegte. »Wenn ich das wüsste. Trainieren, Auditions, Tanzvideos drehen … keine Ahnung, das wird sich dann alles zeigen, denke ich.«

»Hm … Wäre doch echt eine Schande, so eine krasse Tänzerin nicht bei uns unterrichten zu lassen, oder, Austin?«

»Puh, jetzt wo du es sagst. Ein paar regelmäßige Classes, meinst du? Wir wären schön blöd, uns diese Möglichkeit entgehen zu lassen ...«

»Ja, sehe ich genauso. Unfassbar, wie wir immer spontan einer Meinung sind.«

Mir klappte die Kinnlade herunter. Mit klopfendem Herzen blickte ich zwischen den beiden Jungs hin und her. »Was? Meint ihr ... Habt ihr euch abgesprochen?«

»Wir?« Gespielte Überraschung huschte über Austins markanten Züge. »Das würde uns nicht einfallen. Niemals. Kam bisher noch nie vor.«

Dax grinste. »Im Ernst, wir würden uns sehr freuen, wenn du ein paarmal die Woche bei uns unterrichtest. Sobald du wieder hier bist, können wir die Organisation angehen – wann und wie oft.«

»Vielen Dank, Jungs, aber ich erwarte so was nicht.«

»Ist ja nett, dass du es nicht erwartest«, sagte Austin ernst. »Wir dafür umso mehr. Wäre ja noch schöner, wenn Mackenzie West in New York lebt und nicht im Move District unterrichtet.«

Ich schüttelte lachend den Kopf. »Ihr seid echt toll. Danke, wirklich. Ihr wisst nicht, wie viel mir das bedeutet.« Ganz langsam krochen wieder Tränen in meine Augenwinkel. »Oh Mann, warum muss ich dauernd heulen? Was macht ihr nur mit mir?« Lachend wischte ich mir über die Augen, dann stellte ich den Pizzakarton zur Seite, stand auf und umarmte erst Dax, dann Austin und schlussendlich auch Jade, die freudig auf dem Sofa hin und her wackelte.

Es war nicht nur die Tatsache, dass ich einen Job hatte, sondern auch, dass ich an den Ort zurückkehrte, an dem alles angefangen hatte. An den Ort, der immer mein Zuhause gewesen war, selbst wenn ich knapp dreitausend Meilen entfernt gelebt hatte, und der es immer sein würde. Mein Zuhause.

KAPITEL 31

»Meld dich, wenn du gelandet bist, ja?« Dax zog mich in eine Umarmung.

»Klar, mach ich.« Wir lösten uns wieder voneinander, und ich trat einen Schritt zurück. »Danke noch mal, dass ich auf deinem Sofa schlafen durfte.«

»Ach, kein Ding. Falls du noch mal einen Schlafplatz brauchst, sag jederzeit Bescheid.« Mit einem Lächeln auf den Lippen öffnete er mir die Tür. »Sicher, dass ich dir nicht mit dem Koffer helfen soll?«

Ich setzte den Rucksack auf und zog am Griff meines Koffers. »Quatsch. Ich bekomme das allein hin, das Taxi wartet ja unten, und die paar Treppen schaffe ich auch noch. Aber danke.«

»Alles klar, dann guten Flug! Und wehe, wir sehen dich nicht in spätestens zwei Wochen wieder!«

»Ihr werdet mich nicht mehr los, glaub mir«, sagte ich lachend, trat in den Flur und rollte den Koffer neben mir her. Dann drehte ich mich noch mal um. »Bis bald!«

»Bis bald, Mackenzie.« Dax winkte, dann schloss er langsam die Tür, während ich zur Treppe lief.

Da das hier ganz sicher kein Abschied, sondern vielmehr ein Neubeginn war, hatte ich keine Abschiedszeremonie mit all meinen Freunden gewollt. Immerhin kam ich wieder zurück. Mit Umzugskartons und großer Vorfreude auf mein neues altes Leben.

Gerade als ich meinen Koffer anheben und ihn die Treppe heruntertragen wollte, hielt ich inne. Mein Herz begann zu rasen, während sich der Rest meines Körpers wie gelähmt anfühlte, als ich sah, wer da um die Ecke gebogen kam und ein paar Stufen unterhalb von mir stehen blieb. Ich wollte etwas sagen, doch die Worte blieben mir im Hals stecken.

»Hey.« Brody hob langsam die Hand. Sein Brustkorb hob und senkte sich viel zu schnell; er rang nach Atem, als ob er die Treppen hinaufgerannt war.

»Was machst du hier?«

Ein vorsichtiges Lächeln lag auf seinen Lippen. Stufe für Stufe kam er auf mich zu. »Ich wollte mit dir sprechen. Olivia meinte, dass du gleich zurückfliegst, da habe ich mich beeilt, um dich noch zu erwischen.«

»Brody, ich weiß nicht…«

»Warte«, sagte er. »Bitte. Ich hab gestern dein Video gesehen.«

Meine Handflächen fingen an zu schwitzen. Ich trat von einem Bein aufs andere, während mir von Sekunde zu Sekunde wärmer wurde. Rasch lockerte ich meine Jacke. »Ich hab nicht viel Zeit, mein Flug geht um zwei, und ich…«

»Geh nicht.«

Gänsehaut legte sich auf meinen Körper. Ich hielt

die Luft an, unfähig einen klaren Gedanken zu fassen. Während Brody mir noch einen Schritt entgegenkam, fühlte ich mich wie festgefroren, konnte mich nicht bewegen.

»Nach dem, was du mir an den Kopf geworfen hast, bittest du mich jetzt hierzubleiben?«

Auf einmal waren meine Knie ganz weich. Vorsichtshalber ließ ich mich auf die oberste Stufe sinken. Meinte er das ernst? Ich musterte ihn. Seine Lippen waren leicht geöffnet, die Stirn gefurcht, und unter seinen Augen lagen dunkle Halbmonde. Er wirkte übermüdet; vielleicht hatte ihn die ganze Sache mehr mitgenommen, als ich gedacht hatte.

»Bitte, Mackenzie. Es tut mir leid. Alles, was ich gesagt habe.«

Ich schüttelte den Kopf und fuhr mir übers Gesicht.

»Olivia hat mir dein Video geschickt, und da wurde mir bewusst, was für ein Arsch ich gewesen bin. Als du meintest, du ziehst das mit dieser Fake-Beziehung durch, war ich wahnsinnig enttäuscht. Ich weiß, das ist keine Entschuldigung für meine Reaktion, aber ich hoffe, dass du sie dadurch vielleicht ein bisschen nachvollziehen kannst.«

»Ja, das kann ich schon, aber weißt du eigentlich, wie sehr mich das verletzt hat? Wie sehr du mir wehgetan hast mit dem, was du gesagt hast?«

Sein Kiefer mahlte, und ich konnte in seinen meerblauen Augen Reue erkennen.

Als er noch einen Schritt auf mich zutrat, sodass er nicht mal mehr einen Meter von mir entfernt war, spürte ich, wie eine heiße Träne über meine Wange rann. Meine Sicht verschleierte sich, und ich konnte nur noch Brodys Umrisse erkennen, als er sich im nächsten Moment neben mich sinken ließ.

»Ich wünschte, ich könnte es zurücknehmen, Mackenzie. Ich weiß, dass ich Mist gebaut habe, und alles, was ich tun kann, ist hoffen, dass du mir verzeihst und mir noch eine Chance gibst. Nachdem ich das Video von dir gestern gesehen habe, bin ich direkt zu Amber gefahren.«

Ich fuhr mir mit den Händen über die Wangen, um die Tränen wegzuwischen, dann räusperte ich mich. »Amber?«

»Olivias Schwester. Olivia meinte, dass du ihr deine Verträge gemailt hast. Sie ist doch Anwältin.«

Ich nickte. »Okay, du warst also bei ihr?«

»Ja, nachdem ich sie angerufen habe, bin ich direkt hingefahren. Ich wusste ja, dass du heute fliegst, und ich ... ich musste etwas tun. Bis gerade eben war ich bei ihr, wir saßen die ganze Nacht über den dämlichen Verträgen. Ich verstehe natürlich nichts von diesem Jura-Kram, aber ich konnte nicht nach Hause fahren, ohne zu wissen, dass es ein Happy End gibt.« Er holte tief Luft, bevor er hinzufügte: »Ich kann dich nicht gehen lassen. Nicht so. Und nicht in der Angst, dass dein Management dich auf den letzten Cent verklagt.«

»Ich habe keine Angst mehr vor denen«, entgegnete ich. »Sollen sie das doch machen. Es ist mir egal. Wirklich.«

»Aber das werden sie nicht.«

Verdutzt blickte ich ihn an, während sich mit jedem Herzschlag seine Mundwinkel weiter nach oben bogen. »Was meinst du? Wieso nicht? Was …«

»Amber hat was gefunden.« Jetzt grinste er fast schon, woraufhin mein Körper sich wie elektrisch auflud. »Eine kleine süße Klausel.«

»Okay?«

»Eine kleine süße Klausel, die nicht drinstehen dürfte. Frag mich nicht, worum genau die sich dreht, aber Amber meinte, dass sie ausreicht, um dich aus den Verträgen zu bekommen. Innerhalb der nächsten Wochen.«

Mein Herz raste, während ich versuchte zu verstehen, was Brody da sagte. »Bist du dir sicher? Ich meine, das sind Profis. Die sind bestimmt spezialisiert darauf, Verträge ohne Schlupflöcher zu verfassen.«

Er lächelte und legte eine Hand auf meinen Oberschenkel. »Ich bin mir sicher. Außerdem ist Amber auch ein Profi, immerhin ist sie Olivias Schwester. Die haben die gleichen Gene. Vertrau mir, sie schafft das, und dann bist du frei.«

»Ich komme aus meinen Verträgen raus«, flüsterte ich und konnte es nicht fassen.

»Du kommst aus deinen Verträgen raus«, bestätigte Brody und rückte etwas näher.

Wir saßen immer noch auf der obersten Stufe im kühlen Hausflur vor Dax' Apartment, doch in diesem Moment gab es keinen Ort, an dem ich lieber gewesen wäre. Mein Herz polterte unaufhörlich gegen meine Rippen. »Du hast ernsthaft die ganze Nacht und bis jetzt mit Amber daran gesessen?«

»Jap. Ich hätte sowieso nicht schlafen können. Und außerdem wollte ich nicht mit leeren Händen ankommen, wenn ich dich um eine zweite Chance bitte.«

Das erklärt seine Augenringe und die (noch mehr als üblich) verwuschelten Haare.

Ich grinste und legte meine Hand auf seine. Sofort schossen Millionen kleiner Blitze durch meinen Körper.

»Danke, dass du das getan hast, Brody. Ich weiß nicht, was ich sagen soll… Ich bin dir und Amber echt dankbar.«

»Dafür musst du mir nicht danken, wirklich nicht.« Er verschränkte seine Finger mit meinen. »Ich weiß, ich war ein Arsch. Komplett. Aber wenn du mir noch eine Chance gibst, verspreche ich dir, dich immer zu unterstützen und an deiner Seite zu sein. Ich weiß, dass du nicht so bist, wie ich am Anfang dachte. Ich weiß, dass ich dumm war, dich in so eine Schublade zu stecken. Die Tatsache, dass ich dir unrecht getan und viel zu lange gedacht habe, ich hätte dich verloren, war mir eine Lektion. Ich meine das todernst. Du kannst mir vertrauen, und ich werde dich nicht mehr enttäuschen. Ich hoffe, du…«

Weiter kam er nicht, denn im nächsten Augenblick hatte ich meine Lippen auf seine gelegt und ihn damit zum Verstummen gebracht. Er erwiderte den Kuss sanft, während ich meine Arme um seinen Nacken schlang und ihn näher zu mir zog.

Ich atmete stockend aus, als er sich von mir löste und mir tief in die Augen sah. In seinem Blick fand ich alles, von dem ich vor einigen Wochen noch nicht mal gewusst hatte, dass ich es wollte. Bei Brody konnte ich mich fallen lassen, ich konnte ich selbst sein, und er mochte mich nicht nur trotzdem, sondern genau deshalb. Er schätzte all meine Macken, Ecken und Kanten, statt sie in etwas Perfektes umwandeln zu wollen. Ich hatte mein Zuhause nicht nur in dieser Stadt, der Tanzschule und meinen Freunden zurückgewonnen, sondern auch in den Armen dieses Kerls gefunden.

EPILOG

VIER MONATE SPÄTER

»Gut gemacht, Leute! Ich freue mich schon auf nächste Woche. Danke, dass ihr da wart.« Ich klatschte vergnügt in die Hände und grinste außer Atem in all die strahlenden Gesichter der Tänzerinnen und Tänzer, die soeben meine Donnerstag-Class besucht hatten. »Bis dann!«

Applaus tönte durch den Raum, als ich an der Spiegelfront entlang zurück zu meinem Laptop lief und einen Schluck Wasser trank.

»Coole Class, Mackenzie!«, rief mir ein Typ mit platinblonden Haaren und Nasenpiercing zu.

»Danke! Ich mochte deine Waves! Mega getanzt, echt.«

»Bis dann«, sagte er noch, dann war er durch die Tür verschwunden.

Die Scheibe, die sich neben der Tür befand, geriet in mein Blickfeld. Oder wohl eher der dunkelhaarige Kerl, der dahinter wartete, mich breit angrinste und nun eine Hand hob, um mir zu winken.

433

Ich musste schmunzeln. Mit einer raschen Handbewegung klappte ich meinen Laptop zu und verstaute ihn in meinem Rucksack. Mittlerweile waren bis auf Adaline alle gegangen. Sie wartete neben der Tür und tippte auf ihrem Handy herum. Ich schnappte mir meine Wasserflasche und meinen Hoodie und tänzelte auf sie zu.

»Hat Spaß gemacht«, sagte sie.

»Du hast die Schritte aber auch echt gekillt. Besonders den Part nach dem Refrain.«

Adaline öffnete die Tür, und wir traten in den Flur.

Seit ich wieder in New York lebte, gab ich regelmäßig Kurse im Move District, und in jeder einzelnen Stunde ging ich voll auf. Unterrichten machte mir unglaublich viel Spaß, aber noch mehr, Leute in meinen Classes zu sehen, die mit jedem Mal besser wurden und ihre Träume verfolgten. Daher bekam ich das Grinsen danach auch selten wieder aus dem Gesicht. Es machte mich unfassbar glücklich.

»Hi.« Brody lächelte mich an. Dabei bildeten sich die Lachfältchen rund um seine Augen, die ich nie wieder missen wollte. »War's gut? Hey, Adaline.«

»Hey, hey«, sagte Adaline und boxte ihn leicht gegen den Oberarm. »Ich bin schon mal vorn.«

Ich drückte Brody einen Kuss auf die Lippen. »Es war toll. Ich spring noch schnell unter die Dusche und dann … «

»Ne, ne, ne.« Er lachte leise. »Das machen wir später zusammen.«

»Alles klar, du hast mich überredet.«

»War auch echt schwer.«

Ich schnaubte amüsiert. »Und wie war's bei dir heute? Hast du alles geschafft?«

»Jap. Alles fertig geschnitten. Die Aufnahmen vom Dreh gestern sehen richtig gut aus, die zeig ich dir später mal.«

»Unbedingt! Was hab ich doch nur für ein Glück, einen Kameramann als Freund zu haben«, sagte ich lachend und schlang meine Arme um seinen Oberkörper.

In den letzten Monaten hatte sich Brody in der Regel um die Aufnahmen und den Schnitt meiner aufwendigeren Tanzvideos gekümmert. Der Kerl hatte es einfach drauf; man merkte ihm an, dass sein Herz fürs Filmemachen schlug, was sich auch in der Qualität der Videos zeigte. Das Feedback meiner Follower war unglaublich, und ich liebte es, mit Brody zusammenzuarbeiten.

»Das kannst du laut sagen«, sagte er grinsend und strich über meinen Rücken.

»Vor allem aber auch, weil wir so einen ähnlichen Geschmack haben und ich mich nie mehr um die Filmauswahl für unsere Filmabende kümmern muss.«

»Ach, und zu mehr bin ich nicht zu gebrauchen?«, entgegnete Brody gespielt entrüstet und schnaubte, woraufhin ich mich wieder von ihm löste.

»Spinner!« Ich gab ihm einen Kuss. »Du weißt doch, dass du auf meiner Beliebtheitsskala mittlerweile ganz oben stehst. Und glaub mir, dahin schafft man es nicht nur mit krassen Film-Skills.«

»Du bist auch nicht übel, Mackenzie West.« Er schaute mir tief in die Augen, wobei sich seine Lippen zu einem Schmunzeln verzogen.

»Komm, wir gehen.« Ich hakte mich bei ihm unter, und wir liefen den Gang entlang. Vorbei an Postern und Fotos mit Erinnerungen, die ich niemals vergessen würde.

»Hey, habt ihr Hunger?«, rief Olivia uns zu, als wir um die Ecke in die Lobby bogen. »Jade und ich haben gerade ein paar Tacos und Churros geholt.«

»Unbedingt«, sagte ich und lief zum Sofa, wo all meine Freunde auf uns warteten.

Jade, Austin, Dax, Olivia, Sienna, Jules, Christopher, Brennan, Vincent und Jules saßen auf den Sesseln und Sofas im Kreis verteilt und packten ihr Essen aus, während Adaline sich einen der gepolsterten Stühle heranzog. Brody und ich schnappten uns zwei Tacos und machten es uns auf einem der freien Sofas bequem.

»Den habe ich mir heute nach dem Tag verdient. Die Uni war echt anstrengend, aber meine Dozentin hat mir ein riesiges Lob ausgesprochen!« Jade biss genüsslich in ihren Taco.

»Nix da, den Taco verdienst du dir erst später, wenn wir zu Hause sind«, entgegnete Austin und grinste sie anzüglich an. »Das ist sozusagen nur ein Vorschuss.«

»Pff, ich muss mir gar nichts verdienen. Höchstens du. Oder sagen wir eher ›ausgleichen‹, nachdem die Idee von gestern ein bisschen … na ja, eskaliert ist?«

»Was ist passiert? Hat Austin sich wieder als Möchtegern-Channing-Tatum mit Olivenöl eingerieben und ist dann auf seiner eigenen Spur ausgerutscht?«, warf Dax glucksend ein.

»Hey, das ist nur einmal vorgekommen, okay? Ich

weiß echt nicht, warum ihr immer wieder darauf herumreitet. Außerdem war das Jades Idee und nicht meine.«

»Ha!«, protestierte seine Freundin. »Jetzt schieb das nicht mir in die Schuhe. Dein Öl. Dein Körper. Dein rutschiger Boden.«

»Ja, aber *deine* Hände, mit denen *du* das Öl verteilt hast und die du nicht mehr von mir lassen konntest, ehrenwerte Maid.«

Jade verdrehte die Augen. »Dafür hast du keine Beweise!« Dann kam sie ihm ein bisschen näher und flüsterte: »Die habe ich alle vernichtet.«

Ich musste lachen, und als sie merkte, dass ich es gehört hatte, zuckte sie ertappt mit den Schultern und gab Austin einen Kuss.

»Hey, wann bist du morgen hier, Mackenzie?«, fragte Dax.

»Vermutlich wieder gegen zehn. Wann wollten wir uns zum Meeting treffen?«

»Elf würde ich sagen. Passt das? Bei dir auch, Austin?«

»Klar«, entgegnete ich, und Austin nickte zustimmend.

Seit einem Monat gehörte ich nicht nur als Trainerin zur Tanzschule, sondern auch als Leitung – gemeinsam mit Austin und Dax. Nachdem ich fest hergezogen war, waren sie auf mich zugekommen und hatten mich gefragt, ob ich nicht mit einsteigen wollte. Ich hatte mich unfassbar gefreut und war natürlich sofort dabei gewesen. Dan hatte es genauso super gefunden und natürlich sofort spekuliert, dass ich der Tanzschule noch mehr Reichweite einbringen würde. Übel nahm ich ihm das aber nicht. Jetzt, wo ich aus meinen Verträgen raus war – Amber hatte es tatsächlich geschafft – und ein Apartment in Brooklyn, in der Nähe von Brody und Olivia bezogen hatte, war das eine Aufgabe, die mich mit neuer Motivation erfüllte.

Tracy und das gesamte Management waren unglaublich angepisst gewesen, als sich Amber um die Angelegenheit gekümmert hatte. Aber letzten Endes hatten sie klein beigeben müssen, und ich konnte endlich tun und lassen, was ich wollte. Mittlerweile postete ich auf Instagram eine Mischung aus Tanzvideos und ein paar Einblicken in meinen Alltag. Als ich meiner Familie alles erzählt hatte, hatten sie sich für mich gefreut; sie wollten, sobald es ging, auch wieder zurück nach New York ziehen. Was ich ihnen allerdings noch nicht verraten hatte, war die Tatsache, dass ich bereits jetzt das Geld zusammenhatte, um ihnen ein kleines Haus in Queens zu kaufen. Und das Schulgeld von Jamie konnte ich auch weiterhin zahlen. Besonders mein Honorar für die Kooperation mit Blanks war dabei sehr hilfreich. Nachdem sie das Video über mein Management gesehen hatten, wollten sie mich mit noch mehr Kooperationen und Auftritten als Markenbotschafterin unterstützen, weil ich sie mit meinen Worten sehr berührt hatte.

Ich warf Brody einen Blick von der Seite zu, den er lächelnd erwiderte. Dann hauchte er mir einen Kuss auf die Stirn und legte seinen freien Arm um meine Schultern.

»Bereit fürs Wochenende?«

»Na klar«, sagte ich. »Ich freue mich schon. Wehe, du

heizt den Whirlpool nicht sofort auf, wenn wir ankommen.«

Er lachte leise. »Das ist das Erste, was ich machen werde.«

Morgen Nachmittag, wenn ich meine Arbeit hier in der Tanzschule erledigt hatte, wollten Brody und ich zu zweit nach Long Island in das Ferienhaus seiner Familie fahren. Wir wollten die Zeit dort nutzen, um an seiner Filmidee zu feilen. Neben den Videojobs, die er in den vergangenen Monaten ergattert hatte, war er nie davon abgekommen, an einem Film zu arbeiten, den er nach wie vor unbedingt produzieren wollte. Besonders viel hatte er mir noch nicht verraten, nur dass es eine Coming-of-Age-Geschichte sein sollte, die hoffentlich das Zeug dazu hatte, jemandes Leben zu verändern. Am Wochenende wollten wir uns zurückziehen, damit Brody mir von allem erzählen und ich ihm Feedback geben konnte. Vielleicht würden wir aber auch den ein oder anderen Abstecher in den Jacuzzi machen. Hauptsache, wir waren zusammen.

Es machte mich glücklich, Brody um mich zu haben. An meiner Seite. So glücklich, wie mich noch nie etwas gemacht hatte. Jeden Tag aufs Neue bewies er mir, dass ich ihm mehr bedeutete als alles andere. Wir verstanden uns blind, konnten über alles reden. Es wurde nie langweilig. Oh nein, das wurde es definitiv nicht. Und würde es vermutlich niemals werden.

Im Move District zu sitzen, umgeben von meinen Freunden, nein, meiner *Familie*, ließ mein Herz höherschlagen. Nirgendwo anders fühlte ich mich so frei, dass es mir vorkam, als ob ich fliegen würde, ohne jemals abstürzen zu müssen. Das lag nicht nur an diesen wundervollen Menschen, die ich Tag für Tag um mich hatte, sondern vor allem daran, dass ich endlich glücklich war. Glücklich mit mir. Glücklich mit meinem Leben. Glücklich, weil ich tanzte und für den Rest meines Lebens nichts anderes mehr tun wollte. Ich war vielleicht vom Weg abgekommen, mir waren Felsen vor die Füße geknallt worden, doch letztendlich hatte ich es geschafft, dorthin zurückzufinden, wo ich ich selbst sein konnte und mich Menschen genau dafür liebten.

DANKSAGUNG

Gefühlt habe ich gestern mit dem ersten Buch dieser Reihe begonnen, und jetzt sitze ich hier und tippe schon die Danksagung für das dritte. Unglaublich, aber wunderschön. Auch beim Entstehungsprozess von *Fly into my Soul* hatte ich wieder sehr viel Spaß – ich vermisse diese coole Clique jetzt schon. Doch all das habe ich nicht allein geschafft, sondern mit der Hilfe wundervoller Menschen, denen ich gar nicht genug danken kann.

Zuerst ein großes Dankeschön an meine Agentinnen Gesa Weiß, Kristina Langenbuch Gerez und Mathilda Göpfert der Agentur Langenbuch & Weiß, die immer ein offenes Ohr für mich haben.

Ich danke meinen tollen Lektorinnen Diana Neiczer und Melike Karamustafa, die mir geholfen haben, das Beste aus dieser Geschichte herauszuholen. Danke für die vielen hilfreichen Tipps und Anmerkungen, durch die ich in den letzten Monaten als Autorin wachsen durfte.
Außerdem danke ich dem gesamten Team des Blan-

valet Verlags für die Begeisterung und die tolle Arbeit an meinen Büchern.

Emily Crown – ich bin so dankbar dafür, dass wir uns gefunden haben und vermutlich die Hälfte meines Tages dafür draufgeht, mit dir Sprachmemos auszutauschen. Danke für deine Unterstützung, Freundschaft und dass wir uns so ähnlich sind, dass es manchmal auch ein wenig gruselig ist (Aber ich liebe es!).

Tine Nell – danke für deine Freundschaft und dass du mir immer zur Seite stehst. Ich liebe unsere Gespräche und freue mich jetzt schon, wenn wir uns hoffentlich ganz bald wiedersehen und zusammen lachen können (oder alternativ Motten jagen, haha). Danke, dass du so toll bist.

Ein riesiges Danke geht zudem an all meine wunderbaren Freund:innen, die immer für mich da sind, an mich glauben und mir den Rücken stärken, insbesondere Felix, Lucy, Mona und Xenia. Ich bin sehr froh, euch zu haben.

Bedanken möchte ich mich bei meinen großartigen Testleserinnen: Franka – ich liebe unsere Sprachmemos (oder eher Podcasts, haha). Jule – Brody gehört für immer dir … aber sag Mackenzie besser nichts davon. Laura – du hast mich mit deinen lieben Worten so motiviert. Lilly – deine Begeisterung zaubert mir immer wieder ein breites Grinsen ins Gesicht.

Danke an meine Autorenfreund:innen für den Zuspruch, die Mut machenden Gespräche und den Austausch. Ich freue mich schon auf zukünftige Schreib-Dates!

Zudem geht ein riesiges Danke an alle Menschen, die mir bei der Produktion der Tanzvideos zur Seite gestanden und mir bei der Umsetzung geholfen haben: meine Crew Dope Skit sowie die Dance Academy Freiburg. Ohne euch hätte es diese Videos so nicht geben können.

Ich danke meinen Eltern dafür, dass sie immer an mich glauben, mich unterstützen und sich mit mir freuen.

Danke an meine wundervolle Community auf Instagram und YouTube für die lieben Worte! Ich sehe alles und weiß jede Story, jeden Post, jede Markierung und dass ihr euch so mit mir freut, sehr zu schätzen.

Ein riesiges Danke an alle Buchhändler:innen und Blogger:innen, die über meine Bücher sprechen, sie rezensieren, empfehlen und so schön präsentieren. Ihr seid toll!

Falls du bis hierhin durchgehalten hast, danke ich dir, liebe:r Leser:in, dafür, dass du dir die Zeit genommen hast, in die Welt des Move District einzutauchen und der Geschichte von Mackenzie und Brody eine Chance zu geben und sie zu lesen. Ich hoffe, du hattest ganz viel Spaß mit den beiden und begleitest mich auch weiterhin auf meiner Reise als Autorin.

Auf Instagram bin ich unter @marenvivienhaase erreichbar und freue mich sehr auf den Austausch mit dir!